诺贝尔文学奖作家文集·赛珍珠卷

主编／张 谦

儿子们

[美]赛珍珠／著
韩邦凯 姚中 顾丽萍／译

SONS

漓江出版社
·桂林·

图书在版编目（CIP）数据

儿子们 /（美）赛珍珠著；韩邦凯，姚中，顾丽萍译 . — 桂林：漓江出版社，2024.6
（诺贝尔文学奖作家文集 . 赛珍珠卷）
ISBN 978-7-5407-9601-3

Ⅰ. ①儿… Ⅱ. ①赛… ②韩… ③姚… ④顾… Ⅲ. ①长篇小说 – 小说集 – 美国 – 现代 Ⅳ. ① I712.45

中国国家版本馆 CIP 数据核字（2023）第 231813 号

ERZIMEN
儿子们

【美】赛珍珠 著
韩邦凯　姚中　顾丽萍 译

主　　编　张　谦

出 版 人　刘迪才
责任编辑　张睿智
装帧设计　石绍康
责任监印　黄菲菲

出版发行　漓江出版社有限公司
社　　址　广西桂林市南环路 22 号
邮　　编　541002
发行电话　010-85891290　0773-2582200
邮购热线　0773-2582200
网　　址　www.lijiangbooks.com
微信公众号　lijiangpress

印　　制　香河县闻泰印刷包装有限公司
开　　本　880mm×1230mm　1/32
印　　张　15.125
字　　数　320 千字
版　　次　2024 年 6 月第 1 版
印　　次　2024 年 6 月第 1 次印刷
书　　号　ISBN 978-7-5407-9601-3
定　　价　68.00 元

漓江版图书：版权所有，侵权必究
漓江版图书：如有印装问题，请与当地图书销售部门联系调换

"诺贝尔"与漓江血脉相连
——"诺贝尔文学奖作家文集"序

张 谦

"诺贝尔文学奖作家文集"从 2015 年 10 月问世,迄今已囊括 24 位诺奖作家作品,出版平装本 4 种、精装本 32 种,在制及储备选题 30 余种,成了读书界一个愈加引发关注的存在,被读者区别于漓江[①]之前的"老诺""红诺",亲切地称为"黑诺"[②]。所以,确实到了一个梳陈、小结我社"诺贝尔文学奖作家文集"出版情况,向大家汇报的时间点。

"诺贝尔"是漓江的基因和脉动,是时光深处的牧歌,是漓江人为之集结的号角。中间我们有过十来年的停顿和涣散,"诺贝尔"不知道去哪儿了,历史的演进回环往复,背阴面的不可理喻,本身就是存在的冰冷逻辑。2012 年我回到社里,开始几年做不了什么事,

---

① 无特殊说明,此文中均指漓江出版社。
② "老诺""红诺""黑诺",不同阶段漓江版"诺贝尔"系列丛书。"老诺""红诺"均指"获诺贝尔文学奖作家丛书"。"老诺"(精、平装)的装帧设计者是翁文希,奠定了读者心中最早的漓江版"诺贝尔"品牌形象;"红诺"(精、平装)是上海装帧设计家陶雪华的设计,启用烫金元素,与微呈橘红色的封面相映生辉,彰显气派;"黑诺"(主推精装)指"诺贝尔文学奖作家文集",是我社主力美编、装帧设计家石绍康的设计,内敛雅致,独具匠心,以黑色为主体衬色,烘托出作家肖像的大师气场。

当时的社领导提醒说:"不要搞什么套书,一本一本地做!"所以2015年4月最早出来的加缪《鼠疫》平装本,上面没打丛书名。也是2015年4月,我被接纳为社班子成员,担任副总编辑。2015年10月,第一本落有"诺贝尔文学奖作家文集"(以下简称"作家文集"或"文集")丛书名的图书诞生了,它是加缪《西绪福斯神话——论荒诞》(平装本)。当年年底,刘迪才社长到任,带着上级管理部门"把漓江做大做强"的精神,旗帜鲜明抓主业,抓核心板块和漓江传统优势外国文学品牌。"作家文集"在2016年接续做了两本"加缪卷"平装本《局外人》和《第一人》以后,开足马力做精装。记得问世的第一个精装本,是美国作家辛克莱·路易斯的《大街》,拿到样书的那一刻,直觉告诉我:路子对了。

然而并不是找对了路子就没有繁难,是的,时代变了,市场变了。在对诺贝尔文学奖新晋得主的追捧几成赌局的当下,文学出版即便携资本入场也不够了,成了资本加运气的博弈。此时回过头来再看上个世纪八十年代的漓江,那出版江湖中的一抹清流,乘着改革开放的春风,在中国图书市场所开创的"诺贝尔"蓝海,抓住了稍纵即逝的"窗口期",成就了不可复制的"漓江现象"[①]。

"书荒"时代进场,带领漓江同仁做"获诺贝尔文学奖作家丛书"的刘硕良前辈,"使得建社不久又偏居一隅的漓江出版社,以有计划和成规模地推出外国文学优秀作品,很快成为全国外国文学方面的出版重镇。这是一段值得人们津津乐道的出版佳话,也是一个

---

① 见李频《改革开放出版史中的"漓江现象"》,我社即将出版的《围观记》序一。

值得大书一笔的出版传奇"[1]。改革开放伊始，解放思想，实事求是，读者重新经历了思想启蒙，无异于继十九世纪末严复翻译《天演论》以后国人再次"睁眼看世界"，"我们没有失去记忆，我们去寻找生命的湖"[2]。漓江当时提供给读书界的诺贝尔文学奖读物，重在一人一卷的快捷出场，速成阵容，从小对史、地感兴趣的刘硕良，围绕题中之义，于无形中给读者提供了第一印象的新鲜概念和地图式导览。从1983年年中开始推出诺奖丛书头四种——《爱的荒漠》《蒂博一家》《特雷庇姑娘》和《饥饿的石头》[3]，到二十世纪末，总共出了八十余种。"让中国读者了解到世界上除了巴尔扎克、托尔斯泰、高尔基，还有很多优秀的作家，诺奖作家就是其中很重要的一个组成部分。"[4]

那是一个百废待兴，连常识都需要重新建构的时代。彼时，压力来自外部，更多以阻力形式呈现。"漓江的开拓并非一帆风顺，诺贝尔丛书的上马就遭到一些大义凛然却并不甚明了真相或为偏见所左右的人士的非议"[5]，但形势比人强，改革开放的大潮激浊扬清，建设的主流压倒了破坏，给各行各业满怀豪情的建设者提供了施展才华的空间。漓江因此而实现了勇立潮头满足读者的需要（而且读

---

[1] 见白烨《"围观"与"回望"的意义》，我社即将出版的《围观记》序二。
[2] 见北岛诗作《走吧》。
[3] 其中《爱的荒漠》和稍后出版的《我弥留之际》《玉米人》一起，荣获新闻出版署主办的首届全国优秀外国文学图书奖一等奖。
[4] 见《一个闪亮的名字联系一个时代的文学记忆——刘硕良：把诺贝尔介绍给中国》，《新京报》记者张弘采写，2005年4月5日《新京报·追寻80年代》。
[5] 见刘硕良《改革开放带来的突破和飞跃——漓江出版社诞生前后》，《广西文史》2008年第4期。

者面很广，工农兵学商[①]），并与未来将要实现影响力的成长中的各界精英达成了精神源头的水乳交融和灵魂共振——很多后来成名成家人士，皆谈及上世纪八十年代受过漓江版外国文学图书滋养，有的几度搬家，甚至远涉重洋，至今书架上仍小心珍藏着漓江的老版书。

就这样，我们前有光荣的家史，前辈的激励，后有加入世贸组织后对于头部资源的白热化市场竞夺，有业界同行在经典名优赛道的竞相追逐，想要在其中脱颖而出，确非易事。当初外在的压力，变成了现在内在自我提升的动力：你敢不敢自己跟自己比，有没有勇气和能力对标漓江光辉岁月，提振传统并发扬光大？种种繁难之下，依然得努力往前走，这也便是人生的挑战和乐趣所在。

今年是做"诺贝尔文学奖作家文集"的第八个年头，也是我正式就任漓江总编辑的第一年。九十高龄的刘硕良老师从年初就开始屡屡打电话给我，让我挂名该文集的主编。我一直坚辞不受。"诺贝尔"差不多是漓江的图腾级存在，我只是站在前人的肩膀上继续仰望星空，尽本分做点添砖加瓦的事情，岂敢妄自掠美。即便是当年主编"获诺贝尔文学奖作家丛书"的刘老师，退休以后也就功成身退，不再在漓江版"诺贝尔"上挂主编名。这几乎是中国当下通行的国情。也就是说，"作家文集"出版八年，眼看渐成气候，却没有任何人挂主编名，只是在翻开每本书的卷首，有一页"出版说明"——

[①] 见《"获诺贝尔文学奖作家丛书"读者反映》，刘硕良著《三栖路上云和月——为新闻出版的一生》，漓江出版社，2012年9月1版1次。

"诺贝尔文学奖作家文集"系我社近年长销经典品种，是对二十世纪八九十年代我社品牌图书、刘硕良主编的"获诺贝尔文学奖作家丛书"的继承与发扬，变之前一人一书阵容为每位作家多卷本。如果说老版"诺贝尔"是启蒙版，那么新版就是深入版，既深入作者的内心，也满足读者的深度需求，看上去是小众趣味，影响的是大众阅读倾向。这就是引领的意义，也是漓江版图书一贯的追求。

然而吊诡的是，如果用因退休机制的作用被动不在场的刘老师，来为正在进行时的"作家文集"的无主编状态背书的话，我忽然发现，并不能自圆其说。同时，自己在班子任上八年，如果不依规依制给该文集一个担当和交代，那所有参与这套丛书出版的漓江人，就会变成一个失语的群体，八年来大家的辛苦鏖战，也会失去应有的分量和表达，转瞬消失于历史的虚空当中。于是和刘社长达成共识：丛书是本届班子主持做的，主编由我来挂，即便过些年轮到我也解甲归田，在岗一天就要担当一天，就由我这个亲历者来理一理来龙去脉吧。

加缪是一切的开始。无论从作品的分量还是作家的魅力，尤其是在年轻人里的观众缘来考量，作为撬动一套书的支点，加缪都是不二选择。更何况，2015 年我们推出《鼠疫》时，加缪作品刚刚进入公版期没几个年头，真乃天无绝人之路！

我试图通过加缪获得一种视角，这个视角能穿透我所生活的海量信息时代貌似超级强大的无限时空，定位非中心城市的个人存在意义。①

这里的"个人"，也喻指在时代的洪流中需要敲破坚冰重新出发的漓江。加缪卷我们出了五种，论品种数是文集中比较丰满的——《鼠疫》《西绪福斯神话——论荒诞》《局外人》《第一人》《卡利古拉》，除了前四种既做了平装，也做了精装，后面品种一心一意只做精装——因为相信在优质精品道路上的勤力追求，一定可以加持图书的可收藏性。《鼠疫》《局外人》《第一人》是存在主义文学大师加缪的小说代表作，而 2018 年 10 月推出的《卡利古拉》，则是文集中比较少见的戏剧品种，它和哲学随笔《西绪福斯神话——论荒诞》一起，使加缪卷作为诺奖作家的小文集，实现了文体多样化方面的鲜明追求。这个追求在福克纳卷上继续得到体现，福克纳卷截至目前一样出了五种，除了国内读者熟知的经典——李文俊译《喧哗与骚动》《我弥留之际》，还补充了国内首译《士兵的报酬》《水泽女神之歌——福克纳早期散文、诗歌与插图》和《寓言》。其他品种数达到四五种体量的，还有路易斯卷、纪德卷、斯坦贝克卷、丘吉尔卷、泰戈尔卷、显克维奇卷。两三种的有黛莱达卷、米斯特拉尔卷、聂鲁达卷、吉勒鲁普卷、梅特林克卷、拉格奎斯特卷、蒲宁卷。由于受限于作家本身的创作规模以及我们发掘的速度，目前尚有普吕多

---

① 见沙地黑米（本名张谦）新浪博客读书笔记《在隆冬知道》，2015 年 6 月 5 日。

姆、吉卜林、艾略特、保尔·海泽、塞弗尔特、叶芝、拉格洛夫、皮兰德娄、夸西莫多、蒙塔莱等卷只是单一品种的体量。当然，每位作家小文集的规模（品种数）依然是活性的，现状的陈述并不能规定未来的变化，我们的核心思路，是每位作家做三至五种。

由于漓江推出的诺贝尔文学奖获奖作家都是外国作者，所以出版"作家文集"有一个不可避免的环节，就是要找到合适的译者。唯有如此，才能将诺贝尔文学奖作家作品尽量以"信、达、雅"的方式介绍给国内读者。

在译者的选择上，我们注重新老搭配。托前辈的福，漓江拥有的传统译者资源称得上是国内"顶配"。老一辈翻译家令人肃然起敬，他们往往具有很深厚的文学素养和优雅的个人修养，译文水准很高，经得起岁月的沉淀和时间的考验，我们非常珍视与他们的合作。而年轻一辈的翻译家也有优势，他们的语言和思维都能贴合当下读者的习惯，亦多全球化背景下的旅居、旅行，能较多接收并释放当下外国文学和文化的辐射，在对原著文化背景、思想内涵的传达体现上，能有推陈出新的理解。

"作家文集"最先启动的加缪卷，用的就是漓江译者老班底里的李玉民译本。其他像潘庆舲、姚祖培合译辛克莱·路易斯《巴比特》，李文俊译福克纳《我弥留之际》，黄文捷译黛莱达《邪恶之路》，赵振江译米斯特拉尔《柔情》，王逢振译赛珍珠《大地》，杨武能译保尔·海泽《特雷庇姑娘》，都是"老诺"阵容里的保留节目。在"黑诺"里，漓江与这批王牌译家译作再续前缘。此外，"作家文集"还见证了一代翻译家的成长——胡小跃译普吕多姆《枉然的柔情》，裘小龙译叶芝《第二次来临——叶芝诗选编》，分别是"老诺"里普吕多姆《孤独与沉思》和叶芝《丽达与天鹅》的升级版，当年漓江看好的青年翻译家，已然成为译界翘楚，译本也得到更丰富的增补和更成熟的修订。也有老朋友新加入的译本，比如倪培耕原译泰戈尔《饥饿的石头》是"老诺"阵容里的，到了"黑诺"更名为《泡影》，都是泰戈尔短篇小说选；同时"黑诺"再添倪译泰戈尔长篇小说《纠缠》。福克纳卷除了收入李文俊之前在"老诺"就有的代表译作《我弥留之际》，"黑诺"还增加了李译《喧哗与骚动》《押沙龙，押沙龙！》。青年译者的新作有一熙译福克纳《士兵的报酬》，王国平译福克纳《寓言》，远洋译福克纳《水泽女神之歌——福克纳早期散文、诗歌与插图》，顾奎译辛克莱·路易斯《大街》，等等。

也有一部分老译家，其译作的版权流转到其他出版机构去，与"黑诺"失之交臂，或者年深日久几近失联，或者凋零如秋叶片片——时光总有理由分开我们，才显得在一起的机缘实在是难能可贵。

现在年轻人外语好，除了做文学翻译，还有很多更实惠的选择，所以真正像老一辈翻译家那样，把译事当成毕生的事业追求，在这个领域安于寂寞悉心耕耘的并不多，或者说，漓江还没有迎来与这个群体的高频次、大规模相遇。我们现有的中青年译者队伍，一来人数远不够多，二来除了翻译本身，想法会比老一辈多一点——漓江很惭愧，至今没能把这份文化事业做成生财有道、惠及万方的大产业。好在文学哪怕历来就与眼前利益没太大关系，这个世界热爱文学的人也一直层出不穷。之所以在这里把家底摆一摆，也是为了方便下一步遇上有缘人。

译本体例上,"黑诺"尽量做到向"老诺"学习,"每卷均有译序和授奖词、答词、生平年表、著作目录,力求给读者提供一个能真实地反映诺贝尔文学奖及其每一得主风貌的较好版本"[1]。老漓江的优秀传统要保持,有章可循是一种福分。

一个素朴有力的团队,会带来别样高效的支撑感。我们的青年编辑队伍正在老编辑的带领下茁壮成长,他们是漓江的秘密花园,正在蓄能无限,漓江的未来,有他们书写,靠他们传扬。

在这里,必须致敬一下给漓江"老诺"担任过策划编辑和责任编辑的主力核心团队,他们是当年的译文室成员:宋安群、吴裕康、莫雅平、金龙格、沈东子、汪正球。

1995年,沈东子策划过一套泰戈尔"大师文集"6卷本,除了后续加入"黑诺"的倪培耕几种译作,亮点是直接去信季羡林先生,取得了授权,收入季译《炉火情》一种。丛书虽然没打"诺贝尔"标签,却开启了做诺奖作家小文集的思路。

1998年,漓江出了三套诺奖作家小文集。时任总编辑宋安群策划了《赛珍珠作品选集》,向美国哈罗德·奥柏联合会购买了版权,出版了五部小说、一部传记和一本文论。本人担任过其中《东风·西风》和《赛珍珠传》两种图书的责任编辑,还为赛珍珠母亲的故事写过责编手札——

---

[1] 见刘硕良《新时期有数的宏伟工程——"获诺贝尔文学奖作家丛书"序》。

美好的人和事，因为人们的珍爱而获得自己的历史，在这个意义上说，历史，就是人们对于美的牵挂和担心。时乖命蹇，说变就变，我们珍爱的事物能够留存多久？一旦大限到来，让碎片有了碎片的安息，人心也就有了人心的解脱吗？[1]

吴裕康策划了君特·格拉斯"但泽三部曲"（《铁皮鼓》《猫与鼠》《狗年月》），经德国 Steidl 出版社授权出版。有意思的事情就此发生了：我社在 1998 年 1 月至 1999 年 4 月出完这三种书，1999 年 9 月 30 日，瑞典文学院将诺贝尔文学奖颁给了君特·格拉斯。所谓猜题和押宝都很准的名编辑、大编辑，漓江早年就有现实榜样。

汪正球策划的"川端康成作品"，洋洋大观出了十卷。

以上四种诺奖作家文集，都没打"诺贝尔"标签，装帧设计也各有套路，却都绕不开内在承袭的同一种思路。所以说，在漓江做"诺贝尔"，是有传统的，可追溯的，漓江人血脉里的遗传密码，在不同时期阐发着基因的显隐性。

从 2023 年算起，诺奖作家未进入公版期的尚有 60 多人，这是一片资本角逐的热土，对这个领域作家作品的竞夺，不是漓江的强项。众人还没睡醒的时候，漓江前辈就已经外出狩猎了；现在的漓江人，专注于在家种田——我们无富可炫，有技在身，到手的都不是战利品，而是作品本身，值得像农人看待种子那样，悉心培育，精耕细作，用时间打磨，为每一部好作品寻找好译者、好编辑、好制

---

[1] 见《我们珍爱的事物能够留存多久》，作者米子（本名张谦），《读书》1998 年第 10 期。

作，直至它找到那个两情相悦的读者。

犹如观潮，漓江现在挤不进前排，索性站远一步，不追刚刚出炉的"当红炸子鸡"——新科获奖者。同时代的读者本来很想读到同时代优秀外国作家的作品，但这有个前提，就是译本要好。而"当红炸子鸡"的临时译本，前有市场期待，后有合同追魂，难得沉下心来从容打磨，多半是急就章似的翻译，反正搭配的也是快餐面似的阅读，说白了就是一场对诺奖新科得主生吞活剥的消费——真正的赢家，既不是作者、译者和读者，也不是编辑，而是商业。当然，在这个领域深耕多年，早有准备的同行是个例外。漓江与所有认真的同行惺惺相惜。

公版书是退潮后海滩上的贝壳，经历过海浪的洗礼、时间的检验，哪些受人欢迎，比较容易感知，可以从容选择。而同时代的作家作品，一时被潮头卷得高高，抛得远远，过了当红的这个时间节点，就被读者抛诸脑后，这样的例子不胜枚举。事实证明，由于作品本身或是翻译的质量问题，有的新科获奖作家作品，确实不如早年诺奖作家作品那么富有感染力。

说到这里，很有必要广为派发一下英雄帖：如果有诺奖作家、优质译者、原著出版社，以及权威版权代理机构听到漓江的声音，认可我们的理念，那么，您好，欢迎加入我们共同的事业！

"作家文集"精装本批量问世以后，我们分别在2018年和2019年年初的北京图书订货会上，以"执子之手——漓江与'诺贝尔'的不了情"和"'诺贝尔'与漓江血脉相连"两个专题向公众亮相，后者还荣膺该届订货会评出的"优秀文化活动奖"。2018年9月，百道网特为这套书，对我本人进行了专访报道[①]。

　　成立于 1980 年的漓江出版社，在改革开放的春风里应运而生。建社不久就做"诺贝尔"，诺贝尔文学奖系列丛书，记录着一代又一代漓江人在向我国读者推介世界文学宝藏方面前赴后继、坚忍不拔的努力。"诺贝尔"和漓江人的职场生涯、美好年华紧密生长在一起，是漓江集体记忆中不可分割的一部分；漓江边的中国小城桂林，因为文学，因为诺贝尔，和斯堪的纳维亚半岛上的北欧古国瑞典就此牵连在一起——世间缘分，多么热烈美好，也足够千奇万妙。

　　金秋十月，在给此文收官之际，传来了法国作家安妮·埃尔诺获奖的消息。看来诺贝尔文学奖依旧不改我行我素之风——有多少百炼成钢的陪跑，就有多少新莺出谷的未料。谨以此文向充满无限可能的未来致意！漓江胸怀天下，初心不改，要以海纳百川的宽阔胸襟努力借鉴、吸收并呈现人类一切优秀文明成果。

2022 年 10 月 5 日　桂林

[①]《曾经强悍的"诺贝尔旋风"影响过莫言、余华等，新一代出版人如何再创阅读高潮？》，百道网，2018 年 9 月 10 日。

【美】赛珍珠
(Pearl S. Buck, 1892—1973)

赛珍珠的签名

1938年，赛珍珠在斯德哥尔摩音乐厅从瑞典国王古斯塔夫五世手中接过诺贝尔文学奖

赛珍珠与亚裔孤儿

作家·作品

她曾经生活在中国人当中,与他们共度所有的兴衰变迁,共度丰收年景和饥荒年头,共度革命的流血动乱,共睹乌托邦的谵妄。她结交知识阶层,和民风古朴的农民交往,而这些农民在看见她之前几乎没有见过一个西方人的面孔。她经常是处在极度的危险之中,是一个从来不认为自己是外国人的外国人;一般说来,她的观点保持着深沉与亲切的人性。她以纯粹的客观性使生活充实了她的知识,给我们提供了使她名扬世界的农民史诗《大地》。

——1938年诺贝尔文学奖授奖词

我们至少可以说,就其选材的趣味性、一贯高水准的技巧,以及其构想常有的普遍性而言,赛珍珠有资格跻身优秀艺术家之列。读她的小说,不仅能了解中国,还能获得人生智慧。

——【英】菲莉丝·本特利《赛珍珠的艺术》

《儿子们》自然不比水浒、红楼的伟大,它确把捉了现代中国的几个剖面,描写之而又渲染之,在错综里表现中心的问题,是值得我们思辨的。

——伍蠡甫《论赛珍珠的〈儿子们〉》

《儿子们》是当代中国的寓言,也不妨称为道德剧,它的寓意是:野心家和贪心者势必自取灭亡。小说中情节的发展具有讽刺性:三个不可一世的儿子后来一个个给打消了气焰,其父对土地怀有纯朴感情,结果事实证明他是对的。老大、老二是典型的投机主义者,正是他们败坏了革命。他们天不怕,地不怕,不知人格、国格为何物。王虎起初尚还正直,但也不免一天天堕落,到晚年变得自私自利、凶狠毒辣。最后,亲生儿子和他一刀两断,他被迫退隐到王龙的旧宅中,宁可默默无闻,再不愿混迹于权势这块是非之地。

——【美】彼得·康《赛珍珠传》

目 录

前 言
001 ／关于赛珍珠和她的"大地三部曲" ／王逢振

儿子们

003 ／第一章
010 ／第二章
022 ／第三章
033 ／第四章
051 ／第五章
059 ／第六章
068 ／第七章
083 ／第八章
105 ／第九章
115 ／第十章
123 ／第十一章

137 / 第十二章

164 / 第十三章

179 / 第十四章

189 / 第十五章

202 / 第十六章

211 / 第十七章

234 / 第十八章

241 / 第十九章

259 / 第二十章

269 / 第二十一章

284 / 第二十二章

310 / 第二十三章

334 / 第二十四章

352 / 第二十五章

364 / 第二十六章

375 / 第二十七章

389 / 第二十八章

397 / 第二十九章

附 录

409／授奖词／佩尔·哈尔斯特龙　文　吴裕康　译

417／受奖演说／赛珍珠　文　吴裕康　译

420／中国小说——1938年12月12日在瑞典学院诺贝尔奖授奖仪式上的演说／赛珍珠　文　王逢振　译

前　言

关于赛珍珠和她的"大地三部曲"

王逢振

赛珍珠整个青少年时代在中国度过，直到上大学才回美国，之后又到中国工作，前后在中国生活30多年。因此她一生受到两种文化的影响，也可以说是个处于两种文化交叉和撞击间的人物。她的根在美国，但自幼在中国长大，受到中国文化的熏陶；她在美国接受大学教育，自然又受到美国文化和价值观念的影响；大学毕业后她来中国工作，续上了她自幼在中国形成的文化意识；而此后离开中国返美定居，再没有返回，使她难免在彼时中美对抗的现实中产生心理上的彷徨。这种经历在她身上发生作用，既有两种文化的渗透和融合，又有两种文化的撞击和对抗，从而使她成为一个充满矛盾的人物。正是她自己身上的种种矛盾，导致了世人对她的不同看法和评价。

赛珍珠初到中国来，是因为她生于一个传教士的家庭（父母是美国基督教长老会派到中国的传教士）；后来她在中国教书，是作为教会派出来的教员。因此她在中国既是一种文化侵略的工具，又在一定程度上传播了文化知识。在外国人中间，她是比较接近低层大众的一位，虽然她身上不乏从民族、家庭和学校所形成的西方价值观念，但生活在中国社会之中，目睹中国社会的现实，她不可能不受到这样或那样的影响。她在许多地方发表过同情中国的看法。她说:"我已经学会了热爱那里的农民,他们如此勇敢,如此勤劳,如此乐观而不依赖别人的帮助,长久以来我就决定为他们说话……"[1]

赛珍珠接触过农民,也接触过国民党的要员。从人道主义出发,她对中国农民充满了同情;目睹国民党政府的腐败,对蒋介石的政策提出过批评,尤其对不抗日的政策表示不满。她固有的价值观念使她很容易受西方舆论宣传的影响。然而,她自幼生长在中国,后来又长期在中国生活,因此对中国又有一种特殊的感情和偏爱。所有这些复杂的矛盾心理,不可能不在她的作品中或多或少地流露出来,不论她自己是否意识到这点。

至于后来赛珍珠对中国革命事业和当时的中国领导人有过成见,其历史原因已非常明显。因为随着东西方阵营的形成和冷战对峙的加剧,美国一直采取封锁和遏制中国的政策,中美长期处于对立状态,相互敌对、互不了解,加上我们工作中确有的失误被西方传媒夸大,赛珍珠不可能不产生由此造成的偏见。当然,这里有她自己的价值观念问题,但也有我们自己的问题。毕竟她只是一个美国作家,我们怎么能把历史的原因推到她个人身上呢?辩证地看,她写了那么多关于中国的文章,是因为她关心中国,对中国有一种特殊的感情。

确实,随着中美关系的解冻,赛珍珠又表现出对中国的热情,自幼在中国长大的感情偏爱又萌发出来。1972年,尼克松宣布访华以后,她同意主持美国国家广播公司(NBC)的专题节目《重新看

---

[1] 诺拉·斯特林:《赛珍珠:矛盾中的女人》(*Pearl Buck: A Woman in Conflict*),新世纪出版公司,1983,第97页。

中国》，并积极准备到中国访问。她在接受记者采访时说："我从未见过毛泽东，但我认识周恩来。他是一个才华横溢的人。我最近给他写信，期待5月间对他进行访问。"① 她向中国驻加拿大使馆申请签证，几乎做好了一切准备。遗憾的是她未能如愿，因此受到了很大的刺激和打击。不久她得了病，于1973年3月6日与世长辞。尼克松在她死后的悼词中称她是"一座沟通东西方文明的人类之桥……一位伟大的艺术家，一个敏感而富于同情心的人"。

对于"大地三部曲"，不同时代的读者，因其生活经历不同，知识背景不同，或阅读作品的出发点不同，很容易作出不同的评价。有人从所谓纯文学的角度出发，认为它缺乏"文学性"（但"文学性"至今仍是个不确定的概念）；有人从作品的深度考虑，认为它只是现实的浮光掠影；也有人从认识论上考虑，认为它没有道出当时中国社会的本质。这些自然各有各的道理，不必强求一致。但我认为，如果把"大地三部曲"置于今天文化研究的语境，以回溯的方式、以多调演奏的方式来阅读，我们还可以发现它为读者提供了其他重要的思想空间。

首先，"大地三部曲"促进了两种文化的沟通。三部曲的第一部《大地》刚一出版，立刻成为风行一时的畅销书。何以如此？恐怕应该从文化而非文学的角度来解释。当时在广大西方人眼里，尤其在美国人眼里，中国是个既有悠久文化历史又软弱落后的神秘国度。

---

① 斯特林：《赛珍珠：矛盾中的女人》，第316页。

他们想了解中国,对中国充满了浓厚兴趣。《大地》以现实主义的手法,描写当时中国社会生活的一些重要方面,正好适应了这种需要。1933年1月16日《纽约时报》在社论里指出:"赛珍珠在展现中国个人生活方面所采用的光线和影子,是她在普通百姓和知识分子中间生活的所见所闻。至于细节的准确性,她能够提供丰富的原始资料和实例——这在她自童年起生活了多年的中国的那个地区比比皆是。""布克夫人使我们看到并赞赏还在遭受磨难的人民的耐心、简朴、勤劳和坚韧不屈……"1938年赛珍珠获得诺贝尔文学奖,也是"因为对中国农民生活的丰富而真实的史诗般描写"。其实,赛珍珠自己也曾经讲过"她如何发现了她向西方介绍中国的本质与存在这一使命。她根本没有把这当作一种文学专业去从事,这使命是自然而然落到她身上的"[①]。她1933年1月15日在《纽约时报》上的文章说:"至于我是否用我的书为中国服务,只有时间才能回答。我已收到人们给我的许多信。他们告诉我,在读了那些书以后,他们第一次对中国产生了兴趣。"几十年后,一位第一次来华的美国朋友亲自对我说:"我对中国的兴趣就是从读《大地》开始的。我是在上大学时读的。从那以后,我非常注意中国的文化,而且一直想到中国来。"由此可见,无论"大地三部曲"的文化价值如何,它对传播中国文化确实在客观上起了促进作用,因而也促进了东西方文化的沟通。

其次,"大地三部曲"提出了妇女地位这个严肃的问题。作品

[①] 见瑞典学院常务秘书佩尔·哈尔斯特龙为赛珍珠颁奖时的授奖词。

对女性的描写给人留下了深刻的印象。尤其阿兰,她被作者当成了劳动妇女的典型代表。她默默无言的眼睛后面藏着一颗默默无言的心。她吃苦耐劳,辛勤耕作,怀了孕还下田干活,"满头大汗,一脸泥土","浑身成了和土地一模一样的褐色";她总是顺从,但也有自己的主见,王龙最初开始积累时,她默默地支持着他;她生儿育女,完成了家庭向她提出的所有要求,但从来不提自己的要求;她少言寡语,恪守生活给她规定的伦理道德。然而,她一生还是受到不公正的对待:生活上受苦,心灵上受难,最后连维系夫妻关系的性生活的权利也被取消。在王龙眼里,她未老先衰,变成了一副普通老太婆的样子:"她的头发是棕色的,蓬乱而没有油性;她的脸又大又平,皮肤也很粗糙;她的五官显得太大,没有一点美丽和光彩;她的眉毛又稀又少,嘴唇太厚,而手脚又大得没有样子。"于是王龙娶了小妾,把阿兰冷落在一个黑暗的角落,让她慢慢地耗尽精力而死去。显然,赛珍珠根据她对中国妇女的了解,刻意塑造了阿兰这个令人同情、令人难忘的形象。也许当时赛珍珠还没有女权主义的意识,但小说中的阿兰及其他一些女性形象,无疑为今天的读者提供了妇女受多重压迫的实例,从而为女权主义提供了有力的历史注脚。难怪今天许多女权主义者认为这部小说是一部女权主义的作品。值得注意的是,这部小说的形式结构也证实了女权主义的理论:小说主人公的安排,情节的发展,以及语言的修辞,无一不透射出男权制的文化传统。妇女怎么办?虽然阿兰悲剧性地结束了自己的一生,但她作为女人的价值和力量,却唤起了人们的深切同情,甚至王龙也感到内疚。于是,人们得到这样的启示:妇女的地位应该改变。

最后,"大地三部曲"展示了生产方式所决定的文化逻辑。小说是叙事的艺术,是人类一种复杂的思维方式;人们通过叙事方式去了解历史,形成历史叙事,但历史既指事件也指存在方式,由生产方式决定,因此必须认识主体对过去的理解和阐释行为,因为阐释本身也是叙事,是历史和意识形态的体现,叙事方式本身形成"形式的意识形态"。"大地三部曲"本身的叙事方式,可以说是赛珍珠对当时中国的事件和存在(包括已有的叙事形式的存在)的理解和解释,对我们构成一种历史的叙事形式,而我们今天读这部作品,则是通过理解和解释作品的叙事——赛珍珠的理解和解释形式——去了解那个时候中国的历史事件。所有这些叙事都包含着主体的意识形态,最终由生产方式决定。王龙一家的发展变化,尤其王龙这个人物所体现的对土地的依赖,正好适应当时中国的生产方式:维系农民生存命运的是土地,农民的兴衰苦乐,无不与土地相关。作品中关于儿子们的描写,也是农业生产方式的内在逻辑所决定的:大儿子空虚放荡,继承了地主阶级的不肖子孙的传统,用不着像资本主义那样进行激烈的竞争便可生存;老二当了商人放高利贷,仍然没有摆脱封建的经营方式;老三成了"军阀",是因为落后的生产方式导致国家衰微,外国势力入侵,使国家动荡不安、四分五裂,军阀得以横行。小说最后还为农民提供了一种赛珍珠自己想象的未来:王龙的一个孙子在西方受了教育,回到他祖居的土地上,用他所学的知识,努力改善农民们的劳动与生活条件,与大地达成一种新的和谐——形成一种新的生产方式。这里,赛珍珠再次表现出两种文化(深层是两种生产方式)对她的影响。正如在市场资本主义阶段,文化表现形式是现实主义的，垄断资本主义阶段是现代主义的，后期资本主义阶段是后现代主义的，赛珍珠当时所处的境遇只能使她选择那样的表现形式。

毫无疑问，以上三点是我们今天解读出来的，是我们对赛珍珠的政治无意识的理解，而并不一定是她的意图。实际上，对任何作品或文本的解释都是如此。我们依据的是今天自己的意识构成，作品的作者依据的是他或她当时的意识构成。因此阅读在某种意义上是一种意识的对话，而且阅读任何文学作品都不可能脱离自己现时的思想意识，不论自己是否意识到这点。

1997 年 8 月

儿子们

第一章

王龙已经奄奄一息了,他躺在他自己田地中间的土坯房子里,那房子又小又黑。他躺在年轻时住过的那间房间,而且正好躺在当年洞房花烛夜睡过的那张床上。在城里,他还有一院大房子,如今是他的儿孙们住着。大房子里的一间厨房都比他现在的这间屋子平坦些。不过,反正早晚都得死,那么能死在这儿他也挺满足了:这儿是他自己的田地,房子是父辈们传下来的旧房子,屋子里桌凳做工挺粗糙,连油漆都没上,床上吊的是老蓝棉布做的床帐。

王龙心里明白自己的死期已到,他看着守在他身边的两个儿子,他也知道他们在等他死,而他的确快要死了。两个儿子为他从城里请来了好大夫,这些大夫带着针和草药,又是号脉,又是看舌苔,但是临了收拾好针药要走之前,大夫们说:

"年岁到了,谁也挡不了他死呀!"

王龙接着听到他那两个儿子在说悄悄话,他们是专门赶来陪他,为他送终的。他们以为老人家睡着了,其实他并没睡着,他听见他们说话了。他们俩神情庄重地对视着,老大说:"咱们得赶紧派人去南方把咱兄弟叫回来,咱兄弟也是他的儿子啊!"

老二回答道:"可不是嘛,就得赶紧啦!谁知道他跟着他那位将军在哪儿瞎转悠呢?"

听了这些，王龙知道他们已经在为他预备丧事了。

王龙的大儿子为他买的那口棺材就停在他床边，为的是让他看了舒坦些。这口棺材可真不小，是用一棵木质相当坚硬的楠树做的。棺材把那间小屋子挤得满满当当的，弄得进进出出的人都非得绕着走而且非得蹭着棺材的边儿才过得去。这口棺材花了近六百两银子，不过这一回连老二都没说二话，尽管这小子平时过日子可抠了。的确，王龙这两个儿子这回倒真没心疼这银子，主要是王龙太满意这口棺材了。只要稍微觉着好受一点了，他就会伸出那只颤抖的黄手去抚摸那黑得锃亮的棺材。棺材里还套着一口内棺，光滑得跟黄绸缎似的，里外两口棺材套得那么合适，就像人的灵魂装在人的躯体里一样。真是一口谁看了都会满意的棺材。

尽管如此，王龙倒不像他父亲死得那么痛快，虽然他的灵魂有八九十来次都打算上路了，但他那强健的肉体一次次坚持不让灵魂动身，一天就这么结束了。当肉体与灵魂在体内搏斗时，王龙感觉到了，他害怕见到这场灵与肉的搏斗。年轻时，王龙是个粗壮、精力充沛的人，他是个肉多于灵的人。他不能轻易地让肉体逝去，在他的灵魂打算悄悄溜走的时候他感到害怕。他哭了，嗓音沙哑而哽咽，没有一个词儿，像孩子的哭声似的。

每当他这样哭时，他那年轻的姨太太梨花就会伸出她细嫩的小手去抚摸他干瘪的手，她是日夜守在他床前的；他的两个儿子也会急忙上前安慰他，跟他一遍遍地讲述他们打算要做的一切，尤其是如何举行他的葬礼。他的大儿子弯下那满身绸缎的硕大躯体，对着干瘪老汉的耳朵，大声嚷道：

"我们都去给您老人家送葬，出殡的人至少得排三里多地。您的姨太太们都会去哭您，还有您的儿子、孙子，都给您披麻戴孝，村里人和您的佃户们也都去！走在最前面的是您的魂轿，里面放着我们请画家为您画的像，跟着就是您那口最体面的大棺材，您老躺在里面就跟皇上一样，装裹您的新衣服都为您预备好了，我们还租了顶绣花棺罩，深红的底，金色的花纹，可好看了，把棺材抬着走过大街时，把罩子盖在棺材上让镇上的人都能看到！"

他就一直这么嚷着，直嚷得面色通红，上气不接下气，要知道他很胖，当他直起身子喘口气时，王龙的二儿子又接茬往下说。他身材瘦小，面色黄黄的，一副狡诈的样子，他的声音从鼻子里出来，尖声细气的。他说道：

"我们还要请和尚念经为您超度。我们还专门雇了哭丧的和抬棺材的，穿的是红黄色的袍子，还要扛上我们为您命赴黄泉之后准备的各种东西。大厅里已经糊好了两套房子，一套跟这里的一样，另一套跟城里的那套一样，房子里有家具、奴仆、轿子、马，反正您需要的全齐了。这些纸糊的东西做得可讲究了，各式各样的，葬了您之后，在坟头就烧掉它们，我敢说哪家的纸人纸马也比不上您的这一套好。这些东西都得排在出殡的行列里，让人人都瞧得见。老天保佑出殡那天天气好！"

这下子，老汉高兴了，他气喘吁吁地说：

"我想——全镇的人——都会去的！"

"没错，全镇的人都会去的！"他的大儿子大声喊道，一边用他软软的大手比画着，"大街两旁会站满来看出殡的人，要知道从来没有见过排场这么大的葬礼，从黄家最体面的时候到现在，从来没有过！"

"啊——"王龙说道，他感到舒心多了，又一次忘了自己是个垂死的人，很快进入了梦乡。

可是就这么点舒心的日子也维持不了多久，老人临终的第六天清晨，这种舒心的感觉消失了。王龙的两个儿子等得不耐烦了。长大成人之后就没住过这房子，他们已经住不惯了，里面太窄了，再说，他们父亲那种不死不活的劲头也已经把他们拖得筋疲力尽，因此他们早早就到里面的小院去歇息了。那小院是很早以前王龙娶第一房姨太太荷花的时候盖的，那时是王龙最威风、最神气的时期。临去睡觉之前，他们交代梨花：万一老爷再次出现要死的情况就立刻叫醒他们。王龙的大儿子睡的那张床，在以前王龙的眼里是那么美好，他在上面度过了不知多少个云欢雨爱的千金良宵，但他大儿子嫌它不好，嫌它太硬而且都旧得有点摇摇晃晃了，又抱怨屋里太暗，因现在是春天，还有点闷；不过，一旦躺下去，他也照样呼呼大睡。王龙的二儿子则睡在墙边的一张小竹床上，他睡得安安静静的，像只猫似的。

可是梨花却一点没睡。整整一夜她都静静地坐在一张小竹凳上，一动也不动。那小竹凳很矮，梨花坐在床边时，她的脸离王龙的脸很近，她把老头儿干瘪的手握在自己温软的掌心里。她的年岁小得都可以当王龙的女儿了；但她看上去倒也并不年轻，她脸上那股稳重劲儿、干事情的那股耐心劲儿，真可说是尽善尽美，训练有素，一般年轻人是绝对没有的。她就这样坐在老人的身边,并没有流泪,尽管这位老人对她非常好,可以说比她所认识的任何人都更像她的父亲。她就这样一小时一小时地、目不转睛地看着王龙那张垂死的面孔;他睡得很静、很沉,简直像死了似的。

突然,在黎明前最黑的那一刻,王龙睁开了双眼,他感到极度虚弱,似乎他的灵魂已经离开了他的躯壳。他转动了一下眼珠,看见梨花坐在那里。他身体弱得自己都开始害怕了,他一口气好不容易冒到嗓子眼,又从牙缝里勉强挤了出来,好像耳语一般:

"孩子——这就是——死吗?"

她看到他那惊恐的样子,便用她那自然的口气平静而大声地说道:

"不,不是,老爷——您好多了,您不会死的!"

"真的吗?"他又轻声问道,她那自然的口气使他好受多了,他眼睛露出光来,牢牢地盯住了她的脸。

梨花看出苗头不对,感到心跳加快。她站了起来,俯下身子对他说话,仍然用那温柔而自然的口气:

"老爷,我什么时候骗过您?您瞧,我握着您的手都觉得出来,温温的,挺有劲儿的——我想,您是一点点在好起来。老爷,您好多了!您根本用不着怕——什么都不用怕——您好多了——好多了——"

她就这样不停地安慰他,一遍一遍地对他说他的身体已经好多了,一边紧紧地握住他的手。他躺在那儿朝她微微笑着,眼睛虽然仍然盯着他,但已经慢慢失去光泽,他的嘴唇开始发硬,耳朵竭力

想听到她那沉稳的声音。此时,她见他真的快死了,于是俯身紧紧地倚着他,提高嗓门,大声而清楚地喊道:

"您好多了——您好多了!老爷,您不会死的——不会的!"

就这样,她安慰了他,不过,就在他在最后几下心跳中听到她的声音之后,他还是死了。但是,他死得可不平静。虽然他在临死前一刻感受到了安慰,但是在他灵魂出壳之际,他那被窒息的躯体狂怒般地跳了起来,四肢猛烈地向四周乱挥,结果他那瘦骨嶙峋的手朝上一挥,正好打到了向他倚去的梨花。这一下打得着实不轻,而且正好打在脸上,梨花一边用手捂着脸颊,一边轻声说道:

"老爷,这可是您第一次打我啊!"

但是他没有回答她。她向下一看,见到他歪歪斜斜地躺着。在她看他的同时,他吐出了最后一口气,然后便安静了。她一边轻轻地、细心地抚摸着他,一边把他的四肢放直,最后平平地把被子给他盖好。她用纤细的手指合上了他那对依旧瞪着却什么都看不见了的双眼。她看了一眼他脸上依旧挂着的笑容,这笑容就是刚才听到她说他不会死之后露出来的。

做完了这一切,她知道她必须去叫王龙的两个儿子了。但是,她又在小竹凳上坐了下来。她很清楚她得去叫他的两个儿子。她拿起刚才打过她的那只手,握住它,并把头低下去贴在上面,趁只有她一个人的时候,静静地流了几行眼泪。她的心肠与其他女人不一样,她的悲伤是确确实实的,但她不能够像其他女人那样用眼泪洗去她的悲伤,因为眼泪从来都没有为她带来过安慰……她并没有久坐,站起身来去叫那兄弟两人,并对他们说:

"你们也用不着急急忙忙地赶去了,他已经死了。"

但他们还是急急忙忙地去了,老大穿着缎子的睡袍,由于睡觉压的,睡袍皱皱巴巴的,头发也很乱。他们俩马上就到了父亲身边。王龙躺在那里,因为刚才梨花已经把他放直了,他的两个儿子看他的那副神情仿佛以前从来没见过他,又仿佛有几分怕他。老大悄声问道,好像屋子里还有什么陌生人似的:

"他死的时候很难受吗?"

梨花平静地答道:

"死的时候,他一点也不知道。"

二儿子又说道:

"瞧他躺着的样子就跟睡着了似的。"

兄弟俩盯着故去的父亲看了一会儿,看着看着心里突然泛起一股不可名状的毛骨悚然的感觉,因父亲在他们的注视下如此无力地躺着。梨花也猜出他们会感到害怕,于是轻声说道:

"要为他办的事还多着哩!"

这兄弟俩从沉思中清醒过来,庆幸有人提醒他们阳间的事情。老大匆匆整了整睡袍,用手抹了抹脸,嗓子沙哑地说道:

"可不是嘛——我们得赶紧准备办丧事——"他们急急忙忙地走了,庆幸自己总算离开了停放父亲尸体的房子。

第二章

　　王龙在世时，有一天曾对他的两个儿子说过，下葬之前，他的尸体和棺材必须停放在乡下的土坯房子里。可到了现在为他准备丧事的时候，两个儿子发现城里、乡下两头跑实在不是个事，想想离下葬还有七七四十九天，他们感到似乎不必非照先父的遗训办不可，反正他现在已经死了。对他们来说，确实许多事都不方便，城里庙中的和尚嫌路远，连那些为王龙擦洗身子，穿上绸袍，再把他放进棺材的人都要求收双倍的钱，他们开价之高令老二咋舌。

　　兄弟俩相互看了一眼，又把目光移到了王龙的棺材上，他们心里想的是同一件事：死去的人反正是不会开口了。于是他们喊来了佃户，叫他们把王龙的棺材抬到城里的房子里去，梨花尽管反对也压不倒他们的意见。看到自己说也无用，梨花便平静地说：

　　"我原先想，这傻子和我是再也不会住到镇上的房子里去了，现在既然要把王龙的棺材抬去，那我们俩也就得跟着去。"她领着王龙的大女儿，跟在王龙的棺材后边沿着乡间的路出发了。王龙的大女儿是个傻子，岁数不小了，可整天还是像个孩子一样，她一边走一边哈哈大笑，大概是因为春光明媚、阳光灿烂吧！

　　于是梨花又一次住进了她和王龙曾经住过的院子。在过去的某一天，王龙在大房子里感到孤独、无聊，尽管年纪不小了，却突然感到很冲动，于是把梨花带进了这个院子。现在这个院子非常寂静，每扇门上的红纸全都被撕了下来，以表示这儿正在办丧事，在通向大街的正门上贴了白色的对子，这也是办丧事的标志。梨花同死者住一间屋，就睡在死者的旁边。

一天，她正守在王龙的棺材旁边，一位丫鬟陪着王龙的大姨太荷花来到了门口，说是要来悼念老爷。梨花照规矩必须客客气气地回话，她也的确这么做了，尽管她心里很恨她从前的这位女主人。她站在一边侍候，把棺材边上的这个或那个烛台移动一下。

自从王龙纳梨花为妾的事被荷花知道之后，梨花和荷花再也没见过面，这是第一次。当时荷花得知王龙的事之后，大为恼火，说再也不想见到梨花了，她之所以恼火，是因为王龙竟敢把一个从小给她当丫鬟的贱女带到他自己屋里去。她又嫉妒又恼怒，以至于干脆装着不知道梨花是死了还是活着。不过，好奇总是事实，王龙死了以后，荷花便对她的仆人杜鹃说：

"算了，既然这老东西都死了，我和她也就没什么好吵的啦。找个时候，我得去看看她现在怎么样了。"在好奇心的驱使下，她挑了个和尚还没来念经的时辰，在丫鬟的搀扶下，摇摇摆摆地走出了自己的院子。

她踏进了梨花的房间，为了大面儿上过得去，她也带来了一些香烛，并叫一名奴婢在棺材前点燃了。奴婢点香时，荷花的眼睛一直盯着梨花，她拼命地想看看梨花到底变了多少，看上去到底有多大年岁。不错，尽管荷花也穿着孝袍、孝鞋，但她脸上根本没有半点哀悼的神情。她冲着梨花嚷嚷道：

"哟，你还是从前那副白不呲咧的小可怜相，一点没变。也不知当时老爷看上你什么了！"梨花长得太瘦小，又没有红润的颜色，根本称不上艳丽，荷花从这一点上找到了安慰。

梨花站在棺材边上，低头不语，但心里充满了对荷花的厌恶，这种厌恶使她自己感到害怕。想到自己这么坏，竟然厌恶自己的女主人到如此程度，她暗暗感到自己品格的卑下。但是，荷花这个人生性易变，连恨一个人也恨不了多久。看够了梨花，她看了看棺材，又嘟囔道：

"他那两个儿子为了买这玩意儿一定花了不少银子！"她笨拙地站起来，很欣赏地摸了摸棺材。

梨花可受不了这个，这口棺材她日夜守护着，怎么能这样随便地摸呢？她大声喝道：

"不许摸！"她握紧了胸前的小拳头，牙齿咬住下唇。

荷花听到这喊声之后，大笑起来，她喊道："什么——到现在你还这么向着他呀！"她的笑声中明显含着轻蔑。她坐了一会儿，看着蜡烛噼噼啪啪地烧着，看了一会儿就觉得腻烦，于是穿过院子走了。在她好奇地打量院子里的一切时，突然见到傻子坐在太阳地里，她叫了起来：

"啊？这小东西还活着？"

听她这么一喊，梨花赶紧起身站在傻子身边，心里又是一阵厌恶，差点忍不住了。荷花走后，她找来了一块布，把王龙棺材上刚才荷花用手摸过的地方擦了又擦。她给了傻子一块甜饼，傻子高兴地接了过去，由于出乎意料，傻子边吃边乐。梨花伤心地看了她一

会儿,叹了口气,说道:

"只有你爹一个人对我好,不把我当下人。他给我留下的就只有你了!"傻子只顾吃甜饼,她既不会说话,也听不懂别人对她说的话。

梨花就这样一天天等着出殡那天的到来。那些日子基本上非常安静,就是和尚念经的几个钟头有点响声,王龙的两个儿子也是能不来就不来。待在停尸的房子里总让他们感到不安、害怕,因为一个死人还有他尚在尘世的灵魂。王龙生前那么结实,他身上的七魂是不容易散去的。他的七魂似乎真的没有散,整个房子里总是听到一些稀奇古怪的声音,女仆们夜里躺在床上也会喊出声来,说是阴风抓住了她们,弄乱了她们的头发,要不就是她们听到窗格上发出咯咯的声音,再不就是厨子的锅会忽然失手掉在地上,丫鬟端的碗也会打翻在地。

听到仆人们这些传闻之后,王龙的儿子、儿媳装着不在乎,笑话仆人的无知和愚昧,但是事实上他们也感到不安。当荷花听到这些传闻后,她大喊道:

"这老东西一向就是倔脾气!"

可是杜鹃却说:"太太,人都死了,他爱怎么就怎么吧。下葬之前,咱别说他坏话!"

只有梨花不害怕,她现在还像王龙活着的时候那样,和他住在一起。只有看到穿黄袈裟的和尚来了,她才起身走进自己的屋子,在那儿听他们念经敲木鱼。

死者的七魂一点一点地被放走了,每次过完七天,主事的和尚就会对王龙的两个儿子说："他身上的七魂又走了一魂。"他每次来说一趟，都会得到赏银。

就这样，七七四十九天，一天天过去了，出殡的日子越来越近了。

现在，全镇的人都知道风水先生为王龙这位大人物选定的下葬的日子，就是春分那一天。当妈妈的催着孩子们早早地吃完早饭，免得他们磨磨蹭蹭耽误了看送葬；地里干活的人这一天也只好把农活先撂一撂；店铺里的掌柜和伙计们在琢磨葬礼行列经过的时候，怎么站才能看得更清楚。这一带的人全认识王龙，都知道王龙从前也是和其他人一样在地里干活的穷人，后来发财了，置了房产，给儿孙们留下了一笔财产。穷人想看葬礼，是因为这件事本身值得细细琢磨：一个和自己一样的穷人居然能死得如此排场、如此风光，这正是每一个穷人都在暗自祈求的结局。富人也要看葬礼，是因为他们知道王龙的两个儿子现在很富，所以富人们当然得悼念这位了不起的老人。

可是在王龙的家里，这一天却是乱哄哄的，要把这么大场面的丧事安排得井井有条，的确也不是件容易的事。王大忙得团团转，他现在是一家之主了，什么都得照顾到：他得安排几百个人的孝服，还得为太太和孩子预备轿子。忙是忙，但他为自己的重要地位感到骄傲：那么多人跑进跑出，大声请示他这个或那个该怎么办。由于焦急，他脸上的汗水淌得像在三伏天。他的眼睛忽然转到一边静静地站着的老二身上，他越是热，越是觉得老二的冷静叫人生气，他大声说道：

"你把什么事都推给我干，你瞧瞧你，连自个儿的老婆孩子衣服穿没穿好、脸洗没洗干净都管不了。"

听到这番话，老二不紧不慢，带着一丝不易觉察的讥笑答道：

"既然你只有自己干才感到高兴，那么别人何苦去瞎忙乎呢？我和我老婆知道得可清楚了，这种事情最能使你和你太太高兴，而我们最想让你们高兴了！"

王龙的两个儿子在父亲的葬礼上照样唇枪舌剑。部分的原因是两个人都因为老三没回来而心情不好，而且都把老三没能及时回来的责任推给对方：老大怪老二没给带信的人足够的盘缠，老二怪老大派人带信晚派了一两天。

整个大院里，这一天只有一个人是平静的，这就是梨花。她穿着丧服，丧服的规格等级仅次于荷花。她静静地坐在王龙的棺材旁边等着。她一早就穿好了衣服而且又给傻子穿上了孝服，尽管这可怜的人根本不懂这是在干什么，一个劲儿地傻笑，而且不喜欢这些古里古怪的衣服，想脱下来。梨花给了她一块饼，又让她拿着她那块红布条玩，总算把她哄住了。

对荷花来说，这一天可真难熬：普通的轿子她坐不了，她的块头太大，轿子抬到她跟前，她试了这顶试那顶，真要命，哪个都不行，她不明白为什么如今的轿子都做得这么小。她哭了，担心得不得了，生怕她没法加入送葬的行列，而死去的这位大人物正是她的丈夫啊！她看到傻子也穿好了孝服，于是就把气朝她身上发去，她冲着老大喊道：

"什么——她也要去送葬？"她抱怨说，像这种公开的场合，傻子就不该抛头露面。

但是，梨花软中带硬地说：

"不行，老爷专门嘱咐过我，叫我什么时候都得带着他这可怜的孩子。我可以让她不闹，她听我的，跟我很亲，我们俩不会给谁添麻烦的。"

老大让别的事搅得昏头昏脑，碰上这种小事也乐得"小事化了"。看到老大那副着急的样子，轿夫们可抓住了敲竹杠的好机会，抬棺材的人也跟着抱怨棺材太沉、路太远。佃户和镇上的闲人都拥到院子里，挤得哪儿都是，傻愣愣等着看热闹。更添乱乎的是老大的太太一个劲儿地埋怨、责备老大，嫌这个那个没有搞好，于是老大东奔西跑、汗流浃背，他嗓子都喊哑了，也没人听他的。

谁都闹不清葬礼到底能不能在那天搞完，不过有件巧事倒是谁都知道：王老三突然从南方回来了。到了最后一刻，他进来了。大家都瞪大眼睛看他，看他有哪些变化。他离家出走十年了。从王龙收了梨花的那天起，大家就没再见到过老三。就在那一天，老三带着莫名其妙的满腔怒气出走，从此再没回来过。走的时候，他是个带点野性的大小伙子，两道粗黑的眉毛几乎盖住了眼睛，他是带着对父亲的怨恨出走的。现在他已经完全是个成年人了，仍然是三兄弟中个子最高的，不过面容改变得很厉害，要不是他皱眉头的那个老样子和那张阴沉的嘴，大家可能会认不出他来。

他迈步跨进大门时，是一身军人装束，不过不是普通当兵的那种装束。上衣和裤子都是上等的深色料子，上衣的纽扣像是镀金的，皮腰带上佩着一把剑。他身后跟着四个扛枪的士兵,都是挺精神的男子汉,只有一个人是豁嘴,不过体格上也和其他三个一样结实。

这些人一走进大门,院子里很快就静下来了,每个人都转过脸去看王老三,谁也不再嚷嚷了,因为老三那样子很厉害,一副惯于发号施令的架势。他大步穿过围着看热闹的佃农、和尚和闲杂人等,高声喊道:

"我两位哥哥在哪儿?"

这工夫早有人进去告诉老大、老二,他们的兄弟回来了。于是他们走出来,但还不知该如何接待他:是恭恭敬敬地迎接他呢,还是把他当作一个离家出走的小弟弟?当他们看到老三那一身整齐的装束以及身后四个威风凛凛的卫兵,他们马上就毕恭毕敬了,礼貌周到得就像接待一位陌生的客人一样。他们向他行礼,并重重地叹了一口气。老三也向两位哥哥深深地行礼,然后他向左右看了一眼,问道:

"父亲大人在哪里?"

两位兄长领老三到里院,王龙的棺材上盖着绣了金色图案的罩子,老三命令卫兵待在院子里,他独自进到房间里。梨花听到皮靴踏在石板上的嘚嘚声之后,匆匆地看了一眼是谁来了,看清之后,她马上把脸转向墙,并且一直对着墙站着。

不知老三是否看见她或认出了她是谁,反正他没有任何表示。他对着棺材鞠躬,然后要来了为他准备好的孝服,穿上一看才发觉太短,他两位哥哥没有想到他长得这么高。不管怎的,他还是穿上了孝服并点了两支随身带来的新蜡烛,他还叫人去搞些新鲜肉来供在父亲的棺材前面。

在这一切准备完毕之后,他跪在地下叩了三个头,接着正正规规地叫了一声:"啊,我的爹呀!"这段时间里,梨花依旧对着墙一动不动地站着,从来没转过头来看一眼。

礼仪完毕之后,老三站起身来,用他那短促干脆的声音说道:"准备好了就开始!"

奇怪的是,刚才这里还是你喊我叫乱哄哄一片,现在却立即安静下来,而且全乐意听从指挥,仿佛老三和他那四个卫士的出现就意味着权威,轿夫们刚才冲老大抱怨时的那股蛮横劲儿全没了,他们的声音是温和的,语气是恳求的,言辞也显得通情达理多了。即使这样,老三还是双眉紧蹙,瞪眼看着那帮人,以致他们的声音先是变低,后来干脆没了。老三说:"你们只管好好干活!放心好了,我们这家绝亏待不了你们!"他们马上一声不吭地走到轿边,仿佛士兵和枪有什么魔力。

大家各就各位,最后棺材被从屋里抬进院子里。棺材四周绕着麻绳,碗口粗的树干做成的抬杠穿过麻绳,抬棺材的人把抬杠放到肩上。还有一顶轿子是放王龙的灵位的,轿子里也放了些王龙的其他东西:一只他抽了多年的烟斗、一件他穿过的衣服和一幅王龙病倒之后他们请人为他画的像。在这之前,他也没有一幅像样的画像。说实话,这幅画并不像王龙,只是像个圣人什么的,不过画家也算下了功夫了,他画了胡子、眉毛和许多皱纹,老年人一般的确都有这些东西。

送葬的队列开始行进了,女人开始抽泣和恸哭,声音最响的是荷花。她把头发弄得乱七八糟，拿着一条雪白的新手帕擦擦左眼又擦擦右眼，她呜呜咽咽地喊道：

"啊，我的靠山哪，他走了——走了——"

大街两旁密密匝匝挤满了人，想看王龙的灵柩最后通过。当他们看到荷花时，就嘀咕着表示赞许。他们说：

"她是个非常正经的女人，她哭的这个人也真是个好人。"有些人看到这么胖的女人居然哭得这么有劲儿，声音那么响，觉得很惊讶，他们说："不知王龙有多富，能把一个女人养得胖到这个样子！"他们当然是羡慕王龙葬礼的这个排场。

至于王龙的儿媳们，根据个人的秉性，哭的方式有所不同。王大的太太哭得很文明，恰到好处，不时用手绢擦擦眼角，要是她也像荷花那样大哭大号，那就显得不得体了。她丈夫一年前新娶的姨太太是个俊俏丰满的女人，这位姨太太则是跟着太太哭的。王二的乡下老婆则忘了哭，因为她还是第一次像这样坐在男人们抬的轿子上穿过城里的大街，看着几百张贴墙根站着或挤在临街家门口过道上的男人、女人、孩子的脸，她实在哭不出来，即便她想起该哭了，刚把手捂到脸上，她又想透过指头缝再张望一下，这样一来又忘了哭了。

自古以来就有一种说法，即女人的哭有三种。有些女人哭时声音很响，同时眼泪往下淌，这可称为真哭；有些女人哭时声响很大却不流泪，这可称为干号；另有一些女人光是默默地流泪，这可称为无声的哭泣。所有跟在王龙的棺材后面的女人之中，包括王龙的姨太太、儿媳、女仆、丫鬟及雇来哭的人，只有一个人是在无声地哭泣，她就是梨花。她坐在轿内,拉下帘子免得别人看见,自己则在轿子里悄悄地流泪。甚至到送葬结束,王龙入了土,纸人纸马等烧成了灰,点好的香开始冒烟,王龙的儿子鞠躬叩头完了,雇来哭的人也哭够了规定的时间并领了工钱,一切都结束,新坟头都堆起来,没有人再哭了,因为再哭也没用了,就是到了这种时候,梨花依旧一声不出地流泪。

她也不回到城里的那院房子里去住。她要回到乡下的土坯房子。王大劝她和大家一起回到城里住算了,至少可以等遗产分配完以后再搬到乡下去住。梨花听了摇了摇头,说:

"不,我和他在乡下住的时间最长,这段时间也是我最幸福的时光,他留给我这个可怜的孩子,要我照顾好她。如果我们搬回城里,大姨太荷花一定不喜欢她,再说大姨太也并不喜欢我,因此我们俩还是住在老爷的旧房子里吧。你不必担心我们,万一我们缺什么,我会跟你张口要的。不过我也不会缺什么的,有老佃户夫妇和我们在一起挺保险的,不会有事。这样,我也可以挑起老爷交给我的担子,照顾好你妹妹。"

"您既然一定想这么办,那么,好吧!"王老大装出挺不愿意的样子说。

其实他是挺高兴的,因为他太太已经表示不欢迎傻子,说傻子这种人根本不可以在院子里走来走去,尤其是有孕妇的地方更不该让她去。再说,王龙一死,荷花肯定更加为所欲为,麻烦事一定少不了。他同意梨花的想法。梨花拉着傻子的手回到了乡下的土坯房子,那个她曾经像雨露一样滋润过王龙的地方。她住在那里,照看着傻子，最远不过走到王龙的坟头。

是的，自此之后，往王龙坟头跑得最勤的就是梨花。荷花虽说也去过，但只是在寡妇非上坟不可的那几天，而且她总是选别人能见得到她的时间去上坟。而梨花总是悄悄地去，去得很勤，什么时候心里难受、感到孤单，什么时候去，她尽量挑没人的时候去：人们肯定在家里的时候、晚上别人睡觉的时候或是别人在地里忙着干农活的时候。只有在这种时候，她才领着傻子到王龙的坟上去。

她从来不大声哭，她往往把头倚在王龙的坟上，边哭边轻轻地说：

"啊，我的老爷，我的父亲，我唯一的父亲啊！"

第三章

尽管王龙死了而且已经被埋在地下了，人家还是不会忘记他，因为他的儿子还得为父亲服三年的孝。王龙的大儿子，现在是一家之主了。他非常小心谨慎，一切事情该怎么办就怎么办，而且要办得十分体面才行，万一碰到吃不准的事他就去请示太太。在王龙凭着运气和自己的聪明发达，买下城里的房子之前，王大只是个乡下孩子，他是在田野和乡村长大的。当他悄悄地去请示太太的时候，太太的回答往往是冷冰冰的，好像由于他不懂这个或那个总有点看不起他，不过她的答复也总是十分仔细的，因为她并不想在这幢房子里当众出丑。

"等把他的灵位放到大厅里以后，就用碗盛上一些供品摆在灵位前边；我们的祭祀应该这样进行……"

她告诉王大每一个细节应该怎么做，王大听完之后就跑出去发号施令。第二次祭祀所需的服装就这么定了，布料买来了，裁缝也已请好。三个儿子穿白色的鞋，要穿一百天，一百天之后才准许穿浅灰色之类色彩不鲜艳的鞋。但是，绝不许穿绸缎衣服，他们的太太也不准穿，一直要到三年服孝期满，等王龙的灵位最后刻好并和其他祖宗牌位放在一起，只有到这个时候，才准许恢复正常。

王大传下话来为家里的每一个人准备祭祀时穿的衣服。他现在当了一家之主，一旦讲话，声音总是很响，而且带着明显的老爷腔调；要是吃饭，他也总是坐上座。他的两个弟弟听他讲话。老二歪着他那张薄唇小嘴，好像在暗自发笑。老二总觉得自己比大哥聪明能干。王龙在世时，一直把土地出租的事交代给老二去管。这样，就老二一个人心里明白王家有多少佃户，每一季收成中能得到多少钱作为地租。心里有这个底，老二嘴上不说，心里总觉得自己比老大、老三更强。老三听大哥发号施令时，好像是个惯于听从命令的人，但又好像有些心不在焉，甚至好像急着要离开。

实际情况是三个人都在等着分家产，因为各自都希望照自己的想法得到一份家产，所以他们都同意分家。不论老二还是老三，都不希望老大独吞全部土地，因为那样一来，他们就不得不依靠老大过日子了。三兄弟各有各的想法。老大想知道自己能得多少而且所得到的究竟够不够家用，他有两个老婆、好几个孩子，加上他那些摆不到桌面上讲的各种开销。老二有很大的谷物销售市场，另外也搞点高利贷，他希望家产分得多多的，那他赚钱的本事就更大了。老三脾气很怪，成天寡言少语，谁也不知道他究竟在想什么，而从他那张阴沉沉的脸上又实在看不出什么名堂。尽管谁都不知道也不敢问他究竟打算如何处置他的家产，但是他显得焦躁不安，至少可以看得出他急于离开家。他是三兄弟中最小的，但大家都怕他，甚至仆人都怕他。只要他一声喊，不论男女仆人，马上跑到他面前，速度比平时快一倍。别看王大声音大又带点老爷腔调，仆人们听他吩咐、为他做事是最磨磨蹭蹭的。

在王龙那辈人中，他差不多是最后一个死的，不但寿命长，身体也好。只有他的一个表亲还活着,他是个东游西逛的兵痞,兄弟之间谁也不知道他到底在哪儿,因为他只是个小上尉,他所在的部队一半像兵,多一半像匪,哪个将军出钱多,他们就投靠哪个将军,假如他们能自个儿单干则更好,那他们就谁都不投靠。三兄弟不知道他们父亲的这位表亲在什么地方,除非知道这个人已经死了,不然的话,他们认为不知道反倒好。

既然他们没有长一辈的亲属,那么根据一般的规矩,他们就得请一位德高望重的街坊召集一些乡绅贤达来主持他们的分家事宜。有一天晚上,他们在一起议论请谁为好,老二说:

"大哥,要论跟咱们最近乎、最可信任的人,就得数米铺的刘掌柜了,我跟他学过徒,他女儿又是您夫人。我们请他来主持分家吧。谁都说这个人正派、公道,而且他自己挺有钱的,也不会眼红我们。"

一听到这个,王大就暗暗有些不快,因为他自己怎么没先想到这个,倒让老二提了,于是他郑重其事地说道:

"老二,你要是不这么嘴快就好了,我刚想说请我岳父来主持分家。不过,既然你已经说了,那就这么办吧,我们请他。不过,刚才我自己也正想这么说,可你总是嘴太快,不该你说的时候你也说。"

老大一边责备老二,一边狠狠地瞪着他,大口大口地喘气,厚嘴唇都气歪了。老二把嘴向下一撇,像是要笑又没笑出来。老大匆匆移开目光,对他的三弟说道:

"三弟,你的意思呢?"

老三还是那副盛气凌人、半睡半醒的样子，他抬起头说道："我是无所谓的！不过，无论干什么，说干就快干。"

王大站起来，一副说干就干的架势，尽管他已人过中年，想快也快不起来了，别的且不说，即便想走得快一点，他那胳膊腿都有点不听使唤了。

这事就这么定了，刘掌柜也愿意。他一向敬重王龙，认为他是个精明能干的人。这三兄弟还邀请了一些有身份的邻居及城里那些有地位的殷实人家，这些人在某个指定的日子聚集在王宅的大厅里，按身份高低依次就座。

刘掌柜叫王二交出待分的土地和钱财的清单。王二站起来把写好的单子递给老大，老大递给刘掌柜，刘掌柜接了过去。他打开单子，戴上一副黄铜边的大眼镜，嘟嘟哝哝把清单的内容对自己念了一遍，其余的人都静静地等着。然后，他又大声地念了一遍，这时，坐在大厅的人才知道王龙临死前已经是一位拥有八百亩地的大地主了。在这一带，别说在一个人名下，就是在一家人名下都没有过这么些土地，从黄家大户的全盛时期以来，一家都没有过。这一切老二心里是一清二楚的，因此他并不吃惊，其他人则不一样了，不论他们怎样竭力为不要失态而板着脸，他们那种垂涎欲滴的神情还是暴露无遗。只有王老三看上去是一副满不在乎的样子，他人是坐在那儿，可心却在别处。他等得都不耐烦了，他希望这一切赶快结束，结束后好回到他心驰神往的地方。

除了土地，王龙还有两院房子。乡间有一院，城里还有一院庞大的老房子，那是从黄府黄老爷手里买的，那时黄老爷快咽气了，房子快塌了，儿子们也都各奔东西了。除了房产和土地，还有不少钱，有借给这儿那儿的，有投在粮食买卖上的，还有几包搁在一边或藏起来的，加在一起和土地的一半价钱差不多。

在王龙的三个儿子分家产之前，另有几笔款项必须先扣除，除了几个佃户和做生意的应该得到的几笔小款项之外，最主要的是王龙的两位姨太太该得的部分。王龙一生娶了两个姨太太，一是荷花，那是他从某个茶馆里找到的，一方面是因为王龙看中了她的姿色，另一方面是因为他的乡下老婆已经使他腻味，他希望求得更够味的情欲的满足；另一个是梨花，她原本是他府上的一个丫鬟，是他收来抚慰他的晚年。这两个都是姨太太，哪一个也不算正式的原配。姨太太在老爷死后，如果还年轻，想改嫁，别人是不便过多指责的。三兄弟也清楚，万一她们不改嫁，只要还活着，她们就有权住在王宅里，而且他们得供给她们吃穿。荷花又老又胖，肯定不会改嫁了，而且她乐得留在王宅里继续舒舒服服地过日子。刘掌柜叫到她后，她就从门边的座位上站起来，由两个丫鬟搀扶着，一边用衣袖抹眼泪，一边悲伤地说道：

"唉，供养我吃穿的人不在了，我还会想谁呢？我还能上哪儿去呢？我现在也一把年纪了，能给我点吃的、穿的，再给我点消愁解闷的烟和酒，我也就心满意足了。我知道，我家几位少爷一向是很慷慨的！"

刘掌柜自己是个好人，便以为别人也都是好人，他和善地看着荷花，完全忘了她是一个什么样的人，也忘了他除了知道她当过一个好人的姨太太这一点之外还了解她些什么。他恭敬地说道：

"你讲得很好，也很合情合理，你丈夫是位善良的老爷，谁都这么对我说。好吧，我宣布，你每月可以得到二十两银子，仍旧住在原先的院子里，照样给你丫鬟，供你吃，除此之外，每年再给你几段料子做衣服。"

荷花一字不漏地听着，听到这里，她的眼珠子从老大身上转到老二身上，伤心地合上两只手，用刺耳的声音说道：

"才二十两？你说什么——才二十两？这点钱还不够我买点甜食的哩！要知道，我的胃口一向不好，那种粗茶淡饭我是咽不下去的！"

老掌柜摘下眼镜，惊讶地望着她，然后严厉地说道：

"好多人家全家一月的开销也不过二十两，不少有钱人家一旦老爷死了，能给十两银子就很不错了，更别说那些穷人家了。"

荷花这下可真哭开了，她还是头一次这样一点不装假地哭她的丈夫王龙：

"我的老爷哟！您要是不死就好了！我现在叫人家扔在一边不管了，您又跑到那么老远去了，再也救不了我啦！"

大少奶奶此时正好站在附近的帘子后边，她把帘子拉开，向王大使眼色，意思是，当着那么多有身份的人，荷花这样大哭大喊实在不成体统。王大坐在椅子上不知如何是好，想设法避开他太太的目光，却又避不开，这叫大少奶奶十分恼火。最后，王大站起来用压过荷花的嗓音喊道：

"刘大人，就多给她一点吧，要不没法接着往下说了。"

可是，王二憋不住了，他站起身来说：

"真要多给，就从我哥的那份里出吧！照我说，二十两银子的确够多了，算上她打牌花的钱都有富余哩！"

他之所以这样讲是因为荷花年纪大了之后越来越喜欢打牌，除了吃、睡，一天到晚就知道打牌。这时，大少奶奶气得不得了，她一个劲儿地冲她丈夫比画、使眼色，叫他千万别答应，最后干脆嚷嚷出来了：

"不行，给荷花她们的钱先扣，扣完了再分。荷花算我们什么人，凭什么要我们多给？"

大厅里开始骚动起来，温和的老掌柜看看这个，看看那个，不知如何是好；荷花是一刻不停地使劲儿闹腾，所有的人都被这乱哄哄的场面搅得头昏脑涨。要不是老三发火，还不知要闹多久哩。老三一下子站起身，用皮靴使劲儿踩了踩大厅的花砖地说道：

"我给！一点点银子算个什么？烦死人了！"

这倒似乎是一个解决难题的好办法。老大的太太说：

"他是办得到的，他单身一个，比不得我们拖儿带女的。"

老二笑了，轻蔑地耸了耸肩。他偷偷地笑了，好像在对自己说："要是有人傻得不知道自己照看自己，那可不关我的事！"

老掌柜可高兴了，他叹了口气，掏出手帕抹了把脸。他这个人在安静的屋子里住惯了，对荷花这种大吵大闹是不习惯的。荷花本来还可以再哭一会儿的，但是王龙的这个三儿子身上有一种挺厉害的东西，她想了想觉得还是不哭为妙。她突然收住了哭声，坐了下来，一副自得其乐的样子。尽管她竭力把嘴向下撇，装出悲伤的样子，但是不一会儿，她就不记得了，她随心所欲地把屋子里的每个男人看了个够，接着从丫鬟托着的盘子里抓起一把西瓜子呱嗒呱嗒地嗑开了，虽然她年纪不轻了，但满口白牙倒很坚固、齐全。她十分悠闲自得。

关于荷花的事就这么定了。老掌柜四周望了望之后说道：

"二姨太在哪儿呢？我看这里写着她的名字哩！"

这是在说梨花。刚才没有一个人注意到她到底来了没有，现在才发现她不在大厅里，于是差人到里院去找她，但是哪儿都找不到她。这时，王大才想起他根本就忘了告诉她了，于是他急忙派人去找她，其余的人在那里边喝茶聊天边等她。众人等了大约一个钟头，最后，她终于由一名丫鬟陪着来到了大厅门口。可当她往里一望，见到那么多男人时，便不肯进去，当她看到那个当兵的之后，干脆退到厅外的院子里去了，最后老掌柜只好到外边去找她。他和蔼地望了她一眼，为了不让她感到不自在，他没有正面盯着她看。他见她依然那么年轻，还是一位年轻女子，非常苍白但很漂亮，他对她说道：

"太太，你真年轻，要是你认为自己的生活还没有到头的话，谁也不能责怪你，给你的银子不会少，你可以回家，再嫁一个好人，或者你愿意怎么办都行。"

但是她根本没想到会听到这样一番话，她以为要把她送到外边的什么地方去，她不理解，她哭了，由于害怕，她的嗓音很弱而且有点颤抖：

"啊，先生，我没有家，除了我死去的老爷留给我的一个傻子之外，我没有别的亲人了，我们俩也没别处可去了。先生，我想，我们俩还可以住在原先的土坯房子里，我们吃得很少，只需要一点布衣服就行了，老爷死了，我再也不会穿绸子衣服了，一辈子都不会再穿了。我们不会来麻烦这个大院的任何人的。"

老掌柜回到大厅里，他问老大：

"她说的傻子是谁？"

王大犹豫了一阵，说道："她是个可怜的人、我们的妹妹，她从小就不大对劲儿。不过我爹我妈从不让她饿着，也不叫她受罪，不像有些家那样对待傻子，因此她才能活到今天。我爹嘱咐他的这个女人照看他的傻女儿，只要她不改嫁，就给她一份银子，她爱干什么就干什么。她这个人很温顺，的确，她不会来麻烦谁的。"

荷花听完，突然说道："不错，不过也用不着给她很多钱的，她从前是这里的丫鬟，吃惯了残羹剩饭，穿惯了粗布衣服，谁知后来老爷那么大年纪了却迷上她那张小白脸，肯定是她勾引老爷的——要说那个傻子嘛，早死早利落！"

王老三听到荷花这么一番话之后，狠狠地瞪着她，直瞪得她心里发毛，扭过脸去。接着他便大声说道：

"大姨太拿多少她就拿多少，我给！"

荷花虽不敢大声表示不满，但还是嘟囔道：

"小姨太和大姨太同样看待，这本身就不合适，再说她从前又是我的丫鬟。"

她似乎又要故伎重演，再来大闹一场，老掌柜一看苗头不对，急忙宣布：

"是的，是的，因此，我宣布，大姨太每月二十五两银子，小姨太每月二十两银子。"他又走出去对梨花说："太太，你还是回你的住处，静静地养着去吧。你想做什么由你自己决定，每月还可以得到二十两银子。"

梨花千恩万谢了一番。她由于事先不知道会发生什么事，紧张得嘴唇发白，声音颤抖。听说自己还能像从前那样太太平平地过日子，她心里的一块石头总算落了地。

这两桩事一解决，剩下的就好办了。刘掌柜接着往下进行，他刚要宣布把土地、房产和银子分成四份，两份给一家之主的老大，一份给老二，另一份给老三，突然间，老三开了口：

"我不要房产也不要地！年轻时，爹总想叫我务农，可我不干，我对地早就腻透了！我没结婚，要房子做什么？大哥、二哥，干脆把我那份都折成银子给我得了。不行的话，干脆我把我那份房产和地都卖给你们，你们给我银子得了！"

听到这番话，两位当哥哥的都愣住了：天下哪有这种人啊？把自己继承来的家产全部折成银子。银子是不经花的，而且花了就花了，一点痕迹都不留下，不像房子和地，好歹总是自己的一笔财产。大哥严肃地对老三说：

"三弟，天底下一辈子不结婚的人是没有的。我们迟早会为你说下一房媳妇的，既然爹去世了，这就是我们当哥哥的责任，到那时，你就需要房子和地啦！"

老二则说得更加直截了当："无论你打算怎么处置你份额内的那些土地，我们反正是不会从你手里买地的。这种事好多家都发生过。某一位兄弟把继承的产业折成银子带走了，过两天银子花完了又回家来大吵大闹，说家人骗了他的产业。反正银子已经没有了，口说

第三章 · 031

不足为凭,即便有凭据,也不过是一张写了字的纸片,碰到想赖账的人也说不清楚。即便这个人自己不来闹,他的儿孙也会来闹,就是说,几代人都不得安宁。要我说,这地一定得分。如果你肯的话,我可以为你照料这些地,把这些地每年的收入交给你,但你一定不能把自己继承的产业折成银子带走。"

谁都不得不佩服老二的这番心计,于是,尽管老三还在嘟哝"我不要房产也不要地",但根本没人理他这个茬,只有刘掌柜好奇地问了一句:

"你要这么多银子干什么?"

当兵的老三粗声粗气地说:"我有我的事业!"

他们之中没一个人听得懂他的意思。过了一会儿,刘掌柜宣布银子和地必须得分,如果老三确实不想要城里的好房子,那倒可以要乡下的土坯房子,因为原料是地里的泥土,又花不了多少人工,所以这房子值不了几个钱。刘掌柜还宣布老大、老二必须为老三的婚事预备一笔钱,当爹的去世了,这就是当兄长的责任。

王老三静静地坐在那里听完刘掌柜上面那番话。当一切都按规矩公平地分妥之后,三兄弟设宴招待出席遗产分配仪式的来客,然而由于服丧期未满,他们还不可以尽情欢宴,也不能穿绸缎衣服。

王龙一辈子在上面费尽心血的土地,现在不再属于他,而是属于他的儿子们了,只有那一小块坟地是属于他的。然而,王龙的血肉之躯溶化并流入大地的深处了;他的儿子们在大地上面随心所欲,他却躺在大地的深处,他仍然有自己的那份份额,这是谁也夺不走的。

第四章

王老三早就等得不耐烦了，遗产分配的事一结束，他就通知他的四个勤务兵，准备立即上路，赶回部队。看到他如此来去匆匆，王大很吃惊，他说：

"什么？——你又要走啊？连为咱父亲服三年孝的时间你都等不得吗？"

"再等三年？那怎么行？"老三激动地说，边说边拿他那双厉害的眼睛瞪着他的大哥，"只要我离开了你和这个家，就没人知道我在做什么，也没人在乎是否知道我在做什么！"

听了这话，王大好奇地看着他弟弟，并且不无困惑地问道：

"到底是什么事逼得你非走不可？"

王老三在往皮带安上佩剑时停了一下。他朝他大哥望了一下，王大是个有点虚胖的人，满脸的肥肉往下坠，嘴唇挺厚，有点往上噘，手指摊开着，他的手和女人的一样，尽是肥肉，指甲又长又白，手掌心是粉红色的，又厚又软。王老三移开目光，轻蔑地说道：

"告诉你，你也不懂。我只需说我必须马上回去，这就够了，因为那边有人等着我回去领导他们。我只需告诉你，我手下有一帮人随时准备听从我的命令。"

"那你挣不少钱吧？"王大不解地问道，根本没感觉到他弟弟语气中所含的嘲讽，因为他总自以为自己是个讨人喜欢的人。

"有时挣得多，有时不见得。"老三答道。

但是王大实在想不通为什么会有人做了事却不要报酬，于是他接着说：

"这算什么买卖？雇人干活又不付工钱。要是我像你这样当兵或当手下有几个兵的上尉，如果一个将军命令我打仗却又不发饷的话，那我肯定会投奔别的将军的。"

老三并不答话。走之前，他心里还惦记着做一件事。他找到了老二，对他悄悄地说：

"你别忘了每月给梨花的钱要付足，给我送银子之前先把那五两银子扣出来。"

老二睁大他那眯缝着的双眼。他这个人不大容易理解别人为什么要白白地把大笔的钱给出去，于是他问道：

"你为什么要给她那么多钱？"

老三急急忙忙地答道："她要照顾那个傻子。"

他似乎还有话要说可又不想说，那四个勤务兵帮他收拾行装时，他显得坐立不安。他走出城门，朝他父亲土地的方向望去，分给他的土坯房子也在那个方向，他又嘟哝了一句：

"既然分给我了，倒不妨走一趟，去看看我的房子。"

但他深深地吸了一口气，摇了摇头，又回到城里的房子里。他叫上四个勤务兵，急匆匆地上路了。他很高兴自己终于离开这里了，这里似乎总有某种来自他父亲的力量压制着他，而他却无力反抗。

另外两个儿子也盼着早点从父亲底下解放出来。老大盼着三年服丧期快点过去，那时他就可以把父亲的牌位请到专摆祖宗牌位的祠堂里去。一天不请走牌位，他就一天不舒心，总感到父亲至今还在监视着他似的。老大希望能自由自在地寻欢作乐，随心所欲地花他父亲留下来的银子。但是，只要不请走牌位，他就不敢随便动腰包里的银子，也不敢去寻欢作乐，三年服丧期未过就去寻欢作乐是不成体统的。对这个整天想着偷偷地去寻花问柳的浪荡公子来说，王龙这个老头子虽然死了，却还是有一定的约束力的。

老二也有自己的一套计划，他想把一部分土地变卖成银子，为的是扩大他的粮食生意。刘掌柜老了，他儿子又是个读书人，不热衷于搞父亲的那一套生意，老二就想把刘掌柜手里的一些市场弄到手，这样一来，老二不但可以把粮食运出这地区，而且可以运到邻国去。但是在服丧期内搞这么大的交易似乎不太可能，老二也只好耐心地等着，什么话也不说，最多有一搭没一搭地问老大：

"等服完三年孝，你的地打算怎么办？是卖呢，还是怎么着？"

老大也心不在焉地答道："嗯，我还没想好哩！我几乎没想过。不过我不像你一直在做生意，这么大年纪了，再搞生意也不行了，我想，我怎么着也得留下够我养家糊口的地才是。"

"可我跟你说，对你来说，有了地也是件麻烦事，"老二说，"如果你自己当地主，就得有佃户租你的地才行，你还得去收租、过秤，想靠租地过日子，那还真有不少啰唆事哩！这些事，爹在世时，都是我帮着干的，但这会儿我不能再帮你干啦，我也有我的事。我想把地全卖了，只剩下一点最好的地，再把卖地得的银子全部用高利息贷出去。咱俩比一比，看谁先发财。"

王大很眼红地听完老二这番话，他知道自己要花很多钱，要花的钱比他现有的多得多，他有气无力地答道：

"好吧，我再看看，或许卖得比原先想的再多点，然后再和你一样把钱贷出去。不过，看看再说吧！"

在谈卖地这件事情时，两个人都不由得压低了嗓音，仿佛他们担心埋在地下的老人可以听见他们讲话。

这两兄弟竭力压制自己不耐烦的情绪，等着三年服孝期满。荷花也在等，边等边发牢骚，因为三年之内她不可以穿绸缎衣服，而只能规规矩矩地穿棉布衣服；她边等边叹气，因为她实在不喜欢穿布衣服，而且这三年之中，她不可以去赴宴、作乐，要去也只能偷偷地去。荷花交了五六个老妇人，家境都不错，这些人整天坐着轿子走东家串西家，饮酒作乐，打牌聊天。这些人都过了怀孕生孩子的年纪，因此一点都不用操心家里的事，如果她们的丈夫还没死，那他们也早就去找更年轻的女人了。

荷花常在这帮女人面前埋怨王龙，她说：

"我把一辈子当中最宝贵的青春献给了他，全都给了他，不信你们可以问杜鹃，我年轻时可漂亮了。我一直跟他住在乡下那间土坯房子里，从未进过城，直到他发了财买了城里这套房子才搬来住。我从不抱怨，对他百依百顺。他什么时候想拿我取乐，我都答应他，但他还嫌不够。等我年纪稍大一点之后，他马上把我的一个丫鬟收去当了三房。那个丫鬟又白又弱，我是出于可怜才收留她的，她根本干不了什么事。现在他死了，我得了什么？就那么几两破银子。"

听完这番话，总会有这个或那个女人安慰她两句，人人都装着

不知道荷花结婚前只是个在茶馆卖唱的歌女。有时会有个女的大声嚷道:

"唉,男人都是这副德行的,等我们人老珠黄了,哪怕就是他们把我们整得人老珠黄的,他们就另寻新欢!我们当女人的全都是这个命!"

她们一致同意两点:一是所有的男人都是邪恶、自私的;二是她们是所有的女人中最值得同情的,因为她们做出的牺牲最彻底。取得了一致意见,而且每个人把自己的男人数落一番,说明他是最坏的之后,她们就津津有味地饱餐一顿,然后再摆开牌局,大战一场,荷花就是这样一天天打发日子的。杜鹃也很起劲,因为照一般规矩,牌桌上赢的钱总要赏一些给仆人的。

即便如此,荷花仍然希望这三年服丧期快点结束,那时她就可以脱下棉布丧服,重新穿上绸缎衣服,彻底忘记王龙。有时,全家都要到王龙坟上烧纸烧香,为了大面上过得去,荷花也不得不去,除此之外,要不是每天清早穿棉布丧服、晚间脱棉布丧服的话,荷花根本就不会想到王龙,因此荷花希望尽早扔掉这身棉布丧服,那样她就根本用不着想起王龙了。

只有梨花一点不着急,她经常到王龙的坟上去悼念他,而且总是挑没人的时候去。

在服丧期间,两兄弟,以及他们的太太、孩子,都必须生活在一起,住在这个大院子里。妯娌间一向不和,住在一起并不容易。妯娌俩不和,闹得兄弟俩也心烦意乱,因为她们俩谁也不会把话憋在肚子里，有机会单独和自己丈夫在一起时，她们总要大叹一番苦经的。

王大的太太以她惯用的矜持口吻对王大说："说来也怪了，自从嫁到你们家，我从来没有得到过应该有的尊重。老爷子在世时，我想我只好忍着，我不想让孩子们见到他们的爷爷是多么粗鲁、多么无知，我嫌丢人。我之所以肯忍受，是因为我应该这么做。现在老爷子去世了，你是一家之主了。老爷子愚昧无知，因此看不清你弟媳妇是个什么样的人，不知道她是怎么对待我的，可现在你当家了，你知道她是个什么人了，为什么你还不好好教训教训这个女人呢？她从不把我放在眼里，还以为我同她一样，也是粗俗的、不吃斋念佛的乡下女人哩！"

王大哼了一声，尽量耐着性子问道：

"她又对你说什么啦？"

"倒不光是她说了些什么话，"这女人冷冷地答道，说话时嘴唇几乎不动，语调也毫无抑扬顿挫，"关键是她的行为和品性。每回我走进有她在里面的屋子时，她总装着在忙一件脱不开手的事，于是既不起身打个招呼，也不给我让座儿。她那副俗气相，别说在我面前讲话，就是从我身边走过，我都受不了。"

"得了，我总不见得去对老二说，'你太太那副俗气相，我太太实在吃不消'。"王大边摇头边说，说着，顺手去摸腰包里的烟斗。他为自己的这番巧妙的答话感到得意，居然斗胆笑了笑。

这个女人就是没有那种尖嘴利舌的本事，事实上，好多次她都希望自己能很快地和别人来一场唇枪舌剑，可就是心里有话，舌头的反应却没那么快。她恨老二的太太，正是恨她的尖嘴利舌。还没等这个城里女人想好一篇正儿八经的答话，那个乡下女人眼珠早转了好几转，嘟嘟嘟一顿快人快语把城里女人搞得狼狈不堪，以至旁边站着的仆人、丫鬟都背过脸去，怕大少奶奶看见他们在笑。有时，某个年轻丫鬟一不小心咯咯地笑出声来，其他人也忍不住笑了起来，城里女人被搞得十分恼火，于是便更恨那个乡下女人了。听完老大的答话，这女人盯着她丈夫看了一下，看看他是不是也在拿她开心。只见他悠闲地坐在藤椅上，笑眯眯的。她挺直腰板坐在硬木椅子上，垂下眼皮，把嘴收得又小又紧，冷冷地说道：

"我很明白，连你也看不起我！自从你娶了那个烂污女人以后，你就看不上我了。我要是没有嫁人就好了。要不是为孩子着想，我真想出家当尼姑算了。为了把你这个家搞得像样一点，至少比农夫的家像样一点，我花了多大精力，可你呢，连声谢谢都没有。"

她边说边用袖子小心翼翼地擦去泪水。然后，她站起身来，走进她的房间。隔了一会儿，王大便听到她高声念经的声音。这位太太近年来常常求助于尼姑、道士，求神拜佛的事做起来是一丝不苟。她自己花不少时间念经不算，还常请尼姑到家来指点她。尽管没有起誓说要吃素，但是她一再声明自己几乎是动不得荤腥的。她在富人家，这样做就不像穷人家那么必要了，穷人家为了保险起见是非这样做不可的。

现在，她又像往常生气之后那样，到房间里去高声念经了。王大听到后，无可奈何地摸了摸脑袋，叹了口气。的确，自他娶了二房之后，大太太一直不肯原谅他。姨太太原先是个头脑简单的小美人，是他有一天逛街时在一个穷人家门口见到的。当时，她坐在大盆边上的小木凳上洗衣服，她年轻、漂亮，弄得他神魂颠倒，走过她时，一而再再而三地回头张望还看不够，后来干脆来回在她跟前走过。她父亲见她能嫁到这么有钱的好人家去，真是求之不得，王大也确实给了他不少钱。但这个女人的确头脑极其简单，王大现在对她已了如指掌。有时，他不免纳闷当时自己怎么会那样迷恋她。她对大太太怕得要命，自个儿一点脾气都没有。有时，王大叫她到他的房里去过夜，她竟会低下头去支支吾吾地说：

"那么，大太太能答应我今晚去你那儿吗？"

有时见到她那副胆怯的样子，王大真是生气，他发誓下次一定娶一个身强力壮的泼辣女人，不像其他女人那样老是害怕他的大太太。但有时，见到小老婆在大太太面前千依百顺，甚至不敢正眼看他一眼，他又暗暗觉得，也许这样反而好一些，至少，这两个女人没有大吵大闹，他的日子总算还太平。

尽管小老婆这样听话在某种程度上叫大太太满意，但她仍然不停地指责王大。首先，他毕竟还是娶了第二个女人；其次，即便非娶不可，为什么要娶这么个穷丫头。王大讨厌大太太，喜欢姨太太那张可爱的娃娃脸，大太太骂她骂得越凶，他就越喜欢她，于是，明明是自己的小老婆，但为了要得到她，王大不得不鬼鬼祟祟、偷偷摸摸的。她要是说不敢到他房间去，王大就说：

"你就放心大胆地来好啦，大太太今晚倦极了，不愿意我去纠缠她的。"

大太太的确是个冷漠的女人，她庆幸自己已经过了生育的年龄王大给她作为大太太应该享有的尊重，白天对她千依百顺，姨太太也是如此，但是晚上，姨太太就到王大身边，这样一来，王大的两位太太便各得其所，倒也相安无事。

然而，同弟媳之间的争吵还没有了结，王二的太太还在冲她丈夫发牢骚：

"一看见你嫂子那张白不呲咧的脸，我就恶心得要死。我跟你说，你要是再不把咱家的院子同他们的隔开，我总有一天要在大街上臭骂她一通，非把她羞死不可。她这个人最小肚鸡肠了，生怕别人不尊重她，冲她鞠躬时弯腰弯得不够。我根本不比她差，只比她强，幸亏我不像她，你也不像那个傻大胖子，尽管他是你哥！"

王二和他太太相处得不错。他是个举止文静、黄黄瘦瘦的小个子，他喜欢她，是因为她红光满面、膀大腰圆、性欲旺盛，还因为她聪明伶俐，是个会持家的好妻子。尽管她父亲是农民，她过去没享受过好日子，但现在能享受了，她也不像有的女人那样拼命追求享受。她宁可吃粗茶淡饭，穿布衣不穿绸缎。她唯一的缺点是那张嘴太碎，喜欢和仆人们一起东家长西家短地瞎聊天。

她喜欢自己洗、自己擦，用自己的两只手干，因此说她称不上太太也的确不假。不过，正因为如此，她就不必雇那么多仆人，她只雇了一两个农村姑娘当她的心腹丫鬟。这也正是王大的太太反对她之处，她不懂得主仆应该有尊卑之分，却去和仆人们平起平坐，有失主人的身份。仆人之间免不了要交谈，于是当嫂子的便听到弟媳妇的仆人吹嘘她们的女主人是如何大方，比另一位大方多了，她一旦心情好，就会送她们点吃剩的点心啦，送点做鞋用的零碎布料啦,等等。

王大的太太对仆人确实苛刻,可她对谁不苛刻?对她自己也一样苛刻。但是她从来不像王二的太太那样跑进跑出:穿一身褪了色的旧衣服,头发乱蓬蓬的,趿拉着一双脏鞋,一双脚也够大的。王大的太太坐起来都和那个乡下女人不一样,那个女人坐着或站着给孩子喂奶时,经常是大敞着怀,把一对乳房全露在外面。

其实说起来,这两个女人吵得最凶的一次正是由喂奶的事引起的,而且这次大争吵反倒使兄弟俩最终找到了和解的办法。有一天,王大的太太走出大门刚准备上轿,那天正好是一个神的诞辰,她想到城里供奉这尊神的庙里去还愿。她刚走到街上,就看见王二那个乡下女人像下人那样敞着怀,一边奶孩子,一边跟一个卖鱼的贩子说话。

这种粗俗不堪的景象是她所不能容忍的,于是她走过去狠狠地责备她的弟媳,她说:

"你作为我们家的一位太太怎么能这样做呢?即便是我的仆人,我也不允许这样,这也实在太不雅观了……"

她讲出话来一板一眼、慢慢悠悠的,根本不是那个乡下女人的对手:

"谁不知道孩子要吃奶呀?我有孩子要吃奶,也有奶好让孩子吃,没有什么雅不雅的!"

她不但不把上衣的纽扣扣好,反而扬扬得意地把孩子掉转头来,吮她的另一个乳房。听到她大声嚷叫,一帮人慢慢聚拢来看热闹,在厨房里忙乎的女人跑了出来,边走边擦手,挑担的农夫也放下担子来欣赏这场争吵。

可是,见到那一张张黄脸,王大的太太受不住了,她打发走了轿夫,跌跌撞撞回到自己院子里,烧香还愿的好兴致荡然无存。乡下女人可没见过这种矫揉造作的劲儿,她一向见到的就是当妈的在哪儿都可以奶孩子,谁知道什么时候小孩会哭着要这要那的?不用奶头,谁能叫孩子不闹?于是,她站在那里一个劲儿地嘲骂她的嫂子,而且连骂带损,十分巧妙,逗得围观的人群哄笑不止。

王大太太的一个丫鬟出于好奇,站在一边听了一阵,然后跑到女主人跟前把乡下女人说的话原原本本地学了一遍。她悄悄地说:

"太太,她说您太清高了,弄得我们老爷整天不知如何是好。您要是不发话,老爷都不敢和他的小老婆亲热,只有您发了话才行,听的人全都笑了。"

一听这话,王大太太的脸都气白了,她一下子跌坐在正厅方桌边的一把椅子上,等着。那个丫头又跑了出去,过了一会儿又气喘吁吁地回来报信:

"现在她又在说,您对道士尼姑比对自个儿的孩子还亲,还说,谁都知道那帮人心怀鬼胎,不是好东西。"

听到这番诋毁,王大太太站起身来,她再也忍受不住了,她吩咐丫鬟叫看门人立刻来见她。于是,丫鬟又一次兴高采烈地奔出去,要知道并不是天天都有这样的好戏可看的。不一会儿,她把看门人带进来了。看门人是个饱经风霜的老人,以前也是王龙的长工,因为他人老又忠心耿耿,再说没儿子供养他,所以他被留下来看大门。他也跟其他人一样很害怕见大太太,他弯着腰,低着头站在她面前,

第四章 · 043

她语气威严地说道：

"老爷现在在茶馆，不知道家里发生了这种事，他兄弟也不在这里，没法管他的家，我必须尽到我的责任，我不能让大街上的老百姓在我们家门口张口瞪眼地瞧热闹。你快去把大门关上。万一把老爷的弟媳妇关在外面了，就把她关在外面好了。她要是问谁叫你关大门的，就告诉她是我说的。你一定要照我说的去做。"

这老头儿又鞠了一躬，一声不吭地退了出去，去干大太太吩咐他干的事情。乡下女人还在那儿，围观的人群一阵阵哄笑使她感到很来劲。她没有注意到身后的大门正在慢慢地关上，直到只剩下一道门缝时，她才发现。老人把嘴贴在门缝上，用沙哑的嗓子轻轻地说：

"嘘！太太！"

她回头一看，明白是怎么回事之后，一步跨到门前，侧身一挤，钻进了大门，孩子依然抱在她怀里。她尖着嗓子问看门老头儿：

"谁叫你把我关在门外的，你这条老狗？"

看门老头儿低声下气地回答："是大太太，是她叫我把您关在外面的，因为她不愿意那么多人围在她家门前吵吵嚷嚷的。不过，我在关门之前还是先告诉您了。"

"这两扇大门难道是她的？难道我就该被关在自己家的大门外面？"她一边尖叫着，一边猛地冲进她嫂子的院子。

可是，王大的太太早就料到她会来这一手的，她已经钻进自己的房间，闩上门念起经来。不管那个乡下女人怎么拼命敲门也没用，她听到的只是单调平板的念经声。

不用说，兄弟俩当晚就从各自的太太那里了解到了白天所发生的事。第二天一清早，在去茶馆的路上，两兄弟见面时都面带倦容。老二带着自我解嘲的笑容先开了口：

"太太们想挑唆我们不和，但咱俩没工夫做冤家。最好把她们俩分开。你眼下住的院子归你，冲大街开的那扇大门归你们用。我还住现在的院子，开一道冲着小巷的门归我们用，这样，我们的日子可以太平一点。如果将来老三要回来住，就把原先咱爹的那院房子给他住。旁边大姨太的那院子，等她死了也可以给老三。"

头天晚上，王大的太太把经过的情形一五一十地说了一遍又一遍，这回王大真让她给逼急了。王大赌咒发誓地对他太太说，这次他一定绝不手软，毫不客气；对，这次他非得摆摆一院之主的谱不可，一院之主的太太竟然被一个应当俯首听命的晚辈气成这个样子，那还得了？听完弟弟的一番话，他想起了头天晚上受太太催逼的情景，于是，尽管话讲得并不厉害，但他还是责备说：

"不过，你太太在大庭广众下那样对我太太讲话，实在太不像话，这事不能就这么算了。你至少得揍她一两顿。我一定要你揍她一两顿。"

老二那双眼睛滴溜一转，接着他就花言巧语地哄他哥哥了：

"哥，您跟我，咱俩是爷儿们，谁不知道娘儿们是怎么回事？她们再能耐，也是头发长见识短。好男不跟女斗。哥，咱哥儿们，谁还不知道谁？您说得不错，我那口子就是个傻乎乎的乡下女人。您跟嫂子讲，就说我这么说了，我替我那口子给嫂子赔不是。赔个不是怕啥？又不少身上一块肉。咱们把女人和孩子都分开，咱就太平了。哥,咱照样在茶馆里碰头,谈咱们要谈的正事,一回到家,咱各进各的门就是了。"

"不过——不过——"王大一着急说不下去了,他那脑子的确不如他弟弟转得快。

老二的脑子确实好使,这时他马上看出他哥哥本人已经消了气,关键是不知道回家后怎么向太太交代,于是,他接着说:

"哥,跟您说,您就这么对嫂子讲,'我把我弟弟的院子同咱们的隔开了,以后他们再也没法来瞎搅和了。对这种人,就得这么教训他们才行'。"

王大听完这番话果然高兴了,他笑了。他一边搓着他那双又白又胖的手,一边说:

"对,就这么办!"

老二说:"我今天就去请泥瓦匠。"

这么一来,兄弟俩都把自己的太太哄得心满意足了。老二对他太太说道:

"这下好了!你再也用不着受那个装腔作势、傲气十足的城里女人的气了。我跟我哥说了,我再也不愿和那女人住一个院子了。我们分家,我当我自己的一家之主。我不用再受我哥的欺负,你也不用听他老婆的使唤。"

老大回到太太身边,大声说道:

"一切都办妥了,我美美地收拾了他们。你放心吧。我对我弟弟说,'你、你老婆、你孩子不能再和我们一起住了,有大门的这院房子归我们,你们在朝东的小巷那边再开一道门,以后你女人再也别想来惹我太太生气了。就算你老婆还愿意在大街上像老母猪奶小猪那样，在自个儿门前晃来晃去地给孩子喂奶，那么至少也不会丢我们的人了！'孩子他妈，我就是这么说的，你放心好了，因为你再也用不着见那个乡下女人了。"

妯娌俩分别被自己的男人哄得心满意足的，都以为自己是彻底胜了，对方彻底败了。兄弟俩的关系也比从前好多了，而且都认为自己是非常聪明、了解女人的男子汉。两兄弟心情都非常好，他们盼着服丧期快点结束，那样，他们便可以在茶馆聚会，商量怎样卖掉那些他们打算卖掉的地。

三年，在变化多端的等待之中，终于过去了。哀悼王龙的服丧期终于结束了。根据历书择定了结束丧期的日子。王大为脱孝服的各种仪式又忙乎了好一阵子，他无非是向老婆讨教，他老婆最懂这一套了，于是他老婆一件件向他交代，他一件件去办。

王龙的儿子、儿媳和所有穿了三年孝服的近亲都穿上了漂亮的绸缎衣服，女的还都挂了点红颜色。在好衣服外面，又套上了他们穿了三年的麻孝袍，根据当地的风俗，他们走出大门，门口堆了一堆金银色锡箔叠成的元宝，道士们站在旁边，然后点燃了纸钱。在火光中，为王龙穿孝的人全都脱去了孝袍，露出了穿在里面的鲜艳的衣服。

仪式完毕，众人走进院内，相互祝贺悲悼的日子终于过去。他们向王龙的新灵牌鞠躬，因为旧灵牌已经被烧掉了。他们还在新灵牌前供上了酒肉。这块新的灵牌是永久性的，是用上好的硬木做的，下面有一个小木盒托住，这种永久性的灵牌一般都是这样的。

给灵牌上漆的同时，王龙的儿子去找镇上最有学问的人为王龙的牌位题词。

镇上最有学问的人要算老秀才的儿子了。老秀才曾经当过大家的私塾先生，年轻时也曾进京赶考。不错，他没考中什么，但学问总比从未进京赶考的人大得多。如今，他把自己的学问全传授给了他儿子，他儿子也是个秀才。接到邀请来做这么荣耀的事情之后，他便像秀才们那样，甩着袍子、踱着方步，大摇大摆地来了，鼻梁尖上还架着一副眼镜。一到之后，他就先在牌位前按规矩行了礼，然后便在牌位前的桌子旁边坐下，接着把长袖往上一拂，把驼毛毛笔的笔锋舔得尖尖的，准备动笔了。毛笔、砚台、墨全是崭新的，作这样的题词，这些东西必须是崭新的。就这样，他开始挥毫题词了。写到最后一个字的最后一笔的时候，他停顿了一下，等了一会儿，闭上眼睛，沉思片刻，似乎只有这样，他才能抓住王龙的整个灵魂并且在最后一字的最后一笔之中充分表现出来。

沉思片刻之后，他想起了这么一句："王龙，其肉体与灵魂之财富均属于土地的人。"想到这一句之后，他仿佛觉得自己抓住了王龙这个人的实质，也便牢牢地抓住了他的灵魂。他用毛笔蘸了点朱砂，在灵牌上写下了最后一笔。

写好灵牌之后，王大用双手小心翼翼地捧着，他们一起跟着他，把灵牌放到楼上一间专放灵位的房间里，里面放着王龙的父亲和祖父的牌位。这两位先人的牌位现在放在这么阔气的房间里，这是他们活着时想都没想过的事，在他们看来，只有阔人才搞牌位之类的东西。即便他们想到过牌位，那最多也不过是请一位识点字的人在一张纸上写好他们的名字，然后贴在屋里的土墙上，能贴多久就算多久，直至残破不堪。但是，王龙一搬进城里的这套房子，就为他的这两位先辈搞了两个牌位，似乎他们也住在这里，其实，究竟他们的灵魂在不在那里谁也不知道。

王龙的牌位也被放进了这间屋子。当他的两个儿子做完了该做的事情，关门离开那间屋子时，他们内心深处不觉暗暗感到高兴。

现在该是大宴宾客、高高兴兴的时候了。荷花穿了件丝袍，耀眼的蓝底上配着大花。对她这么个又老又胖的女人来说，这件衣服未免太刺眼了，不过大家都只顾大吃大喝，没有人去说她，再说大家也都知道她是个什么样的人。宴席间，人们又说又笑又喝。王大喜欢热闹的宴席，于是一遍又一遍地大声嚷道：

"喝干！喝干！把杯底亮出来！"

他喝得太多，结果双颊和眼圈都慢慢泛出暗红色。他太太此时正在另一个院里和女眷们在一起，听说他快要醉了，立即派了个丫鬟传话说："喝醉酒不是什么体面的事，特别是在今天这种场合。"这么一来，他终于清醒了一些。

不过就连王二今天也觉得挺快活的，一点也不吝惜什么。他抓住机会悄悄同一些客人交谈，以便弄清楚有没有人想买地，而想买的地又比他能拿得出的数目还大。他东转转西转转，不断地对人说，他有些好地打算卖掉。这一天就这么过去了，兄弟俩各自都很满足，因为他们都终于挣脱了亡父原先套在他们身上的枷锁。

有一个人没有参加这次宴席，那是梨花。她托人带话说："我照顾的那个姑娘今天有点不舒服，我不来了。"反正她不来也没有人惦着她，于是王大派人传话说，如果她不愿来也可以不来。只有她一个人还没有脱去孝衣，白鞋没脱，白头绳也还没解掉。她也没给傻姑娘脱下或解去这些象征悲哀的东西。其他人大吃大喝的时候，她在做自己爱做的事情，她拉着傻姑娘的手，领着她到王龙的墓边坐下。傻姑娘在那儿玩耍的时候，梨花坐在那儿看田野，心里很满足，因为她和喜欢过她的人离得那么近。眼前的田野是由横一块、竖一块错落有致的绿色的田畦组成的，一直向前、向左右延伸，直至她看不见的远方。远处有一个蓝色的小点，或站或动，那是一位农夫在侍弄他的春麦。王龙也曾这样弯腰侍弄他地里的庄稼，梨花想起了王龙讲给她听的许许多多事情。王龙上了年纪之后，老喜欢给梨花讲很久以前梨花尚未出世时的事。他特别爱讲给她听，他以前是怎么犁地，又是怎么种植的。

  王龙一家人的这一刻、这一天就这样过去了。可是，即便是如此重要的一天，王龙的三儿子也没有回家来看看。他是不会回来了。不管到哪儿，一去他就扎在那儿了。他忙忙碌碌地过着他自己的生活，与家中的其他人隔开了。

第五章

有些大树的树杈是从强壮的主干上发出来的，但是一旦发出来之后就按照自身的方式向四面八方伸展出去，尽管它们的老根只有一个。王龙的三个儿子也是这种情形。王龙的小儿子王老三是三兄弟中最壮实的一个，也是意志最坚强的一个，他现在在南方的某省当兵。

接到父亲病危消息的那一天，王老三正好站在郊外的一座庙前，他的司令住在城里。庙前有块空地，正好用来操练他的士兵。他还教他们战略战术。那天，他在练兵的时候，他哥哥派来送信的人急急忙忙地跑来，气喘吁吁地说：

"三少爷——您父亲，我们老爷快不行了！"

自从愤然离家出走，王老三再也没和他父亲有过来往。他之所以生他父亲的气，是因为当时已经年迈的父亲居然把养在家里的年轻丫鬟梨花娶为小老婆，直到听到这件事，王老三才发现自己早已爱上了梨花。那天夜里，他闯进了他父亲的院子；白天他听到这个消息后已经生了一天的闷气，他憋得实在受不了，终于冲进了父亲的房间，看见父亲和她在一起。她面色苍白，静静地坐在那儿，他很清楚本来自己是可以爱她的。对父亲的愤怒像大海的波涛一样，简直无法控制，他知道，倘若自己留下来，任凭愤怒的情绪继续发展的话，他非气死不可。当晚，他便逃出家门，由于他从前一直渴望成为一名闯荡江湖的英雄豪杰，于是他花光了所有的钱，尽可能往南方走，终于投奔了一位当时有名的绿林司令。王老三又高又壮，黑黑的脸，杀气腾腾的，硬嘴唇、大板牙，那个司令一眼就看中了他，并且要他在自己身边做事。他再三提拔王老三，比通常的提拔快得多。王老三之所以如此得宠，一方面是因为他沉默寡言、不苟言笑，很快获得了司令的信任；另一方面是因为他性情暴躁，一旦脾气上来什么都敢干，要想招募到这样勇敢的士兵并不是那么容易的。除此之外的原因就是战争。一打仗，士兵就有机会得到较快的提升。王老三的情况就是如此，他上面的军官战死和被撤之后，司令就不断地提升他，从普通兵一直升到连长，王老三回乡为父亲奔丧时就已经混到连长了。

听完送信人带来的消息之后，王老三便支走了手下的士兵，一个人在练兵场上踱来踱去，送信的人远远地跟在他后面。那是初春的一天。以前，在这种日子，他父亲王龙总是会早早地起身，走出去看他的庄稼，或是扛起锄头到麦田里松土。别人也许看不到任何新生命的迹象，但是他从中看到了幼苗茁壮成长的势头，看到了一种变化，看到了丰收的苗头。现在王龙去世了。他的三儿子觉得，在这样一个初春的日子很难想象到死。

王老三也以自己的方式感到了春天的气息。他父亲坐卧不宁地往庄稼地里去的时候，王老三也在这里坐卧不宁。每年春天他都要想起自己心中的大计，那就是离开老司令，自己招兵买马，另立山头。每逢春天，他就觉得自己可以做而且必须做成这件事。他年复一年地计划着怎样才能做成这件事。这件事成了他的梦想和野心，这种梦想和野心越来越强烈，到了今年春天，他暗暗对自己说，今年非动手干不可了，他再也忍受不了在老司令手下跑龙套的生活了。

实际上的情形是王老三十分痛恨老司令。当初他刚投奔到老司令麾下时，老司令正领着一帮人反抗贪官的压迫，那时司令还年轻，因此可以讲出一大套革命道理，以及所有勇敢的人为什么要为一项正义的事业而奋斗等，而且他声音洪亮，口若悬河，不知不觉地就把听的人感动了。

王老三第一次听到这些振奋人心的美好言辞，也受了感动，他这个人心地纯朴，于是暗暗发誓一定要站在司令一边，为正义的事业而战，这种崇高的目的在他心里深深地扎了根。

起义成功之后，司令从沙场上退了下来，选了一块山清水秀的河谷地带安营扎寨。看到一个沙场上的英雄一下子变成了沉湎于声色的凡夫俗子，王老三确实感到震惊，司令忘本到了如此地步，王老三觉得实在不能原谅。王老三觉得自己受了欺骗，被人夺走了些什么，具体被夺走了什么，他自己也说不清。正是这种痛心疾首的心情使他萌发了自己出去另闯一番事业的念头，他想离开司令，尽管从前他在沙场一心一意地为司令效劳过。

这些年来，司令再也没有号召力了，他既不下地也不打仗。他自己越长越胖，每天大鱼大肉地吃，喝的是国外搞来的催人发福的烈性酒。他闭口不谈打仗的事，整天谈的是某某厨师在海里抓来的鲜鱼上所浇的什么调味汁，以及这位厨师居然能烧出皇上都喜欢的某种菜肴，等等。除了吃之外，他所知道的唯一一种娱乐便是女人。

他搞了五十多个小老婆，而且他还挺有兴致地罗致各种不同类型的女人。有一个洋女人的皮肤雪白，眼睛碧绿，头发跟大麻似的，这也是他花了一大笔钱从不知什么地方搞来的。不过，他也害怕这个女人，因为这个女人一肚子不满意，整天愁眉不展，还不时用她的外国话嘟嘟囔囔，像在念咒语。尽管如此，老司令还是觉得她挺有意思，不时把她当自己的本钱，吹上一通牛，甚至在他的小老婆们面前吹。

司令是这副德行，下面的营长、连长也都越来越不像话，整天聚在一起吃喝玩乐，也不和当兵的住在一个地方，当兵的全都恨透了司令和他手下的那帮当官的。由于长期不打仗，有抱负的年轻人感到压抑，不知所措。王老三不和那帮当官的同流合污，仍然过着清贫的生活，对于女人，他甚至连看都不看一眼，这帮年轻人便一个一个地、一帮一帮地聚集在他周围。他们互相议论道：

"他就是能带领我们闯出去的人吗？"

他们把期望的目光转到王老三身上。

只有一件事叫王老三感到不好办，那就是他没有钱。自从离家出走，他除了每个月底从司令那儿领一份可怜的军饷之外，一点富余的钱都没有，有时甚至连这份钱都领不到，司令总拿不出足够的钱付给他手下的官兵——他自己的花费太大了，家里那五十个女人个个贪得无厌，经常为了珠宝和衣服等争得不亦乐乎，有时大哭大闹，有时献媚撒娇，总之要把东西搞到手为止。

于是，王老三觉得要想实现他所希望的事情就非得领着一帮人当一阵子强盗、土匪不可，许多像他这样的人已经这么做了。等抢了一阵，抢够了之后，他便可以等待合适的战机以便同政府军谈交易，最后可以要求被政府军招安。

但是，当土匪太不配他的胃口了，他父亲一辈子老老实实的，不论在什么饥荒或战乱的年代都没有轻易去抢过别人的东西。王老三并没去当土匪，他只是在等待时机。由于多年的梦想，他相信苍天早就照他所想的那样为他安排好了命运，他只需等待时机、抓住时机就行了。

他是个急性子的人，有一件事使他几乎不可能再耐心等下去，那就是，他打心眼里开始讨厌他现在生活的南方农村了，他想回到自己的老家北方去。他是个北方人，南方人爱吃的没完没了的米饭，他有时连一口都咽不下去，他非常想再尝尝死面饼子卷大葱的滋味。他常常用粗嗓门大声说话，因为他打心底里讨厌那些油头滑脑的南方人，太圆滑了就给人一种狡猾的感觉，从人的本性来说，人不可能总是那么文质彬彬、唯唯诺诺。他认为一切聪明人的心都不是那么实在的。他之所以常常用凶狠的目光瞪他们，之所以常常冲他们发火，就是因为他想再回到自己的家乡去。那儿的人，个个体格魁梧，像个男子汉的样子，不像这些南方人，一个个长得像小猿猴。北方人说话不多，干脆利落，心地纯正，没有那么多弯弯绕绕。因为王老三脾气太坏，所以他手下的人都怕他，怕看到他两道浓眉皱起来的那副凶样和他那张凶恶的嘴，由于他这副尊容再加上他那白白的大板牙，大家给他取了个外号，叫他"王虎"。

晚上，在自己的小屋里，王虎常常会在那张又硬又窄的小床上辗转反侧，琢磨他的计划，琢磨怎么才能实现他的梦想。他心里很明白，如果他父亲去世，他便可以得到一笔遗产。但他父亲就是不死，为此，王虎常常在深夜恨得咬牙切齿。

"老家伙再不死就把我的好日子全耗光了，他再不快点死，我就来不及干一番事业了。也真怪，这老家伙就是不死！"

这一年的春天，王虎觉得自己得赶紧下决心行动，再不能等下去了。他刚要下决心去抢劫的时候，传来了他父亲病危的消息……得知这个消息之后，他穿过练兵场走回驻地，心跳得很剧烈，因为他看到眼前有一条清晰、平坦的道路可走，他可以不必去当盗匪了，这给了他多大的安慰！要不是生性好静，他真会高兴得喊出声来。这个想法是高于一切的；他相信自己的命运没相信错，有了遗产他就可以得到所需要的一切，老天爷在保佑他。这个想法是高于一切的；现在他可以跨出第一步，继而在无穷尽的命运之路上不断往上走，他知道他天生就是要成为伟人的。

不过，从他脸上，谁也看不出他的狂喜。从他那张凶恶的、毫无表情的面孔上，谁都不曾看出过什么；他母亲把她自己那双坚定的眼睛、嘴巴甚至那岩石般坚实的肌肉都传给了他。听完消息，他什么话都没说，但他回到自己的房间，开始为北上准备行装，他告诉四名亲信，要他们与他同去。把简单的行装准备好之后，他便进城去找司令了。司令在城里有一所老房子。王虎先叫卫兵进去通报。不一会儿，卫兵出来说他可以进去。他把四个随从留在门外，一个人进去了，司令正在吃饭。

司令低头弯腰坐在那里吃饭，两个小老婆站在一边伺候他。他脸没洗，胡子也没刮，上衣扣子都没扣。他年轻时就很邋遢，现在老了更是不修边幅了。年轻时，他曾经是一个非常普通、低下的工人，只是他不肯做工，于是开始抢劫，后来由抢劫又转到干土匪这一行。不过，他倒是个和蔼可亲的老头儿，说话非常随便，对王虎很热情，也很尊敬，因为他自己现在岁数大了，人又胖，懒得很，再也干不动王虎所干的事情了。

王虎进来向他敬完礼后说："今天家里来人说我父亲快不行了，我两位哥哥等我回去为父亲办丧事。"老司令把身子向后舒舒服服地一靠，说道："去吧，孩子，回去尽尽孝道，这是应该的。完事之后再回来。"然后从身上摸出钱包，打开之后取出一把钱给他，并且说："赏你点盘缠，一路上别太委屈自己了。"

他朝后一仰靠在椅子上，突然喊起来，说有东西掉进他那蛀空的牙齿里了。他的一名侍妾从头发里抽出一根细细的银簪子递给他，于是他便自顾自剔起牙来，把王虎撂在一边不管了。

王虎就这样回到了父亲的家里。尽管心里火烧火燎般地着急，他还是耐着性子等到遗产分配完毕，等到他可以再次急匆匆地离开家的那一天。不过，三年服丧期没结束之前，他是不肯实行他的计划的，他在这方面是一丝不苟的，只要做得到，该尽的孝心总要尽到才是，于是他一直等着。现在要他等就不难了，因为他的梦想最终已经落实。在这三年中，他不断地想法使每一个步骤都十分完善，不断地省钱，而且注意挑选那些他希望今后能够追随他的人。

正像树杈再不会去想念主干一样，王虎既已得到自己所需要的东西，便再也不去想他的父亲了。王虎是个好钻牛角尖的人，一个时期他脑子里只能惦着一件事，他心里只放得下一个人。目前，只放得下他自己，除了他自己的梦之外，他没有别的梦。

然而，他的梦似乎也在膨胀。在他待在哥哥院子里时，他看到了他们俩有而他却没有的东西，他羡慕他们。他不羡慕他们的女人、房子或财产，也不羡慕他们那种欣欣向荣的气象或到哪儿都有人冲他们行礼的那种地位和派头。不，这些他都不羡慕，就羡慕一件，那就是他们有自己的儿子。他呆呆地看着哥哥家的孩子们，看着他们玩呀，吵呀，闹呀，他平生第一次突然产生了一个念头，他希望也有一个自己的儿子。对一位武士来说，能有自己的儿子该多好啊！除了自己的儿子，谁也不会全心全意地忠于你的。他真希望自己有个儿子。

想了一阵，他又把这个念头搁到一边去了，至少目前不能考虑，因为现在不是他停下来在女人身上花工夫的时候。他讨厌女人，在他看来，女人对于他只会是一种障碍，尤其是当他要开始一番冒险事业的时候。他也不肯草草结婚，撂下老婆就走，因为既然讨老婆是为了得儿子，那么就应该娶一个正儿八经的老婆，养一个货真价实的儿子。于是，他暂时把自己的想法抛到一边，让这个想法深深地藏在心底，等将来有机会再说吧！

第六章

　　王虎此时正在南方积极准备,打算拉一帮人闯出去干一番自己的事业。有一天,在家乡的王二对大哥说:

　　"要是明天上午有空,咱俩上紫石街茶馆吧!有两件事我们得谈谈。"

　　老大听弟弟这样讲,心里不免纳闷,因为他知道肯定要谈土地的事,可是他不清楚还有哪件事要谈,于是他答道:

　　"明天我一定去茶馆,不过,还有哪件事要谈?"

　　"我收到三弟写来的一封怪信,"老二答道,"他主动提出来让我们的儿子上他那儿当兵去,只要我们舍得,去几个都行。他正在计划搞一件大事,身边需要几个靠得住的自己人,可他自己又没儿子。"

　　"我们的儿子!"王大吃惊地重复了一遍,由于惊讶,他那张开的大嘴都没合拢,眼睛直愣愣地看着他二弟。

　　王二点了点头。"我不知道他打算叫他们去干什么,"他说道,"不过明天到茶馆咱们再慢慢聊吧!"他摆出要走过去的样子,他是在从粮市回来的路上叫住他大哥的。

　　可是,王大这个人不论谈什么事都不会这么快就住嘴的,再说,他有的是时间,这些天心情又不错,于是他说道:

"一个男子汉想有自个儿的儿子还不容易?我们一定得给他寻个媳妇,老弟!"

他把两只眼睛一眯缝,脸上露出狡黠的神色,仿佛他要说出什么惊人的妙语。看到老大这副样子,王老二微微一笑,冷冷地答道:

"要论同女人打交道,我和老三可都不如您老兄那么得心应手啊!"

他边说边走开了,因为他不想在大街上站着听他大哥口若悬河地聊个没完,来来回回那么多人,让人听去算什么意思。

于是,这兄弟俩第二天一早在茶馆碰头了。他们挑了角落里的一张桌子,往那儿一坐,哪儿都看得见,可是别人看他们却不太容易,更听不清他们俩在讲些什么。王大坐在里面他常坐的那个上座。然后他喊来了茶馆里的跑堂的,点了些吃的——热的糖饼、清早吃了提胃口的咸肉、一壶热酒和下酒的菜,吃点下酒菜可以冲淡一点酒劲儿,免得一清早搞得醉醺醺的。王大又点了几个他喜欢的菜,他是个讲究吃的人。王二坐在那儿听老大点菜,听着听着终于坐不住了,因为他不知道到底要不要他付账,最后他直截了当地说道:

"大哥,这些肉和吃的如果是为我叫的,那么我跟你说,我可不要,因为我饭量有限,胃口很小,尤其是在早晨。"

没想到王大却慷慨地说:

"今天你是客人,你放心,我做东。"

这下他让他二弟放下心来,等肉菜一上来,老二便尽可能地大吃起来,他总是忍不住要留小心眼,尽管他很有钱,他还是能省就省,碰上吃白食的机会不狠狠地吃一顿不就亏了吗?别人要是有点旧衣服或者其他不要的东西，一般就送给家里的仆人算了，他可不舍得送，总要悄悄地拿到当铺去，好歹弄回点钱来；一旦当客人，他总要想法多吃一点，尽管他的胃口不大。他强迫自己尽量多吃，最好吃到第二天、第三天都不感觉饿才好，这也真奇怪，他哪至于需要这么干呢？

这天早晨，他又故伎重施，而且兄弟俩吃的时候根本顾不上说话，即便在等下一道菜的时候，他们也不说话，而只是环顾一下四周；一个人吃东西的时候如果开始谈正经事，这对他的食欲是很不利的，因为一谈正经事就没有胃口吃东西了。

他们俩不知道，原来这家茶馆就是他们父亲王龙当年来过的茶馆，并且就是在这家茶馆里王龙找到了歌女荷花，后来荷花当了王龙的小老婆。对王龙来说，这是个奇妙的地方，这是所具有魔力和美感的房子，四面墙上挂的是画在绢丝画卷上的仕女图。可是，对他们俩来说，这是个极其平常的地方，他们做梦也想不到这家茶馆对他们父亲来说意味着什么，也想象不出当年王龙第一次以乡下人身份挤进城里人行列时的那副腼腆、害羞的样子，绝对想不到的。现在，这兄弟俩身穿绸缎的袍子坐在这儿，悠闲自得地四下里看看。碰上他们找座儿的时候，认识他们的人便急忙站起身来向他们行礼致意，跑堂的也赶忙过来伺候。茶馆的老板亲自跟着端着热酒的跑堂走到他们俩跟前，说：

"这酒是新开的，酒坛上的封条都是我亲自为二位老爷拆掉的。"老板又再三问酒菜是否合他们的口味。

因此，王龙的儿子们居然和荷花的画像在一起。画像挂在尽里

第六章 · 061 ·

边的一个角落,那是画在绢丝画卷上的,当时的荷花是位纤细的姑娘,手中拿着一朵含苞待放的荷花。王龙当初看这幅画时心跳不已、失魂落魄,然而现在王龙已经去世,荷花同以前已判若两人,挂在茶馆里的这幅画也已经被烟熏得不像样子,甚至有苍蝇屎在上面。谁也不会去欣赏这幅仕女图,也不会有人想去问问:"挂在这角落上的美人究竟是谁呀?"王龙的这两个儿子也绝对想不到这就是荷花,或者说想不到荷花这么漂亮过。

他们坐在那儿继续吃着早点,周围的人个个都挺尊重他们。王二尽管拼命地吃,但还是吃不过他哥哥。王二吃饱喝足之后,王大还在那里继续猛吃,一边喝酒一边咂嘴品着酒的香味,直吃得汗流满面,就跟在脸上抹了一层油似的。老大再也吃不下时,便靠坐在椅子上,跑堂的及时送来了从开水里拧出来的热毛巾。他们俩用热毛巾擦头、擦脖子、擦手、擦胳膊。跑堂的端走了残酒剩菜,擦干净了桌上的骨头等杂物,然后送来了新沏的绿茶,直到这时,这二位才算准备停当,要正式谈话了。

此时,上午已过去了一半,茶馆里坐满了人。这些人和他们俩一样,也都是撇下家里的老婆、孩子到茶馆来图清静的,吃完早点和朋友们品品茶、聊聊天,听点新闻。在家里待着,男人们就别想找清静,女人们又喊又叫,孩子们又哭又闹,反正他们天性如此,谁也没办法。在茶馆里就不一样了,尽管说话的嗡嗡声响成一片,但仍然给人一种宁静的气氛。在这种宁静的气氛中,老二从胸前掏出一封信,从信封中取出信来摊平,之后放在老大面前的桌上。

老大拿起信来,清了清嗓子,大声地咳嗽了几下,看信时一边看一边轻轻地读出声来。写完几句简单的平常问候话，王虎接着往下写，他的信和他的性格一样，又粗又直：

给我寄点银子来，多少都行，我急需。你们要是肯借给我银子，那么将来我事成之后一定连本加厚利还你们。如果你们有十七岁以上的儿子，也送到我这儿来。我一定好好栽培他们，你们做梦都想不到我会怎么提拔他们，我周围要几个靠得住、信得过的自己人。寄些银子，送几个儿子来，我自己没有儿子，你们知道的。

看完信，王大看看他弟弟，他弟弟看看他。王大满腹狐疑地说："除了说他在南方一个司令手下当兵之外，他到底还跟你说过些什么没有？他到底在干什么事？究竟要我们儿子去做什么呢，也不跟我们讲，这也太奇怪了。总不能就这样稀里糊涂地把儿子送出去呀！"

他们坐在那儿喝茶，谁也没说话，但各自心里都有点疑惑，什么都不清楚就把儿子送出去实在有点太悬乎了，可是想到"我一定好好栽培他们"这句话时，又觉得反正自己有一两个儿子，不妨送一个去碰碰运气。王二小心翼翼地说道：

"你有几个儿子已经过了十七岁吧？"

王大答道："是的，有两个过了十七。可以送老二去。我从来没想过该拿他们怎么办，在我们这种家里，他们从小到大日子过得够舒服了。老大是不能出去的，我们家除了我，就得靠他了，不过我可以送老二去。"

王二说:"我们家老大是个闺女,下边一个是儿子,要是有你家老大在家顶门户的话,我想我这个儿子倒是可以去的。"

他们俩坐在那儿,各自考虑自己孩子的情况,考虑自己有些什么,而孩子们的一生对自己有多大的价值。王大同太太生过六个孩子,其中两个夭折了;同小老婆还生过一个,这个小老婆再过一两个月又该生第二个了。除了三儿子有点毛病之外,其他孩子身体都很好。老三几个月大的时候被仆人不小心摔到地下过,于是他的背部靠肩膀的地方拧成一个结,头长得太大,结果脑袋缩在那个结里,像乌龟的头缩在壳里一样。王大叫一两个医生来看过,甚至到某个娘娘庙去许过愿,说假如娘娘显灵治好他儿子,他就给娘娘一身衣裳,尽管平时他根本不信这些玩意儿。这一切都没有用,这孩子到死也得背着这个包袱了,唯一叫孩子他爹感到庆幸的是,他到底没有给娘娘奉献一身衣裳,因为她没为他做什么事。

王二有五个孩子,中间三个是儿子,两头两个是闺女。不过他老婆还正当年呢,肯定还要生,她那副膀大腰圆的样子至少得生到四十多岁。

有这么多孩子,真送出去一两个也不算什么,两人考虑了一番后得出这样的结论。最后,王二抬起头问道:

"你看该怎么给三弟回信呢?"

这时,王大倒有点迟疑了,他不是一个能很快自己拿主意的人,这么多年来,他一向是靠他太太做决定,太太让他说什么,他就说什么,王二也知道这一点,因此他问得挺巧妙的:

"要不，我这么回答他，你看好不好？我们俩一人送一个儿子去，至于银子，我能寄多少就寄多少。"

王大听他这么一说，心里很高兴，便答道："好啊，就这么办吧，二弟，我们就这么定了。其实我倒真愿意送走一个儿子，有时候家里真是一刻也安静不下来，不是小的闹就是大的吵。我送去二儿子，你送去大儿子，万一家里有什么三长两短，反正我大儿子还可以顶着。"

事情就这样定了，他们俩又喝了一会儿茶。接着他们就开始谈地的事了，谈他们要卖的东西了。在他们坐在那儿小声议论卖地一事的时候，他俩不约而同地想起了一件往事。某一天，他们俩第一次谈起卖地的事，王龙已经上了岁数，他们俩在土坯房子附近的地里说话，想不到父亲还有力气爬出来偷听他们说话。但是，王龙的确出来了，当他听到"卖地"两个字时，立刻怒气冲冲地大喊道：

"好啊，浑小子，想卖地？"

他气得不得了，要不是他们俩一人扶一边的话，这老头儿非气得晕倒不可，他嘴里一个劲儿地嘟囔："不，不，我们绝不能卖地。"考虑到他年纪太大不能生气，为了安慰他，他们俩在他面前保证，今后一定不卖地。在做这个保证时，他们俩还会意地相视而笑，因为当时他们就预料到，将来总有一天他们还会走到一起来商量卖地的事的。

到了这一天，他们都急于凑钱，但是父亲在地头训斥他们的情景还历历在目，因此他们谈起卖地的事总不像他们想象的那么轻松。各自在心中都有点保留，万一老头儿的话倒是对的怎么办？谁都不肯一下子把地全卖光，那样是不行的。万一生意不好了，总还有几亩地养家糊口。要知道，在那种年代，谁也说不准哪天会打仗，什么时候会来个土匪头子把村子给占了，或者摊上什么其他倒霉的事情，因此最好能有点永远也丢不了的东西，那就是地。然而，地卖了可以有银子放债，那些利息钱对他们俩的诱惑太大了，这就搞得他们左也不是，右也不是。王二问道：

"你打算卖哪几块地？"王大带着莫名其妙的谨慎回答道：

"我毕竟跟你不一样，我没有买卖要做，除了当地主，我也没别的可干，因此，我卖地不能全卖光了，也不能卖得太多，能换点现钱，够花就得了。"

王二接着说："我们干脆出去走走，看看我们的地到底有多少、都在哪些地方，连那些远处的、小块分散的地也都看一看。咱爹那时候想地都想疯了，赶上荒年、地价便宜的时候，什么地他都要，这一带哪儿都有我们家的地，其实有的地才巴掌那么大一块。假如你要当地主，地还是集中一点好，好管一点。"

听起来这话确实合情合理，于是王大付了他们的饭菜酒钱，多给了点，算是给跑堂的赏银，然后他们便站起身来走了。他们俩往外走，王大走在前面，这时茶馆里不时有人站起来向他们打躬作揖，为的是让别人晓得自己是这两位镇上大人物的熟人。而这兄弟俩，老大笑容可掬，轻松自如地向每个打招呼的人点点头，因为他愿意看到别人对他恭恭敬敬、服服帖帖的样子；老二则不同，他眼睛朝下，谁都不看，很少点头，即便点头也点得很快，好像他不敢太友善了，生怕有人会把他拉到一边向他提出借钱的要求。

兄弟俩走出茶馆去看地了，老二放慢步子以便同老大保持一样的速度，因为老大又胖又沉，已经不大习惯走路了。才走到城门口，老大就已累了，于是他叫来两个出租毛驴的人，弟兄俩骑上毛驴出了城门。

兄弟俩花了整整一天的工夫看他们的地，中午在路边的一个小店里吃了点东西。他们东南西北地转悠，每块地都转到了，他们的眼睛厉害得很，佃户们在地里种了些什么，他们都看得一清二楚，佃户们在他们俩面前都规规矩矩，因为这两位就是他们的新地主了。王二把每一块最值得卖的地都做了记号。他们三弟的每一块地也都被做了标记，准备卖掉，只有一小块离土坯房子较近的地除外。弟兄俩仿佛心照不宣，谁也不走近那座土坯房子，不走近大枣树下的小土丘，即埋葬他们父亲的地方。

天快黑了，他们才骑着疲惫不堪的毛驴回到城门口，他们下了毛驴，付了原先讲好的租毛驴的钱。两个牵毛驴的跟着走了一天的路，也累得不行了，于是想多要点钱，说是走那么多路，鞋底都快磨穿了。要是王大一个人，他肯定就同意给了，但老二不答应，他说：

"不行，该给的已经给了，你的鞋磨穿不磨穿关我什么事？"

他一边说一边走开了，背后那两个人怎么骂他，他都不理会。弟兄俩走回家里，分手时很理解地看了对方一眼，王二说道：

"要是你愿意，七天之后我们就把孩子送走，我亲自去送他们。"

王大点了点头，筋疲力尽地走进自己的家门，这一天也许是他一辈子中最累的一天，他暗自想，地主也真不好当啊！

第七章

在约定的那一天，王二对他哥哥说：

"要是你家二儿子准备好了，我儿子也准备好了，那么明天天亮我就带他们去他们三叔那儿，把他们交给他们三叔，他爱叫他们干什么就干什么。"

当天，王大待着没事就把老二叫到身边，他仔细地打量了老二一番，看看他到底怎么样，到底行不行。老二一被叫就来了，来了就站在父亲面前等着。他个子不高，一副纤细、瘦弱的样子，也不好看，很腼腆，胆子很小，双手总在发抖，手心里总是潮乎乎的。他站在父亲面前，下意识地搓着他那双发抖的手，耷拉着脑袋，不过，他不时很快地抬一下头，用眼角瞟他父亲一眼，然后又赶紧低下头去。

王大盯着他看了一会儿。把他从兄弟姊妹中喊出来这么单独地打量他，这还是头一趟。王大突然开了口，他一面说着话，一面思考着：

"你跟你哥要是掉个个儿就好了，要是当将军，他的体格比你好，你看上去太弱，我都担心骑到马背上你是不是坐得稳。"

听到这些话，这个孩子突然跪倒在地，合起掌来求他父亲道：

"啊，爸爸，我最讨厌当兵了，我喜欢读书，我愿意当秀才！爸爸，让我留在家里守在您和母亲身边吧！我决不要求到外边去上学，我就在家自个儿读书。要是您不送我去当兵，我保证在家乖乖的，什么都不跟您要。"

尽管王大可能会发誓说他对谁都没透露过这件事，但这件事不知怎的还是传出来了，其实，王大这个人肚子里根本存不住任何秘密。他就是这么一个人，每当他有点什么想法或是他制订了什么秘密计划，他的喘气、叹息，他那种欲言又止的神秘样子，一下子就使他露出了马脚，而且他自己都不知道怎么会露马脚。他也许会发誓说没有告诉过任何人，可实际上，他已告诉了他大儿子，也在夜里告诉了他小老婆，最后还告诉了他太太，实际上他是不得不征得她的允许。他把这件事说得可好了，他太太还以为她儿子马上就能当将军，因此她当然是愿意让儿子走的，她认为，对她儿子来说，这是再合适不过的事。但是，大儿子机灵得很，知道的事可多了，别人根本想不到他会知道那么多事，因为他老是摆出一副难以捉摸、无精打采的样子，仿佛他什么都没看见。此时，他故意气他弟弟，他说：

"你将来也不过就是跟在我们那个又疯又野的叔叔后面当个小兵而已！"

王大的这个儿子是个连杀鸡宰鸭都不敢看的人，肠胃娇嫩得很，几乎不能吃肉，听他哥哥这么一说，吓得不知所措。他不敢相信这是真的，那天晚上，他一夜都没睡，也干不成事，只是等着父亲叫他去，因此，父亲一说他就跪下来求父亲可怜他，别让他去当兵。

但是，王大一见儿子跪在那儿求自己，反而十分恼火，他是那

第七章 · 069 ·

种知道自己有权就要专横跋扈的人，他一边用脚跺着砖地，一边大声喊道：

"你一定要去！这个机会多难得呀！你堂兄也要去，你应该高高兴兴地去！我年轻时要是有这种机会，我会高兴死了。可是我却没有这样的机会，南方是去过了，什么名堂也没干出来，刚待了没多久，我妈病了，我爹就求我赶紧回来。我从来就没有想过要不听我爹的话，想都没想过！我根本就没有机会跟着有地位的叔叔飞黄腾达！"

说到这儿，王大忽然长叹了一声，因为他忽然想到，要是当初年轻时也有儿子现在这种机会的话，他现在该多了不起，他穿上金光灿灿的军装，骑上高头大马又该是何等威风凛凛！他想象着将军该是什么样的，总觉得自己身材魁梧，很有将军的气派。他又叹了口气，看着这个瘦小可怜的儿子，然后说道：

"说真的，我真希望能送走一个比你更好的儿子，但是除了你，别的年纪都不够，你哥哥又不能离开家，他是长子，家里除了我，就得靠他了，你弟弟是驼背，再下边一个又太小了。你一定得走，再哭也没有用，反正你不走也得走。"说完，他起身急忙走出去，免得被儿子纠缠不休。

王二的儿子却完全不是这个样子。他是个嘻嘻哈哈、大大咧咧的年轻人。他三岁时得了天花，为了救他，他妈妈把大拇指捅到他鼻子里。从那时起，他就落下了麻子，现在，人人都不叫他名字而叫他"麻子"，甚至他爹妈也这么叫他。王二把他叫去，对他说："把你的衣服打成个包袱，明天跟我去南方，我要把你送给你那个当兵的叔叔。"他听了之后,高兴得跳跳蹦蹦地跑开了,他最喜欢看新鲜事,也最爱向别人吹自己所见过的东西。

他妈妈这时正在厨房门边的小土炉子旁搅着锅里的什么东西,她从来没听过这件事,于是抬起头来,大声嚷道:

"你花钱到南方去干什么?"

王二向她解释这件事,她一边听一边不停地搅着锅里的东西,与此同时,她那双眼睛一直盯着正在洗鸡的一个丫鬟,生怕丫鬟会偷偷地拿走鸡肝或未生出来的鸡蛋之类的东西,因此她只听到了丈夫的最后几句话:

"这件事是一桩冒险的事,我不知道他说要栽培我们儿子到底是什么意思,但是生意上还需要人手,我们只有这一个儿子是够岁数的。再说,我哥也要送走一个儿子。"

听完这几句话,她才把心思放到这件事上,她说:

"好吧,要是我们家儿子有机会出人头地,那么我们一定得把我们儿子送去,要不然,我这一辈子就永远听我嫂子吹她那个当英雄的儿子啦。说真的,我们这个儿子也应该干出点名堂的,个子那么大,满脑子又有那么多鬼点子。你说得对,店铺里的事还有别的孩子哩!"

第二天,王二领着两个小伙子出发了,他们各自带着自己的衣服,不过王大的儿子挺讲究的,专门弄了个挺好的猪皮皮箱装衣服。由于哭的缘故,他的眼睛红红的,他还特意留心着,看他的男仆人搬箱子时姿势对不对,免得把里面的书搞得东倒西歪的。王二的儿子一本书也没有带,就带几件衣服,用一大块蓝棉布的包袱皮一裹,自己挎着,边走边跑,看见点新鲜事就大声嚷嚷。这时正是春天,天气很好,城里街上摆满了头茬上市的新鲜菜蔬,人人都在那儿忙着做买卖。对这小伙子来说,今年是个好年,今天是个好天,他又是第一次远行去南方,早晨他妈妈又做了个他最爱吃的菜,因此,他心情特别舒畅。王大的儿子则慢慢地、一声不吭地跟在后面,走路都是一板一眼、规规矩矩的,几乎从来不看一眼他那位堂兄,只是不时用舌头舔舔他那似乎很干的嘴唇。

王二跟着两个小伙子走着,脑子里却在琢磨自己的事情,他是向来不留意孩子们的。他们到了城北边上停火车的地方,王二付了钱,他们就上车了。王大的儿子这时感到很难为情,因为他叔叔买的是最便宜的车票;在王二看来,两个孩子能有车坐已经够好了。王大的儿子不得不走进这节全是普通老百姓的车厢,车厢里的人满嘴大蒜味,身上的衣服又脏又破,王大的儿子身上穿着上好的蓝绸缎袍子,此时却不得不坐在这群人中间。可是他也不敢说什么,叔叔脸上那种不易察觉的轻蔑的神情叫他害怕,于是他坐到自己的座位上,把书箱放在身边,紧贴着书箱坐着一个农民。他可怜巴巴地看着将要与他分手的男仆人,还是不敢说什么。

王二和他儿子看上去倒好一些,因为早上起来时王二穿了件布袍,他觉得在三弟面前最好别穿得那么阔气,免得三弟以为他多有钱似的。他儿子长这么大还没穿过绸缎袍子,他穿的这件布衣服是他妈妈亲手缝的,又宽又大,免得他长了个子之后穿不下。王二看了一眼侄子,阴阳怪气地说道:

"出门在外你穿这么好的衣服是不行的。你还是把这件绸袍脱下来,叠好放在箱子里,就穿里面的衣服得了。省下这件最好的衣服吧!"

他侄子吞吞吐吐地答道:"可我还有更好的衣服哩!这就是我在家平时穿的衣服。"尽管如此,他也不敢不听他叔叔的话,还是站起身来按他叔叔说的,把绸袍脱了。

整整一天,他们坐在火车里,王二盯着窗外向后驰去的乡村和城镇,一边看一边发表议论,而他儿子每看到一件新鲜事,都要大惊小怪地喊出声来。火车每到一站,他都想尝尝小贩卖的新鲜糕点是什么味道,可惜他爸爸就是不买。王大的儿子脸色苍白、神情腼腆地坐在那儿,由于车开得太快,他有点晕车,他头靠在猪皮皮箱上,整天不说一句话,连东西都不想吃。

后来,他们又坐了两天船,那只船又小又挤。最后,他们终于到达王老三所在的那座城市。一上岸,王二就雇了两辆人力车,两个孩子坐一辆,他自己坐一辆。拉两个孩子的那个车夫抱怨说太沉了,王二解释说这两个孩子还小,不算大人,再说其中一个因为晕船,苍白消瘦,不比平时。讨了半天价,他最后答应为这辆车稍微多付些车钱,当然比另外再雇一辆还是便宜一点。车夫总算答应了。车夫按王二给的地址找到了地方,把车停了下来。王二从怀里掏出一封信,把信上的地址和门牌上的地址对了一下,的确没错。

王二这才迈步走出人力车,并且叫那两个小伙子也下车。然后他又和车夫讨了一阵价,因为这个地方并不像他们说的那么远,最后还是比原先讲好的价钱少付了一点。他抬着一只箱子的一头,叫那两个小伙子抬另一头,准备走进一扇两边有石狮子的大门。

一边的石狮子旁站着一个当兵的,他大喊了一声:

"怎么回事?你们以为这扇门你们想进就可以进吗?"他把枪从肩上取下来,把枪托往地上使劲儿一砸,他那副凶神恶煞的样子把他们三位吓呆了。王大的儿子吓得都发抖了,就连"麻子"一时都不知如何是好了,因为他从来没有在离枪这么近的地方站过。

王二急忙从怀中掏出他三弟的信让那个当兵的看,一边又对当兵的说:

"我们就是信里提到的三个人,这是我们的证明。"

可是这个当兵的不识字,于是他叫另一个当兵的来。第二个当兵的来听他们说了一遍,认真地打量了一番,然后他把信接过去了,谁知他也不识字,于是他把信拿到里面去了。过了好大一会儿,他出来用大拇指朝里一指,说道:

"没错——他们是连长的亲戚,让他们进来吧!"

于是,他们重新抬起箱子,经过石狮子进了大门,不过那个扛枪的士兵一直看着他们,仿佛很不情愿放他们进去,又仿佛依然很怀疑他们。他们跟着另一个士兵,穿过了十几个院子,每个院子里都有好多士兵在那儿闲待着,有的在吃喝,有的脱光了衣服在太阳底下捉衣服里的虱子,有的在那儿呼呼大睡。最后他们到了最里面的一院房子,中间一间房间里坐着王虎。他坐在桌边等他们,身上穿的是深色的制服,料子似乎是进口货,纽扣是铜的,每粒纽扣上都有一个符号,是冲压出来的。

看到亲戚走进来时,他赶忙站起身来,大声地叫一旁伺候的士兵去拿酒肉上来。他向二哥鞠躬,王二也向他鞠躬,并且叫两个侄子向叔叔鞠躬。然后他们依照辈分各自就座，王二坐在最上席，其次是王老三，两个孩子坐在他们的下首。仆人端来了酒，为大家斟酒，斟完酒之后，王虎看了看两个侄子，突然粗里粗气地说道：

"这个小子满脸红扑扑的，身体倒是够结实的，就是不知道他的麻脸后边到底有几分聪明劲儿，看上去怎么像个小丑？二哥，我希望他不是个小丑，因为我不喜欢有太多的笑声。他是你儿子吧？——从他身上我看得到他妈妈的一点影子。至于说这一个——我大哥难道就这两下子？"

他说这话时，那个面色苍白的小伙子把头垂得更低，嘴唇上方都冒出冷汗了，他悄悄地伸手擦了擦，在整个过程中，他的头始终是低着的。王虎继续仔仔细细地打量他们俩，目光阴沉，连一向挺不在乎的"麻子"都被看得发毛，不知眼睛朝哪儿看为好，因此，他一会儿看看这里，一会儿看看那里，一会儿动动脚，一会儿咬咬手指甲。王二略感歉疚地说道：

"三弟，这两个孩子的确不行。我们拿不出更合适的人，觉得太有负你的一番美意。大哥家的老大要在家里顶门立户，老三又是个驼背，我家的麻子是大儿子，他弟弟又太小。这两个眼下看来就算最强的了。"

既已看清楚自己的两个侄子是何等样子，王虎便叫一士兵将他们俩带到边上一间房去，在那儿吃肉喝酒，并且说，不叫他们就不要再来了。那个士兵准备领他们走，可是王大的儿子回头可怜巴巴地看着他叔叔，王虎见他犹豫不决的样子，便问道：

"你怎么还不走呢？"

这个孩子细声细气地答道:"我能不能带走我的箱子?"

王虎扫了一眼,见到了门边那只挺不错的猪皮皮箱,然后,他带着轻蔑的语气说:

"拿上吧,不过,以后这皮箱对你也没什么用处了,因为你得脱下袍子,穿上士兵们穿的制服。穿着绸袍是没法打仗的!"

听完这话,王大的儿子吓得面如土色,一声不吭地走了。房间里只剩下王二和王老三兄弟俩。

王老三好半天没说话,他这个人向来不会为了礼节去主动找话题的,最后还是王二开口问道:

"你在想什么呢?是关于这两个孩子的事吗?"

王虎慢慢地说道:"不是的,我想的是,大多数我这个岁数的人都有了自己的孩子,而且都长大成人了。看到这光景,谁都会感到舒心的。"

"这有什么?你要是早点结婚,现在也有孩子了。"王二微笑着答道,"不过,这么长时间我们都不知你在哪儿,爹也不知道,因此也没法为你娶媳妇。大哥和我都愿意为你操办这件事,你娶亲要花的钱我们也有。"

但是,王虎坚决地反对这种想法,他说:

"不必了,你们或许觉得奇怪,但我的确对女人毫无兴趣。说来也怪,我还从来没见过一个女人——"他突然顿住,因为一个仆人端着肉进来了,兄弟俩再也没说什么话。

他们吃完之后,仆人便撤走了桌上的碗碟,送上来茶水。王二准备问问王老三到底打算用他的银子和这两个年轻人去干什么,不过他不知如何开头为好。他还没想好用什么方法提问的时候，王虎却突然说：

"我们是亲兄弟，相互理解。我全靠你！"

王二喝了口茶，然后小心谨慎地说："既然我们是兄弟，你当然可以依靠我，不过我想了解一下你的计划，才好知道究竟能为你做点什么。"

王虎将身子向前一倾，跟王老二耳语起来，他说得很快，他呼出的气像一股热风吹进了王二的耳朵：

"我周围全是忠于我的人，有一百多人，他们全都讨厌那个老司令！我也讨厌他。我向往家乡的土地，我真不想看到那些矮个子的南方人。是的，我有的是忠于我的人。只要我一声令下，他们便会在深夜里跟着我杀出去。我们要打到有崇山峻岭的北方去，要是老司令来追我们，不等他和我们交战，我们就已到了好远好远的北方了，或许他也不会去追我们——他年纪太大，又整天吃喝、玩女人，而且在我那一百多人中有许多是原先他手下最好、最强的人，当然不是那些南方人，而是我们更厉害、更勇敢的北方人！"

王二一向是个身材矮小、文质彬彬的生意人，当然，什么地方在打仗，他也知道，但他和打仗从来没有任何关系，只有一次，他父亲的家里曾经留革命军住过几宿；他根本闹不清仗是怎么打起来的，他只知道离打仗的地方若太近，粮价就上涨，离得远一点，粮价又会下跌。他从来没有和战争离得这么近，这仗都打到他自己家里来了！他那小嘴、小眼睛似乎都变大了，他也对王虎耳语道：

"那么我这么个文质彬彬的人能在这里面帮什么忙吗？"

"这个！"王虎说道，此时他的耳语已经像在铁板上打铁那么大声了，"我必须要有许多银子，我自己的全部银子，加上我再问你借些银子，利息尽量低一点，到我混出名堂了就还你。"

"可是拿什么作担保呢？"王二屏住气问道。

"这个！"王虎又来这么一句，"我需要多少你就借给我多少，地里能收来多少你就借给我多少，直到我召集起一支大军，到北边我们那块地方去混出点名堂，我要成为整个地盘的主人！然后，我的势力和我的地盘要不断地扩大，随着我打的每一次胜仗，我会越来越了不起，直到——"他停了下来，似乎望向了某个遥远的时代、某个遥远的国度，好像那明明白白就在眼前，王二等着他往下说，却耐不住了。

"直到什么？"王二说道。

王虎突然站起来。"直到整个国家没有一个人比我更伟大！"他说道，此时，他的耳语已经如大喊大叫一般。

"那么你到底要当什么？"王二惊奇地问道。

"我想当什么就当什么！"王虎大声说道。他那粗黑的眉突然向上一扬，并用手掌猛击一下桌子，王二听到啪的一声，吓了一跳，两人相互对视了一阵子。

王二从来没听到过这样的奇谈怪论。他可不是个想入非非的人，他最大的梦想也不过是晚上坐在账本旁，回顾一下当年卖了多少，盘算一下下一年应该用什么保险的方法扩大自己的买卖。王二瞪眼看着他弟弟，他弟弟又高又大又怪，一对眼珠闪闪发光，像老虎的眼睛一样，两道黑眉像小旗。他这么一瞪眼，把王二吓得够呛，不敢说什么顶撞他的话。王虎那对眼睛实在厉害，王二的心缩成一团，明显地感到了他弟弟的力量。然而，他依然十分谨慎，依然忘不了他那习惯性的谨慎，于是，他干咳一声之后，轻声说道：

"不过，这一切，于我、于我们究竟有什么关系？如果我们借银子给你，究竟有什么可作担保呢？"

王虎把目光移到他二哥身上，然后口气威严地答道：

"你以为我飞黄腾达之后会忘本吗？难道你们不是我的亲兄弟，你们的儿子不是我的亲侄子吗？有哪一个军阀在自己青云直上的时候不提拔他家族里的人？对你来说，有个当国君的弟弟难道是件无所谓的事吗？"

当王虎盯着王二的眼睛时，王二似乎突然之间有点相信他三弟的话了，尽管不是很情愿地相信这番话，因为他还从未听到过这等奇谈怪论。他理智地说道：

"至少属于你的那一份，我一定给你，另外，能借你多少我也尽量借，只要你真能像你说的那样步步高升。事实上，好多人以为自己能步步高升，但是并不是人人都能步步高升，这是毫无疑问的。"

王虎的眼睛里突然冒出火来，他坐下来抿紧了嘴唇，然后说：

"我明白，你很谨慎小心啊！"

他的口气又冷又硬，王二听了，不免有点害怕，于是为自己辩解道：

"可是，我有家，有那么多小孩，而且孩子他妈岁数还不大，她还要生养，这一切全靠我来照看。你还没结婚，你不知道养那么一大家子是什么滋味，吃的、穿的又年年涨价！"

王虎转过身去，仿佛漫不经心地说道：

"我的确不知道，不过你听着，每个月我要派一个亲信去你那儿，他是个豁嘴，你一见就知道了。他能拿得动多少银子你就给他多少银子。我的地尽快卖掉，尽可能卖个好价钱，因为我今后每个月要有一千两银子才行！"

"一千两！"王二因为吃惊，嗓音都变了，两只眼睛也呆了，"可你怎么花得了这么多银子呀？"

"我这儿有一百来个士兵，要吃、要穿、要买枪支弹药。要是不能很快地俘虏一批军队，要想扩大军队，就一定得花钱买枪买炮。"王虎一口气说下来。他突然来火了。"你不该问这问那！"他大声吼道，又拍了一下桌子，"我知道我应该干什么，在我飞黄腾达、称霸一方之前，我必须得有银子！等到有了一块地盘，如果愿意，我可以征税。但是现在，我必须有银子。站在我这边，到时少不了奖赏。不站在我这边，我只当没有你这个亲哥哥！"

说最后几句话时，王虎把头伸到离王二很近的地方。看到浓黑眉毛下那双凶狠的眼睛，王二急忙缩回脑袋，咳嗽了一声，说道：

"哎，我当然站在你一边啰！我是你哥哥嘛！可是，你什么时候才开始行动呢？"

"你什么时候可以卖掉我那块地呢？"王虎问道。

"马上就要过麦秋了。"王二慢吞吞地答道，一边答一边思考着、犹豫着，因为方才听到的一切已把他搞得头晕目眩了。

"这么说，人们手里很快就有钱了，"王虎说，"在稻子种下去之前，你可以卖掉一些地，没问题。"

这话的确不假,王二因为害怕,也根本不敢反对他这个脾气古怪的弟弟,他明白这件事好歹得想办法办了才行。于是,他站起身来说道:

"如果事情这么急的话,我得马上回去,看看我能干点什么,因为麦秋收来的那点钱一会儿花完了,人们又觉得自己没钱了,于是又开始忙乎地里种的那点东西了,想叫他们花钱买太多的地就不太可能了。"

王二一刻也不想多待,这个地方到处是恶狠狠的人,到处是枪炮,他想马上离开这个地方。他只到那两个小伙子待的隔壁房间去看了看,他们俩坐在一张长凳上,前面是一张没上油漆的方桌,桌上放着吃的东西,也就是王虎刚才请他二哥所吃剩下的肉,给孩子们吃吃也就够不错了。王二的儿子一个劲儿往嘴里塞,吃得挺来劲的。不过,王大的儿子一向讲究得很,不习惯吃别人吃剩下来的东西,他坐在那儿,用筷子稍稍拨一点米饭吃吃,根本不去动别人吃剩的那些肉。王二忽然感到很不舍得离开这两个孩子,尤其是自己的孩子。有一刹那,他忽然产生了疑问,究竟该不该把自己孩子带到此地来。但是,这事已经开始了,他没法再退回去了,于是,他只说道:

"我回去了,我唯一要交代你们俩的就是听三叔的话,从现在开始,你们就是他的人了,他这个人很凶,又没耐心,你们出了错,他绝不会原谅的。不过,假如你们听话,他说什么你们干什么,那么你们有朝一日会被提拔上去的。你们三叔的命运是写定了的。"

然后,他急忙转身走了。他控制不住自己的感情,他没想到

同自己儿子分手是那么不好受的事。为了宽宽自己的心,他自言自语道:

"好了,不见得每个小伙子都有这种机会的,既然是个机会,总是个好机会。他总不至于当个小兵的,只要这事办成了,好歹得他个什么官儿当当。"

他决心好好干,为了成功,尽力去干;至少看在儿子的分儿上,他是一定要全力以赴的。

王大的儿子一见他二叔要走,就开始大声哭起来。王二一听到哭声就走得更快了。但哭声像在追他,他很快地跑到有石狮子的大门口那儿,总算再也听不到哭声了。

第八章

儿子竟然干起这种行当了，要不是王龙的魂灵远在千里之外，他非气得从坟墓里跳出来不可。王龙一辈子最恨的就是打仗和当兵的，现在居然把他那好端端的土地拿去卖掉，居然拿这笔钱去支持老三打仗；可是，王龙照旧睡在那儿，而且根本不会醒来，没有人挡得住王龙的儿子们正在干的事情，只有一个人例外，就是梨花。她一直不晓得他们在干些什么。王大、王二都怕她，因为她对王龙最忠心耿耿，因此，什么事都瞒着她。

王二回到家之后便约他哥哥到茶馆去，在那儿可以安安静静地边喝边谈。不过，这一次王二挑了个十分僻静的角落，两边的墙上既没门也没窗，坐在那儿，有谁走过来他们都能看到。他们把脑袋凑在一起，轻轻地嘀咕着，还不时用点暗语和黑话。王二跟他哥哥讲了王虎的计划，回到自己家重新过起从前的普通生活之后，王二越来越感到三弟的那套计划像一场梦——一场黄粱美梦。可是，王大一边听一边就被迷住了，觉得这件事很美妙，又并不难做。随着计划一步步摊开，王大这个身材硕大、头脑幼稚的家伙便越来越激动，因为他看到自己升到了想都不敢想的高位——国君之兄！他这个人没有多少文化，智力平平，而且是个爱看戏的人。在他看过的许许多多戏里，讲的都是古代英雄伟人的事迹，这些人起先不过是普普通通的老百姓,后来因为武艺高强、计谋超群,终于建立了自己的王朝。他看到自己是这种人的哥哥,而且是大哥,他的眼睛就放出光来。他用沙哑的嗓音低声说道:

"我一直说我们三弟跟别的小伙不一样!当初就是我求咱爹不叫他下地,让他完全和别的地主家的孩子一样为他专门请了先生,教他懂得各种事情。我三弟绝不会忘记他大哥为他做过的事情,也不会忘记,如果不是因为我的话,他照样在咱爹的地里当乡下人!"

他自鸣得意地朝下看了看,在肚子上摸了摸,把身上穿的紫色绸袍理平,他想到了他二儿子以及他全家将会步步高升,他自己可能被封为王爷,他弟弟要是当了国君,那么他毫无疑问要成为亲王。在他读过的书里以及他在戏院里看的那些戏里,有许许多多这类故事。王二清醒之后,越来越怀疑了,说真的,老三的那套冒险计划与这座宁静的小城实在是相去甚远。不过,当他看到他大哥为将来的憧憬而想入非非的时候,他又不免产生嫉妒的心理,他的那种谨慎使他变得贪得无厌,他暗自思忖道:

"我一定得非常小心才是,万一老三的梦想倒真实现了呢?万一他的梦想成功,哪怕只成功了十分之一呢?我一定要准备好分享他的成功,因此,决不能过早抽身不干。"接着他大声说道:"话是不错,不过,我得为他筹银子,没有我,他什么也干不成。在他飞黄腾达之前,他一定要有大笔的钱,上哪儿去弄那么多钱,我也不知道。我毕竟只是个小富翁而已,和那些大阔佬几乎是不能比的。头几个月的钱我可以靠卖他的那份地搞到,接下来,你和我再卖掉些我们的地。但是,如果到那时候,他还上不去,那我们怎么办呢?"

"我会帮他的——我会帮他的——"王大急匆匆地答道,此时此刻,他简直不能想象有谁能比他更多地帮助他三弟。

这两个人急忙站起来,王二说道:

"我们再到地里去看看,这次我们真要卖地了!"

和上次一样,这一次走到地里时,他们又不约而同地想起了梨花,他们没有走近那座土坯房子。他们从城门口雇了两头毛驴,骑上毛驴沿着田间的小路走。毛驴的主人是年轻的小伙子,跟在毛驴后面跑,边跑边抽打和吆喝毛驴,催它们快跑。他们往北走,远远地离开了那座土坯房子和那片地。王二骑的那头驴跑得还不赖,王大骑的那头驴实在吃不消王大那块头,它的细腿晃晃悠悠直打战。王大越长越胖,刚刚四十五岁,他的腰已经又粗又圆,脸颊上的肉厚得都垂下来了,像臀部的肉似的,看他这副样子,再过十年,他准会成为镇上和乡里都闻名的大胖子。这样一来,他们有时不得不停下来,等一等王大骑的那头驴,不过,总的来说,两头驴跑得还是够不错的了。这一天,他们把在上次标好要卖的地上干活的佃户全部见了一遍。王二问了每个人是否想买他正在种的这块地,如果要买,打算几时买,多久能付钱。

既然王虎需要银子,他们决定把最大的一块地给他。这块地离城最远。种这块地的是一个善良、勤恳的农民,很早就开始在王龙的土地上辛勤耕耘了。他后来娶了一个丫鬟。他老婆是个健壮、诚实、咋咋呼呼的女人,她怀孩子时还照样干活,并且逼她丈夫拼命干活。他们的小日子越过越兴旺,租王龙的地也越租越多,直到后来租了好几十亩地,并雇了几个人帮他种地。不过,他们自己也照样下地种田，他们这一对夫妇是很懂得勤俭节约的。

这一天，王家的两兄弟专门来找这个人，王大说道：

"我们的地多的是，我们需要银子搞点别的买卖，要是你想买你种的这几块地，那太好了，我们卖给你。"

这个农民眼睛瞪得老圆，跟牛眼睛似的，嘴巴张得老大，说话时舌头总是舔着牙齿，发出含混不清的嘶嘶声，他没法控制，他一向就是这样讲话的：

"我没有想到你们家那么快就打算卖地了，想当初你们爹对地抓得多紧呀！"

王大把嘴往下一撇，郑重其事地说：

"就是因为他太喜欢地了，他给我们甩下了一个好重好重的包袱。他的两个小老婆要我们养活，其实她们俩谁都不是我们的亲生母亲，大的那个爱吃爱喝，又爱打牌，人又不精明，打牌经常输。地里的钱来得慢不说，还得看老天爷高兴不高兴。我们这种家，花钱总得出手大方一点，如果把家搞得又穷又寒酸，搞得不及老人家在世时那样有排场，那又显得太不体面了。为了维持这个家，我们不得不卖掉点地。"

当他大哥在那儿滔滔不绝地讲话时，王二在一旁坐立不安，又是咳嗽，又是皱眉头，他觉得他大哥简直只比傻瓜强一点，因为如果让人看出你急于将货物推销出去，那么价格自然要往下跌。他赶紧接过话头说：

"不过，有好多人都在问我们的地，想买哩，因为谁都知道在我父亲买下的地当中，这几块可以算这一带最棒的了。要是你不想买你租的地,早点告诉我们,有好些人还等着呢!"

这位龅牙的农民很喜欢他种的这片地。每一寸土地,哪块地在哪儿,哪块地有坡,为了确保丰收应该在哪儿挖条水渠,他都一清二楚。他往地里上了不少好肥料,不单是他自己家人与牲畜的粪便,他还背起粪桶大老远地跑到城里去拾粪,为了拾粪,他经常一大清早就起身。想想他自己所背过的那些臭粪,想想自己在这块地里所下的功夫,他总觉得要是就这样轻易地把这块地让给别人,那可实在太糟糕了。于是,他吞吞吐吐地说:

"嗯,原先我倒没想到马上就买这块地,我盘算着兴许这块地要到我儿子成家立业时才能往外卖哩。不过,要是你们打算马上就卖,那我得想一想,明天再告诉你们我的想法。那么,你们打算卖什么价呢?"

兄弟俩相互看了一眼,王二抢在他哥之前开了腔,因为他怕他哥把价报得太低了:

"价钱是公道的,一亩地五十两银子。"

对于离城这么远的地来说,这个价钱是够高的,肯定卖不到这个价钱,双方心里也都明白,不过总算有了个讨价还价的起点吧。然后这位农民答道:

"这个价我可付不起,像我这么穷哪付得起这个价?不过还是容我想一想,明天再答复你们吧。"

王大急于成交,于是他又加了一句:

"稍微多点少点问题也不大嘛!"

王二狠狠地瞪了他一眼,并拉了拉他的袖子,生怕他再说蠢话,

接着就领他走了。那个农民在他们身后喊道:

"明天想好了我会来的。"

话是这么说,其实他的意思是非得和老婆商量不可,不过要一个男子汉承认自己把老婆的话挺当回事,那未免太丢人了,于是为了给自己留点面子,他只好那样说。

当天晚上,他和老婆说了这件事,第二天他就到城里那两兄弟住的地方去找他们,他在那儿和他们争争吵吵、讨价还价,就像当年王龙买这些地时那样。那时,王龙为了买那家的地也是费尽了口舌,现在,那家的房子已经荡然无存,只剩下了一堆破砖烂瓦。他们最后总算讲定了价钱,比原先王二的要价低三分之一,这个价格还算公道。那个农民很乐意出这个价,因为这个价正好和他老婆讲的一样,他老婆曾经交代他,实在降不下价来,就可以按这个价买下。这块地的买卖就这样成交了,这个农民问道:

"钱怎么付,是付银子,还是付粮食?"

王二立即答道:"一半付银子,另一半付粮食。"

王二是这样想的:有了粮食还可以倒卖一两次,再弄出点钱来,而且这也不算揩他弟弟的油,因为他毕竟花了气力去倒腾粮食,从中得点利润也是理所当然的事。谁知那个农民却说:

"我可凑不齐那么多银子。我先付三分之一的银子和三分之一的粮食,剩下的等明年过完秋再给你粮食。"

王大一本正经地转了一下眼珠,跺了跺脚,挪挪他坐着的椅子,然后说:

"可是你知道明年天气怎么样?能下多少雨?我们怎么知道明年

到底能不能得到你的粮食呢？"

这个农民低声下气地站在他的地主——两位城里人——面前，未曾开口先咂了一下嘴，然后耐心地答道：

"我们种地全靠老天保佑，你要是怕不保险，最好还是把地收回去。"

最后还是按那个农民说的办法定了，第三天，农民带来了银子，他不是一下子把银子掏出来的，他分了三次把银子从怀里掏出来，每包银子都用蓝布裹着。每次掏银子，他的动作都很慢，脸上露出痛苦的表情，很艰难地把银子搁到桌上，仿佛很伤心。他的确心疼得很，这些银子凝聚了他多少年的心血和汗水啊！为凑够这笔银子，他东抠一点，西抠一点，东借点，西借点，平时要不是精打细算、省吃俭用，根本凑不足这笔银子。

可是，在王家这兄弟俩眼里，除了银子，什么也看不到。他们在收据上盖了印，那个农民叹了口气，离开了他们。王大带着轻蔑的口气说：

"嗨，这帮乡下人总是这副样子，总说他们日子过得多苦，挣得多么少。可是我们谁想象不出他是怎样挣银子呀？我敢说，他挣这点银子根本不是什么费劲儿的事情！他们能从地里这么一大笔一大笔地敛银子，以后非好好地敲他们一下不可！"

说完，他捋起袖子，搓搓那双白嫩的手，捧起银子再让银子从指头缝中流下去，他那手指头很胖，而且像女人的指头一样，每个关节那儿还有个小窝窝。王二收起了银子，王大挺不情愿地看着他收。王二又快又熟练地把银子又点了一遍，尽管早已点得清清楚楚

第八章 · 089

了。他像店员那样干脆利落地把银子分成十两一包,用纸封好。王大很不情愿地看着老二把银子一包包封好,最后他带着期望的口气问道:

"我们用得着把银子都给老三送去吗?"

"要送去,"王二冷冷地答道,他也看出了他大哥的那副馋相,"我们一定要马上给他送去,不然他的事就要吹。另外,我还得尽快把粮食卖了,准备好银子等他派人来取。"

可是老二并没有告诉他大哥,他打算把粮食倒腾一两次,这些商人们的把戏,王大是一窍不通,于是他只能坐在那儿叹气,眼睁睁地看着银子流走。他二弟走后,他在那儿坐了一会儿,感到很难过,感到自己穷得像遭了别人抢劫。

梨花对这一切是一无所知。王二这家伙比谁都精,他做任何事都从不向人透露,即便是给梨花捎去她的生活费时,他也不向她露一句话。根据王虎留下的话,老二必须每月给梨花送去二十五两银子,她第一次接到这笔银子时,曾轻声地说:

"怎么多出来五两呢?我记得应该只有二十两呀。要不是老爷留下的这苦命的孩子,我连二十两也用不了。这五两我可没听说过。"

王二回答道:

"拿着吧,我三弟说了要你收下,这是他那份里面的。"

梨花听到这话,马上点出五两银子,把银子推到一边,手颤颤悠悠的,好像害怕被银子烫着,她说:

"我不要这个钱——除了我该得的这份,我什么都不要!"

起先,王二还想硬是要她收下,但是,接着他想到借钱给他三弟去闯天下对他来说是多大的一种风险,想到他自己辛辛苦苦来回奔走却没得到任何报酬,他也想到了三弟闯天下的事很可能失败。想到这一切之后,他抓起了梨花放在桌上的银子,小心翼翼地放到怀里,然后用他细小、平静的声音说道:

"好吧,这样也好,既然大姨太已经拿了那么多,你少拿点也行,我去跟三弟说。"

看到梨花这副脾气,他最终忍住了没说,连她住的这房子也是属于老三的,因为她陪着傻丫头住在这儿,对他们都有好处。他走了,从此再没跟梨花多说过什么话,而梨花除了偶尔有事去城里同他们见过一两次面之外,也没再到城里去见过王家的人。有时,多半是两个季节交替之际,她倒是见到过王大。春天,王大来给佃户们称种子,当然,实际上他不过是高高地往那儿一站,称种子的事全是他雇来的帮手干的。另外,在收获季节到来之前他也会来估估产量,这样他就可以知道佃户们是否在骗他,因为佃户总是向他抱怨年景不好,雨太多了或雨太少了,等等。

王大一年要来去跑好几趟,每趟都热得满头大汗,因为累,脾气也不好,见到梨花也不过哼哼两声算是打过招呼。尽管每回见到他,梨花都恭恭敬敬的,不过,她总是尽可能不和他讲话,因为他越来越粗俗邋遢,而且总是色眯眯地偷觑女人。

看到王大经常来来回回,她以为土地的情况还是老样子,而王二还照看他自己的地和他三弟的地,也没人想着要告诉她点什么。她这个人沉默寡言、性情孤僻,除了小孩,别人很难同她搭上话,因为这一点，尽管她人挺温顺的，人们还是有点怕她。除了最近刚结识的几位尼姑，她几乎没有任何朋友。这几位尼姑所在的尼姑庵离得不远，灰砖的房子，坐落在一片青翠宁静的柳林之中。她们来为她讲经，她高高兴兴地接待，她们一走，她就惦念她们，她希望能多背会一些经文，好超度王龙的亡灵。

要不是王大家的驼背儿子，梨花可能永远也不会晓得卖地的事。就在那个农民买头一片地的那一年，"驼背"远远地跟在他爹后面，因此王大到地里的时候并没发现有人跟着。

"驼背"这个孩子脾气特别怪，和大院里哪个孩子都不一样。他一出世，他妈就讨厌他，谁也不知是为什么，也许是因为他不像别的孩子那么红润健康，那么讨人喜欢，或者是因为她怀他和生他时心情烦躁。因为不喜欢他，所以她马上雇了个奶妈来奶他。奶妈也不爱他，为了他，奶妈没法照看她自己的孩子了。奶妈说这孩子的眼睛里有股子邪气，那神情根本不像这么小的小孩应该有的。她还说这孩子毒得很，吃奶时故意咬她。有一回，她坐在树荫下抱着他喂奶，突然尖叫一声，把他扔到了院子里的砖地上。人们出来问是怎么回事，她说孩子咬她奶头直咬得流血，说着就敞着怀让大家看，她没瞎说，奶头真的在流血。

从那时起，这孩子就开始驼背了，似乎他全身向上长的劲儿都聚到背上这块疙瘩上了。人人都称他"驼背"，连他父母也这么叫他。知道自己是个可怜虫，家里又有别的儿子，没人为他操心，连书都不用读，一点事儿也不必做，于是，他很小就学会躲避人，特别是躲避那些老拿他的驼背寻开心的孩子。他常常独自在街上徘徊或是悄悄跑到老远的乡下去，走时一瘸一拐的，背上还得驮着那堆重重的包袱。

那天是收割的日子，"驼背"悄悄地跟在他父亲后边，尽量不让父亲看到，他知道他父亲在这种日子里脾气总是很坏，因为他非去地里不可。他跟踪到土屋附近时，他父亲从土屋边上走过去了，他却想看看是谁坐在土屋的门前。

原来那是王龙的傻女儿，她像平时那样坐在那儿晒太阳，从体格上看，她毕竟已经是个成年女子了，再说她都快四十岁了，已经有几丝白发了。但她仍然是个可怜的孩子，只知道坐在那儿做鬼脸、折衣服角。"驼背"惊奇地望着她，因为他从来没见过她。于是，他也开始对她做鬼脸，笑话她，当他捻手指发出噼啪声时，那可怜的家伙吓得喊出声来。

梨花跑出来看是怎么回事。一见到梨花，"驼背"急忙一瘸一拐地跑到小竹林里躲起来，像个野生的小动物似的偷偷地向外张望。梨花已经知道他是谁了，她淡淡一笑，微笑中透出凄凉的神情。接着，她从怀里掏出一块小甜饼，她经常揣着这种小甜饼，用来哄那个傻姑娘，这个傻子有时候会莫名其妙地突然发起拗脾气，不肯听话。她将这块饼递向"驼背"，他开始呆呆地瞪眼看着她，最后终于从竹林中爬出来，抓住甜饼一口塞进嘴里。她连哄带劝地终于把他弄到门口的一条长凳上坐下，坐在她旁边。她看到这可怜的"驼背"歪歪扭扭地坐下了，她也注意到，在背上重负的压迫下，他那张脸显得十分瘦小、疲乏，他的眼光深沉，充满了忧伤。她除了知道他个头瘦小，根本看不出他究竟算是大人还是孩子。她伸出胳膊搭在他弯曲的脊背上，然后用充满怜悯的语调，轻轻地说：

"告诉我，小弟弟，你是不是我老爷的孙子？我听说他有一个孙子和你一样。"

这个孩子郁郁不乐地甩开她的胳膊，点了点头，摆出一副又要走的架势。她用好言好语劝他，并且又给了他一块小甜饼，然后微笑地对他说：

"我觉得你嘴这一块长得很像我那死去的老爷，他就埋在那边的枣树下面。我很想念他，我真愿意你常常到这儿来玩，因为你长得有点像他。"

居然有人愿意要他去玩，"驼背"可从来没听到第二个人对他讲过这样的话，以前，尽管他也是富家子弟，他却总是被弟兄们推过来揉过去的，连仆人们也不把他当回事，总是到最后才伺候他，因为他们知道"驼背"的妈妈不喜欢他。他可怜巴巴地看着梨花，嘴唇开始颤抖，突然他哭起来了，尽管他自己也弄不清为什么要哭，他一边哭一边说：

"我希望你别逗我哭了——我也不知道我为什么要这样哭——"

为了安慰他，梨花用手臂揽住他那隆起的脊背，尽管他嘴上不会这么说，但是他感到这是他得到过的抚爱之中最甜蜜的一次，他不知不觉地感到受到了极大的安慰。可是梨花并不是一直在可怜他，在她眼里，他的背似乎变直了，变得同其他的小伙子一样了。从这天以后，"驼背"就常常到土屋来玩，反正没有人会留意他上哪儿去了或在干什么。日复一日，"驼背"的灵魂受到了洗礼，梨花对他的确有一套办法，她使"驼背"觉得她要依赖他，为了照顾好傻子，她需要他的帮助。以前，任何人都没有找"驼背"帮过任何忙，这样一来，"驼背"渐渐变得文雅起来，随着时间的推移，原先他身上的那股邪气消失了。

要不是这个孩子，梨花也许永远也不会知道卖地的事。这个孩子倒也不是有意把这件事透露给她，他是什么事都对她讲，东聊西聊。有一天，他说：

"我有个哥哥要当兵了。我三叔以后要当大将军，我哥现在跟着我三叔学当兵哩。我三叔以后还要当皇帝，到时候我哥就在他手下当大官，我听我妈跟我说的。"

他说话时，梨花正坐在门边的一条长凳上，一边看着远处的田野，一边轻声轻气地说：

"你三叔真的那么行吗？"她停了一下，又接着说："我倒希望他不当兵，因为打仗太残酷了。"

可是，这个孩子大声嚷道："他当然行啦，他一定会成为最伟大的将军。我觉得，一个士兵要是勇敢，当上英雄，那是一个男子汉能做的最了不起的事！他要是成功了，我们都跟着沾光。在他成功之前，我爸和我二叔每个月都给三叔捎银子，来我家取银子的是个豁嘴的大个子，样子可难看了。不过，这些银子，将来三叔都要还给我们的，我听到我爸跟我妈说的。"

梨花听到这话，心里升起一小片疑云，她沉思片刻，然后装着好像是纯粹出于好奇，随便问问一件不要紧的事情那样，细声问道：

"我不明白，哪来那么多银子呢？是你二叔从他店里借的吗？"

这孩子为自己知道那么多事情而有几分得意，便傻乎乎地答道：

"不是,他们把我爷爷的地卖了。我经常看到那些农民到我家来,从怀里掏出一个小布卷,打开小布卷,里面都是银子,银子倒在我爸爸屋里的方桌上,像星星那样,闪闪发亮。我见到好多次了,我站在一边看,他们也不管我,因为我是最不值钱的。"

梨花突然站起身来,"驼背"不解地看着她,因为她平时动作一向是很慢很轻的,她也注意到自己失态了,于是十分温和地对他说:

"我刚才突然想起一件事——非办不可的事。我走开的时候,你能帮我照顾一下傻丫头吗?除了你,交给谁我都不放心。"

能为梨花做这件事,"驼背"感到很得意,他根本不记得自己刚才说了些什么话。梨花在收拾东西准备上路时,"驼背"有几分得意地坐在那儿,手里攥着傻子衣服的一角。梨花看到他在那儿坐着,于是顺手拽出一件黑色上衣,就急匆匆地穿过田野出发了。在这两个可怜的人身上不知有一种什么东西,在这种情况下居然还能拉住梨花,让她再回头看他们一眼,而且能叫她把心事放在一边,冲着他们俩露出一丝微笑,虽然有点凄凉,但却是温柔的微笑。但是她不得不抓紧时间赶路:即便她满怀爱意地看着这两个她所爱的人,事实上除了他们,她现在谁都不爱了,她胸中的愤怒仍要冲出来;即便她的愤怒往往是平静的愤怒,也是一种强有力的愤怒,她的心怎么也静不下来,除非她找到老大老二,问明白他们究竟是如何处置他们父亲留下的好地的,也就是王龙临死前再三叮嘱他们要留给后代的那些好地。

她在田间狭窄的小路上匆匆走着。路上只有她一个人,除了远处一两个穿蓝棉布衣服弯腰种地的农民,路两边什么人都看不到。

看到这情景,她的眼里噙满了泪水;这些天来,她的眼泪很多,出来得很快,因为她又想起了王龙。以前,王龙也经常在这些小路上走过来走过去,他十分珍爱他的土地,有时他会抓起一把土在手心里翻过来倒过去,他爱地爱到都舍不得租出去,即便租出去也最多租一年,因为他要保住自己的地——可是,现在他的儿子们竟然把他的地卖了!

虽然王龙已经去世了,但他一直和梨花生活在一起,对她来说,王龙的灵魂始终在这些土地的上空盘旋,她相信,如果地真的被卖掉了,王龙肯定会知道的。的确如此,不论白天还是晚上,常常会有一阵凉风向她面孔袭来,或是一阵旋风沿着路边刮过去,因为这种风很厉害,谁都觉得害怕,据说,这一定是死者的灵魂刚刚从这里经过。每当梨花脸上感受到这种风的时候,她总要抬起头来微笑,因为她相信这风很可能就是王龙的灵魂。王龙这个老人对她来说就像父亲一样,但是比她的亲生父亲还要亲,就是她亲生父亲把她卖给王龙的。

怀着这种王龙就在她身边的感情,她继续急匆匆地在田间穿行。她看到地里的庄稼长得很好,五年没闹灾荒,今年看来也不会。地里的麦子被侍弄得不错,长势喜人,不过离收割还有些日子。她经过一片麦地,突然一阵小风刮来,麦田里卷起一串涟漪,银白色的,又光又滑,像有人用手抚摸过。她心里纳闷这是一阵什么风,甚至她对自己此行的目的都有点犹豫了,随着那阵风消失在麦田里,麦子恢复了平静,她的心才又平静下来。

她走到了城门口。那里有许多卖水果的小贩,她低着头只管往前走，从不抬头看别人。谁也没有注意到她，她又小又瘦，也不像从前那么年轻了，她穿着一件黑裙子，又没涂脂抹粉，男人们哪一个都不会去看她的。她就这样往前走着。万一有什么人注意到她那张平静而苍白的面孔，那么他怎么也想不到这个女人心中蕴藏着极大的愤怒，想不到她会下决心去痛斥老大老二，想不到她会有这样的勇气。

走到城里大院门口，她没有通报就直接闯了进去。看门的老头儿正在打盹儿，嘴巴半张着，露出他那稀稀落落仅有的三颗牙齿。梨花走进去时，他吃了一惊，不过一看是他认得的梨花，于是没管她，又接着打盹儿了。她按原先想好的，直奔王大的家，因为尽管她从心里不喜欢王大，但是，要感动王大总比说服贪婪的王二希望更大一点。她知道王大这个人蠢是蠢一点，不过有时心并不那么坏，很少故意使坏，如果不需要太麻烦他的话，他有时倒也肯发发善心。可是，老二那双冷冰冰的小眼睛可真叫她发怵。

她走进了前院，有一个年轻的男仆在院子里待着，像在等什么东西，另外一个挺漂亮的丫鬟从屋里偷偷地出来晃悠，想引起这个男仆的注意。梨花客客气气地对这个丫鬟说：

"孩子，告诉你们太太我来了，有点事找她，不知她能不能见我。"

王龙死后，王大的太太对梨花似乎友好了一点，反正比她对荷花友好得多了，因为荷花太粗野，说话太随便，梨花就从来不那样讲话。在后来全家人聚会时，王大的太太甚至会对梨花说这样的话：

"你跟我毕竟要比跟别人近乎得多，因为咱俩的心眼比他们好，比他们善。"

后来她还对梨花说:"有时间过来跟我聊聊尼姑们讲的关于菩萨的事情。这一家人中,就咱俩是真心诚意信佛的。"

她这么说是因为她听说梨花听离土屋不远的尼姑庵里的尼姑讲经。因此,梨花现在先来找她,那个漂亮的小丫鬟不一会儿就出来了,一双眼还在那儿东张西望,想看看刚才那个男仆还在不在。她对梨花说:

"太太说叫您进去,在大厅里坐着等她一会儿,她念完经马上来。她每天早上一定要念经的。"

于是,梨花走进大厅,在大厅一侧的一张椅子上坐下。

王大这一天正好起身很晚,因为他头天晚上到城里一家饭馆赴宴去了。宴席颇为讲究,上等的好酒不算,每位客人身后还有一位漂亮的歌女陪着,专管斟酒、唱歌助兴、陪客人说话及做客人要她做的其他任何事情。王大美美地吃了一顿,酒也比平时喝得多,陪他的歌女是一个最漂亮的、讲话嗲声嗲气的姑娘,看上去不过十六七岁,但她那风骚劲儿倒像有十多年陪客经验的老手。王大喝得实在太多,到第二天早上他还记不起来前一天晚上的情景,他走进大厅时,脸上挂着笑容,边打哈欠边伸懒腰,根本没注意到厅里有人。实际情形是,王大这天早晨对什么都不留心看,心里还在美滋滋地回想头天晚上那个姑娘同他调情的样子:她悄悄地把她那凉凉的手指头伸进他衣领后面,轻轻地挠他的脖子。想到这里,他心里盘算着要去问那位做东的朋友这姑娘住在哪里、是哪家酒店的姑娘,他要找到她,看看她究竟是干什么的。

他大声地打着哈欠,把双臂伸过头顶伸了个懒腰,然后拍拍大腿使自己清醒得快一点。他就这样逍遥自在地步入大厅,身上只穿了一件绸子睡衣,赤着脚,蹬着一双缎面的拖鞋。接着,他的目光忽然落到了梨花身上。一点不错,就是梨花,她穿着一身灰黑的褂子,一声不吭地、笔直地站在那儿,像个影子一样,然而她的身子颤抖得厉害,因为她十分厌恶这个王大。他绝没想到会在大厅里见到梨花,急忙把双手放下,闹得连这个懒腰都没伸舒服。他又瞪眼仔细看了她一下。发现的确是她,他便尴尬地咳嗽了一声,然后挺客气地说道:

"没人告诉我大厅里有人。我太太知道你来了吗?"

"她知道了,我叫人告诉她了。"梨花说,一边说,一边向他鞠了一躬。接着,她便犹豫起来,她暗自思量道:"我现在就说,把我想说的话对他一个人先说出来,这样或许更好一些。"于是,她开始急急忙忙地说起来,比平时讲话快得多:"我其实是来见大少爷您的。我痛苦极了——我都不敢相信这件事是真的。老爷生前说过,'这地千万不要卖'。但是,现在你们在卖地——我知道你们在卖地!"

梨花只觉得一阵红潮慢慢涌上脸颊,她一下子气得不得了,控制不住自己,哭泣起来。她咬住嘴唇,抬眼盯着王大,她十分讨厌他,简直都不愿正眼看他一眼,但现在为了王龙,她居然这么做了,即便如此,她所看到的也只是王大那脖子上黄黄的肥肉,那是因为衣领没扣好而露在外面的,还有他眼睛下面耷拉着的眼袋以及他那完全翻在外面的发白的厚嘴唇。当王大见到梨花的目光落在自己身上时,他不知所措了,因为他特别害怕女人发火,于是,他转过身去,好像是为了体面起见必须把扣子扣好。然后他回过头来,急急忙忙地说：

"你别听人家胡说——根本没这回事！"

梨花更加激动了，谁都没有见她这么激动过：

"不，肯定有这回事——告诉我这件事的人是个从不撒谎的人！"她不能说出她是从哪儿听来的，她担心王大要打他那驼背儿子，因此她没说出"驼背"的名字，她接着说："我真没想到老爷的儿子会这么不听他的话。我是个软弱的女人，你们谁也不把我当回事，但是我还是要说，我要告诉你们，老爷会替自己报仇的！别以为老爷离我们很远，他的魂灵就在他的土地上空，他要是发现地被卖了，他一定会想办法教训那些不听话的儿子的！"

她讲这番话时，语气有些异样，眼睛瞪得很大，眼神十分严肃，嗓音低沉而阴冷，这么一来，王大真有点莫名其妙地害怕起来。别看他块头挺大，其实他最容易被人吓唬住了。谁都别想劝他晚上一个人到墓地去，他嘴上不说，但是心里真的相信那些关于鬼魂的故事；尽管他可以装作没事似的一笑了之，但从心里讲，他是相信这些鬼故事的。因此，当梨花讲完这番话，他急忙说：

"就卖了一小块地——那是我三弟的，他等着用银子，再说他一个当兵的，要地也没有用。我保证以后再也不卖了。"

听完这话，梨花刚要张口说话，谁知王大的太太进来了。这天早晨她怨气很大，对王大非常恼火，因为他头天晚上喝得醉醺醺地回来，还一个劲儿谈起他所见到的这个那个女人。一见到王大，她便轻蔑地看了他一眼，王大连忙大大咧咧地点头微微一笑，装作什么事也没发生过。然而，他在偷偷地察言观色。他暗自庆幸梨花在这儿，因为他太太比较顾面子。有梨花在场，她说话毕竟会有所顾忌。于是，他的口齿又开始变得伶俐一点了，他还正儿八经地摸摸桌子上的茶壶，看看茶还热不热。他说：

"啊，正好，孩子他妈来了，你看这壶茶够热了吗？我还没吃早点，正准备到茶馆去喝点茶。那我就走了，不打扰你们了——我很清楚，女人们在一起总要谈点我们男人不便听的东西——"他干笑了几声，他太太依旧一言不发，还冷冷地瞥了他一眼，搞得他很狼狈，于是他赶紧哈着腰溜走，因为走得太快，他身上的肉都颤悠起来了。

王大在场时，王大太太什么也没说，只是端坐在椅子上，离着椅子靠背好远，她是一向不靠在靠背上的，她一直等到他离开为止。她看上去真是一副太太的架势，穿一件平滑的缎子衣服，蓝灰色的，头发梳得油光光的，盘得好好的，尽管离午间还早着呢。这时候，大多数的太太可能还躺在床上翻身，或者伸手去拿茶杯喝头一口茶呢。

看到自己男人走了之后，她长叹了一声，然后板着面孔说道：

"没有一个人知道我和这个男人过的是什么日子！为了他，我献出了自己的青春和容貌，而且不管日子多么难过我也从不抱怨，即使是在我生了三个儿子之后，即使是在他娶了一个小户人家的女儿、一个我可能雇来当丫鬟的女人之后，我都没抱怨过。尽管我看不惯他的做法，但是他所做的一切，我都容忍了。"

她又叹了口气。梨花看到，尽管王大太太的举动不免带点装腔作势的成分，但她的确是够伤心的。为了减轻她的忧愁，梨花说道：

"我们谁不知道您是位贤惠的太太呀！连尼姑们都对我说您学礼

拜仪式学得真快，比她们教过的任何一个在家女弟子都学得快。"

"她们是这么说的吗？"王大太太高声地问，心中十分高兴，接着她便说她读了哪些祷文，一天读几遍，以及她如何发誓吃素，凡人为什么应该严肃地考虑关于未来的事，因为在痛苦的人生循环再次开始之前，所有的人最后不是在天上休息，就是在地狱里受罪，善有善报，恶有恶报，等等。

她就这样滔滔不绝地聊着，梨花一边听她讲，一边考虑她能不能相信刚才王大所作的不再卖地的保证，对她来说，要相信他的话真是挺不容易的。猛然间，她觉得疲倦得很，于是她抓住王大太太喝水的空隙，站起身来，轻轻地说道：

"太太，我不知道大少爷是不是把他做的事情讲给你听了，不过，假如您有机会，我希望您把他父亲的临终嘱咐再跟他讲讲，那就是，地千万不能卖掉。我的老爷辛苦了一辈子才搞到这么些地，他希望子孙后代有个安身立命的根本，刚到他儿子这一辈就开始卖地，这总不是件好事情。太太，我求您帮帮我，劝劝他！"

这位太太的确不清楚王家究竟卖掉了多少地，不过她总是喜欢摆出什么都知道的样子，于是她蛮有把握地说：

"你不用害怕，我不会让我男人去做什么不该做的事的。如果说卖地，那肯定是三弟那些离城里很远的地，三弟有计划，他要当将军，还要让我们都飞黄腾达，他更需要的是银子，而不是地。"

梨花又一次听到别人说这样的话，她感到放心了一点，她想，这一定是真的。她离开时心里好受了一点。她鞠了一躬，轻轻地道别，对王大太太一副顺从的样子。她走后，王大太太感到很得意。

梨花回到了土屋。

王大在他去的茶馆里见到了他二弟。王二正在那儿吃午饭,王大重重地坐到他二弟独自吃饭的那张桌子旁边,愤愤地说道:

"看起来,男人简直没办法摆脱女人的唠叨,好像我自己家的麻烦还不够似的,我们父亲的小姨太梨花竟然也跑到我这儿来,说她听到了卖地的事,她吵吵嚷嚷地要我向她保证再也不卖地了!"

王二看了他哥哥一眼,接着,他那张平滑的薄脸皮微微现出一道曲线,算是微笑。他说:

"这种人说话,你理她干啥?让她说去好啦!在我父亲这个家里,她是最微不足道的,她没有任何权力。别理她,要是她再跟你谈起地,你就跟她扯别的事,就是别谈土地的事。你可以跟她扯东扯西,但一定要让她看到你根本不愿理她,因为她没有权力做任何事情。她也该知足了,每月有银子,还让她在土屋里住下去。"

此时,店小二拿来了账单,王二仔细看了一遍,在心里算了一下,发现没错。他掏出了所需的钱,不过付钱时,他慢慢吞吞的,好像总觉得别人多收了钱。然后他冲他大哥略一欠身就走了,王大一个人留下吃。

不管他二弟怎么说,和他二弟坐在一起时,王大还是有点闷闷不乐。他真有点害怕,他担心梨花讲的话有什么其他意思,梨花说过,老爷即使死了,也离大家很近。他越想越不对劲儿,于是他叫来了店小二,要了一盘清蒸螃蟹,想借此宽宽心,忘掉那些令他烦恼的事。

第九章

王虎两三次派那个豁嘴的亲信到他哥哥那儿去,两三次,那个豁嘴的人都带着银子回来了。他把银子裹在蓝包袱布里,往肩上一挎,就像背着点不值钱的衣物,他穿的蓝布衣裤都很破烂,光着脚,穿着双草鞋。无论是什么人,要是见了这个背着小包袱在尘土飞扬的路上慢慢晃悠的人,准认为他是个普通老百姓,而绝对想不到他背的竟是银子。不过,如果看得略微仔细一点,也能看出点破绽,那么小的包袱怎么把他累得满头是汗呢?幸好也没有人那么仔细地看他,他穿得那么破烂,除了那个豁嘴,他那张脸也没什么特别之处。偶尔有人看他两眼,也是因为那豁嘴实在太难看了,还有那两颗露在外边,像从鼻子里长出来的大牙。

就这样,"豁嘴"把银子平平安安地带到了王虎那里。王虎存够了能用三个月的银子,便定下了起事的日子。他发出秘密信号,准备追随他的人马上得到了命令。在秋收之后、北风南下之前一个没有月亮的夜里(直到快天亮时,天边才出现一弯新月),王虎的追随者一个个从床上爬起来,离开了他们原先的老司令。

总共有一百人在夜里爬起来,人人都悄悄地起身,一点声响都没有,然后卷好铺盖,打成背包背在肩上,如果有枪,就把枪拿上。如果能顺手牵羊抄上身边士兵的枪支当然再好不过,但是恐怕不容易,因为一般说来士兵睡觉总要用身体压住枪支,一有动静,他便会惊醒,大叫起来。这是因为枪支很贵重,卖一杆枪可以换回一堆银子。有时赌钱输得太厉害了,士兵就会想到卖枪,或因好几个月没仗可打,又没去抢掠而发不出军饷的时候,当兵的就会琢磨卖枪了。士兵要是丢了枪可是个好大的罪过,因为枪支都是老远从国外运来的。这天晚上,这帮爬起来的士兵除了自己的东西,只多搞到了二十支枪,因为那些当兵的睡觉太警醒了。不过,就这些也不错了,至少可以增加二十个新兵。

这一百个士兵全是老司令手下的精兵强将,是年轻士兵中最英勇善战的一批。他们之中很少有南方人,几乎全是北方内地省份的人,全是些胆大妄为的亡命之徒。王虎相貌堂堂,身材魁伟,很容易就赢得了这批人的拥戴。他的沉默寡言、说来就来的火暴脾气和那股子凶狠劲儿,都令他们佩服。他们佩服他,还有一个原因是老司令越来越不行,又老又胖,上马都要两个人扶他踏上脚镫子。老司令这副德行实在没法叫年轻人佩服,于是他们决定抛弃老司令,追随新英雄。

那天夜里,一接到信号,每个人都立即起身带上枪,有马的牵上马,准备出走。信号很简单,感到右脸蛋被轻轻拍三下之后,就得马上起身,挎上子弹袋,带上枪,有马的骑马,没马的步行,到五里之外一个山顶上的集结点集合。那里有座旧庙,除了有一位上了岁数、老眼昏花的隐士在那儿住着,没有任何人。房子虽然破旧一点,但总可以住人,王虎准备在那里把他们训练成一支军队,然后带领他们打到他所选定的地方。

王虎已经把一切都准备好了。几天前，他派他的亲信"豁嘴"和自己的麻脸侄儿去做安排，他们预备了几坛酒放在庙里，还准备了些生猪、家禽在原先僧人的住处，他们还关了三头肥公牛。这些都是王虎从附近的农民家买的，他是个诚实的人，该付多少钱就付多少钱，他不像有些当兵的那样乱抢穷人的东西。他叫他的亲信规规矩矩地付了钱，把牲畜赶到山上的庙里面，叫他侄子留在那儿当看守。

他的那个亲信还买了三口大铁锅，然后用脑袋顶着把三口铁锅一口一口都搬到了山上。他又用庙里的破砖砌了三口炉灶把锅支上。别的东西他一样也没多买，因为王虎心里只想早早离开这个地方，跑到远远的北方去，到了那儿，老司令也就奈何他不得了。不过，他也不想离北边的京城太近，免得过早同政府军发生冲突；政府军有时要出来收拾王虎这一类的军阀的。尽管如此，王虎对哪头都不怕。老司令这头是没几天可威风的了；政府这头也没什么可怕，因为这时候旧王朝垮了，接替它的新王朝还没出现，所谓政府军是十分虚弱的，盗贼蜂生，干戈四起，军阀们为夺取最高权力拼命混战，谁都控制不住他们。

那天夜里王虎来到这座庙里，身边还带着王大的儿子。到底该怎么对付这个胆小怕事、萎靡不振的小伙子，对他来说简直是一个难题。那个"麻子"倒是乐于冒险，叫他干什么他都高高兴兴地去干，这个白面书生则是能躲就躲。王虎呵斥，叫他快点跟上，他在他三叔后面，边爬边发抖。王虎点燃火炬一看，这小伙子满身是汗，王虎轻蔑地冲他嚷道：

第九章 · 107 ·

"这是怎么回事？什么也没干，你哪来的一身汗啊？"

可是他说完就走了，也并不想听他侄子的解释。他在夜色中大踏步地往前走，小伙子跌跌撞撞地跟在后面。

走到山顶通往旧庙的关口处，王虎找了块石头坐下，他叫小伙子先到庙里去帮忙准备些吃的。他一个人坐在那里，等那些答应投奔他的人到来。不一会儿，他们三三两两、十个八个、成群结队地来了，王虎见到他们非常高兴，和他们一一打招呼：

"嗨，你来啦！"他大声叫道："嗨，好棒的小伙子！"

投奔他的人沿着庙前小道那破败的石阶走上来。一听到他们的脚步声，王虎便举起手里冒烟的火炬，把火炬吹着。在火苗的亮光下，他高高兴兴地迎接他的部下。一百个人就这样集结在一起了。人都到齐之后，王虎便分派他们干活，他下令杀鸡杀鸭、宰猪宰牛。一听说要干这事，他们个个都兴高采烈，要知道他们已经有好些日子没吃肉了。有的人把炉灶生着，弄得旺旺的；有的人到附近的山涧去担水；还有些人杀猪、杀牛、剥皮、切肉。给鸡鸭褪毛之后，他们便从庙周围的树上找来一些带枝杈的青树枝，把鸡鸭穿在上边，整个儿地放在火上烤。

一切准备停当之后，他们便在庙前的平地上摆开了宴席，石缝中的野草顽强地向上长，已经把石头都撑裂了。平地的中央有只一人多高的铁鼎，满身是锈，看来是有年头了。此时天已大亮，初升的太阳把阳光倾泻在他们身上，凉飕飕的山风使他们感到更饿，他们聚在一起畅怀大笑，闻着香喷喷的肉味，急不可待地大嚼起来。人人都吃得饱饱的，到处是欢笑声，因为他们觉得在他们年轻勇敢的新头领的领导下,新的更美好的一天开始了。这个新头领将带领他们去占据新的地盘,那里有吃有喝有女人,有血气方刚的男子汉所需要的一切。

在稍稍吃了几口垫垫肚之后,他们便打开酒坛的封口,给每个人的碗里都倒满了酒。他们喝啊,笑啊,一会儿提出敬这个一碗,一会儿提出敬那个一碗,大多数都是敬他们的新首领的。

那位老眼昏花的隐士在外边的小竹林里惊奇地看着这帮人,嘴里不断嘀嘀咕咕;他瞪眼看着这帮人拼命地吃喝,心想,这帮家伙一定是魔鬼。当他看到他们撕开烤得香喷喷直冒烟的鸡鸭时,他的口水流了出来。但是他不敢出来,因为他不知道这帮人是干什么的,怎么会突然间来到这片宁静的山林。三十多年来,他一直独自居住在这儿,靠一小片地养活他自己。有一个士兵,吃饱喝足之后,顺手把他啃过的一块牛腿骨扔了,这块骨头正好落到小竹林边上。老隐士把这一切都看在眼里,于是,他伸出瘦骨嶙峋的手一把抓住骨头,悄悄地带进竹林,二话没说就啃了起来。他一边啃一边颤抖,可能是因为这么多年来他从未吃过肉,现在都已不记得肉味是什么样的、肉是多么好吃了。他什么也不顾了,只顾在那儿嘞骨头。虽然他已经有点糊涂了,但是在嘞骨头的时候,他心里也明白,对他来说,这是一种罪孽。

他们吃饱了,吐得满地都是骨头。这时,王虎一跃身跳到一只石头乌龟的背上。平台的一边,有一棵高大的刺柏,石乌龟就伏在这棵刺柏旁边。这只石乌龟原先是名门望族的墓地的标志,它的背上还驮着一大块碑石,上面刻有称颂死者的碑文。但是后来那棵刺柏往上生长的劲儿太大了,终于顶翻了碑石继续往上长,而倒在一边的碑石已经裂开,上面的碑文也因长年日晒雨淋而变得无从辨认了。

王虎跳上这只石龟,站在上面往下看着他的部下。他手握剑柄,脚踏龟头,威风凛凛地站在那里,两道黑眉毛紧蹙着,露出骄横的神情,两道目光炯炯有神,寒气逼人。他看着属于他自己的这批人时,热血沸腾,全身就像要爆炸一样,他心想:

"这些是我的人啦——是发誓要效忠我的人。我终于盼到了这个时刻!"他那洪亮的嗓音穿过了寂静的山林,在庙前的空地上回响:"我的好弟兄们!我就是这样一个人!我和你们一样是穷人。我爹是种地的,我也是种地的。但是在种地之外,我另有一种命运,于是,很小的时候我便从家里出来,加入了老司令的革命队伍。

"弟兄们!起先,我做梦都想打仗,杀尽那些贪官,老司令当初也是这么说的。但是,他这个人胸无大志,大家也都知道他变成了一个什么样的人。我觉得不能再替他卖命了。我看到老司令的那套革命没给我们带来什么好处,我也看到现在到处是贪官污吏,人人都在为自己拼命,于是我想,我应该把老司令手下那些最卖力气又得不到好处的弟兄召集起来,自己去闯出一块天地来——一块没有贪官污吏的天地。不用我说你们也清楚,当官的没有一个是好的,说是什么父母官,可是老百姓被这些当官的压得抬不起头、直不起腰。从前就是这样的,五百年前就是这样的,英雄好汉们就是要劫富济贫。我们也要这么干!弟兄们,英雄好汉们!跟我干吧!我们同生死、共患难!"

他站在那儿,用低沉的嗓音喊出了上述这番话。他的目光闪动着,望着面前蹲在地上听他讲话的弟兄们,他那两道粗眉像两面摊开的小旗,忽高忽低,变换着他脸上的表情。他讲完话,所有的人全站起来,高呼:

"我们发誓永远跟着你!"

这时,有个爱开玩笑的家伙尖着嗓子喊道:

"嗨,我说,他真像只黑眉虎啊!"

王虎的确像只黑眉虎,他个儿很高,比较瘦,行动敏捷,下巴较窄但颧骨又高又宽,眼睛亮亮的,很有神,还透出几分野气。眼睛上面是两道粗黑的眉毛,它们往下生长,几乎挡住了双眼,因此当他把眉毛往下一压的时候,他那双眼睛就好像从山洞里往外看人,而他一扬眉毛,一双眼睛就从眉毛下边蹦了出来,整个面孔突然间大了许多,真像跳出来的猛虎。

听到这话,大家都放声大笑,接着这个人的话头大声嚷道:

"对啊!老虎,黑眉虎!"

可怜的老隐士在一旁听见他们大喊"老虎",不知是怎么回事。这一带山里有时是听得到虎啸声的,老隐士最怕老虎了。听他们这么一嚷,他在竹林里东张张西望望,然后连忙跑回庙后边他平时睡觉的小屋,插上门,一骨碌爬上床,用被子蒙住头,躺在那儿边发抖边抽抽搭搭地哭开了,后悔刚才尝了那块牛骨头。

王虎也真有老虎一般的谨慎,他明白他的闯荡生涯刚刚开始,他必须时时警惕将要发生的事情。他叫手下的人睡一会儿,醒醒酒,他们睡下之后,他又叫了三个比较机灵的家伙出来,要他们乔装打扮一番。他叫其中的一个把衣服脱了,只剩破旧的里裤,把脸抹得像叫花子那样又脏又黑,然后交代他到老司令驻军的城市边上的村里去讨饭,任务是弄清楚老司令是不是在准备对他们进行追击。他叫另外两个到城里的当铺弄一身农民的衣服,再搞一副挑子,买上点东西担到市场上去卖,边逛边留心周围人的谈话,听听他们说些什么,有没有说起老司令手下的精兵强将走了之后发生了些什么事或者会发生什么事。到了关口那里,王虎又派出他的亲信"豁嘴",叫他到附近的乡下去仔细观察,如果有大批人马在附近活动,就立即回来报信。

送走这几个人,等其他人醒酒起身以后,王虎便开始清查兵力。他坐下来用毛笔在纸上记下现有兵力的人数、枪支弹药数,以及士兵们衣服、鞋子的情况,看看是否适于长途跋涉。他命令士兵列队从他面前走过,以便他仔仔细细地观察每一个士兵。他发现,除了他那两个侄子,共有一百零八个棒小伙子,没有一个年纪太大的,而且其中只有几个人身体不太好,当然红眼睛之类的小毛病没有计算在内,这种谁都可能得的小病根本不算病。当士兵们从他身边慢慢走过时,他们惊讶地看着王虎在纸上做着记号,在这些士兵中,只有两三个人是识字的,因此他们对王虎更是钦佩不已:没想到,除了打仗,这家伙还有这么两下子,能把字写到纸上,过后再看还能知道是什么意思。

王虎查点清楚了,除了士兵之外,他还有一百二十二支枪,每个士兵的子弹袋都是满的,另外还有他从老司令仓库里捞的十八箱子弹。这些子弹是他叫他的亲信一箱一箱背上山来的,就放在庙里的菩萨后面,因为这一处的屋顶最好,漏的地方最少,而且菩萨正好可以挡住从裂开的门缝中溜进来的雨水。

至于服装,士兵们目前身上的衣服穿到冬天到来之前是没问题的,每个士兵还都有一床被子。

王虎很满意自己目前的装备,剩下的食物还够他们吃三天的,他计划当晚开始行军,尽早赶到他在北方的新地盘。即便不讨厌南方,他也要开拔到另一个地方去。因为老司令太懒了,在这儿一蹲就是十多年,逼老百姓给他纳粮交税,把老百姓刮得囊空如洗,所以王虎怎么也得换块新的地盘。

他也并不想和老司令为这块老地盘大动干戈,他只想把队伍带到他老家那一带去。他老家的西北方向有一片山,他的队伍可以驻扎在山里,万一被逼得太紧,他还可以把队伍带到更深的山里去,那里山高路险人也野,即便是军阀,也不大去的,除非被逼到走投无路的地步。倒不是说王虎现在已经到了走投无路的时候,他现在觉得他面前的路宽得很,只要他敢闯敢干,闯出点名气来,今后他什么大事干不出来?

这时候,派出去探消息的人回来了。其中一个说:

"人们到处在传,'老蜂窝出乱子了,新蜂王又带着一批杀出来了'。人们都害怕得要死,他们说,他们已经被榨干了,这一块地可喂不饱两拨子兵啊!"

假扮叫花子的那个人说:"我偷偷地逛到原先的兵营去了,我把脸抹得又黑又脏,谁也没认出我来。我一边讨饭,一边听,一边看。

兵营里乱了套，老司令在那儿大喊大叫，一会儿命令别人做这事，一会儿又说，算了，还是做那事。他都给气糊涂了，脸变得像个紫茄子，都没个正形了。我壮着胆子往里走，离他已不远，只听见他气得大喊，'真他妈没想到，黑眉毛小子会这样！我那么相信他，什么都不瞒他。人们还老说北方佬比我们老实！我恨不得把这小子穿起来烤着吃了！这个贼！这个贼小子！'他开口闭口都说要他的人拿上枪找到我们，和我们干！"

这个人停下来喘了口气，他正好就是尖着嗓子讲话、爱开玩笑的那个家伙，他又接着说，嗓门越来越高，边说边咧着嘴笑：

"可是，我一看啊，就连一个动换的也没有！"

听到这儿，王虎微微一笑，他知道他什么都不用担心了，那些当兵的已经快一年没拿到军饷了，他们之所以还愿意留在那儿，是因为即便待着啥都不干也有饭吃。但是若要他们打仗，那就得先给他们付钱，王虎知道老司令真到这节骨眼上又舍不得掏钱出来了，于是过上一两天，他的气消下去之后，他也只好再去和他的女人鬼混，那些当兵的就知道吃了睡，睡了吃。

王虎遥望北方，他心里明白他谁都不用怕。

第十章

　　王虎允许他的士兵美美地吃喝了三天，直吃到他们吃不下，直喝到酒坛底朝天。吃饱睡足之后，他们一个个精神抖擞，生龙活虎。这些年来，王虎一直和当兵的生活在一起，他很了解这些人。他知道应该怎么管好这些身强力壮、普普通通、愚昧无知的士兵，他知道怎么了解他们的性情、利用他们的性情，怎样做到看上去给他们一点自由但又能不失去控制，随心所欲地摆布他们。此时，士兵们为一点小事吵得不可开交，其实不过是睡觉时不小心，一方压了另一方的腿而已；有些兵士开始想女人，追女人，到了这种时候，王虎知道应该来点厉害的新玩意儿了。

　　他又一次跳上石龟，双手在前胸一叉，开始训话：

　　"今晚太阳一下山，我们就要开始行军了。每个人自己照顾好自己，万一有什么人还想回到老司令那里去吃吃睡睡，那么请现在就走，我保证不杀他。但是，今晚开始行军之后，谁要是敢背叛我们的誓言，那我就用这把剑戳死他！"

　　讲到最后一句话时，王虎突然拔出剑来，快得就像划破天空的闪电。他用剑直指听他训话的士兵们，吓得他们面面相觑。王虎站在那儿等着，有五个年纪略大一点的士兵犹犹豫豫地相互看了一眼，又看了看王虎那把寒光闪闪的剑，一句话没说便爬出来，沿着下山

的路走远了,消失了。王虎看着他们走下山去,手里仍握着那把闪光的剑,一动不动。他大喊一声:

"还有人要走吗?"

下面是死一般的寂静,所有的人一动不动。突然,人群边上站起一个细高挑身材的人影,弓着背,急急忙忙地准备离去。这个人是王大的儿子。王虎一看是他,大喊一声:

"你不能走,蠢货!你爹把你交给我了,你不能想走就走!"

他边说边把剑插回剑鞘,同时轻蔑地说:"我才不会用这把宝剑去蘸你的血呢!我要狠狠地揍你,就跟揍孩子一样!"这个小伙子终于站住了,像平时那样耷拉着脑袋。

王虎这时用平时的口吻对大家说:

"这事就到此为止。看好自己的枪,把鞋带、腰带系紧,今晚要走远路呢。为了不让别人发觉,我们白天睡觉,夜里行军。每进入一块新地盘,我都会告诉你们控制这块地盘的老爷叫什么名字,万一别人问我们是干什么的,你们一定得说,我们是散兵游勇,打算投奔这里的老爷。"

这时,太阳已经下山,仍有点白日的余晖,但是已经看得见星星了,没有月亮。士兵们衣衫不整地走过了出山的关口,每个人背上背一个包袱,手里拿一杆枪。王虎把多余的枪支交给那些他了解和信赖的人,现在追随他的人中间有不少是没有经受过考验的,丢一个人不要紧,丢一杆枪可不得了。马匹将他们带到山下。在踏上北去的大路之前,王虎停下来用他那严厉的口气说:

"我不发命令,谁都不准休息。天亮之前,我会挑一个村子让你们住下，在这之前不会有长时间的休息。到了村里，你们可以吃点、喝点，由我付钱。"

说完，他翻身跃上马背。他这匹马很高，枣红色的，骨骼很粗壮，鬃毛长长的还带点卷儿，这是匹蒙古马，相当健壮，耐力也好。这天晚上有必要用这匹马，因为王虎随身带了不少银子，带不了的他已经交给他比较相信的人，其他人也都分别带了一些，不过数量不多，这样，万一有人经不起银子的诱惑，那么也不会损失太多。尽管自己的马很健壮，王虎也不让马跑得太猛，总用缰绳勒着点，让马慢慢地走。他这个人心很善良，总惦着后面那些没有马骑而步行的士兵。他的两个侄子跟在他的左右，他们骑的毛驴是王虎为他们买的。毛驴的小短腿当然赶不上王虎那匹大马的步伐。总计三十多个人有马骑，其余的人步行，王虎把骑马的人分成两拨，一拨在前，另一拨在后，步行的人在中间。

他们就这样在宁静的夜色中一里一里地走着，王虎不时叫他们停下来稍微休息一会儿，他一个命令，队伍就又继续朝前走。他的士兵个个身强力壮，毫无怨言，乖乖地跟着他走，因为他们对他寄予很大的希望。王虎对他们也很满意。他暗暗发誓说，只要他们不辜负他，他就绝不辜负他们，有朝一日飞黄腾达了，他一定不忘记提拔这批最早的追随者。看着这些人对他如此信赖，简直像孩子信赖那些钟爱他们的亲人一样，王虎的心头不由得生起一丝柔情，他这个人只能这样悄悄地流露他的柔情：在经过一片草地或墓地前的刺柏树林时，他就让他们多休息一会儿。

他们一连走了二十几个晚上，白天就在王虎指定的村庄歇息。

进村之前，王虎一定会打听清楚谁是那块地盘的头领，万一有人问起他们这帮人是干什么的、准备上哪儿去，王虎总是早就预备好一套应付的词儿了。

他们每到一个村子，老百姓见了他们就像见到了瘟神，不知这帮散兵游勇要住多久、他们爱吃什么、喜欢什么样的女人。王虎因为刚拉起队伍，很有点雄心壮志，所以对他的士兵管得很紧。另外，由于他本人对女人十分冷淡，谁要是在这上头出错，他就更加恼火。他说：

"我们不是强盗、土匪，我也不是强盗头儿！我要闯出一条比当强盗更好的路子，我们靠的是高超的武艺和正大光明的手段，不能靠欺负、敲诈老百姓。需要什么东西，规规矩矩去买，我付钱。每个月给你们饷银。但是，千万别去惹人家良家妇女，偶尔花两个钱和窑姐儿玩玩是可以的，但是也要尽量少去。当心，别去找那些太便宜的，她们闹不好有花柳病，染上可就麻烦了，千万别找那些女人。不过，要是叫我知道我手下的人勾搭有夫之妇或强奸人家黄花闺女，那我是非杀不可，没有二话的！"

王虎说话时，每个士兵都静静地听着、想着，要知道王虎那双炯炯有神的眼睛在眉毛底下盯着他们呢！他们也明白，尽管王虎心很善，但是真要杀人，他也绝不会含糊的。这帮年轻人口中嘀嘀咕咕，对王虎十分钦佩，这些天来，王虎确实不愧为他们心目中的英雄。他们高呼："嗨，老虎！嗨，黑眉虎！"他们就这样继续行军，或按王虎的命令停下来休息，人人都心悦诚服地听从王虎的指挥，即便心中不服，也绝不敢流露出来。

王虎之所以挑选离他家乡不太远的地方作为他队伍的大本营，是有许多原因的。其中一个原因就是可以离他两个哥哥近一点，在他有自己的税收之前，他的两个哥哥答应每个月给他一笔银子，如果离他们近一点，银子就来得保险些，不用担心在路上被人劫走。另外一点，万一他遭到突然的惨重的挫败——如果老天爷不帮忙，这种事对任何人都是可能发生的，那么他至少可以躲到亲戚中间，他的家族很大也很有钱，这样他就会平安无事。于是，他带着队伍坚定不移地向着他哥哥们所在的那座城市挺进。

在他们就要看到城墙的前一天，王虎对他的士兵很不耐烦，因为他们一接到晚上行军的命令，总是磨磨蹭蹭的，不想动身。王虎也听到了一些他们的抱怨，有一个说：

"得了，有许多事要比虚名实惠得多！我不知道当初我们到底该不该跟着这样一个凶神恶煞的家伙！"另外一个说："有时间睡觉，用不着整天跑路，总归比现在这样好，即便吃得少一点，也比这样好！"

这些士兵的确累了，他们已经不适应这样的长途跋涉了，近几年来，老司令一直养尊处优，他那松松垮垮的毛病也传染给了他的士兵。王虎很清楚这帮人是多么喜怒无常、愚昧无知，他在心中诅咒他们：马上就到目的地了，他们倒抱怨开了。但是，他忘记了一点：他高高兴兴、心满意足地回到了北方，又吃到了死面饼子，闻到了新蒜头的香味，他的士兵对这些玩意儿可并不熟悉啊。有天半夜里，他们在刺柏树下歇息，他的亲信——那个"豁嘴"，悄悄地对他说：

"依我看，该找个地方给他们连放三天假，好好吃一顿，再略微多发点银子。"

王虎一听就跳起来了，他大声喊道：

"你把那个扬言要掉队的家伙给我找出来，我非毙了他不可。"

可是"豁嘴"把王虎拉到一边，心平气和地轻声说道：

"别这么说，别发火。这些人只不过是些孩子，只要稍微给他们一点甜头，他们的劲头就来了，只要很小一点甜头就可以了，比如一盘肉、一壶新开的酒或者放一天假让他们好去赌钱。他们就是这么简单的人，说高兴就高兴，说伤心就伤心。跟您不一样，他们的心眼还没有开窍呢，他们就知道惦记明天的事，多一天的事他们也不去想。"

"豁嘴"是站在一片淡淡的月光下向王虎求情的。他们出发时还是新月，现在月亮又圆了，在月光下，"豁嘴"的样子十分可怕。不过，王虎已经考验了他多次，证明他的确忠心耿耿，因此，在他眼里已经看不到他那裂开的嘴唇了，他只看到一张普通的黄面孔和一双谦卑而又忠实的眼睛，王虎信任他。尽管王虎不太知道他究竟是谁，但还是信任他。"豁嘴"这个人从不谈他自己的情况，经再三追问，他最多也不过说：

"我的老家离这儿很远，我就是告诉你地名你也不会知道的，太远了。"

谣传他曾经犯过罪。据说，他原先有个很漂亮的妻子，他妻子看不惯他的相貌，便找了一个相好。"豁嘴"有一次将他们俩双双抓获，杀了他们就逃出来了。传说是真是假谁也说不清，不过有一点是真的:"豁嘴"开始靠拢王虎不为别的,就是因为王虎既凶狠又漂亮,正因为他漂亮,对于这个又穷又丑的人才是一件稀世珍宝。王虎也感觉到了"豁嘴"的这种爱,王虎之所以把他看得比其他人都高,就是因为"豁嘴"追随他纯粹是出于爱,既不争地位又不计报酬,甚至不要求任何回报,只要能待在王虎身边就行。王虎常常得益于此人的忠诚,对他的话,王虎往往听得进去。王虎觉得"豁嘴"这次又说对了,于是他走到士兵们休息的刺柏树下,他们个个累得筋疲力尽,正安安静静地躺在那里。王虎讲话的口气比平时要和蔼得多:

"好弟兄们,我们马上就要到我的老家了,离我出生的村庄不远了,这一带的路,无论大路、小路,我都很熟悉。这几天来,你们辛苦得很,但你们很勇敢、顽强,现在我打算好好犒劳一下你们。我要带你们到我家周围的几个村里去,就是不去我那个村子,那里的乡亲都是我家的亲戚,我不想打扰他们。我要买牛买羊,杀猪,烤鸭烤鹅,让你们吃个够。酒也有你们喝的,这一带最好的酒就是这里产的,是烈性白酒,酒味可冲啦。每个人还有三两赏银。"

这些士兵高兴极了,立刻起身,背上枪出发了,当晚他们经过了城里,王虎领他们到了他自己村子后面的几个村子。他们停下来,把人分成四组,分别住进了四个村子。但是,王虎不像别的军阀那样蛮横地住到村子里去,他首先亲自到一个个村子去和村里人商量。天刚亮,袅袅炊烟说明村里人正在做早饭,王虎找到村长,客客气气地对他们说:

"一切费用由我付,我的士兵绝不多看一眼不可以属于他们的女人。你们村得住二十五个人。"

尽管王虎讲得客客气气,村里的老年人还是忧心忡忡,因为从前也有军队来过,他们说得好好的,结果一个子儿不给就走了。这些老年人斜着眼睛看看王虎,在门口商量时,他们一面嘀咕一面摸着胡子,最后,他们提出请王虎先交一笔定金。

王虎痛快地掏出了银子,这些人毕竟是他的乡亲。他把定金留给了每个村的长者。和他的士兵分手之前,他悄悄地对他们说:

"记住,这里的乡亲全是我父亲的朋友,这是我自己的地盘,老百姓看到你们什么样就知道我是什么样的了。说话要和气,买东西要给钱。谁要是看良家妇女一眼,我就宰了他!"

看王虎这么厉害,他手下的士兵全都大声保证照他说的办,并且赌咒发誓了一通。他们住下来之后,吃的东西也给他们预备好了,王虎马上付了足够的银子,这样一来,原先脸拉得老长的村民们终于露出了笑容。一切都办妥之后,他心情愉快地对两个侄子说:

"好吧,孩子们,你们的父亲见到你们会很高兴的,我敢保证。我也要好好休息七天,因为不久就要打仗了。"不管怎么说,到家了,心情总归是愉快的。

他掉转马头向南而行。路过土屋时他没有停,因为他并不是故意经过土屋的,他的两个侄子骑着毛驴跟在他后头。快到城里了。他们穿过旧城门,来到城里的大院。几个月来,王大儿子那苍白的脸上头一次露出笑容,他急急忙忙赶回家去。

第十一章

王虎在城里的大院里共住了七天七夜,他那两个哥哥像招待贵客那样招待他。他在大哥的院里住了四天四夜,王大竭尽全力博得他的欢心。王大所做的不外乎给他三弟提供一切他认为算是享受的东西,天天晚上陪他喝酒,带他去戏院、上茶馆,茶馆里还有歌女和弹琵琶的。不过,看起来王大与其说在招待他三弟不如说是在招待他自己,因为王虎这个人脾气很古怪,饭他是多一口也不吃的,吃完就一声不吭地坐着看别人吃,连酒也不肯多喝。

酒席上别人都高高兴兴地又吃又喝,直吃到浑身出汗,宽衣解带,甚至有人到外边转一遭大吐一通,回来还接着吃接着喝。王虎是不管什么好东西都不为所动,再好的汤、再好的菜,他说不吃就再也不吃了。海蛇由于数量很少,难以捕捉,所以价钱很贵,烧得美味可口的海蛇肉,他也不吃,连甜食也不吃,不管什么蜜饯、甜莲子,还有其他随时用来当零食吃的东西,他一概不吃。

尽管王虎也跟着他大哥到那些男人可以同女人打情骂俏的茶馆去,但是到了那里,王虎照样一本正经笔挺地坐着,腰上那把剑也一直佩着,从不摘下。他那双黑眼睛总是一动不动地看着眼前的一切,看上去他既没有不高兴,也算不上高兴,他也从不评论哪个歌女嗓子好或哪个歌女长得漂亮。反过来,倒有那么一两个歌女注意到他了，他那粗犷劲儿和堂堂的相貌对女人很有吸引力。她们走到他身边，频送秋波，极尽挑逗之能事，甚至把她们的小手搭到他身上来。可是他照样坐着，一动不动，眼神也无动于衷，嘴唇阴沉沉地紧闭着。要是他开口讲话，那往往也是漂亮女人很少听到的话，比如，他也许会说：

"唱的是什么呀？叽叽喳喳跟鸟叫似的！"有一回，一个长得挺娇嫩的小姑娘浓妆艳抹地走到他跟前，两眼勾魂似的盯着他，软绵绵地唱了起来，王虎竟大声喊道："我不爱听，讨厌！"说完起身走出茶馆，王大只好也跟着出去了，其实他真舍不得放弃这么精彩的好戏。

王虎像他母亲，不善于辞令，一般没必要的话他都不说，但是一旦张口，他的话往往是直言不讳的，到后来人们反倒怕他开口了。

有一回王大的太太来看他，他就实话实说地来了一通。王大的太太见他的目的是想为她的二儿子说两句好话。有天下午，她来了，王虎正在屋里喝茶，王大在一张小桌上喝酒。她扭扭捏捏地走了进来，显得十分谦卑，她鞠了一躬，装腔作势地笑了笑，没怎么看这两个男人。刚才王大见她进来，慌忙抹了一下嘴，给自己倒了一碗茶，而没从温酒的锡壶里倒酒。

她一双小脚迈着颤巍巍的步子走进屋来，满脸哀怨的神情。她挑了个下座坐下，王虎站起来让她坐上座，她没有动。接着她开始说话了，嗓音轻微、细弱，最近她要是没失态或不发火就老是用这种嗓音讲话。她说：

"不啦，他三叔，我知道自己的身份。我只不过是个软弱没用的老婆子。我忘不了这一点的，万一我忘了，你大哥也总会提醒我的，你看他现在相好的女人，哪一个不比我好，哪一个不比我有能耐？"

她边说边用眼角瞥了一眼王大，王大吃不消了，开始微微冒汗，接着含含糊糊地说：

"太太，你说哪儿去啦？我什么时候——"

他心里开始琢磨，是不是最近干的什么事已经让她知道啦。他的确结识了一个歌女，年纪很轻，有点忸怩，是在一次酒宴上认得的，后来他就常去看她，按时给她一些钱。他是想给她在城里什么地方买间屋子，让她住下。眼下好些人都是这么做的，因为真娶一个小老婆弄到家里免不了有不少啰唆事，但他又很喜欢这个女的，舍不得放手，至少想多玩一阵子，所以这也算是个法子。但是，这事还没办成，因为这歌女的妈还活着，她是个贪心的老太婆，嫌王大开的价太低。细细一想，王大觉得他太太不可能知道这事，还没办成的事她怎么会知道呢？他又用衣袖抹了一下脸，故意将目光从她身上移开，咕噜咕噜喝起茶来。

这一回，王大太太倒没有琢磨他，她根本没理他的嘟哝，接着往下说道：

"我自己跟自己说，虽说我只是个女流之辈，但我毕竟是我儿子的妈，我应该专程来看看他三叔，谢谢他三叔对我那没用的二儿子的照应。我这几句谢谢在他三叔眼里，也许什么都算不上，不过我做自己应该做的事，心里是高兴的，因此，不管多难，我还是来了。"

说完，她又看了王大一眼，王大挠挠头，傻乎乎地看着她，吓得又是一身汗，他不知道她往下要说什么话，再说，他这个人胖，动不动就出汗。她接着说：

"我这就算谢过你了，他三叔，话是不值钱，不过这可是真心诚意的。说到我儿子，我得说一句，要是有谁值得你关心、提拔，那就准是他了。这个孩子心最善，最文静，最好，脑子又聪明！我是他的妈，别人说，在妈眼里儿子总归是好的。话是这么说，不过我还是想告诉你，你大哥和我的确把我们最好的儿子托付给你了。"

王虎一直静静地听着，别人讲话时他一向是不插话的。他自始至终看着王大的太太，但是他看人的样子有点特别，让人不知道他到底是不是在听，只有等他答话之后才知道。他答话了，他的答话是一针见血、直截了当的：

"要真是这样，嫂子，那我真为你和大哥感到难过。我从来没见过像他这样害羞、这样虚弱的小伙子，胆子比母鸡的还小。你们要是把大儿子给我就好了。这孩子有点倔，这倒没事，我可以训练他，说不定可以把他打造成一个好兵，倔点不要紧，听我的就行。可是你们老二成天就知道哭，带着他就像带着个滴水的漏斗一样。他这个人没脾气，反倒没法训练，不好造就。说实话，大哥二哥的这两个孩子我都不喜欢，你们家这个太软、太腼腆，他那点机灵劲儿也都叫眼泪冲走了；二哥那个孩子身体是够壮实的，可他太没心眼，成天光知道傻笑，跟个小丑似的，小丑混得再好也不过是个小丑。现在需要孩子，我自己却没有，真的太糟糕了。"

不知道对这番高论，王大的太太将如何评论，但这可把王大吓得够呛，因为这么些年来，谁敢跟她这么说话呀。她的脸憋得通红，刚张开嘴要说话。然而，还没等她说出声来，她大儿子突然从帘子后面冲了出来。他在帘子后面听了半天。他急切地嚷道：

"噢，让我去，妈妈！我要去！"

这个一表人才的小伙子站在他们三人面前，急切的目光在他们三人的脸上扫来扫去。他身穿一件淡蓝色的长衫，就是富家子弟们都爱穿的那种孔雀毛颜色，鞋是进口皮子做的，手指上戴着一枚玉石戒指，他的发型是最新的式样，往后梳得光溜溜的，还抹了喷香的头油。他的脸很白，和别的有钱人家的少爷一样，他也不必到大太阳底下去干活，他的手和女人的手一样柔软。尽管他长得很漂亮、很白，但是看得出来，他还是结实的，他的眼睛里流露出急切的神情。他一注意，动作就十分迅速，他往往忘记了城里年轻人的时髦脾气：懒散和对什么都满不在乎。看来只要他心中燃起欲望的火苗，他就会像现在这个样子，把懒散和消沉的情绪一扫而光。

他妈妈不顾一切地拼命嚷道：

"别胡说八道！你是长子，你父亲百年之后，你就是一家之主。我们怎么能让你去当兵打仗去送死呢？为了你，我们什么都舍得，送你上学，专门请老师教你。我们连送你到南面的学校去读书都舍不得，怎么舍得叫你去当兵打仗呢？"看见王大奄拉着脑袋一声不响地坐在那儿，她火了："嗨！他不是你的儿子呀？全靠我一个人呀？"

王大有气无力地说：

"孩子，你妈说得对，她一向是对的，我们不能叫你冒这个险。"

没想到这个快十九岁的小伙子居然跺脚号啕大哭起来，他跑到

门旁用脑袋撞起门框来,他哭喊道:

"不让我干我想干的事,我就吃毒药!"

王大夫妇不知所措地站起身来,王大太太大声叫大少爷的仆人来。仆人惊慌失措地跑来之后,王大太太便对他说:

"快带少爷到外边去玩玩,散散心,看他的这阵火气能不能消下去!"

王大急忙从钱袋里掏出一大把银子,塞到他大儿子手里,说道:

"拿着,孩子,去买点什么你喜欢的东西,或是去玩玩,干什么都行!"

开始,这孩子推开银子,似乎不愿意接受这种安慰,但是男仆在一旁再三哄他、求他,过了一会儿,小伙子好像挺勉强地收下了银子,接着他一边狂奔一边大喊大叫地表示愿意离开家,愿意跟他三叔走,在家叫人牵来牵去的滋味他受够了。

事过之后,王大太太一下瘫坐在椅子上,叹了口气,气呼呼地说道:

"他老是有那么股倔脾气,我们真不知拿他怎么办好,他比我们给你的老二要难调教得多!"

王虎一声不吭地目睹了刚才的这一切,他说:

"有脾气的要比没脾气的好调教!如果你们把他交给我,我准有办法对付他,他之所以敢那么大吵大闹,是因为你们平时没立下好规矩。"

王大太太可实在听不下去了,他居然说她儿子平时没有教养好。她正儿八经地站起身来,边鞠躬边说道:

"你们兄弟俩肯定有不少话要说。"说完,她便出去了。

王虎看看他大哥,露出一丝怜悯的苦笑,兄弟俩沉默了一阵。王大重新开始喝酒,不过已经兴致索然,脸上一片愁云。他长长地叹了一口气,然后若有所思地说:

"有件事像个谜一样,我总也猜不透。年轻时挺温顺的女人怎么一上了点年纪就完全变了呢?变得整天吵吵闹闹、唠唠叨叨,简直不讲理,把人弄得头昏脑涨的。我发誓以后什么女人都不理了,女人全一个样,到时候第二个女人也会学头一个女人的样子。"他不无羡慕地看着他三弟,两眼露出大孩子般的忧伤,他伤心地说:"你命好,反正比我的命好。你既不受女人管,又不受地管。我身上像绑了一条绳子。父亲留给我的地就像一条绳子把我捆住了,我要是不管,全家就没有收入,这帮佃农可恶得很,一个个像强盗,成帮结伙和你作对,不管你这当地主的平时对他们多好、多公平。而我的管家——真要是老老实实的人,谁会去当管家?"他把厚嘴唇往下一撇,叹了口气,看看他三弟,又接着说:"你真是命好,你没有地,更没有女人缠住你。"

王虎以极为轻蔑的口气答道:

"我压根儿就不认得任何女人。"

他很高兴,四天终于过去了,他可以到二哥的院里去住了。

一住进二哥的院子,王虎就惊奇地感觉到这儿和大哥的那院完全不同,一种轻松幽默的气氛让人感到舒服,当然,孩子之间打打闹闹是免不了的。这些喧闹和轻松的气氛全都出自老二的那个乡下媳妇。这个女人天生就喜欢咋呼,一讲话满院都听得见。她满面红光,嗓音洪亮。她一天当中不知要发多少次火,一会儿用这个孩子的头去撞那个孩子的头,一会儿抡起那只袖子挽得老高的胳膊啪的一声扇孩子一个耳光,弄得从早到晚满院吵声哭声不绝于耳,仆人们说话也跟女主人一样大声。尽管这样,她还是爱孩子的,不过是用她那种粗鲁的方式,比如,她会一把抓住从跟前走过的孩子,用鼻子使劲儿去蹭孩子的脖子。她用钱一向很省,不过有时孩子哭哭啼啼地跟她要一个铜板,说是要买块糖,或是从挑担的小贩那儿买碗甜羹,或是买串糖葫芦,或是诸如此类小孩子喜欢的东西,她却总是痛痛快快伸手到怀里摸出铜板给孩子。王二就在这喧闹的院子里,一声不响地踱来踱去,脑子里盘算着各种秘密的计划,他总是很满意自己的计划。他和他老婆日子过得挺太平,各自都还满意对方。

这些天来,王虎还是头一次把他的宏图大略暂且搁在一边,当他的士兵休息、吃喝的时候,他住在哥哥的家里,王二的家里有一种他所喜欢的东西。他终于明白为什么同样出自王家,他那麻脸侄子总是那么乐呵呵的,而另一个侄子却总是胆小害羞。他感觉到了王二夫妇之间和孩子们之间的那种满足感,尽管孩子们很少洗澡,而且仆人们除了让他们白天吃好、晚上睡好之外,对别的事一概不管。可是这帮孩子个个都乐呵呵的。每一次看到孩子们东跑西颠的情景,王虎都不免为之一动。有个五六岁的孩子,王虎最喜欢,他长得最白、最胖,不知怎的,王虎总想亲近他。可是,当他犹犹豫豫地向那个孩子伸出手去,或是给那个孩子一枚铜板时,这个孩子马上就不笑了，咬着小手指愣愣地瞪着他，然后便摇着头跑开了。尽管他勉强笑笑，不当一回事，但是遭到拒绝使他很难过，好像那孩子是个大人。

王虎等着过完这七天。由于无所事事，他就想得更多，看到两个院里那么多孩子，他又一次感到自己美中不足：没有儿子。想着想着，他不免想到了女人。他还是头一次自由自在地生活在这么一个家里，这儿有太太、女仆、丫鬟走来走去。有时，他看到苗条的女仆背对着他正在做什么事情，心里竟突然会泛起奇异而甜蜜的感情。他想起当他还是个年轻小伙子的时候，梨花也是这个样子，也是在这个院子里。可是，当这女仆转过身来，王虎看到她的脸之后，他以前的那种迷惑又出现了，实际情形是这样的，这个年轻人的情感之泉已经堵塞，一见到女人，他的心就会自行关闭，于是他便躲开了。

有一天下午，王虎无所事事，心里依旧怀有那种奇异的感觉，他突然想起应该去拜访一下荷花，因为以前他见到梨花，多数是在荷花的那个院里，他想再看看那些房间和那个院子。于是，他去拜访荷花，在去之前先派了一个仆人去通报。荷花从牌桌旁站起身来，她刚才正和她几个朋友打牌，她们是附近大户人家的老太太。不过，王虎不会久坐的。他扫了一眼屋子，想起了它原先的样子。接着他后悔到这里来了。他站起身来，烦躁不安，想马上走。荷花不理解他在想些什么，她大声说：

"哎！别走啊！我这儿有一罐甜姜，还有甜藕，好多你们年轻人爱吃的东西！尽管我老了也胖了，但是还没忘记你们年轻人是什么

第十一章 · 131 ·

样的，一点也没忘！"

说着她把手搭到他胳膊上，边笑边用媚眼看他。他突然生起一股反感，站起身，行了个礼，找了个借口就匆匆离开了。他听见那些女人打牌时的笑声，这笑声一直跟着他，直到他走出院子。

他去过荷花那里之后，他的回忆反使他更加不安。他想，他的生活不在这里，而是在远方，他必须出发。等他给父亲上完坟，他就要马上远远地离开这里。上坟是一定要去的，尤其是在出远门之前。

于是，第二天一早，也就是他回家的第六天，王虎对他二哥说：

"我打算到父亲坟上去烧点香，我不能再住下去了，不然我手下那些兵该变疲沓变懒了，还要走好长的路呢！关于我需要的银子，你怎么说？"

王二说：

"没什么，还按原先说好的，我每月给你银子就是了。"

王虎不耐烦地嚷叫起来："放心！我以后全都会还你的。我上坟去了。你叫两个孩子做好准备，今晚别吃太多也别喝太多，明天天不亮我们就动身。"他走了，心里想最好别带老大的那个儿子，可他又不知该怎么推托，生怕大哥说他偏心眼儿。他从家里捎上了一把香就上坟去了。

王虎和他父亲过去一向不和，王虎从小就恨他父亲，因为他父亲一定要他守住他那点地，而王虎从小就对地有一种仇恨。至今他仍然仇恨土地。他快走到那座属于他的土屋了，他也恨这座土屋，尽管这是他童年时代的家。他从来没爱过这座土屋，因为这曾经是他的牢笼，他从前还以为他永远也飞不出这个牢笼呢！他没有走近土屋，他绕了一个圈，穿过一片小树林，来到他们家坟地的小丘旁。

他快步走近坟地，忽然听到了哭泣的声音。他心想：这会是谁呢？当然不会是荷花，她肯定在家里打牌。他蹑手蹑脚地慢慢靠近墓地，从树枝的缝隙中偷偷向外张望。他看到了一幅他从未见过的画面。梨花正依在他父亲的坟头，随随便便地坐在草地上，从她坐的姿势可以知道，她认为周围没人，可以痛痛快快地哭一场了。王虎的那个傻子姐姐坐在离梨花不远的地方。王虎已多年没见到他姐姐了，她的头发差不多完全白了，脸上皱巴巴的。她坐在秋天的阳光下，正在玩一小块红布头，一会儿叠起来，一会儿又打开，微笑地看着被阳光照射后显得分外耀眼的红色。一个瘦小的驼背男孩子坐在一旁，手里攥着傻姑娘的衣服，看他那副忠心的样子，就可以知道他是在做一件他所爱戴的人交代他的事情。他噘着嘴，满脸忧伤地看着梨花，看她那副伤心的样子，他都快哭了。

王虎站在那里惊呆了，他听着梨花低声地抽泣，那抽泣声仿佛来自她心灵的最深处。听着听着，他再也听不下去了，对父亲的旧恨又复活了。他把香往地下一扔，转身急匆匆地走了。他边走边出着粗气，他自己不觉得，其实他每出一次气都是一声长叹。

他快步穿过田野，他只知道自己必须马上离开这个地方、这块土地——这个女人——他必须回到他自己的事业中去。他回去时，秋天的阳光十分明媚，但是他视而不见，看不到这迷人的秋色。

第二天黎明时分，王虎起身骑上他那匹红马。在凉爽的秋风中，

第十一章 · 133 ·

红马显得有点急躁，它走得很快，蹄子重重地敲打着鹅卵石路面。老二家的"麻子"骑着毛驴跟在后面，他早上吃得很饱。他们俩绕到王大家门口去叫王大的儿子。他们刚到门口，只见一个男仆跑出来，边跑边喊：

"这叫什么事啊！真是这院的晦气啊！"他跑开了。

王虎觉得自己开始忍耐不住了，他大声喊道：

"什么晦气不晦气的？太阳都出来了，我还没有上路，这才叫晦气呢！"

那个人没有回头，王虎狠狠地咒了一句，然后对"麻子"说：

"你那个堂兄真是个包袱。快去叫他马上出来，要不我们就不等他啦！"

"麻子"马上从小毛驴上跳下来，跑进去了，王虎也从马上下来，把缰绳交给看门的老头儿，让老头儿帮他拿着。他还没走进去，"麻子"已经跑出来了，脸白得跟鬼一样，喘得好像刚刚绕着城墙根儿跑了一圈。他一边喘一边说：

"他……他来不了啦——他上吊死了！"

"你说什么，小毛猴？"王虎说完便三步并作两步跑进他大哥的院子。

院子里乱成一锅粥了，男人、女人及仆人们都围在那儿。一片嘈杂声中，有一个女人的哭声特别响，那就是小伙子的母亲。王虎推开围在那儿的人，挤到人群中间，看到了王大。他脸色蜡黄，老泪纵横，双手托着他家二儿子的身体。这小伙子死了，手脚伸得直直的，躺在清晨天光下，躺在他父亲的怀里，脑袋向后耷拉着。他是把腰带套在房梁上吊死的。他和他哥哥睡在一间屋里,他哥哥是第二天天亮了才发现他出事的。他哥哥睡得很死,前一天晚上喝了点酒,玩到很晚才睡。天蒙蒙亮时,他看见一样东西晃来晃去的,起先他还以为是件衣服,可又一想,怎么会挂在那儿呢?仔细一看,他吓得大喊起来,全院的人都被吵醒了。

有一个人把发生的事告诉了王虎,其他人在一旁七嘴八舌地作补充。听完,他站在那儿,带着一种非常奇怪、复杂的感情看着死去的侄儿。这时,他才觉得这孩子实在也很可怜,孩子活着时,他却从未有过这种怜悯之情。这孩子死了之后,更是显得又轻又瘦小。王大抬头看见他三弟在那儿,便哭诉道:

"我做梦都想不到这孩子宁肯死也不肯跟你走啊!你准是待他太可恶了,不然他怎么会恨你恨到这个样子!你是我兄弟,要不,我真想……真想……"

"不,大哥,"王虎以比平时温和得多的口气说道,"我并没有错待他。他好歹还有毛驴骑,好多比他年岁大的人只能走路。不过,要是早知道他有寻死的勇气的话,我怎么也应该把他教好的!"

他又站着看了一会儿。忽然,人群又骚动起来,原来刚才跑出去的仆人回来了。他带来了风水先生、道士等一帮人,他们是专门处理这类不幸事件的。在一片混乱中,王虎离开了。他独自在一间屋子里等着。

他等了一会儿,做完了弟弟在这悲哀的家中应做的一切之后,他骑上马走了。走的时候,他的心更沉重了,但是他强迫自己心肠硬一些,而且一遍遍地回想以前的事,他从来没有打过这个侄儿,也没错待过他，谁会想到他竟绝望到这步田地呢？王虎对自己说，这是上天的意思，没有人挡得住这个灾难，因为每个人的生命都是上天赐予的。他就这样强迫自己忘记这个面色苍白的小伙子，忘记他躺在父亲怀里脑袋向后耷拉时的那副模样。王虎对自己说：

"有儿子也不见得是好事啊！"

经过这样一番自我安慰，他感觉好受多了。他对"麻子"说：

"来吧，孩子，路还长着呢，我们得上路了！"

第十二章

　　王虎用皮鞭猛抽那匹马，让它拼命地跑。马在田野上飞奔，真像长了翅膀一样。天气倒正适合王虎的远征，只见晴空万里，秋风清劲。风里充满了活力。树枝在秋风中摇曳，树叶纷纷飘落。路上的尘土被秋风扬起。旋转的秋风扫过阳光普照的庄稼。王虎心中那股玩命的劲头就像这秋风一样，又上来了。他故意绕了一大圈，避开梨花居住的那座土屋，他在心中说：

　　"过去的一切已经结束，我要追求明天的荣耀！"

　　天已大亮，圆圆的太阳从田野的尽头冉冉升起。他看着初升的太阳，眼睛一眨都不眨，他觉得仿佛上天在他出发的这一天为他盖上了印鉴。他一定会成功，因为他的使命就是成功。

　　清早，他赶到了士兵们住的村子，"豁嘴"出来迎接，并对他说：

　　"您回来了，这可好了，这帮家伙吃饱睡足了，可是他们还想多逍遥几天。"

　　"吃过早饭把他们集合起来，"王虎大声说道，"然后出发去我们自己的地盘，到明天就能走完一半路了。"

　　住在王二家时，王虎一直在考虑究竟到哪儿去建立他的统治，他也同他二哥商量过，他二哥这个人一向谨慎，不过很有头脑。看来，他们哥俩都觉得最合适的地方是邻省刚过省界一点的地方。那个地方离王虎的家乡比较远，因此，万一队伍急需什么物资的话，他也不必从自己的乡亲们头上刮；但是，离得又不是很远，因此，万一打了败仗，他又可以躲到老家去。另外，由于离得不太远，他每月所需的银子也可以比较安全地带到。那里的土地也是很好的，有些是山地，有些是平川，而且很少有灾年。万一需要撤退或隐蔽，可以利用那里的大山。除此之外，那里还有一条南来北往的旅客必经的交通要道，设上一个关卡就可以收到不少买路钱。那儿还有两三个镇和一座小城市，因此，王虎不必完全依赖种地的农民。还有一个优点就是那里的地盛产酿酒用的上等粮食，因此，老百姓不算很穷。

撇开上边讲的有利条件，要说障碍，只有一个，那就是那个地区现在已被一个军阀霸占了，王虎要想称王，就得先把他干掉，因为再富庶的地区也供养不起两个军阀。这个军阀叫什么名字、有什么背景、有多厉害，王虎一概不清楚，从他两个哥哥那里得不到确切的情报，只知道此人外号叫"豹子"，因为他的额头向后倾斜，像豹子的额头，所以得了这么个外号。他对老百姓敲诈得很凶，老百姓都恨他。

王虎明白，他要进入那个地区就得悄悄地去，不能大张旗鼓地开进去。他必须偷偷摸摸地进去，把手下的士兵三个、五个地分开，看上去像些散兵游勇，没什么大不了。他自己再到山里找一个地方作为退路，占据这个有利的地形之后，他再派人到山下了解敌情，看看他要打的军阀究竟是何许人，他到底要从谁手中夺取那块在他看来天经地义应该属于他的土地。

他按计划一步步行动。他的士兵已在村外集合完毕,一个个酒足饭饱,想同暖洋洋的太阳一争高下的凉飕飕的秋风对他们根本不起作用。王虎付清了一切费用,问村民们:"我的士兵有没有干什么不该干的事?"他听到他们爽快地答道:"没有,没有。要是当兵的都像这样就好了。"王虎听了之后很高兴。接着,他把士兵们带到离村子很远的地方,然后同站在他周围的士兵们说:

"那块地方到处是好地,要对付的军阀只有一个。那里还有你们尝都没尝过的好酒!"

士兵们高兴得喊叫起来:

"带我们去那里,我们早就盼着去那样的地方啦!"

王虎冷冷地一笑,回答他们说:

"这件事也并不容易,我们先得弄清楚这个军阀到底有多少兵力。要是他的兵力比我们强得多,那我们就要想别的办法,不和他去硬拼,你们每一个人都要成为探子,去看、去听。不能让别人知道我们来了,否则我们就完了。我先去看看在什么地方宿营,'豁嘴'到省界边上一个名叫太平谷的村子去。他在那里找一家我知道的客栈住下,这家客栈在马路尽头,门口挂着一个酒幌子。他在那里等你们,告诉你们该在什么地点集合。你们三五个或七八个人一群散开,装成逃兵的样子,万一有人问你们到哪儿去,你就问'豹子'在哪儿,说你们打算投奔他。我给你们一人三两银子买吃的。不过,有件事我再说一遍。要是让我知道你们当中谁欺负老百姓或调戏良家妇女,那么我不管他是谁,听到一个人犯这事,我就杀两个人。"

有一个士兵大声问道:"连长,我们什么时候才能自由,才能干当兵的可以干的事呢？"

王虎答道："我下了令，你们就自由了。你们现在还没为我打过仗呢！仗还没打，怎么能拿赏银呢？"

那个当兵的不响了，想想有点害怕起来，因为王虎说发火就发火，抽刀拔剑动作很快，而且什么花言巧语都说不动他。不过，大家都觉得他很公正，跟随他的人都算是不错的，他们明白什么叫作公平。他们还没打过仗，这是事实，他们愿意等，只要有吃、有住、有钱就行。

王虎看着他们分成一个个小组，分组之后，他就给他们发银子。"麻子"骑毛驴，"豁嘴"骑一头王虎为他买的骡子，他们三人便朝西北方向出发了。

快走到他自己知道的那个地区时，王虎催马爬上一块高地，那是有钱人家的一大块墓地，从那里可以俯瞰整个地区。他脚下的这片地真好，只有一些很矮的小山头，大片的河谷地带全是新种的冬小麦，已经长出嫩绿的麦苗了。西北角的小山突然拔地而起，形成参差不齐的大山，在蓝天的衬托之下，山上的悬崖峭壁被勾勒得棱角分明。老百姓的房子星星点点，聚成了一个个村落，土坯房子都还挺结实，有不少人家的屋顶新铺上了当年收割后剩下的秸秆，甚至有些砖瓦房子。在近处各家的院子里，他可以清楚地看到一垛垛的干草，他还听到远处传来母鸡下蛋后的咯咯声。一阵阵秋风把农民唱的山歌断断续续地传到他耳边。这片土地太好了，王虎急于知道它究竟有多好。可是，他不想骑着马穿着军人的服装踏进这块土地，免得过早地把打仗的消息透露给老百姓。他看好了一条通往大山的路,他和他的士兵可以先隐藏在山里,然后再神不知鬼不觉地摸清敌方的兵力。

小山上是墓地,小山脚下有个村庄,就是先前他跟士兵们提到过的省界边上的太平谷。村里有一条一里多长的大路,王虎骑马拐到了这条路上,"豁嘴"和"麻子"跟在他后面。这时候正是赶完早集的农民回村的时候,村里的茶馆里坐满了农民,有的喝茶,有的在吃面条,有小麦面的也有荞麦面的。他们座位边上往往搁了好些空篮、空筐。听到路上传来马蹄声,他们惊奇地抬头张望。王虎走过时,他们张着嘴,傻愣愣地盯着他看。王虎也回过头看他们,他想看看这里的人怎么样,结果使他挺满意的,这些人肌肉发达,肤色好,看来吃得不错。王虎对自己说,既然这块地方的水土能养育出这样的汉子,那么他肯定选对了地方。虽然王虎注意了看那些当地人,但是他那副样子是很文质彬彬的,完全像一个途经此地的过客。

大街的尽里头有一家他听说过的酒店,他吩咐两个随从在外边等候。他勒缰下马,撩起门帘,走进酒店。里边没人,这是个只有一两张桌子的小酒店。王虎一坐下,就拍开桌子。一个小伙子闻声跑出来,一见王虎那副凶相,吓得又赶紧跑进去叫他父亲,也就是小酒店的老板。老板走出来,顺手用他的破围裙抹了一下桌子,然后客客气气地说:

"老爷,您来点什么酒呢?"

"你们有些什么酒?"王虎反问一句。

店老板答道:"我们有这一带新酿的高粱酒,这酒最好不过,都用船运到全国各地去卖呢。闹不好，京城里的皇上也喝这种酒哩！"

一听这话，王虎轻蔑地一笑，他说：

"难道你们这小地方的人真的不知道吗？现在早就没有皇上啦！"

一听这话，店老板的脸上露出恐惧的神色，然后悄声问道："没听说呀！几时驾崩的？还是叫别人夺了皇位？要真这样，那么谁是新上台的皇上呢？"

王虎想不到会碰上这么无知的人，他又用略带轻蔑的口吻答道："现在我们根本就没有新皇上啦！"

"那谁来管我们呢？"店老板惊讶地问道，那神情仿佛刚刚遭到了不幸。

"现在是混战的时候，"王虎说，"好些个军阀打来打去，还不知道谁最后争得上皇位呢！这种时候，谁都有可能一下子混上去！"

嘴上这么说的时候，王虎心里那种拼命地要往上爬的野心，突然又翻腾起来，他在心里大声说："怎么敢说我就混不上去呢！"当然，他并没喊出声来，他安安静静地坐在那张没油漆过的小桌边，等着上酒。

店老板端着酒壶来了，从他脸上那严肃的神情可以看出他很苦恼。他又对王虎说：

"人无头不走，鸟无头不飞，没有皇上可怎么得了呀？那不又要天下大乱了？老爷，您说的这事可太糟糕，您要是不告诉我倒也好了，您这么一说，我可倒忘不了这回事了。像我这样的小老百姓，怎么忘得了呢？这下子，不管村里多太平，我也要成天担惊受怕了。"

店老板沉着脸给王虎倒了一碗温好的酒。王虎并没搭腔，此时，他正在想着别的事,没工夫听这老头儿瞎叨叨。没用几口,王虎就把一碗酒喝下去了,这酒真冲,他只觉得酒像渗进了血液,随着血直冲到他脸上、头上。他喝了两碗就不喝了,付酒钱时又多买了一碗,端给外边的"豁嘴"喝。"豁嘴"感激不尽,双手接过酒碗拼命喝起来,馋得像条狗。喝到最后,他一仰脖把酒倒到嘴里,因为他的上嘴唇是豁开的,不好使。

王虎又反身回到店里,问店老板:

"你们这一带现在归谁管?"

店老板东看看西看看,发现的确没人,这才悄悄地对王虎说:

"归一个强盗头儿管,叫'豹子',这家伙真是心狠手辣。我们人人都得给他缴税,不然他就带着一帮无恶不作的歹徒来,把我们抢得一干二净。我们全都恨不得把他干掉。"

"那么,这儿就没人跟他斗吗?"王虎坐下后问道,那神情仿佛这事跟他没什么关系,他只是随便问问。为了装作更加无所谓,王虎又说:"再给我沏一壶绿茶吧,这酒好像还在嗓子眼这儿没下去,烧得难受。"

店老板把茶端来后,对王虎说:"没人和他斗啊,老爷。要是往上告有用,我们早就去告了。有一回,我们到县衙门去找县太爷。我们把这事跟县太爷说了,指望他派点兵再从上头借点兵,我们想,两股兵加在一块儿,或许能把这小子收拾了。谁想到这帮官兵也一样坏,住我们的、吃我们的,分文不给不说,还糟蹋我们的姑娘,到头来,我们反倒多了个累赘。这帮官兵还特别怕死,还没打两下就逃跑,结果,这帮强盗越来越横。我们只好又去求县太爷把官兵撤回去，最后官兵撤回去了。这下可惨了，许多官兵干脆入伙当强盗去了，说是没办法，老没有饷银，他们也得吃饭。我们的日子就更难熬了，因为官兵到哪儿都扛着枪呀！倒霉的事还没完，县太爷又派人来收税，不论种庄稼的还是做买卖的，一律得缴税，税是越来越重，还说朝廷为了保护我们老百姓花了不少银子，老百姓当然要交税。什么朝廷？他跟他的大烟枪就是朝廷。打那时起，我们就再也不求县太爷帮忙了，宁可过年过节给'豹子'送好些礼，只要他不来捣乱就行。幸好这些年年景都不赖，可老天爷也不会总这么开恩，真来个荒年，还不知该怎么办呢。"

王虎一边喝茶，一边仔细听店老板一五一十地讲。接着，王虎又问道：

"这个叫'豹子'的家伙住在哪里？"

酒店老板抓住王虎的衣袖，把他拉到酒店东面的小窗前。他伸出沾满酒渍、弯弯曲曲的手指，指给王虎看：

"那里有一座大山，有两座山峰，名叫双龙山。两座山峰之间有一片山谷，强盗的老窝就在那里。"

这正是王虎最想知道的，但他装作无所谓的样子，一边用手擦擦嘴，一边大大咧咧地说道：

"这么说，我得当心点，千万不能走近那座大山。我得走了，往北走，回家去。这是给您的茶钱。这酒真跟您说的一样，确实是上等白干。"

王虎走出酒店，骑上马出发了，两个随从跟在他后面，为了不再穿过别的村子，他们尽量绕道而行。他沿着弯弯曲曲的山脊骑马穿过一些没人的地方,尽管如此,他始终离人群不是很远,因为这一带的土地耕作得很好,到处是大大小小的村庄。他的眼睛一直盯着双龙山,他看准了双龙山南边一座稍微矮一点的山头,山上有一些松树,然后朝那座山骑去。

这三人跑了一天都没讲一句话,王虎不先说话,另外两个人谁也不会说的,除非有十分要紧的话。"麻子"是憋不住的,一没有声响他就感到没劲,于是,他哼开小曲了,刚哼两句,王虎就板着脸让他别叫哼,这工夫他没心思听任何欢快的声音。

骑了好几个钟头,到太阳快下山之前,他们才骑到那座有松树的小山脚下。王虎翻身下马,牵着那匹走乏了的马,沿着粗糙的石阶往上走。两个随从也跟着往上走,他们三人骑的马、驴、骡也沿着石阶磕磕绊绊地往上走。他们越走,山显得越荒凉,山路越来越陡,岩山和松树间常常有溪水流出,山草长得好密、好深。石头上的青苔是湿的,说明这里最多有一两个人来过,几乎是没人走过的。太阳下山时,他们走到了山路尽头,那是一座石头筑起的庙宇,背靠山崖,实际上山崖正好是庙的里面那堵墙。这座庙几乎全被树遮住了,要不是落日照在褪了色的红墙上,他们几乎注意不到它。小庙很破旧,庙门紧闭着。

王虎走到庙前,耳朵贴在庙门上听了一会儿。他什么也没听见,于是便用马鞭的把手敲起门来。好半天没人开门,王虎火了,更加用力地敲门。最后,庙门打开了一道缝,露出一个老和尚的光头,他那张脸干瘪瘪的。王虎说:

"我们今晚要在这儿住一宿。"由于这地方很静,王虎的声音特别响，特别清楚。

老和尚又把门稍微开大了一点，用有点尖的嗓音说：

"山下的村子里不是有客栈和茶馆吗？我们是些与尘世没有来往的僧人，只有清水素食而已。"老和尚看着王虎时，两个膝盖在微微打战。

王虎把老和尚推到一边，走进庙门之后就对"麻子"和"豁嘴"说：

"这个地方就是我们要找的！"

他看都不看其他的和尚，就直往里面闯。他走到放菩萨的大厅，菩萨也跟这座庙一样，破旧不堪，金身已经剥落，露出了泥胎。可是王虎根本连看都没看这些菩萨一眼。他径直走到里面和尚们住的地方，给自己挑了一小间好一点的房间，那像是前不久刚打扫过的。他解下佩剑，"豁嘴"跑前跑后为他准备吃的、喝的，其实不过是一点米饭和青菜。

夜里，王虎正在他挑选的房间里的一张床上躺着，忽然，从放菩萨的大厅里传来一阵悲号声，他连忙起身，走出去看发生了什么事。大厅里有庙里的五个和尚，另外有两个农民的儿子充当帮手，他们父亲为了还愿把他们留在了庙里。这七个人全都跪在那里，求菩萨保佑。菩萨则挺着肥肥的肚子，坐在大厅中央。厅里有一个火把，火苗在晚风中飘忽不定。这些人跪在那儿大声祈求菩萨保佑。

王虎站在那里看他们，听了一会儿，他才明白原来这些人之所以求菩萨保佑，就是因为害怕他，他们在那儿喊道：

"菩萨保佑！救救我们，把我们从这个强盗的手里救出来吧！"

听到这里,王虎大喝一声跑了出来。听到猛的这么一声喊,老和尚们吓坏了,要站起来,慌乱之中让袈裟绊了一跤,一个个狼狈不堪。只有一个和尚十分镇定,他是庙里的方丈,他想着自己的死期已到,劫数难逃了。可是,王虎嚷道:

"老光头们,我不会伤害你们的!你们看,我有银子给你们,干吗要怕我呢?"说着,他打开腰里的钱包给他们看他带的银子,说真的,他们从来还没见到过这么多银子呢!接着,王虎又说:"我的银子还不止这些呢!我不会要你们的东西,只不过借宿一阵子,这种事谁都会碰上的。"

看到银子,老和尚们的确放了心。他们相互看看,点点头议论起来:

"他准是个军官之类的人,大概是杀了他不该杀的人,要不就是在司令面前失了宠,没办法了,非得到外边躲一阵,避避风头。这种事我们听得多了。"

这些人爱怎么想就怎么想吧,王虎才懒得理呢。他闷闷地冷笑一声,就回屋睡觉去了。

第二天,天刚亮,王虎便起身走出庙门。外面雾很大,山谷里满是云雾,把这座山头同别的山头隔开了,王虎独自一人,有一种躲到世外桃源的感觉。不过,寒冷的空气又使他想起,冬天快要到了。在下雪天到来之前,他还有好多事要做哩!他的士兵的吃、住、穿都得靠他想办法。于是,他走进庙里,来到"豁嘴"和"麻子"睡觉的厨房。他们身上盖了些稻草,还睡着呢。"豁嘴"呼出的气,由于上唇透风,发出口哨般的声音。他们睡得真沉,给和尚帮忙的乡下小伙已经在悄悄地朝炉灶里填干稻草,铁锅的大木头锅盖下已经开始冒气了,他们居然照睡不误。乡下小伙一见到王虎,连忙缩回去躲起来了。

不过,王虎根本没打算理他。他叫"豁嘴"起来,抓住他猛摇,总算叫醒他了。王虎叫他起来吃饭,吃完赶紧去那家小酒店,他生怕有些士兵会在早上经过那家小店。"豁嘴"迷迷糊糊站起来,用双手搓搓脸,使劲儿伸了伸懒腰。他很快地穿完衣服,从正在咕嘟的铁锅里舀了一碗乡下小伙煮的高粱米粥,匆匆喝完。他下山去时,王虎一直看着他的背影,很满意他的忠心。要是不从正面看,光从背后看的话,"豁嘴"也是蛮不错的一个男子汉。

王虎等他手下的人逐个到这个僻静的地方来会合。趁等人的工夫,王虎便开始考虑他的计划,考虑挑哪些人当他的亲信和参谋。他计划分配多少人去完成一件什么工作,例如,多少人去探听消息,多少人去搞粮食,多少人搞柴火,多少人管烧饭、修枪、擦枪,以及每个人应承担多少日常的杂务。他认为,对这帮人必须厉害点,该奖的时候才奖,一切都得听他指挥,生杀大权应该操在他一个人手里。

除此之外,他还想到每天应该抽几个小时搞实战演习,这样,到真的打起仗来,才能有备无患。由于子弹不多,他不敢搞实弹演习,但总可以尽量多教他们一些军事常识。

王虎心急火燎地在山顶上等了一天,第一天来了五十多个,第二天又来了将近五十个。看来,有个别人由于其他原因大概不会再来了。王虎又多等了两天,还是没有新人来,王虎很难过,倒不是心疼人，而是心疼枪支弹药，每个没来的人都带走了一支枪和一子弹袋的子弹。

老和尚们见到这么一大帮当兵的来到庙里，跟他们住在一起，总觉得不对劲儿，不知道怎么办才好。王虎再三安慰他们：

"你们别怕，只要是我们用了的，一定付你们钱。"

老方丈年纪很大了，脸上的肉都干得贴在骨头上，皱巴巴的，他用微弱的声音说道：

"我们倒不光是担心收不回银子，而是有些东西是银子也买不到的。这个地方一直是很安静的，这座庙的名字就叫圣安寺，我们几个远离尘世，太太平平地在这儿生活了几十年。你们这帮人一来，就再没有太平了。供菩萨的殿堂里挤满了你们的兵，他们到处吐痰，到处撒尿，甚至站在菩萨面前也敢撒尿，实在太粗野了。"

王虎说："要让我的手下改掉这些坏毛病可太难了，因为他们是当兵的，倒不如请你们和菩萨挪挪地方。把菩萨挪到最里面的殿堂去，我可以下命令不准他们到里面去，这样你们就可以太平一点了。"

看看也没有别的办法，方丈只得同意这么办。他们把一尊尊菩萨连底座一块儿抬进去，只剩那尊金身佛像没有被抬走，它实在太沉了，他们怕万一把菩萨摔碎了，菩萨要降罪。金身佛像只好屈尊同士兵们共居一室，不过和尚们用一块布蒙住了菩萨的脸，免得菩萨看到士兵们的罪孽而生气。

王虎从手下的士兵中挑了三个人，打算作为他的亲信。第一个是"豁嘴"。另外还有两个，一个外号叫"老鹰"，原因是他的鼻子勾得厉害，脸很瘦，嘴唇往下耷拉着，比较窄；另一个叫"屠夫"，"屠夫"体格魁梧，红扑扑的，很胖，脸又大又平，鼻子、眼睛就像用手抹上去的。不过，他身体很健壮，过去也的确是个屠夫，有一次打架，他把一个邻居杀了。他经常抱怨说："要是当初我手里端的是饭，拿的是筷子，我就不会杀死他了。可是他非挑我手里拿着刀的时候跟我吵架，那把刀也不知怎么搞的，好像是自己飞出去的。"那个邻居到底还是死了，为了躲这场人命官司，"屠夫"只有一走了之。他有一种特别的本事，别看他长得五大三粗的，他的手却十分灵巧，他能用筷子夹住正在飞的苍蝇，夹完一个再夹一个，准得很。他的同伙常常叫他表演这个绝技，看完他成功的表演，大家禁不住大声喝彩。既然他能精细到这种程度，不用说，他用刀杀人时肯定能戳得很准，他给人放血时也一定能做得干净利落。

这三个人全都十分精明能干，尽管他们都不识字。不过，他们的这种生活也确实不需要书本里的学问，他们也从来没有想到过这种学问对他们会有什么用处。王虎挑出这三个人之后，便把他们叫到他房里，他说：

"今后我就把你们三个当我的亲信，你们要帮我留心其他的人，看看有没有人想背叛我或不听我的命令。你们放心，到我飞黄腾达时，我是一定不会忘了给你们论功行赏的。"

他叫"老鹰"和"屠夫"出去，单留下"豁嘴"，他很严肃地对"豁嘴"说：

"我把你放在他们俩上头，你得盯着他们，看看他们有没有对我不忠诚。"

接着，他又把他们三人叫到一起，他说："不管是谁，只要对我不忠，我马上就杀了他，绝不让他有工夫喘第二口气。"

"豁嘴"平静地回答道："你不必担心我，连长。就算你的右手背叛了你，我也不会背叛你。"

另外两个也迫不及待地赌咒发誓，"老鹰"叫喊得最响：

"难道我会忘记是您把我提拔起来的吗？"他之所以这样说，是因为他也有他自己的希望与追求。

为了表示他们的谦卑与忠诚，这三个人都跪在地上给王虎叩头。办完此事，王虎又挑了些比较机灵的人，打算派他们出去，多方打听敌方的消息。他命令他们：

"尽快去打听消息，在大冷天开始之前，我们要立住脚跟。查清究竟'豹子'手下有多少人，万一碰上他们的人，和他们聊聊天，看看他们对'豹子'是否很忠心，有没有办法收买他们。能收买就收买，因为你们的命对我来说比银子更宝贵，假如花钱能买到一个人，我决不让你们去送命。"

这些人脱去军装，只剩下些破破烂烂的内衣内裤，王虎给了他们一些钱，让他们去买些外面穿的普通衣服。他们下山进村，到当铺买了几件穷人当了又没钱赎回的旧衣服。这些人穿上了旧衣服就开始在各村东游西荡，酒店、牌桌、铺子都是他们消磨时间的好去处，不过，无论到哪儿，他们都竖起耳朵听着，听到什么就回去一五一十告诉王虎。

这些人打听到的消息，同王虎起先在酒店里听到的完全吻合。这一带的老百姓对强盗头儿"豹子"都是又恨又怕，为了不让他到村子里捣乱,老百姓年年要给他送银子、送东西,而且这家伙开价越来越高。他的借口是手下的人年年增加,况且,他既然为老百姓打退了别处的强盗,那么老百姓当然应该付钱给他。他手下的人的确年年在增加,因为这片地区的二流子、逃犯、懒汉全都跑到了双龙山"豹子"的巢穴里,投奔到"豹子"的旗下。身强力壮胆子大的当然受欢迎,胆小体弱的也可留下当仆人使唤。甚至有女人投奔到"豹子"那儿去,她们当中有的是胆大的寡妇,有的是不在乎名声好坏的女人,也有的是跟着丈夫一起上山的,还有一些是被抓获的女俘,她们专供男人享乐用。"豹子"也的确挡住了一些外来的强盗。

尽管如此,老百姓还是恨他,还是不情愿给他东西。不过,老百姓情愿得给,不情愿也得给,因为他们没有武器。要是在过去,他们或许会拿起刀、叉、大镰刀之类的农具和强盗们拼一气,可是如今强盗们用的是洋枪,老百姓上哪儿弄洋枪去?而且谁又有这种拼命的胆量呢?

当王虎问起"豹子"究竟有多少人时,答案是五花八门的,有的说"五百",有的说"两三千",有的甚至说"一万",究竟多少也闹不清,但是肯定比王虎目前的兵力多得多,这一点是毫无疑问的。这一点叫他颇费踌躇,他觉得自己非得以智取胜不可,不到万不得已时,绝不能硬拼。他一边琢磨一边听那些探子汇报,他让他们随便说,但他心里明白,越是不知道什么的人越是爱吹。那个爱开玩笑的家伙开了腔,他就是把王虎称作黑眉虎的家伙。他用他那又细又尖的嗓子吹起来了:

"我是一点也不害怕,我一下子跑到最大的镇子里,县衙门就在那个镇上,我在那儿探听情况。看来,那儿的人也害怕'豹子'。逢年过节,'豹子'都要老百姓送东西,做生意的不给银子,'豹子'就要攻打那个镇。我碰到一个卖炸肉丸子的小贩,他的肉丸子做得真好。他们这儿的猪肉本身就好,肉丸子里又加了蒜泥,味道真不错,我真愿意我们待在这儿别走了。我问这个卖肉丸的,'你们的县太爷为什么不派兵去收拾这帮强盗呢?'他对我说——这家伙人倒不错,还给我多饶了一点碎丸子——'我们的县太爷整天只知道抽大烟,连自个儿的影子都害怕,他手下那个管军队的将军从来就没打过仗,连怎么拿枪都不知道。他是个动不动发火、成天大惊小怪的家伙,连一碗汤烧得不称心他都会大发脾气,但是老百姓的事他根本不放在心上。你看看县太爷养的那批保镖,就晓得县太爷是什么样的人了。他付给保镖的银子越来越多,生怕保镖们背叛他,或被别人收买,花银子就像倒剩茶根儿。有那么些保镖也不行,一听到"豹子"的名字,他就吓得发抖,嘴里虽哼哼着要怎么怎么,可是却一动都不敢动。为了让"豹子"别来捣乱,他每年不知花了多少银子。'这个小贩就是这么跟我说的。后来,我见他已经没心思做生意了,我就接着往前走,和一个叫花子又聊了一会儿。他坐在太阳地里捉虱子,这老头儿人挺机灵的,靠讨饭过日子。他逮着每个虱子,都要掐下虱子的头,把虱子放到嘴里咬。我敢说,这家伙吃虱子也吃饱了!我们聊了好些事。听他讲,县太爷今年有点想收拾一下那帮强盗了,因为他的上司已经听到风声,说他没本事,只好让强盗在这里作威作福。有不少人眼馋他那把县太爷的交椅,跑到上头去告他不称职。他要是下了台,至少有十几个人想抢这个肥缺,这个地方实在太富了。老百姓听到这消息又有了心事。他们说,'哎,我们好不容易喂肥了这头老狼,它现在总算不那么贪心了,再换一头新的,我们又得从头喂起'。"

王虎让他们随便聊,这帮人就把听到的全都说了出来,边说还边开玩笑,嘻嘻哈哈,因为他们对王虎很有信心,而且个个都吃得挺饱,对他们路过的土地、村子都很满意。尽管老百姓既要养"豹子"又要养县太爷,但是因为这个地方很富,他们还是养得起他们自己的。王虎让他们瞎聊一气,虽然其中有些话没什么价值,但总会露出一两句王虎想听的话。王虎比他们聪明,他知道怎么从麦糠里捡出麦粒来。

刚才那家伙吹完,王虎马上抓住了他最后提到的那件事:县太爷害怕丢官。他仔细考虑了这件事,觉得自己仿佛找到了成功的奥妙:他可以通过这个老朽的县太爷来抓住统治这片地区的权力。他听得越多越觉得"豹子"并不见得像他原先想的那么厉害。过了一会儿,他下了决心:派一个探子钻到"豹子"的老巢里面去,看看"豹子"究竟有多少兵力,这些兵究竟是些什么样的人。

王虎的士兵们正在吃晚饭,一个个嚼着硬馒头,端着碗粥喝,全都蹲在那儿。王虎看着这帮人,拿不定主意究竟派谁去,看上去哪个都不够机灵。他的眼光落到了身边的侄子身上,这小伙子吃起东西来总是一副贪婪的样子,嘴里塞得满满的,腮帮子鼓鼓的。王虎径直走到自己房间里,他侄子在他后面跟着,因为这是他的职责。王虎叫他侄子把门关上,听他说话。他说:

"我要你去做一件事,你敢不敢去?"

小伙子一边嚼嘴里的东西,一边挺硬气地说:"三叔,不信你就试试吧!"

王虎说:"我是打算试试你。你带上一把孩子们用来打鸟的弹弓,到双龙山去一趟。快天黑时去,装成一个迷了路的孩子,害怕山里的野兽,在'豹子'的老窝门前大声哭。他们放你进去之后,你就说自己是个农民的孩子,住在山那边,你是到山上来打鸟的,没想到那么快就天黑了,迷路了,求他们让你在山上的庙里住一宿。万一他们不肯留你住,至少得求他们派一个人送你到出山的关口那里。然后就靠你的眼睛了,什么都别放过,有多少人、多少枪,'豹子'是什么样的,把一切都记住,回来告诉我。你敢不敢去?"

王虎瞪着那双黑眼珠看着他侄子,只见这小伙子的脸变得煞白,脸上的麻子更显眼了,像一点一点的小伤疤。不过他还是壮着胆子说:

"我敢。"

"我从来没要你做过什么事,"王虎神情严肃地说,"不过这一回,你那种小丑样子或许会有点用处。要是你迷了路,或是一时没了主意,说漏了嘴,那就是你自个儿的事了。不过,你看上去总那么乐呵呵、傻呵呵的,其实你并不傻,因此我才决定派你去。装作一个傻头傻脑的人并没有多大的危险,但是万一你被他们看出来了,你能不能宁死不开口?"

小伙子的脸上又有了血色,他挺硬气地站在那儿,身上穿着老棉布衣服。他答道:

第十二章 · 155 ·

"三叔，不信你就瞧着吧！"

王虎看到侄子这个样子，心里十分高兴，他说："好小伙子，有胆量！干得好一定提拔你。"他看着"麻子"，微微一笑，那颗除了生气之外从来不会感动的心也为之一动，这倒不是为自己的侄子而感动，他并不喜欢这个侄子，而是他隐隐约约又萌发了想有自己的儿子的念头；不过，他希望自己的儿子别像这个侄子这样油头滑脑，他应是一个健壮、可靠而且严肃的男孩。

他叫这个小伙子穿上一身农家子弟的衣服，腰里绑一条毛巾当作腰带。想到他要翻山越岭，王虎又叫他穿上一双旧鞋。小伙子用树上的小枝丫做了一把弹弓，然后，他连蹦带跳走下山去，消失在丛林之中。

在侄子出去探听消息的这两天里，王虎按计划分配每个士兵做事，不让一个人闲着或打打闹闹。他派亲信到村里去买粮食，而且分批派他们出去，每次只买很少的肉和粮食，免得让别人看出这些人买的粮食是够一百个人吃的。

第二天傍晚，王虎走出去向山下张望，看看他侄子回来没有。他心里十分担忧，担心他侄子遭到不测，因此，他蓦然间产生了一种怜悯和自责的情绪。夜幕降临、月亮升起的时候，他远望双龙山，暗自想道：

"我应该派个大人去，不应该派我侄子去。万一他有个三长两短，我怎么向二哥交代？不过，除了自己的亲人，我又能信得过谁呢？"

他的士兵入睡了，月亮已经高高地挂在天上，他还在那儿张望，但是他侄子仍然未归。最后，夜里的凉风刮起来了，王虎走进屋里。他的心情很沉重，有件事是他以前不知道的，那就是，万一这个小伙子真的一去不复返了，王虎会很想念他，这小子有好多办法逗你乐，叫你没法生他的气。

后半夜，一阵敲门声把王虎惊醒了，他连忙爬起来跑去开门。王虎拉开门闩，只见他侄子站在门前，尽管已经累得筋疲力尽，但精神头还挺好。他走路有点瘸，原来裤子划破了，腿上有血迹。不过，他还是兴高采烈地招呼他三叔。

"三叔，我回来啦！"他小声说道。王虎忽然无声地笑了，只有当他真的十分开心时，他才这样笑。他急忙问道：

"你的腿怎么啦？"

小伙子满不在乎地说："没事儿。"

王虎十分高兴，破天荒地开了个玩笑：

"别是让豹爪子给抓的吧？"

这小伙大声笑起来，他知道三叔是在开玩笑。他坐在台阶上说道：

"没让他抓着。青苔很湿，又有露水，滑得很，我一不小心滑到山路边的一棵树上，让树枝划破了点皮。三叔，我饿得不行了！"

"那就快吃点东西。"王虎说，"吃点、喝点，睡会儿觉，完了我再来听你讲。"

他叫侄子到大厅里坐下，然后喊来一个当兵的，给这小伙子弄点吃的。他的喊声惊醒了几个人，紧接着一个个都醒来了，他们全都聚到院子里，都想听听这小伙子到底看到了什么。小伙子吃完，王虎看出大家的心思，再说这小子凯旋也兴奋得睡不着，天又快亮了，于是他说：

"那就先说说吧，说完了再去睡觉。"

在脸上蒙着布的菩萨前面有一个祭坛，"麻子"便坐在祭坛上说起了他的冒险经历：

"我走啊走，那座山比我们这座山高一倍。三叔，'豹子'的老窝在山顶的一块平地上，圆圆的，像个碗一样。我们要是打赢了，最好就把他们的窝占上。那里有房子，就像个小村庄一样。三叔，我就照你吩咐的那样，天一黑，我就在怀里揣了几只死鸟，一边哭，一边向大门走去。那座山的那些鸟样子真怪，颜色真漂亮。我打到一只黄颜色的鸟，全身金黄，可好看了，我还带在身边哩——"说着，他从怀里掏出一只黄色的鸟，软绵绵的，已经死了，像一块黄金一样。王虎急着想听下文，很讨厌"麻子"玩鸟，不过，他终于忍住了，没有发作，还是让"麻子"继续讲下去。"麻子"把黄鸟小心翼翼地放在他坐的祭坛上，看了看那一张张专心听他讲的面孔。他身旁有一个火把，是王虎叫别人点的，就插在祭坛上的香炉里。"麻子"接着说道：

"他们听见敲门声，就从里面走出来。起先，他们只开了一点缝，看看到底是谁。我装作怪可怜的样子，哭着说，'我家离这儿好远——我逛得太远了，天黑了，我害怕树林里的野兽，行行好，让我到庙里待一宿吧！'开门的人又把门关上了，他跑进去问该怎么办，我又接着使劲儿哭。"接着"麻子"就学给他们看他是怎么哭的，大家听了笑个不停，对他发出一声声赞叹：

"这个小猴子真精！这个小麻子真鬼！"

这小伙子咧开嘴笑，高兴得不得了。他接着说：

"他们总算让我进去了。我尽量装成傻呵呵的样子，吃完馒头喝了点粥之后，我假装害怕，假装知道自己在什么地方，便哭起来，'我要回家。你们是强盗，我害怕你们，我害怕"豹子"！'我跑到大门那儿，求他们放我出去，我说，'我情愿到外边叫野兽吃掉！'

"看到我那副傻样，他们全笑了，他们安慰我，叫我别哭，还说，'难道我们会伤害你吗？等到明天早上再说吧！到时候一定叫你走'。过了一会儿，我不哭了，装出松了口气的样子。他们问我是从哪儿去的，我说了一个村子的名，我也是听来的，大概在山那边。他们又问我别人是怎么说他们的，我说我听说他们个个胆子都很大，还说他们的头儿不是人，是个人的身子，长了个豹子的脑袋。我还说，'我很想见见他，不过我也真有点害怕见到这样的怪人'。他们全都笑我。接着，有个人对我说，'来，我带你去见见他'。他带我走到一扇窗户跟前。我从外边往里看，里面点着火把，只见他们的头儿在里面坐着。三叔，这个人长得就是怪，脑袋上半截特别宽，眉毛以上就往后斜过去，真像只豹子，他正在和一个年轻的女人喝酒。她长得挺好看，不过样子有点凶，他们俩喝一壶酒，男的喝一口，女的喝一口。"

"那里有多少人，他们的枪是什么样的？"王虎问道。

"好多好多，三叔，""麻子"答道，"光是打仗的人就比我们多两倍，另外还有打杂的、女人，我还看到许多孩子在那里跑来跑去，也有跟我一样大的小伙子。我问过一个小伙子他的爹是谁，他说他

第十二章 · 159 ·

不知道，因为那儿的人不是一个人有一个爹，他们只知道谁是妈，不知道谁是爹。这事可太奇怪了。打仗的士兵都有枪，打杂的就只有镰刀、菜刀什么的。在离他们老窝不远的山顶上，他们堆了不少圆的石头，万一有人攻打他们，他们就把石头滚下来。要想进到里面，一定得通过一个关口，别的地方全是悬崖，关口那儿有人把守。我是趁看守睡着的时候逃出来的。他躺在那儿打呼噜，他的枪就放在他身边的石头上，我本来可以顺手把枪拿上的，我真忍不住想拿，后来我还是没拿，我一拿，他们就知道我先头讲的话是骗他们的了。"

"那些打仗的士兵怎么样？个子大吗？看上去胆子大不大？"王虎又问道。

"胆子够大的，""麻子"答道，"个子有的大，有的小。他们吃完饭就在一起聊天，根本没人管我，因为我同那些小伙子在一起待了一会儿。我听到他们都在骂'豹子'，说他不照规矩办事，把抢来的东西大部分都留给自己了。他不放过一个稍微漂亮点的女人，不让别人碰他的女人，除非他玩腻了，别人才有份。他不像弟兄之间那样公平地分东西，他老把自己抬得老高，其实，他也是个普通人，也不识字，那些人都讨厌他那副称王称霸的样子。"

听到这个，王虎很高兴。他一边听他侄子在那儿讲，一边默想。他侄子讲东讲西，一会儿说他吃的是什么，一会儿又讲他自己多机灵。王虎边想边琢磨着下一步的计划。过了一会儿，王虎看他侄子差不多讲完了，再没什么新玩意儿，只是为了让别人继续注意他、称赞他才在那儿不断重复已经讲过的话。王虎站起身，命令小伙子去睡觉,叫其他士兵去完成他们各自的任务,因为天已经亮了。火把已经快烧完,在旭日的光辉中,火把那摇曳的火苗显得十分苍白无力。

王虎回到房里,把三个亲信叫到身边,说道:

"我再三琢磨过,我相信,我不花费一人一枪,就可以打赢。我们一定不能同他们明着打,因为他们的人比我们多得多。杀蜈蚣的时候,总是先把它的头掐掉,这样一来,它那一百条腿就乱了套,有的往前,有的往后,这么多条腿也没用。我们就是要先干掉这帮强盗的头子。"

三个亲信一听到这么大胆的计划,全都惊呆了。"屠夫"粗声粗气地说:

"连长,听上去怪好的,可是抓不到蜈蚣怎么掐它的脑袋呢?"

"照样可以掐,"王虎答道,"我的计划是这样的,不过得靠你们几位帮忙才行。我们装扮成江湖上英雄好汉的样子,去找县太爷,就说我们是散兵游勇,愿意为他当差,给他当保镖,发誓为他除掉'豹子'。他为了保住县太爷的宝座,有我们帮忙,他正是求之不得。然后,我要他假装同强盗讲和,邀请'豹子'赴宴,坐在县太爷边上。到时候,县太爷把酒碗往地下一扔,我们就从暗处冲出来把强盗们干掉。我再秘密地安排一些手下,埋伏在镇上各处,万一有一小部分人不肯投奔我,就把他们收拾掉。这不就把蜈蚣的脑袋掐下来了吗?这并不是多难的事情。"

其余的人也都觉得这个计划行得通,他们对王虎佩服得五体投地,都同意这么干。接着他们又商谈了一下具体的细节,谈完之后,王虎让三个亲信退下,召集全体士兵到大殿集合。王虎先派他的亲信去看看那些和尚,免得他们偷听,接着他便向士兵讲了他的计划。听完,他们大声欢呼起来:

"好,太好啦!黑眉虎,真有你的!"

王虎站在蒙了布的菩萨下面,听着士兵们的议论,虽然他没说话,他一向高傲冷漠,但是此时他心头涌起一阵拥有权力之后的喜悦。他扫了士兵们一眼,神情严肃地站在他们中间。士兵们又安静下来,还想再听他说点什么,他说:

"你们好好吃点、喝点,穿上最平常的衣服,但别忘了,你们照样是士兵,带上枪到城里各处藏起来,不过别离县衙门太远。到时候,我一吹哨子,你们就赶到。我不叫你们,你们就等着。"他转身对"豁嘴"说:"每人发五两银子,当酒饭钱、住店钱。"

银子一发,个个都挺高兴。王虎把他的三个亲信叫到身边,全都是一副豪侠的装束,衣服里都藏了匕首,带上枪之后,他们一起出发了。

和尚们见这帮人要走,都高兴极了。王虎见到他们那副高兴的样子,对他们说:

"别高兴得太早了,兴许我们还要回来呢!要是找到更好的地方,我们当然就不会回来了。"话虽这么说,王虎还是付给和尚不少银子,比应该付的还多些。他对老方丈说:"补补屋顶、修修房子,一人再买一件新袈裟。"

和尚们万万没想到王虎如此慷慨,老方丈都有点不好意思了,他说:

"你真是个大好人，我只有在菩萨面前求他保佑你，除了这个，我也没别的办法报答你呀！"

王虎答道："在菩萨面前说不说都无所谓，反正我向来不信菩萨。不过，万一今后听到一个叫'老虎'的人，那么你可要在别人面前讲他几句好话，说'老虎'这个人对你不错。"

老方丈看着王虎，口中连声应道："一定说，一定说！"他双手紧紧握住银子，万分珍惜地捧在他胸前。

第十三章

王虎领着他的亲信直奔县城,到了县城,又直奔县衙门。衙门口的卫兵倚着石狮子,懒洋洋地站着。王虎毫无惧色地对卫兵说:

"让我进去,我有要事禀报县官大人。"

卫兵迟疑了一会儿,因为他见王虎根本没有掏银子的意思。王虎见他不愿意,立即大喊一声,刹那间,他的三个亲信跳将出来,用枪口对着卫兵的前胸。这卫兵吓得脸色蜡黄,连忙退到一边,让他们进了门,他们走过时把衙门的石地板踩得噔噔响。大门附近有几个闲逛的人看见了刚才的这一幕,但谁也不敢动。王虎把两道黑眉向下一蹙盖住了双眼,然后恶狠狠地大喝一声:

"县长在哪儿?"

没有一个人敢应答,王虎一看就火了,他用枪指着离他最近的一个人,然后用枪戳了一下他的肚子,这个人吓得跳起来,连声喊道:

"我带你去找他——我带你去找他!"他嗒嗒地跑在头里,见他吓成这副样子,王虎暗自好笑。

他们跟着这个人穿过了一个又一个庭院。王虎面向正前方,虎视眈眈地,既不往右边看,也不往左边看,他的亲信也尽可能学他的样子。最后,他们走到了内院,那地方非常美,有一座池塘,池塘边种的是牡丹花，周围还有不少高大的松树。不过，内院各间屋子的门窗全都紧闭着，四周一片寂静。给他们带路的人在门槛那儿站住，咳嗽了一声。一个仆人走到装有格子的门边，他说道：

"你有什么事？我们老爷睡了。"

王虎大喊道：

"那你快叫醒他。我有十分紧急的事要向他禀报。他一定得起来，这是有关他前程的事。"王虎的喊声在寂静的内院里回响着。

那个仆人瞪眼看着他们，有点拿不定主意，不过看到王虎那副凶神恶煞的样子，他猜想他们准是上头派来的信差。于是，他进屋去摇醒县太爷。这老家伙从梦中惊醒，连忙洗脸、穿衣，走到客厅里坐下。他吩咐仆人把他们领进客厅。王虎大大咧咧走进客厅，恰到好处地向县太爷行了个礼，身子躬得不深，因此算不上毕恭毕敬。

看到眼前这帮凶神恶煞的人，县太爷十分惊恐，他连忙起身，请他们坐下，叫人送上了点心、水果和酒。他讲了一番客套话，王虎也尽可能回了几句客套话。这套礼节性的话一说完，王虎立即开门见山地说：

"我们从上面的人那儿听说，大人您让一帮强盗缠得很苦，我们来这里就是想凭我们的武艺和本事，帮大人收拾掉这帮强盗。"

在这之前，县太爷一直在纳闷、在发抖，听到这句话，他才用沙哑、颤抖的声音说：

"是啊，我的确伤透了脑筋，我不是武林出身，只是一介书生，也不知道怎么去同这种人交往。我雇了一位司令，但是这个人吃的是政府给的薪水，叫他干别的可以，就是不肯去打仗。这一带的百姓又顽愚至极，真的打起仗来，说不定他们会倒向强盗一边同政府作对，稍微征一点点税，他们就不高兴。不过，你是谁？敢问尊姓大名、祖籍何处？"

王虎别的没说，只是答道："我们是走江湖的，有人要我们帮忙，我们就卖卖拳脚。听说这一带闹强盗，要是您愿意雇我们，我们这儿倒有一套计策。"

平时，县太爷会不会听陌生人讲这样一番话，谁也不知道，但是，现在县太爷很害怕丢了他的饭碗，他又没有儿子，这么大岁数再去混个饭碗又谈何容易。除了一位结发之妻，他还有一百来个亲戚，全都靠他养活。他已经到了老朽的年纪，他的敌人却越来越强，越来越贪婪，因此，只要碰上能帮他摆脱困境的东西，他就会像抓救命稻草那样抓住不放。他把仆人打发走，只留几名卫兵，他准备洗耳恭听。王虎摊出了他的计划，县太爷立即紧紧抓住。他只担心一条：万一王虎失手，"豹子"不死，那么这帮强盗肯定要疯狂地报复。王虎看出这个老头儿担心什么，满不在乎地说：

"我杀一头豹子就跟杀一只猫一样，我可以剁下它的头，把它的血放干净，我的手决不会打战，不信你看着！"

县太爷沉思了一阵，想到自己年纪那么大，手下的兵又都那么胆小无能，觉得除了靠王虎这帮人，似乎也别无办法了。他说道：

"我看也只好这么办了。"

接着，他又喊回仆人，叫他们端来酒肉，摆下宴席，像招待贵客那样招待王虎和他的亲信。王虎和县太爷一起研究了计划里的每一个细节。在以后的几天里，他们便根据计划开始行动。

县太爷派密使到强盗的老窝去送信，他说，他年纪大了，即将卸任，另外一位新县长将要接替他的职位。他不希望他卸任之后再与他们产生不和，他想请"豹子"和众位头领到他家赴宴，借此机会，介绍他们认识一下即将上任的新县长。强盗们听到这个消息后，十分谨慎。幸好王虎早有准备，他已经叫县长派人到各地散布消息，说老县长快走了。因此，强盗们派人到老百姓中打听消息时，他们听到的消息和老县长派人捎来的消息是一致的。于是，他们相信了这条消息，而且，他们觉得，如果新县长能受老县长的影响，也害怕他们，也老老实实缴钱，那倒真是不坏，连仗都可以不必打了。他们接受了老县长的邀请，回话说，他们将于某个月黑之夜去赴宴。

那天正巧赶上下雨，风雨交加，天色更显得黑了，不过那帮强盗倒是并不食言，他们穿着最好的衣服来了，他们的武器磨得又快又亮，每个人都把剑抽出来握在手里。院里站满了他们带来的卫兵，有些卫兵甚至站到大门外的街上去了，目的都是以防有诈。不过，老县长的戏演得很像，虽然说他两个膝盖总禁不住要打战，但是，他脸上完全是若无其事的样子，嘴上也是客气话不断。老县长命他手下把武器全都交出来放在一边，这帮强盗看到除了他们自己，别人都没武器，就更放心了。

老县长叫自己的厨师准备最好的酒宴，"豹子"和众头领就在内院的大厅里入席，其他卫兵的宴席则设在其他庭院里。一切准备就绪之后，老县长便领着众头领走进大厅，他请"豹子"入主宾席。一番谦让之后，"豹子"坐下了，老县长自己在主人席就座。不过，他早有准备，他的座位离一扇门很近，到他扔酒碗为号的时候，他就可以夺门而逃,躲起来,等到没事了再出来。

宴席正式开始。起初,"豹子"喝得很谨慎,发现某个头领喝得太多,他还要瞪他一下。可是,这酒是这一带最好的酒,味道实在太好了,肉也烧得很可口,而且故意搞得有点咸,吃多了就口渴。这帮强盗吃的只是粗茶淡饭,哪里尝过这么好吃的肉,他们从小就没享受过任何讲究一点的食物,那种可口的热炒小菜他们连做梦都想象不出。最后,他们再也顾不得节制,拼命大吃大喝起来,院里的卫兵比起头领来,更是有过之而无不及,因为他们毕竟不如头领们那么有头脑。

王虎和他的亲信躲在格子窗附近的帘子后面向外观察着,离一扇门很近,他们过一会儿就要从这扇门里冲出去。每个人都抽出剑做好准备,竖起耳朵注意听动手的信号:瓷酒碗摔在地上的声音。酒席足足摆了三个多小时,到这时,喝酒已经像喝水一样了,仆人们进进出出忙个不停。这帮强盗吃足了肉,喝够了酒,肚子撑得快圆了。忽然,老县长发起抖来,脸色变得像香灰一样,他颤声说道:

"我的心跟刀绞一样的疼啊!"

他匆匆举起酒碗,但是手一晃,把酒碗摔了出去,落在砖地上。他摇摇晃晃地走出了那扇门。

没等强盗头领们来得及喘口气,王虎吹响了哨子,向他的手下大喊一声。他们立即破门而出,朝强盗头领们扑过去,每人对付王虎预先为他指定的一个头领。王虎把"豹子"留给自己来对付。

仆人们预先得到过指示,一听到喊声立即闩上所有的门。"豹子"一看苗头不对,赶紧跳起来朝门那边冲去,就是县长走出去的那扇门。王虎紧追不舍，并用剑刺中了他的胳膊。"豹子"在跳起来时，顺手抄起一把匕首，那不是他自己的，除此之外，他没有别的武器。大厅里一对对厮杀的人乱成一团，喊声、诅咒声响成一片，王虎的亲信里没有一个顾得上看别人打得怎么样了，除非他已经干掉了自己的对手。有的强盗因为醉得厉害，没几个回合就被杀死了。王虎的亲信们杀完了各自的对手，便来看王虎打得怎样，想来帮他的忙。

"豹子"可不是一般的敌手，别看他喝了那么多酒，他的动作依然十分灵活，他的飞腿无论进攻还是防守都很厉害，王虎没法一剑置他于死地。但是王虎不愿意别人帮忙，他坚持一个人同"豹子"拼搏，他渴望得到亲手制服"豹子"这样一种荣誉。看到"豹子"那种勇猛拼杀的劲头，看到他抓一把这么差劲的匕首在那里玩命挣扎的样子，王虎真有点钦佩他，此所谓英雄惜英雄。他感到难过，因为他一定得杀死"豹子"。王虎的剑在空中飞舞，终于把"豹子"逼到了一个角落，他实在是吃得太饱、喝得太醉，没能打出他的最好水平。另外，"豹子"自学武艺，毕竟比不得王虎，王虎是在正规的军队里学过的，武器怎么使用，怎么摆假动作，他全都知道。"豹子"终于招架不住了，王虎对准他的要害猛刺一剑，紧接着用力一搅，血和水一起喷了出来。"豹子"倒下去临死之前，狠狠地瞪了王虎一眼，目光是那样恶狠狠，王虎一辈子也忘不了。这个人的确像只豹子，他的眼珠不像普通人那样呈黑色，而是带点黄白色，像琥珀的颜色。王虎看着"豹子"终于倒在地上不动了，死了，他那黄色的眼珠依然瞪得大大的。王虎对自己说道，这人的确称得上"豹子",除了眼睛,他的头也长得很怪,顶部很宽,而且像野兽的头顶一样,向后倾斜。王虎的亲信聚拢在他周围,称赞他的武艺。王虎拿着带血的剑,但像忘了它似的,两眼仍盯着死去的"豹子",挺难过地说道:

"要是用不着杀他就好了,他这个人的确凶猛,只有英雄好汉才有他那样的眼神!"

王虎还站在那里,为自己做过的事情难过,"屠夫"却大叫"豹子"的心还是热的,没等别人看清他打算干什么,他已经伸手从桌上拿了一只碗,接着用他那双看上去粗糙、实际却精巧的双手切开"豹子"的左胸,用力一挤肋骨,"豹子"的心便从切口处滑出来,"屠夫"把心放到碗里。这颗心的确还没凉,被放到碗里之后还动了一两下。"屠夫"端着碗走到王虎面前,高高兴兴地大声说:

"拿着,把它吃下去,连长。自古以来就有这样的说法,谁吃了壮士的活心,谁的勇气就会加倍!"

可是,王虎不肯吃。他转过身去,傲慢地说:

"我用不着吃。"他的目光落在刚才"豹子"座位旁边的地上,发现"豹子"的剑在那儿闪闪发亮。他过去捡起了那把剑。这把剑的钢非常好,现在大概造不出这么好的剑了。它锋利极了,可以切断整匹的绸缎;它寒光逼人,像可以切断云彩。王虎在一具强盗的尸体上试了试这把剑,他没使劲儿,这把剑就划破了衣服、肌肉,一下子划到了骨头。王虎说:

"我就要这把剑吧!我从来没见过这么好的剑。"

忽然,他听到一阵呕吐声。原来是"麻子",他站在那儿看"屠

夫",看着看着突然恶心起来,想呕吐。王虎听了之后,知道这是因为"麻子"从未见过杀人的场面,于是他温和地说:

"你已经不错了,至少刚才打的时候你没恶心。到外边院子里透透气。"

可是,"麻子"不愿去外面,他挺起胸膛站在王虎旁边。王虎看了之后很高兴,说:

"我要是算只老虎,那么你也算是只小老虎了,真的!"

小伙子高兴得咧开嘴笑了,牙齿露出来,更衬出他那张因恶心而发白的面孔。

王虎亲手杀死"豹子"之后,便走到其他庭院,看看他的士兵同其他强盗打得怎么样。那天多云,天很黑,连人影都看不清。他命令点上火把,一看死的人不多,他很高兴,因为他提前下过命令不要滥杀,对愿意倒戈的,或不愿倒戈但是特别勇敢的人,就不要杀。

王虎的事还没办完。他决心趁剩余的强盗还没站稳脚跟之机,当晚就去攻打他们的老巢。他没有去见县长,只请人带话给县长:"不把这蛇窝彻底捣烂,我决不来领赏!"他集结他的兵力,在茫茫夜色中,穿过田野,直捣双龙山。

王虎的兵有点不情愿再去了:已经打了一仗,还要走近十里路,说不定还要打一仗。他们希望能到城里抢掠一通,作为给他们的奖赏。他们又向王虎发牢骚了:

"我们为你打仗、卖命,但是你总不准我们去抢点、捞点,从来没见过你这么厉害的头儿,也没听见过当兵的光打仗不抢东西,连碰一下小丫鬟都不准。这次打仗之前,我们已经忍了好久啦,谁知打完仗了你还是不准。"

起初王虎想不理他们算了,可是这帮人一个劲儿地嘟哝,他再也忍不住了。他心里很清楚,对这帮人非厉害点不行,不然他们会背叛他。于是,他挥动那把好剑,在空中舞得嗖嗖作响,然后冲着他们大喊道:

"我杀了'豹子',我也照样可以杀你们,我谁也不怕。你们这帮子人怎么没一点脑子?这块地盘将来是我们的,我们怎么能头一天就抢东西呢?那老百姓还不恨死我们?谁也不许再说那种混账话!到了双龙山,你们想抢什么就抢什么,不过有一条,女的要是不肯,不准硬来。"

他的兵又让他唬住了,有一个士兵不好意思地说:"连长,我们是说着玩呢!"另一个士兵边想边问道:"连长,我可没发过牢骚。要是抢了双龙山,我们住哪儿呢?我原先以为我们就住在他们那个老巢里。"

王虎还有点生气,绷着脸说道:

"咱们不是土匪,我也不是强盗头儿。我的计划比你们的高明,不过你们得相信我,别犯傻。'豹子'的老巢要烧掉,从此这里再也没有强盗,谁也不用害怕强盗了。"

他手下的士兵,甚至包括他的亲信,全都惊讶得不得了,其中一个人问出了大家想问的话:

"那么,我们干什么呢?"

"我们要成为军人，而不是强盗。"王虎严厉地答道，"我们用不着搞自己的寨子，我们就住在城里，住在县长的院里。我们就是他的军队，我们谁都不用怕，因为我们的军队是在政府名下的。"

这帮人对他们头领的聪明才智肃然起敬，他们身上的流气像风一般消失了。他们欢快地笑着，对他十分信任。他们又继续攀登石阶，向双龙山进发，山间的雾气在他们身边缭绕，他们的火把在雾里吱吱地冒着烟。

他们突然出现在关卡处，强盗窝的卫兵惊得动不了了，还没来得及讲话就被人用剑戳死。王虎看在眼里，尽管不满意这种做法，却也没说什么责备的话，对这种野蛮无知的人也不能管得太紧，闹不好他们要记仇的。他们继续朝山寨的大门走去。

这座山寨的确像一个村子，四周的墙是用山上的岩石加黏土、石灰砌起来的，十分坚固，大门是木头做的，但是外面用铁条箍着，嵌在墙里。王虎使劲儿敲门，门是闩着的，他敲了半天，门纹丝不动，也没人答应。王虎再敲，还是没人答应。王虎猜到里面的人已经知道他们的头儿出事了，肯定有人回来报信了，要么这些人全已逃走，要么他们盘踞在寨子里准备迎战。

王虎命令手下人找来许多干稻草，扎成一把一把的，堆在木头门前面烧，等烧出洞之后，由一个人爬进去拉开门闩，打开大门。其余的人一拥而入，由王虎领路。

山寨死一般的寂静。王虎站在那儿注意听，但一点声音也没听见。于是，他下命令叫每个人点燃火把，烧房子。茅屋屋顶一下子就烧着了，他手下的人兴奋地大声怪叫，顷刻之间，山寨成了一片火海，房子里的人像蚂蚁出洞一样仓皇逃命。男人、女人和孩子们泉水般往外涌，哆哆嗦嗦地东奔西逃，王虎的手下开始用刀捅这些逃命的人，王虎及时制止了他们，他大喊着放他们逃命，不过他手下的人可以进屋抢东西。

王虎手下的人立即冲进房子，仿佛不觉得有烈火在燃烧，绸缎、布匹、衣服，他们抓到什么捞什么。有些人找到了金银；有些人找到一坛坛的酒和吃的，于是便拼命地吃喝起来；有些人急于抢东西，又去扑灭自己点的火。王虎看到他们那副幼稚的样子，立即派亲信去看住他们，以免他们被火烧伤，因此，被火烧了的人并不多。

王虎站在远处观看，他把他侄子留在身边，不许他去抢东西。他说：

"孩子，我们不是强盗，你是我们王家的骨血，我们不能去抢别人的东西。这些人是些愚昧无知的家伙，隔上一段时间，总得允许他们这么来一次，不然他们就不忠心耿耿为我做事了，再说，一样是抢，在这儿抢总比到山下去抢要好一些。这些人是我的工具——我要干一番大事业就少不了这帮人。但是，你同他们是不一样的。"

于是，他把他侄子留在身边。幸亏他这样做了，不然他险些遭到不幸，因为这时发生了一件十分奇怪的事。当时，王虎正倚着枪站在一旁，见房子上的火苗渐渐地弱下去，有些地方已经没有明火，光在冒烟。这时，"麻子"突然大叫一声。王虎一转身，只见一把剑从上往下向他劈来，他马上用剑去挡，对方的剑刃在他的剑刃上一滑，碰了一下他的手，落到地上，还好碰得很轻，最多蹭破了点皮。

王虎一下子跳到暗处，抓住了一个人，他的动作比老虎还要敏

捷,他把这人拖到火光前一看,发现竟是个女人。他牢牢抓住她的一只胳膊,正在他不知所措的时候,"麻子"突然嚷道:

"那天和'豹子'在一块儿喝酒的,就是这个女人!"

没等王虎说话,这个女人便拼命挣扎,发现实在挣脱不开,她一扭头吐了一口唾沫,正吐在王虎的眼睛上。王虎还从来没受过这种气,再说唾沫这玩意儿又脏又恶心。他拼命扇了她一记耳光,就像打一个倔脾气的小孩一样,她的脸上马上显出了紫红色的手指印。王虎喊道:

"让你尝尝这个,你这只母老虎!"

王虎想都没想就吼出了这么一句。她恶狠狠地回嘴说:

"我怎么没杀死你——你这个杀千刀的——我就是要杀你!"

他仍然紧紧地抓住她,狞笑着说:

"我知道你想杀我,要不是我旁边站着这个麻脸小伙子,恐怕这时候我已经头破血流死在这里了!"他叫手下去找点绳子把她绑起来。他们把她绑在大门边的一棵树上,好让王虎考虑怎么处置她。

他们绑得很紧,无论她怎么挣扎都没用,她一边挣扎一边大骂所有的人,王虎被她骂得最凶,骂的那些话是一套一套的,恶毒极了,很少听到有这样骂人的。王虎看着手下的人绑她,绑结实之后,各自取乐去了。王虎便在这个女人面前走来走去,每次经过她,王虎都要看她一眼,一次比一次看得仔细,一次比一次惊奇。他发现她很年轻,美丽的面庞光艳照人,却又流露出一种坚毅的神情,嘴唇又薄又红,额头又高又光,两眼明亮、敏锐,充满了怒火。她的脸很窄,像狐狸的脸。这的确是一张很漂亮的脸,即便在她骂他、向他吐唾沫，或者恨他恨得龇牙咧嘴的时候，仍不失为一张漂亮的脸。

王虎只是静静地走来走去，不时看她两眼，根本就不理睬她。到快天亮的时候，她实在痛得累得吃不消了。她不骂了，只是吐唾沫。过了一会儿，她痛得实在受不了，连唾沫也不吐了。最后，她舔着嘴唇，气喘吁吁地说：

"稍微松一松吧，我实在疼死了！"

王虎不理睬她的话，只是冷冷地一笑，他认为她是在施诡计。每次王虎走过她身边，她都求他，可王虎就是不理她。最后，他经过她身边时，她的头垂下去，不再吭声。可是，王虎仍不敢走近她，他不想再让她吐唾沫，他以为她是装睡或装死。他又来回走过她身边多次，她依然没有发出声音，王虎便叫"麻子"去看看她怎么回事。"麻子"托起她的下巴看看她的脸，没错，她是昏死过去了。

王虎走近她细看时才发现，她比刚才在将熄的摇曳火光下看更美。她不到二十五岁，不像一般的农家女，也不像普通的女人，他不禁纳闷她究竟是什么人，怎么会到这里来，"豹子"又是怎么把她弄到手的。他叫来一个手下把她放下，虽然仍然捆着她，但不再捆在树上，而且捆得不那么紧了。他叫手下人将她平放在地上躺着，她一直到天亮才苏醒。天亮了，阳光穿过清晨的薄雾，照在他们身上。

此时，王虎召集手下的人说道：

"时间到了，我们还有别的事要做。"

王虎手下的士兵逐渐停止了瓜分赃物的争吵，在他的招呼下集合了。他扳起枪的击铁，准备处置违抗命令的人，大声严厉地说："收拾好枪支弹药，这都是我的了。"

士兵们照办了。王虎数了一下，共有一百二十支枪和大量的弹药，其中有些枪锈迹斑斑，没什么价值。王虎把这些老式的笨头笨脑的枪放在一旁，等有了好的便扔掉它们。

在匪巢的一片硝烟与废墟中，他的部下把战利品捆成了大大小小的捆儿，王虎点了点枪支，把它们交给可靠的人保管。最后，他转过头来看那个被绑着的女人，她已醒过来了，睁着眼躺在地上。王虎看她时，她也狠狠地盯着他。他厉声问她：

"你是什么人？家住哪里？我把你往哪儿送？"

她拒不回答，啐了他一口，那张脸看上去活像一只狂怒的母老虎。这一下大大激怒了王虎，他命令两个士兵：

"把她用棍子抬到县里去，送她进监狱，那样她就会招供了。"

士兵们遵命，他们拿一根棍子粗暴地穿进绳子，肩扛着两头儿，把她吊在中间。

这时一切都已准备停当，太阳在山顶露了出来，清晰而明亮，王虎走在队伍前面。匪巢那边仍有一缕烟雾升起，王虎没有再回头看一眼。

他们又沿着大路从乡下向城里进发了。一路上，人们用眼角瞟着这群人，特别注意那个被绑在棍上的女人，她的头倒垂着，狐媚子脸灰白灰白的。人们都觉得奇怪，但没人敢问发生了什么事，以免卷进纠纷中去。他们心中害怕，看了一两眼后就都忙自己的事儿，再不抬眼瞧了。走了一整天，太阳依然照耀在田野上空，王虎他们已来到城门口。

到了城墙过道的阴影处,亲信"豁嘴"走了过来,把王虎拉到城门旁的一棵树后,悄悄对他说着,他一本正经,嘴里嘶嘶作响:

"我有话说,一定得说。最好别沾惹这个女人,她的脸和眼睛有一股狐媚气,这种女人是狐狸精,她们有妖术。我还是用刀结果了她吧!"

王虎常听说这种狐狸精的故事,可他胆大无畏,此时大声笑着说:

"我谁也不怕,鬼也不怕,何况一个女人!"他一把把"豁嘴"推开,仍旧走在众人前头。

"豁嘴"紧跟其后,叨叨着:

"女人比男人邪,她是狐狸,比女人还邪!"

第十四章

王虎来到头天晚上大干过一番的院子里,他的士兵都尾随着他进来了,一个个都显得倦怠不堪。院子已被打扫干净,和他们初到时一样。死尸都被拉走了,血迹也洗净了。卫兵和仆人各就各位,王虎进门时,他们都是心怀畏惧、小心翼翼的。他傲慢得像个皇上,人们即刻向他致意。

可他傲慢地挺直了身子,大步穿过院子和走廊,黑黑的脸上显出得意、庄严的神色。现在他清楚地知道这片地区整个落在他手心里了,他冲站在那儿的一个卫兵喊道:

"把捆着的这个女人送进监狱!看着她,给她点吃的,不许虐待,她是我的俘虏,由我来决定怎么处置她。"

他站着看人们把她抬走了。她已精疲力竭,脸色苍白,原来鲜红的嘴唇现在已发白,更衬托出她那漆黑的双眼;她大口喘着气,仍用那双又大又凶狠的黑眼睛望着王虎,见他看自己,便扭了一下脸,但没吐口水。王虎很惊讶,他从未见过这样的女人,不知以后怎么对付她。她这么仇恨他,复仇心这么强,是绝不能放掉的。

他暂且不去想此事,进屋见了县太爷。老县太爷从黎明起就一直在等他,衣冠整齐地坐在那儿,安排了最好的饭菜。见王虎进来,他有点战战兢兢、心慌意乱,虽然他感激王虎,但他明白这种人是不会白给别人干事的。他担心,不知王虎会要求什么样的报偿,唯恐他的欲望太过,那样对他来说可比"豹子"更难缠。

他忐忑不安地等着,下人通报王虎到了,只见王虎像个英雄似的大踏步走了进来。老县太爷此时惊慌失措,情不自禁地抖了起来,似乎手脚都不是他自己的了。他请王虎入座,王虎客气了一下,微微鞠了一躬。老县太爷喊人端茶、上酒肉,然后他们坐下来,寒暄了几句。

一切礼仪完毕,老县太爷才开口讲话。他环顾左右,唯独不敢看王虎。王虎不动声色,现在他是掌握主动权的,他明白县太爷的心理,他只看着那老头儿局促不安的样子,就知道是被他吓的,他为此感到快活,因为他有意如此。老县太爷开始说了,他的声音又软又轻,仿佛是在耳语:

"昨晚您的功德我将永世不忘。感谢大恩大德,把我从多年的灾难中解救了出来,使我可以享受老来的安宁。我要对您——我的恩人说的是,您比我儿子还亲,我该怎么报答您呢?又该怎么犒赏您的部下呢?讲吧,您要什么?若要我的官位,我让就是。"

他哆哆嗦嗦地等待着,咬着手指头。王虎静静地坐在那儿,直等到老县太爷讲完,才有分寸地答道:

"我什么也不要,从年轻时起我就跟一切坏蛋、恶棍作对,我做这些都是为了解救百姓。"

他坐着不言语了,这回轮到县太爷说话了:

"您是英雄豪杰,如今我不敢指望还有这种人。但若不向您表示谢意,我死也不能瞑目。请明告您喜欢什么。"

他们就这么你来我往地说着，礼让着，慢慢接近了话题。王虎婉转地表示他想接收、改编原来追随"豹子"而愿意倒戈的人，老县太爷听到这话吓坏了，他双手抓住椅子扶手才站起来，问：

"那你是想接替他做强盗头儿了？"

他自忖若果真如此，他就真完了。这位来历不明、又高又大的黑眉毛汉子看上去比"豹子"更凶猛，也更机灵，这儿的人起码还认识"豹子"，也了解他的欲望。想到这儿，县太爷不由自主地呻吟了一声。王虎直截了当地说道：

"你不用怕，我并不想做强盗。我父亲是个体面的地主，我有他遗留给我的财产，我不穷，用不着去抢。我还有两个哥哥，他们都是正派的有钱人。我的前程要用我自己的战绩去开创，不是强盗的卑劣行径所代替得了的。这就是我所要求的报偿。让我和我的人马留在这儿，任命我为你部队的司令，我们是你的部属。我将保护你和百姓免受盗匪之苦，你供养我们并给俸饷，我可在省里有个名分。"

老县太爷听着，感到十分为难，他说：

"那我把现在那位将军怎么安排？我夹在你们中间可要命了，他是不会轻易让位的。"

王虎果断地答道：

"那就让我们像君子那样打一打，若他赢，我就走，我的人马、枪支都归他；我赢了，他就走，他的人马、枪支都归我。"

县太爷叹着气，他是个文人，是崇尚圣贤、希望和平的。他派人去请那位将军来。不一会儿，人来了，那是个有点自负、大腹便便的男人,身穿洋式外套,留着稀稀拉拉的胡子,打整了稀疏的眉毛,尽力使自己显得更勇猛。他脚边拖着一柄长剑,走路时步子踏得很重。他弯下腰鞠躬,想表现出十分凶狠的样子。

县太爷冒着汗,犹犹豫豫地告诉了他事情的本末。王虎冷冷地坐在一旁,眼望别处,似乎在想着不相干的事。县太爷终于把话说完了,他垂着头,恨不能死了才好。他想着,这么夹在这两人中间,要死也快了。他一贯认为那位将军很凶,脾气暴躁,可王虎更厉害,谁见了他那张脸都免不了这么想。

这位大肚子将军一听就火了,肥胖的手按住了剑,像要向王虎进攻。王虎其实早就看到了,佯装望着院子里的牡丹池。他用牙咬住宽厚的嘴唇,垂下了黑眉,双手交叉在胸前,狠狠瞪着这位小个子将军,目光阴森可怕。那矮子迟疑了一下,思索了片刻,强忍住怒火。他不是傻瓜,明白自己大势已去,他不敢与王虎较量,最后他对县太爷说:

"我考虑了很久,我该回我父亲那儿去了。我是独生子,他现在也老了。由于有贵处职务在身一直不能如愿,除此之外,我还有胃病,不时发作。您是知道我这病的,正因为有病,我才不能去剿灭那帮强盗,天降的这病这些年来一直缠着我。现在我情愿返归老家为父尽孝,并治治我这病。"

说完,他僵硬地鞠了一躬,老县太爷也站起身鞠了一躬,低声说:

"这些年你忠心尽职,一定会得到好报的。"

矮子将军退了下去,县太爷遗憾地看着他,叹了口气,想道,作为一个武夫，他毕竟容易相处些。如果强盗还未被镇压下去，他在这儿倒不难侍候，只不过有时为吃喝这种小事发点小脾气罢了。老县太爷又偷眼看了看王虎，立刻感到不安起来。王虎年轻、粗野、非常凶残，脾气又暴躁。但他只平和地说：

"现在你如愿以偿了，将军一走你就可进驻他那院里，接管那些兵勇。还有一事，上边若知道换了司令，我该如何对答呢？要是那位老将军去告我呢？"

王虎的反应极快，他立即答道："那正好给了你一个机会，你可以跟他们说，你请了一位勇士，镇压了强盗，你留下那位勇士做你的私人保镖。然后我做你的后盾，强迫那位将军写个申请，请求退休，他得提名我接替他。你聘了我去收服那些强盗，这就是你的政绩。"

尽管此计勉强，但县太爷认为此计并非卑劣。他开始振奋了，只是还有点畏惧王虎，怕他跟他翻脸无情。王虎有意让他怕着点，那样对自己有利，于是他冷冷地笑了笑。

王虎在县里安顿下来了，此时北方已是冬天。他很满意自己的作为，他的人马有了吃，有了穿，他也有了俸饷，可以给他们买冬衣，他的士兵都吃饱穿暖了。

一切安排就绪后，冬天来临了，王虎日子过得很顺利。一天，因为无事可做，王虎突然想到他俘虏的那个女人还在监狱里。他默默地笑了笑，在门旁对侍卫喊着：

"去把我两个月前关进监狱的那个女人带来！我忘了惩治她了，

她企图杀了我呢。"他暗自笑了,又说:"我敢说,现在她服了!"

他等着,觉得很高兴,有心看看她有多驯服。他独自坐在自己的大厅里,身旁是一只烧炭的大铁盆。外面下着大雪,雪落了满院,在树枝上积了厚厚的一层。那日无风,只是寒气逼人,冰冷的雪花凝结不化。王虎坐等着,在火盆旁感到一股暖意,他身穿羊皮袍子,椅子上铺着整张虎皮,用以御寒。

约莫过了一个钟头,他才听见寂静的院中一阵骚动。他向门外望去,卫兵押着那个女人来了,另有两个卫兵帮着。她左右乱扭,使劲儿挣脱捆着她的绳子。卫兵们把她揉进了门,连雪都被带了进来。把她推到王虎跟前站定后,卫兵歉疚地说:

"司令,费了这么长时间我才办好,您多包涵。对付这个小娘儿们得一步一挪的。在牢里她光着身子睡在炕上,我们都不好进去,太不像样了。我们都是有老婆的正经汉子,只好让牢里别的女人硬给她把衣服套上。她咬她们,抠她们,跟她们打,可总算穿上了点衣裳,我们这才进去把她捆上拉出来。她简直疯了,从来没见过这种女人。牢里的人甚至说她不是人,是狐狸变的,来作孽为害的。"

那个年轻女人听到这儿,把一头散发往后甩了甩。她原是剪短发的,头发已长到垂肩了。她尖叫着:

"我没疯,我恨他!"她骂着,下巴点着王虎,她冲他啐去,他飞快地往后退了退,差点被啐到。卫兵们见状赶紧把她拉住,唾沫全喷在吱吱响的火盆上了。卫兵见此又补了一句:

"司令,您看,她就是疯了。"

王虎一言不发,死盯着那个疯狂的女人看着,听着她骂。她骂人时也不像普通的无知女人。他凑近了看她,她虽消瘦、憔悴,但仍是美的、骄傲的,完全不像蠢笨的乡下丫头。她的脚大,像未曾缠过,在那一地区好人家出身的女孩子又不会这样。这种种矛盾的现象使他也无法判断她的来历。他只是盯着她看,看她美丽的黑眉毛在一对愤怒的眼睛上方紧皱着,紧绷着的嘴唇在雪白平滑的牙后咬着。看着看着,他断定这是他一生中所见过的最美的女人。尽管她面色苍白、恼怒、生气、脸紧绷着,但仍然光艳照人。他终于慢慢道:

"我根本不认识你,你为什么恨我?"

那个女人激昂地回道,声音清晰动人:"你杀了我的丈夫,我不报此仇决不罢休。你就是杀了我,我也不瞑目,直到替他报仇雪恨为止!"

卫兵们慌了,举起了剑怒喝道:"臭刁婆,你跟谁说话来着?"要不是王虎示意不要碰她,那卫兵早用剑背打她的嘴了。王虎平静地说:

"'豹子'是你的丈夫?"

她依然激动地喊着:"一点不错!"

王虎懒懒地朝前靠了靠,平稳、轻蔑地说:

"是我杀了他。现在你有新主人了,那就是我。"

一听此话,那个年轻女人往前一冲,像要扑上去杀了他,两个卫兵扭住了她,王虎看着他们争打。他们又挟得她不能动了。她额头上汗如雨下,她喘着、泣着,但仍站着,用满怀仇恨的眼睛瞪着王虎。他迎着她的目光,凝视着她,她也反盯着他,毫不畏惧。她

第十四章 · 185 ·

目不斜视,似乎决心使他退却,自己却不垂下目光。王虎也一直盯着,毫不退缩,也看不出生气的样子。他沉着,耐心十足,在极度的愤怒中有很强的自制力。

那个女人呢?瞪着他看了很久。他仍与她对视着,最后她的眼皮开始抖动起来,她哭了出来,转过头去对卫兵说:

"把我再送回监狱去!"她再也不想看他了。

王虎淡淡一笑,对她说:

"看,我说你有新主人了吧。"

她不再理他,站在那儿,突然垂头丧气了,张开了嘴,喘了一会儿气,又让卫兵送她走,她再也不挣扎了,只想尽快离开他。

这下王虎更急于了解她是何许人了,想知道她是怎么进的强盗窝,弄清她的身世。卫兵回来了,摇头说:"我碰到过烈货,可没有像这只母老虎这样的。"王虎对他说:

"告诉狱长,我要弄清她是谁、为什么到了匪窝。"

"她不会回答任何问题的,"卫兵说,"她什么也不会说。唯一不同的是,原来她不肯吃,现在可是狼吞虎咽,这好像并不是因为饿,而是为了壮身体。她不会告诉别人她是谁的。女人们好奇,想尽办法套她,可她还是不说。也许上刑能有用,但我也没把握,她那么硬。司令,给她动刑吗?"

王虎想了想,然后咬了咬牙说:"要是没别的办法,那就用刑吧。她必须服从我,但是别给整死了。"过了一会儿,他又补充说:"别弄断骨头,也别伤了皮肉。"

当天晚上,卫兵惊慌地来报告:"司令,老天爷,那样用刑没法让她开口，不能伤骨头，也不能伤皮，她在嘲笑我们呢。"

王虎阴沉沉地说："暂且放着她，给她酒肉。"他也不再去想这事，等有了主意再说。

在他琢磨办法的同时，他派心腹"豁嘴"去他老家一趟，把他的巨大成功、他如何以少胜多以及如何确立了自己地位的所有情况，统统告诉他的两个哥哥。然而，他又警告说：

"别吹过了头，这个小地方和小小的职位只是第一步，前面还有更显赫的呢。别让我哥哥们以为我已经实现了我的计划，不然他们会靠到我身上，叫我提拔他们的儿子，我可不想要他们的儿子了，即便我自己没儿子也不要了。跟他们讲我的小小胜利，可以鼓动他们继续给我钱，我还需要钱。我现在得养五千个兵了，他们吃起来都像饿狼一样。告诉我哥哥，我已经打开了局面，但还得继续走下去，我要统治全省，甚至更多的省，我前途无量。"

"豁嘴"一一答应了。他穿着打扮像个去远处上香的穷香客，随后上路了。

王虎这里则着手安顿他的人马，他的确值得为他的所作所为感到骄傲。他已经体面地站住了脚，他绝不是什么一般的土匪头子，而是在县衙门里有了一席之地的地方政府的一员了。在那个地区的沿河两岸及湖畔一带，他的名声十分响亮，人们到处都在谈论着"老虎"。他招募兵勇，人们蜂拥而至，聚集在他的麾下。他仔细地挑选着，老、弱、病、残一律不收，他还遣散了军中那些无能之辈，因为军中确实有许多饭桶。这样整编以后，王虎集合了一支约有八千年轻力壮士兵的有战斗力的队伍。

除了战死及在匪巢中烧死的,王虎把他原有的百号人都提拔成了小军官来带新兵。一切就绪后,王虎并没有像别人一样放松或大吃大喝。他每天早早起身,冬天也是如此;他亲自训练士兵,要他们学习打仗的技能,如佯攻和正攻的战术,还有埋伏、撤退等。凡是他懂的,他都要教给他们,他不会甘心久居这个小县城的,他的野心很大,还在不断膨胀。

第十五章

　　王虎的两位兄长一直在耐心等待他的消息，但两人表现不同。王大由于二儿子上吊死去，便装出一副对三弟再无兴趣的样子。他每想起二儿子就悲痛一阵子，他的太太也如此，只是她一数叨丈夫就会觉得好过些，她常说：

　　"从一开始我就说他不该去，像我们这样的人家送这么好的儿子去当兵根本就不对，我说过那是种下贱的营生。"

　　开始王大还傻乎乎地答话：

　　"太太，我不知道你不愿意，我以为你早想好了，尤其听说他不是当一般的兵，我兄弟会提拔他呀。"

　　可这位太太认定了她的理，激动地喊道：

　　"你从来就不知道我在说什么，你总是心不在焉的，准是想着女人什么的。我说过好几次，说得清清楚楚，他不该去。你兄弟自己还不就是个小兵？你要是听了我的话，儿子今天还活得好好的，他是咱们最好的儿子，是个文人坯子。在这个家里没人听我的！"

　　她叹了口气，一副可怜相。王大左顾右盼，想想又惹她发脾气，真不是滋味。他再不吭声，只盼着她的怒气就此消下去。二儿子已经死了，太太一味强调他是最好的儿子。其实二儿子活着时她常责骂他，找他的碴儿，说大儿子最好。现在大儿子似乎不那么对她心

思了,死了的儿子又吃香了。还有三儿子,即"驼背",听说他现在跟梨花去住了,她从不找他。别人说到时,她就说:

"他身体不好,乡下的空气对他有好处。"

有时她给梨花捎去点小小不言的没用的礼物表示谢意。绘花的小瓷碗啦,一小块廉价的布料什么的,虽不是绸的,但相当花里胡哨,梨花从不穿这个。不论收了什么礼物,梨花总是客气地感谢她,还捎回新鲜鸡蛋或田里的什么出产,还了礼就不欠人情了。拿了布梨花会给那个傻子玩或给她做件衣服、做双鞋,让她高兴高兴;还会把瓷碗给"驼背",只要他喜欢;或给住在土屋里的农妇,她会喜欢那花色,因为这比她自己那青花瓷的好看。

王二也等着弟弟的消息。他悄悄地到处打听,传闻北边有个强盗头子被一个新去的年轻壮士杀了,他不敢确定这是不是真的,也不知那位壮士是不是他兄弟。他等着,攒钱等着"豁嘴"来。他慎重地把王虎的地卖了,以极高的利放了出去,要是赚了一两倍,他就会心安理得,因为那是他应得的报酬,他替兄弟出了力,这对兄弟又没损失,谁也不会像他这样替王虎办得那么漂亮了。

"豁嘴"来的那天,王二急不可待地想听他怎么说。他把"豁嘴"拉到他屋里,倒了茶,一字不落地听"豁嘴"从头到尾说了一遍。

"豁嘴"完整地讲完,说:

"我们司令说我们不能操之过急,这只不过是第一步,只在一个小县城里混,他的目标可是对着省里哪。"

王二吸了口气,问道:

"你认为他有把握吗?我们把钱花在他身上靠得住吗?"

"豁嘴"答道："你弟弟是个极聪明的人，要换了别人，就会满足于接替那个强盗头子，在那个地方掠夺，称王称霸。你兄弟可不那么傻，他懂得要想掌权先得让人敬重，现在他有官方的支持，虽然只是在小县城里谋了个官位，但那可是政府的司令长官。他若出去和别的军阀打仗，或是到春天想借机寻衅，他可以冠冕堂皇地代表某种权威，而绝不是什么叛逆。"

见兄弟这么谨慎，王二很高兴，已经快中午了，他诚心诚意地留"豁嘴"，说："如不嫌弃这家常便饭就来跟我们一起吃吧。"并请他入了座。

王二的太太一见"豁嘴"，连忙热情地招呼说：

"我们那麻脸儿子有什么消息？"

"豁嘴"站起来回答说她儿子很好，干得不错，司令要提升他，无疑是把他当作自己人的。没容他再说，那位太太忙张罗他坐下，叫他别太客气。坐下以后，他原本想告诉他们那小伙子怎么去匪巢，怎么机灵，干得如何利索；话未出口他又止住了，心知女人是很怪的，脾气没准儿，当母亲的就更怪，总担心自己的孩子出事。反正他已经说了不少，她挺高兴，那就行了。

不一会儿，她就忘了她问的话，去忙别的事了。她跑来跑去，拿碗、摆桌子，胸前还搂着个孩子，孩子静静地吃奶。她腾出另一只手忙着给客人、丈夫和饿得吵个不停的孩子们盛饭。孩子们从不上桌，而是举着碗筷在门口或街上吃，吃完了再跑进来添。

吃过饭喝完茶后，王二领着"豁嘴"来到王大家门口。他叫"豁嘴"等着，他进去叫王大一块儿去茶馆再聊。他叮嘱"豁嘴"别让老大太太看见，不然还得进去听她叨叨。王二来到王大上房，见他在长椅上睡着了，打着呼噜，旁边放着一盆红红的炭火。

王大感到有人轻轻碰他胳膊，醒了，愣了一会儿就明白了。他撑了起来，穿上皮袍，悄悄跟着老二走了出来，谁也没听见。除了他小老婆，没人看见他们出来。她正伸着头看是谁呢，王大伸手示意别出声，她让他过去了。她胆小，怕太太，可是心肠好，秉性温和，要是被问起，她会撒谎说没见着他。

他们一道来到了茶馆，"豁嘴"又从头说了一遍。王大感叹没儿子可往弟弟那儿送了。二弟的儿子那么出息真让他嫉妒，可他没表现出来，还夸了几句。他完全赞同二弟关于送钱去的意见。

回到家后，王大突然觉得妒火难忍，忙去找大儿子。小伙子正在屋里挂了帐子的床上躺着，容光焕发，悠闲自在，正在读一本名叫《三个美女》的淫荡故事。见父亲进来，他吓了一跳，忙把书藏在袍子下。可王大根本没看见，他满脑子正想着要跟大儿子说的话，这时他急忙说：

"儿子，你还想去找三叔，想高升吗？"

小伙子已长大成人，这时他优雅地打了个哈欠，漂亮的嘴巴像姑娘的一样，呈粉红色。他看了看父亲，懒洋洋地笑了笑，说：

"我以前那么傻吗？竟想去当兵？"

"不会让你当个兵的，"王大急忙解释，"一去你就会比当兵的高一大截儿，仅次于你叔叔。"他压低了声音，哄着儿子："你叔叔已经是司令了，他功成名就了，他的狡猾手段是我闻所未闻的，现在最难的那一步已经跨过去了。"

他儿子固执地摇摇头。王大又是生气又是无奈，看了一眼躺在床上的大儿子。此时他已看出大儿子是哪种人：年纪轻轻但生活讲究、挑剔，终日无所事事，除了享乐，没有别的志向，唯恐比别人穿得差，比不上别人时髦。大儿子躺在绸被上，遍体绫罗，足蹬缎鞋。他皮肤细得像女人，搽了油和香水，头上也搽了香水和外国头油。小伙子努力使自己身体优美，他欣赏那种柔和与美丽。晚上在娱乐场作乐时人们都赞赏他，这就够了。他是富人家的大少爷，没人想得到他的祖父会是王龙，是个土庄稼人。此刻王大望着大儿子，虽然他在许多方面很糊涂，但他看着大儿子，感到惊恐，他一反往常的平和语气，高声喊道：

"我的儿子，我替你害怕，怕你没好结果！"又用从未有过的大声音叫道："我看你得出去闯闯，别终生沉溺于享乐。"他有种莫名的恐惧，巴望那一刻能激起大儿子的雄心，可太晚了，时机已过了。

听到父亲不寻常的喊声，小伙子又气又怕，突然从床上坐了起来，叫道：

"我妈呢？我去问问她是不是想让我去，看她是不是也这么想撵我走！"

听到这话，王大又清醒了，忙安抚道：

"我——呃——你是我的大儿子，你愿意干什么就干什么吧！"

他又迷糊了，那阵明白劲儿又消失了。他叹了口气，心想，少爷们和普通年轻人是不同，他的二弟媳是个俗气女人，她那位麻脸儿子当然顶多比他家的仆人强点。他感到安慰了，慢慢地踱出了大儿子的房间。小伙子又躺了回去，头枕在手上，微微一笑，过会儿

第十五章 · 193 ·

又拿出那本书津津有味地读了起来，这是一位朋友推荐给他的淫秽而富有刺激性的一本书。

王大仍垂头丧气，头一次感到生活不那么顺心。再看到"豁嘴"时，他觉得真不是滋味。那人荷包里装满了银子，腰上也缠着银子，包袱里也装得满满的，差点就上不了肩了。王大一时也想不出能让三弟为他效什么劳，他反正感到酸溜溜的，生活那么没劲。他没有能光耀门庭的儿子，他只有土地，他憎恶土地，可又不敢完全脱离它。他太太也看出了他很沮丧，出于无奈，他对她诉说了他的烦恼。他一贯听她的，认为她比自己高明，尽管别人这么说时他是否认的。这次她也帮不了他，他一说起三弟有多了不起时，她竟满怀轻蔑地大声尖笑道：

"一个小县城的什么司令是算不上大军阀的，可怜的老头子。你真傻，还会羡慕他！等他做了省里的军阀我们再把儿子送去也不迟，到那时恐怕你那还在吃奶的小儿子就差不多了。"

王大一言不发地呆坐了一会儿，那阵子他已不那么起劲地去作乐了，连跟朋友们聊天的兴趣似乎也不大了。他一个人独坐着，其实他一贯是喜欢凑热闹的，忙东忙西，哪怕是听着家里的喧闹，仆人们跟小贩斗嘴，孩子们的哭喊、吵闹，日常的骚乱都比孤零零地坐着强。

现在他可是一个人坐在那儿，可怜巴巴的。他头一次感到自己不再年轻了，不知为什么岁月就这样过去了，他似乎还没有享受过生活，还没有出过什么风头呢。最惨的是他从父亲那儿继承了土地，那是他唯一的生计，他不得不经心，要不老婆、孩子、仆人就都没饭吃了。好像那地里有魔法，得按时下种、施肥、收获，他得站在毒日头底下估产量、收租子。最要命的是他这么一个天生享福的老爷得干活。他有管家，可是那人太滑头，又不听他使唤，一想到这儿他就有气，那个管家越来越富，靠他发了财。所以，尽管不情愿，他还得一年四季去田里察看、照料。

他常坐在屋里，若是冬天的阳光暖暖的，他也会坐在院中的大树下，颓丧地想着他得年复一年地去田间。租他地的人有时会像强盗一样不交分文，他们总是抱怨"今年又涝了""从来没有这么旱过""今年闹蝗虫啊"等。总之，这些佃户和他的管家诡计多端，一致跟他这个地主作对。跟他们这样纠缠不清搞得他倦怠至极，因此他更厌恶土地。他盼着有那么一天，王虎成了大人物，做大哥的就用不着冒着严寒酷暑去地里转悠了。他盼着有一天他只要说"我是王虎的哥哥"这句话就能管用。似乎从某个时候开始，人们就称他为"王地主"了，而现在这已经成了他的名字；到目前为止，这还算得上是个光彩的名字。

王大在父亲王龙活着时一贯问父亲要钱，随心所欲，钱总够他花的，因此他向来是不劳而获，现在他感到难受了。分家后他更辛苦，即便他干着这种他适应不了的活，钱还是不够花，而他的老婆、儿子们又从不理会他付出了多少辛劳。

他的儿子们穿着极考究，冬天要穿裘皮，春秋天要穿镶着细巧皮边的袍子，衣服若裁剪得不时髦、不合身，那简直得别扭死，他们最怕的就是被与他们为伍的那班纨绔子弟嘲笑。有大儿子做榜样，老四如今也跟着学,才十三岁就挑剔衣服的裁剪,手上戴着戒指,头上也涂着香水和头油,有一个丫头专门服侍他,出门有男仆跟着。因为他是他妈妈的宝贝,怕让鬼捉了去,所以他一只耳朵上戴了只金耳环,以便使鬼神以为他是女孩,不值钱的。

王大无法使他太太相信他们的收入比以前少了,太太问他要钱,他要是说"我没有那么多,只能给你五十两",她就会大叫:"我给庙里许了愿,给一尊佛修个身,我要是给不出钱就太没脸了。你有钱,我知道你喝酒、赌钱、玩女人,花钱像流水,我知道你有。这家子就我信佛敬神,说不定哪天还得我求神超度你出地狱,我要是没钱,到时候你会后悔的!"

王大得设法去弄钱,他厌恶那些没有胡子、不可思议的和尚,他不信任他们,他听说过他们干的那些罪恶勾当。可他的钱得送到这些人手里,他心里着实气恼。他不敢断定他们懂不懂法术,所以尽管他装出不信神的样子,说这是女人们的事,但又猜想他们可能确实有点法力,这是他本身的一个矛盾。

他的太太可一门心思信神,和寺庙关系密切,她那么虔诚,花费许多时间去拜谒,她最得意的事就是从庙前走过,像个阔太太一样依着使女,跨进庙时,庙里的和尚甚至大方丈都会迎出来朝她行礼,竭尽拍马、吹捧、谄媚之能事,赞她为神佛的得意弟子在凡间修行,功德不浅。

他们这样说,她就笑了,垂下眼睛拜着。往往在她还晕头转向时就又许下了这样那样的愿,许的数目往往比她情愿付的多。可和尚们会甜言蜜语,到处挂她的名字,给别的信徒做榜样。有座庙甚至给她做了个木牌，涂成朱红色，上有烫金的字，赞美她的虔诚，称誉她为佛的忠实信徒。木牌挂在该庙的一个小殿里供人们观看。这以后，她的神态更得意，对佛也更笃信不疑了。她起坐沉静，双手合十，手里总举着念珠，口中念念有词。别人闲谈或嚼舌时，她则念经。从此，她对丈夫也就更苛刻，因为她需要足够的钱来维系她的美名。

王大的小老婆见太太有什么也要什么，当然她不是为了拜佛。别看她不停地讨好、取悦太太，可她也要她那份银子。王大纳闷她要钱做什么，她不穿花哨的绸缎，不买珠宝首饰，可她的钱花得很快。王大不能抱怨，否则她就会到太太那儿去哭，太太就会数落他，既然讨了这么个小老婆就得供养她。这两个女人倒是以她们特有的方式平安相处，需要什么东西时还能共同对付他。

一天，王大终于发现了秘密，他看见小老婆溜出了旁门，从怀里掏出了什么给了站在那儿的一个人。王大偷偷一看，那正是她的老爹。这下王大深感痛苦，他自语道：

"我还养着这个老浑蛋和他的一家子！"

他走回房中，坐下叹气，难过了好一会儿。但难过并没有什么用，他拿不出任何办法。她是向他要钱给了自己的父亲，而不是买吃的、穿的及一般女人钟爱的东西，她有这个权利，可她得先想着夫家呀。王大想想也与她计较不得，只好作罢。

他自己心里备受熬煎，他控制不住自己的欲望。说真的，快五十岁的人了，他从来没有在女人身上少花钱。他有这个弱点，让她们笑话他小气他可受不了。除了这两个女人，他在该城的另一处

第十五章 · 197 ·

还有个公认的外室，那是个歌女。她漂亮，缠住人不放。虽然他跟她很快就断了，但她死死缠住他，声言要自尽，并说世界上她最爱的就是他。她趴在他身上哭，手指掐着他脖子，钩住他，他简直不知该拿她怎么办。

她母亲也跟她在一起，一个可恶的母夜叉。她有时也会尖叫："你怎么能把我女儿甩了呢？她把一切都给了你！她以后靠什么生活？在剧场唱了这么多年，后来跟了你，嗓子都完了，位子也让别人占了。你要是抛弃了她，我得跟你干，告到官府去！"

这一招儿可吓坏了王大，他怕人笑话他，怕这女人的下流话让人听见，还告到官府去，于是赶忙把钱尽数摸出。母女俩见他怕了，就算计好，利用各种机会哭闹，他就马上给钱。奇怪的是，有了这么多麻烦，这位臃肿虚胖的老爷仍不能克制自己。在酒宴上，他见了唱小曲儿的姑娘依然忍不住要捧一捧，但等回了家第二天清醒后又叹自己蠢，咒骂自己可鄙。

近来仔细想想他的颓丧、消沉，他有点不寒而栗，对自己的萎靡不振感到害怕。他饭不思、食不进，一点胃口也没有，担心自己很快就会死掉。他务必得摆脱一些烦恼，因此他决心卖掉大部分土地，靠卖地的钱过活。他暗自思忖，他的钱他花，儿子们将来没钱自己想办法。他突然觉得为下辈人而克扣自己可太没名堂了。于是他起身去找老二说：

"我不该过着地主的生活，我是城里人，是逍遥自在的。我年纪越来越大，也越来越胖，不能在春种秋收时再往地里跑了，不定哪天我就中暑或受凉死在外头。我也不惯跟那些庄稼人来往，他们骗我、占我的便宜。我来求你替我卖掉一半地,给我现钱,用不着的钱替我放出去,我不想再拴在田里了。另一半地我留给儿子,他们现在都不肯帮帮手,我每次叫大小子替我去地里看看,他总说跟朋友约好了,再不就是他头痛。照这么干下去我们得挨饿了,佃农们才真发了。"

王二看了看哥哥,从心底里看不起他,他缓缓地说道:

"我是你兄弟,帮你卖地不要佣金,反正给你卖个最好的价儿。可你得给每块地定个起码的价钱。"

王大恨不能立时把地出手,赶紧说:

"你是我兄弟,你觉着价钱合适就卖,我还信不过你吗?"

卸掉了一半包袱,他满心轻松地去了,他可以自由自在一阵子,只等钱到手了。他没跟太太讲,她会大闹的,说他把地白给了别人,要卖他可以自己去卖,卖给常跟他一起吃饭、有交情的那些人。王大不愿这么干,别看他自吹自擂,可他内心里更信任弟弟的智谋。现在他情绪又高了,吃饭也香了,生活又有乐趣了。想到别人的烦恼比他的还多,他又沾沾自喜了。

王二得意非凡,这下他把这些都弄到手了。他准备自己买哥哥最好的地,他会给个公道的价钱,他不是那种坑人的人。他告诉哥哥,他买了一点他的好地,为的是这些地不落到外姓人手里。王大是不会知道他买了多少的,王二趁他醉时让他签字画押,他根本看不清纸上都有谁的名字,醉中只觉得他兄弟是完全可信赖的。要是知道这么多地都到了弟弟手里,他会不高兴的。王二把那些薄地卖给了佃户们或愿意买的人,他确实卖出了许多地。王龙活着时的确明智，买了许多好地。王二买进了他哥哥继承的最好的那部分地产，这样他就把父亲最好的地弄到了手。他往后可以卖自己的粮食，积攒更多的金银，因此他在那个城镇和地区越来越有势了，人们都称他为"王掌柜"。

但是除了他自己，没有人知道这么个瘦小男人这么有钱，因为他照旧粗茶淡饭，也不像多数富人那样为了显富而讨小老婆。他还穿着一贯穿的那种旧款式的深灰色绸袍。家里不添置新家具，院子里也不种花，不养那些没用的东西，以前有的现在也死了。他老婆是个会过日子的女人，养了一大群鸡，任它们跑出跑进捡孩子们掉的饭粒，这些鸡在院里乱跑，啄光了所有的草和绿叶，所以院子里光秃秃的，只有几棵老松树，土都板结了。

王掌柜不让儿子们乱花钱，也不准他们养尊处优，他给每个儿子都盘算好了，供他们念几年书，学学认字、写字、学会打算盘。他不让他们念太多书，成为书呆子，因为念书的人干不来活。他送他们去当学徒，完后跟他做生意。他把"麻子"送到弟弟那儿去了，叫下一个儿子管理地亩，其他的一到十二岁就学徒。

梨花带着两个孩子住在土屋里，日复一日，没有更多的要求。她再也不埋怨卖地的事，她不见王大来，但见到王二在秋收时前来估产或来察看庄稼长势及出苗情况。她也听说，尽管王二是城里人，可是做地主比他哥哥还刻薄。他在庄稼还青时就对产量胸有成竹，误差不过十斤。若佃户过秤时偷偷用脚踩，或者在稻子和麦子里掺水把它们泡发了，他总能看出来，眼睛可尖着呢。他做了多年的粮食生意，熟知庄稼人怎么欺骗商人和城里人，他们天生就是对头。梨花问别人他发现有人耍了花招后生不生气，他们都勉强承认他从来不发火。他沉得住气且毫不留情，比其他人聪明多了，在村里他有个绰号叫"常有理"。

这个名字有讽刺味儿，又饱含着仇恨。村里人都从心底里恨王掌柜。他本人可满不在乎，听他们这么叫他甚至感到高兴。一天，一位农妇这么叫着、骂着，因为她趁他转身时往要称的粮食筐里放了块石头，被他看见了。

农妇常骂他，女人的唇枪舌剑比男人厉害。男人要是耍花招被发现了就会害臊或难堪，可女人会骂，还朝他喊：

"你在吸我们的血，忘了你爹妈怎么在地里受苦了？他们跟我们一样，也挨过饿。"

人们被激怒时，王大会害怕，他明白富人怕穷人，穷人看起来卑贱、本分，但在对付所恨的人时，他们却毫不畏惧。王掌柜什么也不怕，什么也不在乎。一天，梨花看见他路过就把他叫住，她走出来说：

"少爷，您对人要是不那么狠，我就高兴了。他们穷，干活很苦，像孩子一样不懂事。听他们咒骂老爷的儿子，我心里不舒坦。"

王掌柜听了，一笑了之，谁说什么、做什么都不能影响他，他得了益处就行。他有财富，什么也不怕，有钱就气粗、腰杆子硬。

第十六章

那年的冬天是漫长的，北风劲吹，雪花飘飘，王虎只好待在县里，百无聊赖，单等着春天来临。他稳坐大营，县长得征税养活他这八千士兵，为他又加了一种地产税，叫地方军保安税，可这地方军实际上是王虎的私人部队。他训诫他们，时机到时得为他扩大势力。每个庄稼人都为他纳税，强盗逃了，匪巢被烧了，他们不用再怕"豹子"了，百姓都夸赞王虎，甘愿供养他们，可他们自己不清楚自己的负担有多重。

王虎还令县长为他征了其他税，商品税和贸易税是征店铺和商人的，那个地区又是个南北交通要道，因而也向过往旅客征税，这些钱都秘密地、源源不断地进了王虎的金库。他很精明，知道雁过拔毛这种事，因此不让太多的人经手。他派心腹去监督税收，他们遵嘱，在执行中言辞十分和善。不论谁多拿了钱，他们都有权处置，他们中若有人背叛，王虎则必亲自惩罚。他稳坐军中，冷酷无情，人人都怕他。他们也知道他公正，不会无故杀人或以杀人取乐。

如此坐等冬天过去，王虎深感焦躁。尽管他一帆风顺，但这种庭院生活不适合他。他没有朋友，也不想和人过于亲密，人们怕他，他的地位就更巩固。他生性不好饮宴交友，他独处一室，身边只有麻脸侄子，一旦他需要什么，总有人侍奉。亲信"豁嘴"也不离他左右，是他的贴身警卫。

县太爷已年迈，且嗜鸦片，终日无精打采。他周围的人结帮成伙，互相猜忌。衙门中充斥着下人们及其亲属，都想在这儿吃白食。人们互相争斗，不停地吵嘴，攻击对方。老县太爷对这类事都不闻不问，自顾自吸鸦片，他不可能事事摆平。他与老妻单独住在里院，能不出来就不出来。他仍固守岗位，每逢接待日，他黎明即起身，穿上官服来到大堂，登上座椅，坐下来开始审案子。

他竭尽薄力，是个好心肠，自认为赏罚分明。他哪里知道到他这儿来告状的人道道关口都得付钱，那些没钱的根本不可能来告状。站在他旁边的大小官吏都分钱，而他事事得靠这些人。他又老又糊涂，根本抓不住要领，自己又羞于启齿。在审案过程中，他甚至会打瞌睡，听不见别人在说什么，又不敢问，怕人家说他无能。他得求助于左右那些小官儿，他们总是恭维他。他们若说"啊，这人太坏，那人该那样做"，老县长就会立即表示赞同，说："我就是这么想的——我就是这么想的。"他们若喊道"这种人应该好好打一顿，太无法无天了"，老县太爷就会颤声道："对，对，打他！"

在这段无聊的日子里，王虎常去衙门大堂旁观、旁听，以消磨时间。他总是坐在一边，他的心腹和麻脸侄子站在他周围护卫他。他亲自耳闻目睹了这些不公平的审判，开始他还自嘱不用去留意这些事。他是军阀，民事与他无涉，他要把精力用在士兵身上，让他们不受这种散漫无聊的生活的影响。有时他在大堂上看着有气，就出去跟士兵发火，逼他们去操练、演习，也不管天气如何恶劣，这样他才能消点气。

第十六章 · 203 ·

但他毕竟是个血性男儿，见到不公平的事一桩接一桩就按捺不住了，摆布县长的那些官儿使他怒火中烧，特别是为首的那个。他知道跟那个老废物县长说也没用。他常去听审案子，不公平的事见多了就憋不住，于是他会起身走开。他曾经多次自言自语道：

"春天若再不来，我就叫逆我者亡。"

那些官僚也不喜欢他，他每年征的税太多。他们嘲笑他是个粗人，不如他们有修养、有学问。

一天，王虎的怒气不可遏制地爆发了出来，连他自己也没预料到，因为起因不过是一件小事。有时小风、片云也是能引来狂风暴雨的。

那是年前的一天，人们都去讨债了，凡欠债的人尽可能躲到大年初一，没人会在初一讨债的。老县太爷那天也是年底最后一次升堂。那天王虎简直坐立不安，太乏味了。他不想去寻欢作乐，主要是不愿让部下看见，使他们更加肆无忌惮。他也不能多看书，小说和故事讲的都是幻想或爱情之类的玩意儿，它们会消磨一个人的意志，哲理方面的书对于他又太深奥。既睡不着，他就与卫兵来到大堂上坐了一会儿，看着有谁来告状。实际上他一心只等春天降临。近十天来湿冷，阴雨连绵，士兵们都不愿出门。

他坐着，只觉得生活枯燥索然，他的生死无人关心。他皱着眉懒散地坐在那儿。这时只见以前来过的他认识的一个阔佬进来了，这个人是该城放高利贷的，生得脸面滋润、胖胖的，两手又小又光滑。他边说话边指手画脚，不停地捋着袖子。王虎盯着他的两只手看，它们那么小，那么柔软，肉乎乎的，手指很尖，留着长指甲。

他目不转睛地看着，连人家说了些什么也没听见。

这次，这位大债主是和一个穷农民一起来的，那个农民吓得要命，不知如何是好。他跪在县太爷面前，脸贴着地，一言不发，怪可怜见的。那个放印子钱的人申诉说，他借给这个农民一笔钱，以土地为抵押。两年过去了，那笔钱加利息已经抵过这块地了。

他捋着绸衣袖，挥着那双细嫩的手，嗓音里带着责骂的声调。他恭维着老爷："事情就是这样，圣明的老爷，他不让出那块地！"说着他用那双小眼气愤地瞄着那个可恶的农民。

那个农民沉默不语，仍跪在那儿，脸朝下抱着双手。县太爷问道：

"你为什么要借钱又为何不还呢？"

农民略抬了下头，眼望着县太爷的脚凳，急忙答道：

"老爷，我是个普通穷百姓，不知道该怎么在您面前说话，尊敬的老爷。我从没跟比村长更大的官儿说过话，不懂规矩，我这么穷也没人替我说。"

县太爷和蔼地说道：

"不用怕，讲下去。"

农民张了几次口才开始讲，始终没抬眼睛，浑身抖着。他身穿打了补丁的破棉袄，棉花都露了出来，光脚穿着草鞋，鞋掉了，脚趾就踩在潮湿的砖地上。他似乎对这些都没感觉，轻声说着：

"老爷，我有一小块祖宗传下来的地，是块薄地，养不活我们的。我爹娘死得早，剩下我和我老婆。要是我们自己挨饿也倒罢了，可她生了个儿子，过了些年又生了个丫头。他们小时候还凑合，长大了，我们给儿子娶了媳妇，又添了孙子。本来那块地养活我和老伴儿都不够，可现在有这么多人。闺女还小，不到出嫁的年纪，我们总得养着她。两年前我把她许给了邻村的一个老头儿，他老婆死了，要找个续弦管家。我得给闺女做件嫁衣，老爷，我没钱，就借了点，只有十两银子。这在别人眼里不算什么，可对我是个大数。我问这位债主借的，一年不到十两就滚成了二十两，两年就成了四十两。老爷，钱怎么能生得那么快？我只有那块地，他叫我滚，可我到哪儿去呢？只好叫他来赶我吧，没别的办法了。"

说完，他又闭口不言了。王虎盯着他瞧。奇怪的是他始终看着那人的双脚。那个农民的脸十分憔悴，毫无血色，一望而知他生活困苦，从不得温饱。一双脚更显眼，脚趾骨节突出，脚底则像干牛皮一样。看着看着，王虎心中感到异样，他要看老县长怎么发话。

这位放高利贷的是该城的知名人士，常和县太爷同桌共餐，在衙门里吃得开。每次打官司都上下打点，他经常打官司。县太爷虽被农民的一席话打动了，但仍犹豫着，最后他还是求助于他的首席参谋。这人与他年纪差不多，但身体健壮，腰板挺直，尽管三绺稀稀拉拉的胡子已经白了，但依然脸面光滑、相貌堂堂。县太爷问他：

"兄弟，你看怎么样？"

他捋了一下胡子，心里掂量着他收的贿赂，貌似公允地说：

"不能否认这庄户人确实借了钱，而且没还。借钱要付利息，这是天经地义的。庄户人靠种地吃饭，借贷人就靠利息过活。农民如果把地租出去而收不到地租，他也会抱怨，那合情合理。这位债主的问题也是一样，他也得收利。"

县太爷细心听着，不断点着头，他被说服了。那个农民突然抬起了眼，头一次惶恐地看看这个又看看那个。王虎没看见那张脸和那个眼神，只看见那双赤脚不安地叠在一起，他突然感到受不了了。他怒火上升，站了起来，使劲儿拍了下巴掌，咆哮道：

"这块地该判给那个穷人！"

堂上的人一听王虎这话，都转过头来看着他。他的卫兵也都站到他身边，端起了枪，人们往后退着，一时鸦雀无声。王虎倒不怒了，他忍不住指着那个高利贷者说着喊着，两道黑眉上下动着：

"我一次次地见这个肥蛆在这儿讲这种事，他上下都贿赂好了，我讨厌他，把他带走！"又冲卫兵们喊："用枪押下去！"

听到这话，人们都以为王虎疯了，大家一哄而散。跑得最快的是那个放债的，他跑到大门口，抱头鼠窜。他熟悉那些弯弯曲曲的小巷，他跑掉了，卫兵们找不到他。卫兵们跑着，你看看我，我看看你，喘会儿气，回来时街上仍一片混乱。

他们回到院子里，那儿真乱糟糟的。王虎一不做二不休，传他的兵来命令道：

"把人全赶出去——把那些死蛆和他们的家小全赶走！"

那伙兵巴不得这样，院中的人狼狈逃窜，不到一个钟头就一个人影儿都没了，只剩王虎和他的兵了。县太爷和太太、仆人在自己院子里，王虎不准当兵的进去。

这一切风卷残云般地过去后，王虎回到了自己房内，靠在桌旁喘着粗气，自己倒了杯茶慢慢喝着。方才他这样大发脾气，之前哪怕愤怒至此也很少有过。他知道他得顺势干下去，越想越觉做得对。

第十六章 · 207 ·

压抑了那么久,他现在感到心里很轻松。"豁嘴"偷偷进来看他需要什么,"麻子"拿来了一罐酒,他仍默默笑了笑,朝他们喊道:

"好啊!今天我总算是扫清了一个魔窟!"

人们听说了县衙门内的变故,许多人都拍手称快,他们深知县衙门的腐败。也有人提心吊胆,打算观察王虎下一步将如何行事。不少人在大门外嚷嚷,要开宴席、释放犯人,大家庆祝一番。

这次事件的最大受益者是那个农民,可他没来。虽然这次他躲过了,但他不相信以后会有什么好运。一听说那个债主逃跑了,他就颓丧地跑到地里,又跑回了家,爬到了自己床上。有人问他老婆孩子他去哪儿了,他们就说他走了,也不知他在哪儿。

王虎闻知人们的要求,想起监狱里有许多冤屈的犯人,且无指望获释。那些人大多是穷人,没有钱去活动。他指示随从去放了这些人,吩咐士兵大宴三天。他叫来了县衙门的厨子,大声说:

"做本地名菜,要辣椒和鱼下酒,能让我们痛饮就行。"

他还要了好酒、鞭炮、烟花,让大家高兴一番。人人都是喜气洋洋的。

王虎的亲信们去监狱传令前,他猛地想起那个女人还在狱里。冬天他多次想放她出来,可又不知拿她怎么办,只好嘱咐手下好生待她,不要上镣铐。现在他想到了她:

"我怎能放她走呢?"

他要给她自由,但不能让她远走高飞。他自己也惊奇自己竟这么关心她的去留。自己有这种心事也是他意料不到的。他感到为难,就把"豁嘴"叫到他的卧房，说：

"我们从强盗窝弄来的那个女人怎么办？"

"豁嘴"认真地答道："是啊，还有她呢。依我看，让我去告诉'屠夫'宰了她，还少流点血。"

王虎目光旁视，慢慢地说：

"她只不过是个女人。"停了一会儿又说："不论怎么说，我再见见她，然后决定怎么处置。"

"豁嘴"听后很失望，可他没说什么就走了。王虎命人立即带那个女人来，他在堂上等她。

他来到了大堂上，出于一种虚荣心，坐在县太爷的宝座上。他希望那个女人见到他坐在那把雕花椅上，高高在上。没人会有非议的，听说县太爷感冒了，至今还未起身呢。王虎端坐在那儿，样子傲慢，俨然一副英雄的面孔。

她由两个卫兵押了进来，身穿布衣和普通蓝裤，但仍遮不住她的风韵。她饮食良好，不再憔悴，变得丰满起来，但仍不失苗条。她岂止漂亮，简直是大胆而美丽。她自在、稳重地走了进来，站在王虎面前静静地等着。

他惊奇地看着她，没料到她的这种变化，于是他对卫兵说：

"她现在怎么这么安静了？以前多野啊！"

他们摇摇头，耸耸肩："我们也不知道，上次从长官那儿走时她就像见了鬼一样，极度衰弱，彻底垮了，打那儿以后她一直如此。"

"你们为什么不来告诉我？"王虎低声道，"不然我早就放了她了。"

卫兵们惊讶了,忙解释道:

"司令,我们哪知您对这事这么上心?我们还等着您的指示呢。"

王虎差一点脱口喊出来:"我当然惦记此事!"然而在即将开口的一刹那,他控制住了自己,他怎能当着他们和这个女人的面这么说呢?

"松绑!"他突然叫道。

他们赶紧给她解开绳子,看她的反应如何,王虎也等待着。她站在那儿纹丝不动,王虎冲她嚷着:

"你自由了,爱上哪儿就上哪儿!"

她答道:"我能去哪儿呢?我没家。"

说着她抬头看了看王虎,一派单纯的样子。

看到这种表情,王虎内心又翻涌起来,他的血液沸腾,穿着军服的身躯在微微颤抖。这次是他的眼睛垂下来了,她比他镇定。屋内的空气停滞了,人们不安地相互传递着眼神。王虎突然意识到士兵们还站在那儿,便朝他们吼道:

"走开,都到门外去!"

他们垂头丧气地出去了。他们看出了司令的意思,人不论高低贵贱都有那么一宗事。他们守候在门外。

堂上只剩下他们两人,王虎向前靠了靠,生硬地说:

"你自由了,挑个地方,我派人送你去。"

她大胆爽快,眼睛直视着他:"我选好了,做你的奴仆。"

第十七章

假如王虎是个普通的粗人,不知礼仪、法纪,他或许会要了这个女人。这个女人没有爹,没有兄弟,也没有其他什么男人来为她出头。他本来是可以对她为所欲为的,但是年轻时候心灵上受到的创伤使他变得瞻前顾后,他想,若能克制七情六欲,熬到可以娶她为妻时再享同衾共枕之福,那么乐趣更浓。再说,他虽然情欲难熬,度日如年,但是他之所以想要娶她为妻,一种更强烈的愿望是要她生儿子,生一个他的儿子、他的长子,而且唯有明媒正娶的妻子才能为男人生个正宗的儿子。是的,他对她所渴求的、令他内心狂喜的有一半是为了这个。他健康强壮、精力充沛,她狐媚丽质、无畏无惧,两者结合生男育女,后代该是何等完美。王虎一想到这里,似乎他的儿子就已生在眼前了。

他急匆匆叫来他的亲信"豁嘴",吩咐他说:

"去告诉我两位兄长,我要取出那份留给我成家用的银子。现在我要派结婚用场了,我已经答应这个女人。告诉他们给我一千块大洋,我要送彩礼,办喜酒,自己还得做一件新礼服,讲讲排场。如果他们只给八百,你就立即拿着回来,别为另外的两百误了时间。请两位兄长也来喝喜酒,他们爱带什么人就带什么人来。"

"豁嘴"听了这番话,简直惊呆了,他的下巴可怕地颤抖着,结结巴巴地好不容易挤出几句话来：

"嗬……将爷，嗬……司令，和那个狐狸精！就玩她一天吧，玩一阵子，可不要娶她……"

"闭嘴，傻瓜！"王虎从椅子上跳起来，冲着他吼道，"难道我求你恩准不成？我要叫人把你当作普通犯人打一顿！"

"豁嘴"耷拉着脑袋不作声了，他眼泪汪汪的，拖着沉重的步子去为主子跑腿。他感觉到这个女人只会给他的主人带来灾祸。一路上他还忍不住一遍又一遍地咕哝着：

"哼，我见过这些狐狸精！司令怎么也不会相信我说的灾祸！这些狐狸精总是迷住最好的男人——总是这样的！"

冬天十分干燥，大道上尘土积得很厚，他的脚步扬起积尘，一边走一边咕哝着，有时眼泪不知不觉地顺着脸颊往下流。过路人看到他痴呆呆地只管闷头赶路，满腹心事、眼不旁顾的样子，都以为他是疯子，纷纷给他让路。

他到了王掌柜家，发现他不在，就径直来到他的粮店。王掌柜正坐在柜台后面一角的桌旁算账，他一见兄弟的这个心腹先是故作镇静，但一听他捎的口信，不觉大吃一惊。他抬起头，手中捏着笔，激动地说：

"钱都贷出去了，我一下子哪能凑齐这么大一笔银子？我兄弟应该在订婚时就通知我，也好给我一两年的时间准备。如此匆匆成婚，哪还成个体统！"

王虎很了解他的兄长是个死抱住钱不放手的人，因此在差他心腹走之前就吩咐过：

"如果我兄长想敷衍搪塞过去，你可要逼他一下。直截了当地告诉他，我要是拿不到这笔钱，就只得亲自跑一趟去取了。你回来后三天之内我会把这件事办成。你去不要超过五天，要快，说不上什么时候上头要派兵来打我。如果省里官府衙门知道了我所做的事，我就没法再掩人耳目了。他们肯定会派兵来打，一打起仗来根本没法举行婚宴。"

现在事情很清楚，王虎曾施行暴力，他必须在衙门受审，而且很可能判刑。但是另一个更明确的事实是，王虎对这个女人已到了迫不及待地想弄到手的地步。他知道，若是弄不到这个女人，他就谈不上是个勇士。因此他无所顾忌地行事，并且凶相毕露地驱使他的心腹速去速回。他在心腹临行前还曾嘱咐道：

"我知道，老二是做买卖的，他肯定会大叫大嚷，说他把钱放了贷，无法取出来。你别去听他那一套。你就跟他说，我手里仍握着剑呢，我这把剑就是杀'老豹子'时，从他那里夺来的，锋利得很啊！"

这种威胁之词无疑是最后一张王牌，王虎的心腹办事时心中自有打算，非到万不得已，他绝不搬出这张王牌。后来王掌柜似要从另一个方面来推托：这种漂泊江湖、可能还当过娼妓的女人，一个大户人家要娶进门做媳妇简直是耻辱。王虎的心腹还没敢讲出那个女人从强盗窝里跑出来的实情呢。他心里可是真想讲出实情来，真想阻止她嫁给他的主子，但他也十分清楚王虎的脾气：他要的东西，无论如何都要弄到手的。不得已，他最后还是搬出了那张王牌。

王掌柜无奈，只得四方奔波，讨回一些银子。他心里沮丧得很，

因为被迫突然将银子收回,白白损失了利钱。他垂头丧气地找到他大哥说:

"那笔给老三派结婚用场的钱,他现在要取了。要娶一个娼妇之类的女人做老婆,这种女人听都没听说过!老三可真像你啊。"

王大搔搔脑袋,一时想不出如何答对才好,最后他决定不伤和气,便说:

"真是怪事,我还以为他闯出了名堂后有需要时才会来求我们去为他操办订婚事宜的。咱爹死了,这种事本来应由他操心的。是呀,以前我也曾想到过选一两个丫头。"他心里想,要是让他选个丫头的话,他会比别人都选得好,他才了解女人呢,城里所有最好的未婚女子他都了解,至少可以打听到。

王掌柜心急火燎,可不像老大那般慢条斯理,他冷笑一声说:

"我知道你心里想到过一两户人家!我可不管这种事!要紧的是你怎么应付他要的一千大洋,我手头上可拿不出这么大一笔现钱!"

王大呆呆地望着老二,慢吞吞地坐下,双手放在肥厚的膝上,两眼直勾勾的,说起话来嗓子都沙哑了:

"我有多少钱你都清楚,从来没有现钱闲放着,要不然再卖块地吧。"

王掌柜沉吟片刻,新年前卖地不是合适时机。地里全种上小麦,他还指望多收些麦子。但回到店里拨一下算盘,权衡利弊,他发觉多卖一块地总要比抽回放高利贷的钱合算,所以决定将一块不肥不瘦的地卖掉。消息一传出,来买地的人不少。一块地卖了一千大洋零一点,但他只给了那个心腹九百,余下的自己留着,以防王虎再来要钱。

那个心腹头脑简单,他只记住主人嘱咐过他不要为争一两百块大洋而误了时间,所以九百块一到手,他就回去了。王掌柜立即将未要去的余款放了贷,能省下这点钱,不管怎样,多少是点安慰。

在这笔交易过程中只有一件不顺心的事。他卖的地是离土屋不远的一两块地,卖地时,梨花刚好从屋里出来,走到屋前的打谷场上。她看到一帮人聚在田头,就用手遮着阳光眺望了一会儿,马上明白是怎么回事了。她匆匆赶到王掌柜身旁,将他从人群里拉到一边,睁大了眼睛责备他说:

"你又卖地了?"

王掌柜没和她纠缠,他的麻烦事已经够多了,哪还有心思与她缠个不清。他直截了当地说:

"我兄弟要娶亲了,我手头又没有闲钱给他花,只得卖地了。"

梨花一听说这事,神态奇怪极了,她一声不响地退回土屋里。从那天起,她的生活圈子缩得更小了。平时除了照看两个孩子——她总是这么唤他们,她的时间都花在专心致志地听尼姑讲道上。现在她要求尼姑每天到她家讲道,即使是上午,她也欢迎她们来,然而,其他人都相信上午见尼姑是倒霉事,晌午前走在路上见尼姑经过,大多数人会向她们吐唾沫,因为那不是好兆头。

她发誓终身不食荤,这对她并非难事,因为她从不杀生。即使在炎热的夏夜,她也会关上格子窗,这样蛾子就不会飞进屋里扑火自焚,这也算是一种放生吧。她最大的夙愿是希望那个傻姑娘死在她前头,那样她就不需要动用王龙留给她的那包以备必要时用的毒药了。

她向尼姑学道，念经念到深夜，手腕上老戴着一串玫瑰色的香木小念珠，这就是她的全部生活。

打发走王虎差来的人后，王掌柜和王地主商量着是否要去参加老三的婚礼。他们一想到老三功就名成，有了一定的权势，当然很愿意去沾沾光，但是来人再三强调此事得急速办理，要抢在上头派兵讨伐之前成婚，因此这老大老二又有些害怕。他们不知道王虎的兵力究竟有多强，万一打了败仗，老三要被问罪受罚，而他们也许会受到株连，因为是兄弟关系嘛。王地主还特别想去看一下老三究竟弄了个什么样的女人，据来人所说，那个女人确实值得一看。他太太知道这件事后，冷冷地说：

"像我们听到的那种争斗可是不得了的事情，可不得了啊，要是他被上头判刑，那么我们全都要判。我常听人家说，一个人要是造了反，那是要满门抄斩，株连九族的呀。"

过去皇帝肃清乱臣贼子是用这种刑的。王地主在戏院书场里也曾看过这样的戏，听过这样的书。他以前很喜欢在戏院书场这种地方打发时间，现在虽然有身价了，不屑于那种低档的娱乐，也不敢随便挤身于那种地方的平民百姓中间，但若有过路说书人到茶馆里说书，他还是去听的。现在一想起那些故事，他的脸色便吓得发黄，他匆匆跑到王掌柜处，说：

"我们最好立个文书，说明我们的兄弟是个不孝之子，我们已把他逐出了家门。如果他打了败仗，被判了刑，我们和我们的儿子就不会受牵连。"他说这话时心中有点沾沾自喜，毕竟他自己的儿子当初没有跟王虎走。接着，他幸灾乐祸地对老二说："你儿子目前身处险境，我实在为他感到忧虑！"

王掌柜皮笑肉不笑，显得十分尴尬。沉思片刻后，他觉得，为谨慎起见，立个文书确实是良策。一纸文书即刻就写成了，文书上说明王老三即外号"老虎"的，如何一贯不孝，已与本家脱离关系。他先让老大签字，接着自己签，然后把文书拿到县衙门，纳了一笔钱，请县衙门秘密地盖上大印。王二拿回这张盖了官府大印的字据，小心翼翼地收藏起来，藏在没人能够发现的地方。

这样，兄弟俩才觉放心。一天早上，两人在茶馆相遇，王地主开口说：

"现在万无一失了，何不去痛痛快快地饱餐一顿？"

他们两人已到了不便轻松出远门的年龄，还没有来得及考虑停当，四处传闻已起。消息一传十，十传百，很快传遍了全县，说是有一个乡下暴发户原在南方一位将领手下当差，后来开小差跑了出来，既是逃兵，又干抢劫，夺了一个县城称王称霸，不可一世，省里的长官听到这个消息十分气愤，已派兵前去捉拿。这位长官也是听命于上方，若捉拿不了这个反贼，他自己也要受罚。

当谣言从路边客栈或茶楼小馆里传出时，少不了有些人津津乐道，将事情一五一十地搬给王氏兄弟听。他们俩很快放弃了原先的打算，有好一阵子闭门不出，免得招惹是非。他们心中暗自庆幸，亏得以前尚未吹嘘过自己的兄弟如何显赫。那张县衙盖印的字据对他们也算是个安慰。如果有人当着他们的面说起老三，王地主就会

第十七章 · 217 ·

大声道：

"他一直在外面野，早与老家脱离关系了！"

而王掌柜却会噘起两片薄嘴唇说：

"随他去干什么，反正与我们无关，他与我们哪里还有什么手足之情？"

谣言传到王虎那里时，他正在大办婚宴。他已下令全营上下大宴三天，杀猪宰牛、捕鸡捉鸭，凡用于婚宴的，一概由他付钱。虽然他在这个地方有权有势，完全可以白吃白拿，无人胆敢违抗，但是他不愿仗势欺人，因而声明一切由他自掏腰包。

这种仁义之心感动了百姓，人们交口称颂道：

"军阀向来都是十恶不赦的，如今这个军阀却是好人。他有权有势，强盗不敢来，除了收税，他自己不抢百姓，天底下没有比他再好的了。"

但是百姓尚不敢太公开地拥护他，因为他们也听到了谣言。他们还要等一阵子看看动静，因为他到底能否打赢还不知道。如果他败了，那么效忠于他的人也要倒霉。所以，要等他打赢了那一仗，百姓才敢出面拥护他。

尽管一下子有那么多的人大吃大喝，备齐这样的宴席对百姓而言是个沉重的负担，但他们对王虎还是要什么就给什么。王虎办酒席的规格很高，他和新娘、几个亲信和伴娘那一桌规格就更高了。那些伴娘约有半数是左邻右舍，有一个是狱吏的老婆，还有几个是安分守己的人家的女人，这些人不管谁来统治，有奶便是娘，谁给吃饭就效忠于谁。王虎需要一些女人照看他的新娘子,他对她可是当心得很,在洞房花烛夜之前的几天内,他特别克制自己,不去亲近她。虽然夜里欲火烧身,难以入眠,但是一种更强烈的感情是他希望她生正宗的儿子,这种感情逼迫他克制欲念,而且他认为,在这方面处事谨慎便是对未来的儿子尽责。

的确,她和梨花不一样。他脑海中最初的女人形象是温柔、脸色苍白的女子,他一直认为自己最喜欢那种类型的女人。然而现在,他的想法开始有点乱了,不再执着于那种类型。于是他要了她,并要她永远守着自己,为自己生儿子。

那几天没人去打扰他,他的几个心腹知道,他已完全沉醉于情欲之中了。他们私下商量着如何赶紧办完婚事,因为谣言也早已传入他们的耳朵,他们想趁早办完这事,让司令了却一件心事,以便一旦情况紧急就可带领大家干一阵。

出乎王虎的意料,婚宴已快速备妥。狱吏的老婆陪伴着新娘,四方院门敞开,大宴宾客,谁愿意看热闹、喝喜酒,一概欢迎。但是,城里人来得很少,女人更少,因为大多数人害怕。只有那些无家无业的游民无所畏惧,纷纷前来,反正任何人都可以参加婚宴,他们既可放开肚皮大吃,又可看看新娘的打扮,饱饱眼福。王虎也派人去请县老太爷赴宴,但是这位县老太爷派人回话说,他很抱歉不能前来赴宴,因为他拉肚子拉得起不了床。

结婚那天,王虎似在梦中一般,几乎不知自己在干什么,只感觉到时间过得很慢。他简直不知道自己该做什么才好,似乎每呼吸一口气都有一个小时那么长,太阳好像老是升不起来,好不容易盼到了中午,太阳又似乎停住不动了。他不像别人那样在婚礼上兴高采烈,他怎么也高兴不起来。他闷闷不乐地坐着,没有人拿他开玩笑。一整天他都感到格外口渴,他喝了很多酒,对饭菜却不置一筷,仿佛他已经吃了一顿饱饭,肚子丝毫不饿。

来喝喜酒的男人、女人和一群群衣衫褴褛的穷人吃着、喝着,街上跑来的饿狗啃着人们扔在地上的骨头,一时竟然有几十条狗在庭院里窜来窜去。王虎默默地坐在自己房内,麻木地似笑非笑,像在做梦,好不容易熬过了一天,到了晚上。

伴娘们为新娘子铺好床,王虎走进她的房里。这个女人是他有生以来接近的第一个女人。真是怪事,闻所未闻的怪事,一个三十多岁的男人,十八岁就跑出老家当了兵,在江湖上混了那么多年,却从来没有接近过女人,他的心可真是封得严严实实的。

此刻,被禁锢的欲念如开了闸的流水,任何力量都无法把它重新堵住。这个女人坐在床上,他两眼盯着她,喘着粗气。她听到了喘气声,抬起头,两眼也盯住他不放。

他走到她跟前,她坐在新婚的床上,默默无言,但毫不掩饰地流露出满腔的热情,在那一刻,他强烈地爱着她,由于他从来没有接近过其他女人,床上的这个女人对他来说是完美无瑕的。

半夜里,他将身体转向她,用粗哑的嗓子低声说道:
"我还不知道你是谁呢。"

她平静地答道:"那有啥关系?反正我是你的嘛,以后会告诉你的。"

他不再说什么了,此时此刻他感到满足,他们俩都不是普普通通的人，他们的生活也不是普通人可以比拟的。

第二天一大早，王虎的那些心腹没有让他多睡一会儿，他们在新房门口等着他出来。他走出房门，神情安详，容光焕发。"豁嘴"躬身上前说：

"老爷，昨天是您大喜的日子，我们没敢禀告，北面传来谣言说，省都督知道您夺了城，他们要派兵来打了。"

这回轮到"老鹰"说话了："我听一个打那条路上来的穷讨饭的说，他亲眼看到万把人朝我们开来了。"

接着"屠夫"也急急忙忙把他所听到的说上几句，他嘴唇厚，说话又结巴：

"我——我也听到了——我去城里想看看城里人是怎么杀猪的，那杀猪的告诉我的。"

然而，王虎听了这些话却依然从容不迫，轻松自若。这是他从军以来第一次对打仗如此冷漠。他微微一笑，轻描淡写地说道：

"有我手下的人怕什么，让他们来吧。"他在靠窗的一张桌子旁坐下，在吃早点之前先喝了点茶。那是大白天，他脑子里却突然生出一个念头，每天大白天完了不就是夜晚吗？他似乎现在才明白，他以前度过的那么多夜晚都毫无意义，只是白白浪费了大好时光，唯有昨天那一夜才过得有意思。

但是有一个人听进了心腹们讲的话，她站在帘内，透过缝隙看到那些人一副垂头丧气的样子，而他们的头领却只顾自得其乐。王虎起身出去，走到用早点的房间，这时她把"豁嘴"叫住，明确地吩咐：

第十七章 · 221 ·

"把你们听说的全都告诉我。"

他很不愿意将那种与女人无关的事报告给她听,于是他支支吾吾,装作无可奉告。这时,她摆出一副太太的架势厉声喝道:

"别跟我来这一套,老娘五年来见惯了腥风血雨,打仗进进退退的也见得多了!快讲!"

"豁嘴"感到局促不安,不知所措,这个女人的一双眼睛竟然大胆地盯着他的眼睛,而不像一般妇道人家那样眼光朝下,特别是她才结婚,理应懂点羞耻。现在倒过来了,她倒像个男人似的让他禀告一切。于是"豁嘴"只得把他们怕些什么、处境危险到什么程度等一一告诉了她。他说,上面派来的兵在人数上大大超过了他们,而且不知道王虎手下的大部分人在打仗时是否一定会效忠他。她听了之后,便叫他快去请王虎来见她。

他来了,好像并非应召而来,而是摆出一副嬉皮笑脸的样子,以前可从来没有人看到他这样过。她坐在床沿,他也挨着她坐下,拉起她的袖口,用手指抚弄着。他有点局促不安,垂下双眼,呆呆地笑着。相反,她却显得泰然自若。

她用她那清脆但又多少有点刺耳的嗓音连珠炮似的说道:

"打起仗来我可不会碍你手脚,我不是那种女人。他们说有一支军队来讨伐你了。"

"谁说的?"他问,"三天之内我不想管什么事,我给自己放假三天。"

"要是这三天中他们逼近了呢?"

"一支军队三天内行不了六七百里的。"

"你知道他们什么时候启程吗？"

"这件事不可能这么快就传到省城的呀。"

"完全有可能！"她说话极快。

事情也真怪，两个人，一个男人，一个女人，竟然可以坐在一起谈着与爱情毫无关系的事情，没有绵绵的情话，可是王虎对她的亲热劲儿就同在夜里一样。一个女人能够如此对答，实在使他惊奇，因为他以前从来没有和别的女人这样谈过话，他通常把女人都看成漂亮面孔笨肚肠。他害怕与女人交谈，原因是他吃不准女人究竟懂些什么，也不知道要对她们说些什么。即便是对一个卖笑卖身的女人，他也做不到像其他普通士兵那样，一看到女人就冲上去。他对女人的冷漠态度，有一半原因是他害怕不得不和女人说话。但是现在，他和这个女人偎依着坐在这里交谈，竟然如此容易，就好像她是个男人。他听着她继续说下去：

"你的兵力比省里派来的兵力弱，一个善战的人发现敌强我弱时，就必须使用谋略。"

听到这里，王虎暗暗发笑，粗声粗气地说：

"我当然知道，要不你也到不了我手中。"

听他这么说，她的眼光突然垂下，仿佛要掩饰什么事情。她咬了咬下嘴唇，回答说：

"最简单的办法是杀人，不过首先得抓住才杀得成。这种简单的办法现在谈不上。"

王虎面露骄色："我的人马对付官兵，至少一顶三。今年这个冬天我一直在操练他们，拳术、腿功、刀剑格杀水平都有提高，再加上实战演习,他们没有一个怕死的。再说,大家也都知道官兵是些什么料,这些人总是看谁强就倒向谁,毫无疑问,这个省官兵的饷银并不会比其他地方的官兵多。"

她一下子把袖子从王虎的手中抽出,不耐烦地说:

"你还是没有个计划!听着——我临时想到个计划。那个县太爷老头儿,你们派了人在他衙门站岗的,把他扣作人质就行了。"

她说得那么认真,那么一本正经,王虎不由自主地听她说,但他自己也感到奇怪,他难得与别人商量事情,总认为自己应付事情的能力绰绰有余,可这会儿他却乖乖地听她往下说着:

"先把你的人马集合起来,然后把县太爷带来,教他一番编好的话,逼着他去见省里带兵来的将军,我们派两个心腹跟在他左右,听他究竟怎么说我们,要是他不按我们的话说,就让左右给他一刀,那也就是开仗的信号。可是我相信,这老头儿胆小如鼠,肯定会照我们让他讲的话去说的。让他说这里凡事都得由他点头同意,他不同意的事谁也不会去做。所谓造反的谣言其实是指他原来的将军造了反,要不是你给他解了围,他的县府大印早就落到他人手里了,说不定他那条老命也早就丢了。"

王虎一听,觉得这条计策似乎是上策。她在讲这条计策时,他听得眼珠子转都不转一下,直勾勾地盯着她的脸看。他看到了展现在他面前的全盘计划。王虎站起身来,默默地笑着,心想:她到底是干哪一行的?他走出房间,按她所说的行动起来,她紧跟在他身后。王虎命令一名心腹去把县太爷带到议事大厅来,这个女人别出心裁地提议他和她一起到大堂内坐下,把县太爷带到他们俩面前。王虎也表赞同，因为他们俩必须好好地吓唬一下这个老家伙。于是他们俩踏上厅台，王虎坐一张雕花椅，这个女人坐了他旁边的一张椅子。

不一会儿，县老太爷被两名士兵带上来了，他跌跌撞撞，瑟瑟发抖，身上一件长袍胡乱地披着，他半睁着眼茫然地向大厅四面看看，发现一个他认识的人都没有。那些原来在他手下当差的，见到他进来，早就寻找各种借口躲开了。厅里只有沿大厅的墙列队的士兵，他们都背着枪，听命于王虎。然后他抬头往台上看去，嘴唇发紫，抖个不停，嘴也合不拢，只见王虎眉毛倒竖，一脸凶相，杀气腾腾地坐着，身边还有一个陌生女人——一个他从来没有见过也没有听人家说起过的女人，他无法想象这个女人是从哪里钻出来的。他站在台下战战兢兢，心想这回必死无疑了。他素来不愿惹是生非，一生研读"四书五经"，想不到会落得如此结局。

只听得王虎厉声吆喝，一点也不讲礼仪：

"你现在被捏在我的手掌心里，必须听从我的命令，否则就别想活命。明天我带手下去迎战，你和我们一起去。开仗前，我会让我的两个手下陪你去见省里那个带兵的。你对他说，你已经请我当了你县里的总兵，是我打败了你衙门里的叛贼，把你救了出来，是你请我，我才留在此地的。无论你说什么，我的两个手下人都会听到，只要你说错一句，我就要你的命。但若你按照我的话说得好，你就可以回来，再回到台上做你的官。我会照顾你的面子，不让外人知道谁在这衙门里掌大权。老实告诉你，七品小县官这个位置根本不在我眼里，我也不会找别人顶你的位置，只要你照我的命令行事，保证你没事。"

这个手无缚鸡之力的老头儿，除了唯唯诺诺，还能说什么呢？他呻吟般地答道：

"我是在你的刀尖上，跑也跑不了，就照你说的那么做吧。我老了，膝下无子，只能得过且过。"

他转身走开了。他的腿发软，因此他拖着步子，呻吟着回到了自己的家。他的老夫人是个从不出门一步的女人，他们也确实没有儿子，因为她生的两个孩子都在尚不会说话时就夭折了。

现在一切是否会照着王虎的策划顺利进行，谁也说不上来。倒是他的命运又一次帮了他。冬去春来，大地上柳树重新吐绿，桃花再度争妍。农夫们脱去了冬装，又开始光着背脊在田里干活了，轻轻的春风、暖暖的阳光抚摸着农夫光背脊上一块块隆起的肌肉，他们感到乐陶陶的。大地从漫长的冬天里醒过来了，军阀们也醒过来了；大地生机勃勃，军阀们却充满了对战争的欲望。他们争斗成性，旧的矛盾才得缓和，新的矛盾又激化了。每个握有兵权的人都野心勃勃地想去争夺地盘，扩展势力范围。

那时，国家大权被一个软弱无能、优柔寡断的人把持着，许多军阀早就垂涎三尺，他们各自心里都在盘算着，现在该是夺取国家权力的最佳时机。各地军阀中有许多是势不两立的，但也有一些军阀联合在一起共议大事。他们商议如何夺取国家大权，如何除掉那个无能无知、听命于他人的傀儡，以及如何由自己立个新傀儡在那里替他们办事。

在这些军阀中，王虎只是个势力很小的无名小辈。有人会在聚会或宴席上的交谈中提起王虎：

"你们听说过那个连长吗？他从他的上司那里分裂出来，现在自己占了块地盘。据说他非常勇猛，名叫老虎，他的脸上有两道粗粗的浓眉，脾气也凶暴得像只老虎。"

如此，王虎所在的那个省的大军阀也就知道了他，他已听说王虎如何驱除了"老豹"，对此他很赞同。他是全国的大军阀之一，心里早就产生了除掉上面那个无能的傀儡的念头。他想，即使他自己坐不上那把交椅，至少也得立一个他的人坐那把交椅，那样的话，国家的财政收入就会落进他的腰包了。

因此，这个春天隐伏着动荡不安，各路人马野心勃勃，蠢蠢欲动。这个省的大军阀下令在城门上、墙上以及各处有人走过的地方都贴上布告。布告上说统治者压榨百姓，罪大恶极，黎民百姓忍无可忍。虽然本省兵力单薄，但他有必要挺身而出，解救百姓。布告既已贴出，他便开始积极备战。

至于老百姓，他们中识字的人不多，也看不懂什么救世之说，他们只是直接感到苛捐杂税的名目越来越多，使人叫苦不迭。土地税、谷物税、车马税等不一而足，在城里则还有店堂税、商品税，各种税额都增加了。如果百姓的抱怨被军阀手下的人听到了，他们就会大声喝道：

"你们这班人真是忘恩负义！难道你们不应报答救了你们的人吗？士兵要保卫你们，为你们去打仗，你们不拿出钱来谁拿呢？"

老百姓无奈，只得交捐纳税。他们心想，要是不交的话，不但要惹怒这个军阀，也会让新的军阀乘虚而入，而新的军阀一进来，趁着得势,肯定会大掳大掠一阵,那他们就更苦了。

既已下定决心要打这一仗,这个省的军阀便迫不及待地招兵买马,希望各路中小军阀投到他的麾下。他一听说王虎造反的事情,就对省长说:

"有个名叫王虎的新将领,势力还不大,不要对他压得太厉害了。我听说他是一条好汉,当今就需要他这样的人做我的部下。全国上下势将分裂,也许就在今春,最多也是明年或后年,南北方即将开战。请善待此人。"

虽说一个国家内的军事首领应该属同级政府的文职长官管辖,但众所周知,大权事实上总是握在拥有兵权的人手中。一个手无寸铁的文官,即便有名正言顺的管辖权,又如何能反对同一行政区内掌握兵权的武官呢?

于是,命中注定王虎会安然渡过今春的难关。官兵朝王虎开来时,他带着手下的兵马迎去,让县老太爷坐着轿赶在队伍的前头,几个精兵则尾随轿子以防不测。到达会面地点后,县太爷走出轿子,跌跌撞撞地从满是尘土的乡间小路上走过去,他穿着县官的官服,由王虎的两名心腹扶着。官兵的统领迎上前来,见过礼后,这老头儿颤抖着声音说:

"将军,你搞错了。王虎这个人不是盗匪,他是我县里新任命的总兵,是他救了我,平息了叛乱,现在他护卫着县衙。"

这位将军并不相信这套话,别人也不会相信,因为他的密探早就把真相报告给他了,尽管如此,他还是下令停止进军,以免在这种冲突中损军折将,他的枪炮弹药还得用来打大仗呢。等老县官说完后，他只是稍稍责备了几句：

"你该早些送信通报才是，我还以为是一场叛乱呢。我这次带兵过来，空跑一趟，必须罚款，限你们交一万块大洋。"

王虎知道事情已解决，就十分高兴地班师回营。这回轮到他向百姓征税了。那个地方盐产丰富，本地用不完，就运到外地去卖，据说还有运到外国去的，于是他提高了所有的盐税。不到两个月，他已凑足了一万多块大洋。

此事一旦了结，王虎越发有势了，在整个过程中，他没有失去一兵一卒，他认为，这应当归功于他的女人，从此以后，他更加看重她的智慧了。

但是他仍然不知道这个女人的来历。尽管他们俩仍是情意绵绵，但他有时总免不了想了解她的过去。每当他询问她时，她总是敷衍着说：

"说来话长，等到冬天没有战事时再告诉你也不迟。现在是春天，是打仗而不是闲聊的时候，你得利用这段时间扩充你的势力才是。"

她总是不安地搪塞，眼光炯炯有神而又显得严肃。

王虎觉得这个女人说得在理，那时举国上下盛传今年春季军阀将要混战一场，而且规模将是十年中最大的一次。百姓们唉声叹气，议论纷纷，不知道战争会给他们带来什么样的损失。然而，需要耕作的田地照样在耕作，在城里，商店还是开着，人们必须养家糊口。即便人们对即将降临的灾难担惊受怕，哀叹几声，等待和观望着事态的发展，他们还是得照常生活、做事。

王虎所在的地区，众人都看着他的动静。他的权力已经公开，也已经巩固了，大家都知道税收是经他的手处理的。虽然老县官还在位做做样子，但实际上掌权的是王虎。在议事大厅里，他堂而皇之地坐于县太爷的右侧，一旦要判决什么事情，县太爷就会看他的脸色行事。以前付给参谋官的钱现在都流进了王虎和他几个心腹的腰包。然而王虎并没有变，他只取富人的钱财，如果穷人有事求他，他们尽可以畅所欲言。有很多穷人都称颂王虎。这一次王虎如果参战，本地的百姓必须支付他所需要的军饷，所以大家都在注意他的动静。

至于王虎，他已经充分考虑过这件事，他曾独个儿沉思默想，也和他的女人以及心腹们商量过。但他仍有些困惑，不知怎么做对他最有利。省里的军阀已经将命令下达给每一个分散的各据一方的将官，命令说：

"带领兵马来我麾下听命，这场战争将是诸位晋升的最好时机。"

但是王虎决定不了是否该前去应召，他拿不准哪边会胜。如果他投入将要失败的一方，那么自己的势力会削弱，甚至会彻底毁灭，毕竟自己好不容易刚刚立住脚跟。他苦思冥想了半天，最后派出密探去打听究竟哪边会胜。在探子回来之前，他将拖延表态或宣布中立。他要等到战争接近尾声胜负分明时才赶紧宣布投向哪一边。那样，他可以不损一兵一枪，踏着胜利的浪潮与其他各路兵马一起坐享其成。派出密探后，他坐等着消息。

夜里，他和他的女人谈论此事。他们俩的情欲与他的权欲奇怪地纠结在一起。在满足了情欲的饥渴之后，他舒舒服服地躺着和身

旁的女人谈论起来。他把自己所有的计划和梦想都一股脑儿告诉她,最后又加上一句:

"这就是我要做的事,你若替我生个儿子,那么,所有这一切就很值得了。"

然而,对于他的这种希望,她从未给过一个肯定的答复,每当他这么说时,她就变得不安起来,就会用一些家常琐事搪塞过去。她常这么说:

"最后一仗的计划究竟定了没有?"也常会这样说:"计谋是最好的战争,而最痛快的仗是最后胜利在望时的那一仗。"

然而王虎自己情意正浓,根本没有注意到她态度上有什么冷漠的地方。

整个春天,王虎都是在等待中度过的,虽然他常常等得不耐烦,但有这个新婚的女人在身旁,他倒也忍受下来了。夏天到了,小麦已经割过,从山谷间传来的打谷子的声音,整天回荡在阳光普照、静寂而炎热的大地上。套种在麦田里的高粱长得秆高叶茂,花穗向四面伸展着。此时王虎正在等候消息。到处都是战争的烽火,南方和北方一样,都是几路军阀暂时联合在一起。王虎则还是等着,他希望南方胜不了北方,那些又矮又小的南方人实在令他厌恶。有时他暗忖,若是南方打胜,他就进山隐居一阵子,伺机东山再起。

他也并非袖手干等,而是竭尽全力操练队伍、扩充人马,他招募了不少强壮小伙子,让老兵带新兵。这样,他的人马扩充到将近一万。为了给这么多人发饷,他增加了酒、盐和流动商人的税金。

这时他唯一的难处是缺乏枪械。要解决枪支问题,有这么两个办法:想方设法偷运;或是攻打附近的小部队,缴获他们的枪支弹药。两条路必取其一。枪械在那时是奇货,是外国货,要从外国带进来可不容易。王虎占地盘时并没有想到枪械的进路,因而选了一块内陆地区,没有一个沿海口岸。所有沿海口岸都有兵把守,要走私弄枪是不可能的。再说他又不懂外国话,他身边的人当中也没一个懂的,所以打算和外国人做生意也行不通。唯一可行的办法似乎就是在附近一带打一仗,解决他部队中许多人没枪的问题。

一天夜里,他把这想法告诉了他女人,她马上来了劲。她常常是一副没精打采的样子,对他有点心不在焉,可是一来了劲就急着说:

"我记得你说过,你有个哥哥是做生意的!"

"确实有的,"王虎说,并不明白她的意思,"可他是做粮食买卖的,不是买卖枪支的。"

"是啊,你怎么不懂?!"她不耐烦地冲着他嚷道,"既然他做买卖,那就可能和沿海口岸有联系,也就能买枪,混在粮食里走私进来呀。我说不上怎么去做,总该有办法的。"

王虎考虑片刻,觉得她聪明过人,言之有理,就按她说的去安排了。第二天,他叫来了麻脸侄子,这小伙子一年来长高了,王虎把他带在身边,常常让他执行一些特殊的小任务。王虎吩咐道:

"去见你的父亲,装作回家探望的样子。只剩你们爷俩时,你就对他说,我要三千条枪,我现在没法行动,就是因为缺枪。人到处都有,但没有枪,要这些人有什么用?对他说,他是做生意的,沿海生意熟门熟路,可以替我想个法子。我派你去,因为这件事必须严格保密,你是我的嫡亲侄子。"

小伙子当然很高兴回去一趟,他连连保证守住机密,并为这趟差事感到挺自豪。王虎又开始等待,同时,他继续招募新兵,只是挑选得很仔细,对每个人都要考验一番,看看他是否不怕死。

第十八章

那小伙子绕道往回家的路上走去。他脱下军服,换上一身农家子弟的装束。眼下,他穿着一身蓝的粗布衣服,配上他那黝黑的麻脸,看上去可真像个乡下小伙子,活灵活现的王龙的后代。他的坐骑是一匹老白驴,一件破棉袄叠起来当作驴鞍,他时不时用光脚丫子踢踢老驴的肚子,催它赶路。看到他在炎炎夏日之下半睡不醒似的模样,没人会想象出他是在奉命送信,准备买三千支枪送到并不打仗的地方去。他不打瞌睡时,便边走边唱军歌,他就喜欢唱歌。田里的农民听到他唱着军歌,停下活,抬起头来不安地打量着他,有个农民在他身后大声嚷道:

"该死的,唱什么当兵小调——你倒是想把黑乌鸦唱回来不成?"

小伙子很开心,一路上还不时吐唾沫,东吐一口,西吐一口,显得毫不在乎,并摆出一副想唱就唱的样子。其实,除了军歌,别的歌他也不会唱,他在行伍中混了这么久,不可能要求他唱出的歌和农家小调一样。

他在第三天中午到了家,在丁字路口,他下鞍步行,碰巧他的大堂兄在路边闲逛。大堂兄一见是他,就止住打哈欠,忙招呼道:

"嘿,当将官了吧?"

麻脸小子立即诙谐地回敬一句:

"还没哪,可我至少中了个第一名!"

他这么说多少有点挖苦他的堂兄的意味,因为大家都知道,王地主夫妇俩总是吹嘘他们如何教导大儿子念书,准备下一季送他去某个学府赶考,将来他准会成为一个大人物云云。但是,过了一季又一季,然后一年又一年,他却从来没有去赶过考。麻脸小子同他堂兄说话时看得出,他前一个晚上不知在什么地方鬼混过,睡到现在才起床,而且也不是到什么学校去,而是到茶馆去混日子。这位堂兄既瞧不起人又爱挑刺,对麻脸小子上下打量了一番说:

"至少中了第一名的将官连一件绸大褂也穿不起,哼!"

他说完也不等答话就径直走了,他走起路来一摇一摆地踱着方步,身上那件嫩绿色大褂随着脚步一飘一飘的。麻脸小子笑了笑,朝他身后吐了吐舌头,走进自己的家门。

他一跨进自己家的大门,发现一切依然如故。此时正是吃午饭的时候,屋内房门敞开,他看见他爹坐在桌旁独自一人吃着,小孩子们照常是端着饭碗跑来跑去的,他母亲站在门口,端着碗,用筷子往嘴里扒饭,她一边嚼,一边和来借东西的邻家女人闲聊,说什么前天夜里一只猫偷了条咸鱼,那条鱼高高地挂在大梁上,竟也被它抓到了。她看到麻脸儿子时,冲着他大叫起来:

"嗨,正好回来吃饭,赶得可真巧!"说完又继续同那女人聊天。

小伙子对母亲只是笑笑,叫了她一声,其他什么话也没说就走进了房。他父亲朝他点点头,稍有点意外。儿子恭敬地叫了声"爹",然后转身自己动手拿了一只碗、一双筷,从饭桌上往碗里盛了饭,走到旁边,坐在一条凳子上吃起饭来。有长辈在时,小辈只能坐在一边，而且不能舒舒服服地坐满一个凳面。

吃完饭，父亲在自己的饭碗里倒了点茶，但没有倒满，他无论什么时候都十分节俭。他呷了几口茶后，对儿子说：

"带回什么话吗？"

儿子说："有的，这儿不便说。"他这么说是因为弟妹们围成了一圈，一声不响地瞧着他，他是个陌生人，无论说什么，他们都好奇地听着。

此时，母亲回到饭桌旁添饭，她胃口很好，每次都要吃到她丈夫吃完饭走了好久，她才吃完。她两眼盯着儿子说：

"我敢肯定，你足足长高了七八寸！怎么穿这身破衣服？你叔叔没好点的衣服给你穿？他们给你吃什么长成这么个个头——一定是好酒好肉喂足了！"

儿子咧嘴笑了笑说："我有好衣服，这次没穿上。我们每天都有肉吃。"

王掌柜听得惊呆了，不觉大叫起来：

"什么？我兄弟每天给当兵的吃肉？"

儿子赶紧说："哪里，只是现在快要打仗，他想让大家吃得身体壮些，打起仗来勇猛些。我和那些当小兵的不住在一起，吃饭时我和叔叔的心腹们一起吃，我们可以吃叔叔和婶婶吃不完的菜肴。"

听到这儿，他母亲来劲了，说："把那女人的事说给我听听！真是怪事，结婚吃喜酒也没请咱们去。"

"请了。"王掌柜一看这个话题一说开就没个收场的时候，因此赶紧接口说，"他是请我们去的，可是我推掉了。要是去的话，你又得买新衣服，买这买那的去应酬那场面，得折腾不少银子呢。"

他女人听他这么说，气得要命，大声说道："啊，你这个老吝啬鬼，我哪里也去不成——"

王掌柜清了清嗓子，对儿子说：

"这儿没个安静，跟我到外面去吧。"他站起身来，还算温和地把孩子们推开，往外走去，儿子在后面跟着。

王掌柜和儿子在街上一前一后地走着，到了一家他很少去的小茶馆，选了一个安静角落里的桌子坐下。茶馆里这个时辰客人不多，农民已经卖完了挑出来卖的货，回家去了，下午来喝茶聊天的城里客人还没有到。坐定后，儿子把来意告诉了父亲。

王掌柜仔细地听儿子说每一句话，他一言不发，从头至尾听完儿子要说的话，听完后也不露声色。要是换了王地主，早就会惊得眼珠吊起，发誓说这种事根本办不成。王掌柜可不然，他已经暗中致富，对他来说没有办不成的事。如果他犹豫不决，那是在衡量事情的利弊得失。到处都有他的钱，人们向他借钱办各种事情。甚至寺庙也借他的钱，这些年来虔诚地信佛的人越来越少，只有女人，通常是些老太婆还信佛拜菩萨，许多寺庙因此变穷，香火不再旺盛，有些寺庙把庙地抵押给王掌柜，向他借钱。王掌柜还把钱投资到航运业、铁路运输业，并投了一大笔钱在城里办妓院，他自己却从来不涉足自己的妓院。他的哥哥走进城里那座才开张了一年光景的新大院去嫖妓时，怎么也不会想到那是他兄弟开的。妓院这行业赚头很好，王掌柜就是看准了男人的本性才干这一行的。

就这样，他的钱从上百条秘密渠道流了出去，如果他一下子将钱收回，就会有千百个人遭殃。他有那么多钱，却从来不比过去吃得多、吃得好，也不像那些吃穿有余的人那样寻欢作乐，也不让自己的儿子穿绸裤子。看他那过日子的样子，绝对没有人会把他当作有钱人。也正因他这么过日子，他才可以盘算盘算三千条洋枪的事，而且绝不会像王地主那般听后大惊小怪。是呀，要是有人在街上碰到这兄弟俩在一起，肯定会说王地主才是有钱人，因为他花钱大手大脚，滚圆滚圆的身子上下裹着绫罗绸缎做的长袍马褂，外加皮袄皮帽，就连他的儿子也从头到脚都是绸缎，怎么也算得上有钱人了。王家只有那个小驼背默默无闻地与梨花住在一起，他虽然也快成年了，却一天又一天地被人所忘却。

王掌柜默默地思索了好一会儿才开口说：

"花这么大一笔款子买枪，我兄弟可说过给我什么担保吗？没有担保我可不干，要知道，买枪是犯法的呀。"

他儿子说："他说，'告诉我哥，他要是不相信我，就把我留着的地全部拿去作担保吧，一直抵押到我收到的税够还他时为止。我在自己的地盘里掌握着所有的税收，但是我一下子拿不出一笔巨款，即使拿得出来，那叫我的士兵吃什么？'"

"地我不要，"王掌柜考虑了一下说，"今年收成不好，差不多闹饥荒了，地卖不出价。他留着的那些地卖了也不够数。结婚时的花费早已动了地了。"

然而那年轻人乌黑的小眼珠子闪闪发亮，露出一脸热切的神色，他说：

"爹，我叔真是个大人物。你该看看人家是多么怕他！他也是一个好人，他并不为了杀人才去杀人。甚至连省里的都督大人也怕他。他自己什么也不怕——真的什么也不怕，要是怕什么的话，他也不敢和那个被人称作狐狸精的女人结婚了！而且假如你给他办成了那些枪，他的势力就更大了。"

做儿子的这些话对做父亲的并没起到多大作用，但话里有些道理。真正打动王掌柜的倒是那最后一句话，有个有权势的军阀兄弟要比任何报酬都管用。是的，如果真如谣传所说要有一场大战，而且战火蔓延到这里的话——谁知道战争要打到什么地方为止？——他的巨大家当就会被掠夺抢劫一空，即使不是被敌军士兵掠夺，也会遭到亡命穷鬼的抢劫。王掌柜现在的家产不再是田地，他仅存的土地无非是些屋边地，他的家当是商店和借贷生意，这一类财产在乱世是很容易被人抢劫的。如果没有某种势力的保护，一个富人很可能随时变成穷光蛋。

于是他暗自思忖，这些枪支在将来某一天可能起到保护他的作用，问题是如何去买，也就是如何走私进来。走私是能办到的，因为他自己拥有两条小轮船，是用来向邻近的一个国家运送大米的。私运大米出口是违法行为，因而他必须偷偷地干。干这一行获利甚厚，足够使他有钱去行贿。那些当官的见钱眼开，受了贿赂便马马虎虎地检查一下，睁一只眼闭一只眼地给他的两条小轮船放行，相反，对于外国轮船以及其他没有给他们好处的船只，他们就摆出一脸秉公办事、气势汹汹的架势。

王掌柜心想，他的两条船从外国回来有时是空载的，有时也半载着棉纱和小件洋摆设。在那种情况下，他很容易把洋枪混杂在货

第十八章 · 239 ·

物内走私进来。即使被查出,他也可以上上下下塞点钱贿赂一番,就连两个船老大也可以塞点好处封住他们的嘴。是的,这一切是办得到的。考虑停当,他先环顾四周,看看是否有闲人或官府差人在旁,然后从牙齿缝里轻轻挤出几句话,对他儿子说道:

"这些枪支运到沿海地区没问题,甚至运到离我兄弟最近的铁路线站头也行,但是从铁路到他那里没有大路可通,也没有水路,要步行或者用牲口驮着走一两天,那怎么行?"

这一点王虎可没向那年轻人交代过,所以他听了只是傻乎乎地搔头摸耳,两眼干瞪着他老子说:

"那我还得回去问他。"

王掌柜说:"对他说我设法把枪和其他货混在一起,标上别的货名,运到一个指定地点,然后他得自己去取货。"

当天晚上"麻子"住在自己家中,他妈特地做了他爱吃的蒜肉包子,味道好极了。他吃了个饱,还把吃剩的全部塞进怀里留着路上吃。第二天,他骑上毛驴绕道回他叔叔处回话去了。

第十九章

一个月后,事情终于发生了,事情来得突然,简直使人难以置信,就连傲气十足的王虎一开始也不敢相信。等到大家获悉大军阀已相互开战并且把全国割据成两半时,战争的狂热席卷了整个地区。随着这阵狂热,好战分子趁着乱世各自粉墨登场,他们当中有游手好闲者、亡命冒险者、无业流浪者、逃离家庭者、赌场失意者等各种各样愤世嫉俗的人。

在王虎借县老太爷之名统治的那个区域,叛民结帮聚众趁火打劫,他们给自己取名为"黄巾帮",并以黄巾裹头为标记。他们起初只是小打小闹,在路过农户时抢点东西吃,或走进村里的小客栈白吃一顿后扬长而去,他们有时也付几个钱做做样子,但嗓门提得老高,露出一脸凶相,客栈老板怕闹事,只得忍气吞声,自认晦气。

后来黄巾帮人数增多了,胆子也越来越大。他们开始转念头弄枪,因为帮内只有几个从军队开小差下来的人才有枪。尽管他们尚不敢到城市集镇去行劫,但在小乡村里,他们对普通老百姓行劫的胆子越来越大。曾有几个胆大的农民向王虎报告过乡间的匪情,他们说,黄巾帮这些人横行无忌,胆子极大,他们夜间闯入民宅行劫,若抢不到值钱的东西,就肆无忌惮地把全家斩尽杀绝。王虎也曾派出探子向农民打听虚实,可是那些探子遇到了一些胆小怕事的农民,他们不敢据实反映,所以王虎对此也将信将疑。在一段时间内,他并不采取任何行动,把这些事看得十分淡漠。他的全部心思都已放在何时向何方宣战的问题上了。

盛夏来临,大批军队开到了南方,有些士兵受不了帮匪的诱惑而入了伙,于是盗匪人数大为增加,胆子也变得更大。每年到这个季节,这些地方的高粱秆都长得很高了,为盗匪提供了有利的隐蔽所,以致盗匪更加猖獗,老百姓如果不是成群结队的话,简直不敢在小路上行走。

现在王虎对此事抱什么态度尚未能知,因为他多少有点受他手下人的影响,他毕竟得相信他的暗探和心腹的看法。这些人平时捧他,使得他觉得没有人敢对他弄虚作假。有一天,从西边乡下过来两个农民,是兄弟俩,他们扛着一只麻袋。他们不肯把麻袋打开给别人看,不管别人怎么盘问,兄弟俩口口声声说道:

"这袋东西是给司令的。"

站岗的猜想那是给王虎的礼物,所以就放他们进去了。兄弟俩走进大堂,看见王虎坐在那儿。他常常在这个时辰坐在堂上。兄弟俩走上前去,在向他行礼请安之后,一声不响地打开麻袋,从袋里拿出两双手来:一双手是一个老妇人的,粗糙不堪,肤色深褐,已经干裂;另一双手是一个老头的,手掌上还看得出扶持犁耙而长出的老茧。兄弟俩举起这些残肢,残肢截断处的血液已经凝结、发黑。两人中年长的那个也不过中等年纪,方正脸型,看上去十分忠厚老实,而这会儿却怒气冲冲地说道:

"这些就是我老父老母的双手,他们死了!两天前,盗匪抢劫了我们村子。我爹大喊没有东西给他们,他们就砍掉了他的双手。我妈冲上去大骂这批盗匪,他们也把她的双手砍了下来。我和兄弟当时正在田里干活,我女人和弟媳逃出来,哭叫着找到我们。我们俩带着耙子跑回村时,强盗已经走了,他们人也不多,总共才十来个人。我们的父母年纪大,村子里又没人敢出来帮助他们,生怕今后受连累。老爷,我们向你缴税,向你缴的税比国家规定的税还高,我们缴土地税、盐税,所有的买卖都上税。我们向你缴税是为了受到你的保护啊。你打算怎样保护我们呢?"

他们一面说着,一面仍举着那两双粗糙僵硬的断肢。

听了这番大胆的倾诉,王虎并没有像身处他那种地位的人一样动怒,他非但不动怒,反而感到惊讶和气愤,这倒不是因为这两个农民敢于大胆直言,而是因为这种事竟然发生在他管辖的区域,未免太不像话了。他大声传令召集各队队长,传令兵把队长们一个一个地找来,共五十来个,他们进到厅堂集合听命。

王虎亲自从方砖地上拿起断肢,高举着对大伙说:

"这些是良民百姓的手呀,那帮盗匪趁他们的儿子在田里干活,竟在光天化日之下抢劫杀人!谁愿打头阵剿灭这帮盗匪?"

队长们的眼睛盯住那两双手,眼前的景象使他们震惊。他们怎么也没有想到,在他们管辖的地域,竟然有盗匪敢于在光天化日之下行凶抢劫。大伙儿禁不住交头接耳地议论开了:

"怎么可以容忍这种事情发生在我们的地盘上?""难道让那帮贼子在我们的地盘上耀武扬威吗?"最后大伙齐声喊道:"去干掉他们!"

王虎转身向兄弟俩说:"安心地回去吧。明天我们就要开始行动了。抓不住这伙盗匪的头子,我王虎决不罢休。我要像除掉'豹子'那样除掉他!"

那个弟弟开口说:"青天大人,依我们看来,这伙强盗只是些散兵游勇,还没有个头儿,他们是几个同宗同族的人,正物色强人当他们的头呢。"

"若是这样的话,"王虎说,"击溃他们就容易得多了。"

"但全部消灭他们可不那么容易。"哥哥直截了当地说。

接着兄弟俩仍没有要走的样子,好像还有话要说,可是又不知从何说起。王虎等得有点不耐烦了,他以为这兄弟俩之所以还不肯离去,是因为对他仍有点不信任,于是略带愠色地说道:

"'老豹子'那么一个了不得的强盗,吃了你们二十多年的供奉,我都把他杀了,难道你们还不相信我的力量?"

兄弟俩吓得面面相觑,那个哥哥咽了一口口水,慢吞吞地说:

"青天大人,不是那意思。有些话我们想私下对你说说。"

王虎转过脸去大声吩咐那些站立在两旁的队长出去准备人马,于是他们纷纷离去,只剩下一两个从不离他左右的心腹守候在那儿。那个哥哥伏地俯首向王虎连磕三个响头,然后说:

"大人别生气,我们都是穷人,我们需要你的保护,但我们只能请求,可拿不出钱来犒劳上下呀。"

王虎诧异地说:"什么?你们求我做力所能及的事,我哪里会要你们犒劳呢?"

那人毕恭毕敬地答道:"今天我们动身的时候,村里的人试图劝说我们不要来。他们说，如果我们带军队回村里，那比遭强盗抢劫更糟，军队要的代价太高了。我们穷人靠双手养活自己，勉强度日糊口，强盗来抢过了也就离去了，但是当兵的来了就住进我们家里，眼睛盯着我们的闺女，吃我们留着过冬的粮食。他们有枪，我们又不敢不给他们。大人，假如你的手下去这么干的话，那就别派他们去吧，我们还是逆来顺受算了。"

王虎是个好人，听到这番话后火冒三丈，立即大声呼喝那些队长回到大堂。队长们三三两两回到堂上，王虎脸色铁青，眉毛倒竖地对他们训话：

"我管辖的地盘不大，派出去的人要不了三天就可以办完事回来，我立一条规矩：我手下的人出去都不得超过三天，谁要是下去鱼肉百姓我就毙了他！谁要是打强盗有功，有赏！赏他银子，回来有酒有肉饱吃一顿。我可不是强盗头子，我的人可不准当盗匪！"他说这话时目光严厉，吓得队长们诺诺称是。

王虎如此办事，那兄弟俩才放下心来，他们小心翼翼地把父母的断手重新放入麻袋，带回去准备将父母完尸葬入坟中。回到村里后，他们对王虎称赞不已。

但是王虎把兄弟俩打发走以后有些神情沮丧，闷闷不乐，因为他坐定一想，觉得自己承诺得过早、过多，由于被这兄弟俩带来面呈的遗物所感动而由良心支配了决策。他本来无心去与那些强盗为难而损兵折将，耗费弹药。他也知道手下里有些人就像别的军队里的一些人一样自由散漫，一心想寻个舒服的地方，这些人很有可能受强盗的诱惑,带着枪去投奔强盗。

正当他闷坐在自己房里时,传令兵呈上一封掌柜王二的来信。他拆开一看,原来是枪支已经备妥。这封信写得相当含蓄,转弯抹角地告诉他买来的枪支分藏于粮食麻袋中,那些粮食是要运到北方的面粉厂去加工成面粉的,将于某月某日停留在某地。

王虎一辈子也没遇到过这样的难题,枪支是无论如何要设法去取来的,可他手下的人马分散到乡下去对付强盗了。他颓丧地坐着自叹倒霉。这时他的爱妻进来了。其时正是盛夏的中午,她迈着特别轻柔、倦怠的步子,身上只穿一套白色的绸衫绸裤,领口敞开着,裸露的脖子柔滑、浑圆,比脸蛋还要白嫩。

尽管王虎这时正有不顺心的麻烦事,然而一看到爱妻进来,看到她那美丽的脖子,他那副愁眉苦脸的神态一下子消失了;他渴望她能走近,使他可以伸手抚摸她脖子上的细皮白肉。她走上前来,身子靠在桌子边上,两眼盯着他手中的那封信,问道:

"什么事呀,竟把你恼得脸都铁青了?"她收住话头咯咯笑了一阵,接着又说:"可别是我恼了你呀,这么个铁青脸瞅着我,真像是要把我杀了似的!"

王虎什么也没说,把信递给她,两眼却盯住她那裸露的脖子,目光顺着那柔滑的线条往下转到她的胸部。他和这个女人如胶似漆地厮混,日子虽不长,但已经恩爱得无话不谈了。她接过信看起来。这时,她的上身因为看信而微微前倾,两片线条分明的薄唇轻轻翕动,她两耳挂着一对金耳环,油亮亮的头发挽成一个髻盘在颈后,用一个黑色的丝网罩住,她的形象在他心目中比什么都美,此外,他对她能识字看信这一点也倍加赞赏。

她读完信后将信放回信封里，按在桌上，双手的动作敏捷轻巧。王虎对她说：

"怎么办才好？这批粮肯定是要去取来的，究竟是智取呢还是强取？"

"这不难，"女人流利地回答，"智取或强取都很容易。我刚才看信的时候就有主意了。你只要派一批手下的人假扮成强盗的样子，就和现在传闻的强盗一样，让他们去把这批装枪的粮食抢回来，这样谁还会知道你与这件事有什么瓜葛？"

王虎听了不禁露出了笑脸，这条计策太高明了，简直天衣无缝。这时房里就他们俩，卫兵通常一见这个女人进房就识相地退到外面守候，他将她一把拉进怀里，用那双粗糙的手摸遍了她软绵绵的身体。在感到满足之后，他说道：

"天下没有比你更聪明的女人了，我杀掉'豹子'那天就知道自己福分不浅。"

他扬扬得意地走到外面，把"老鹰"叫到跟前吩咐：

"我们要的那批枪支到了，藏在装粮食的麻袋中，现已停在离此地九十多里路外的铁路交叉口，让别人以为这些粮食是准备转运到北边粮厂去加工成面粉的。你带上五百弟兄，都带上武器，装扮成一帮强盗到那里去抢那批粮食，抢到手后便装作要运到匪巢去。事先在近处备好车马，粮食一上车，连粮带枪统统给我拉回来！"

"老鹰"是个聪明人，他自信智谋双全，就像"屠夫"自信他的双拳大如碗口一样。他乐于去干这种讲究计谋的差事，因此乐滋滋地鞠躬听命。王虎继续吩咐：

"待枪支全部拉回来以后，我肯定给赏，每个人都可论功领赏。"

吩咐完后，王虎回到房里，女人已经走了。他在一把雕花木椅上坐下，椅上有一个用芦苇编的坐垫，是用来纳凉的。他解下武器带，松开领口处的纽扣。这天真是出奇地热。此刻，他仍回味着她那细嫩的脖子以及连接胸脯处的弯弯的线条，他感到惊异的是，她的肉体为什么那么柔软，皮肤又为什么那么光滑细嫩。

可是他一点也没注意到二哥给他的信已不见了，刚才那个女人就把这封信揣进胸襟下方，他的手伸进她胸口时却未曾碰及。

"老鹰"走了有半天的光景，王虎独自一人走到院子的边门旁散步乘凉。边门朝街敞开着，这条小街白天尚有人行走，因为已是夜间，所以不见一个行人。他边走边想着心事，忽然听到一阵蟋蟀的唧唧声。开始他并不十分留心听，可是唧唧声又不停地响起来，他感到好生奇怪，因为那不是蟋蟀出没的季节，于是他朝响声走去，想看个究竟。不料在黑暗处，他看到一个人蹲在门后，身子一大半被门挡住。他伸手拔剑走近一看，那个人原来是麻脸侄子，那小子脸吓得煞白，上气不接下气地低声说道：

"叔叔，别出声！别告诉你老婆我躲在这里。你方便的话请到街那边去，我在十字路口等你，我有话对你讲，事情紧迫，耽搁不得。"

这小子像一条影子一样一闪就溜走了。王虎反正是独自一人，无所谓方便不方便，紧跟着朝十字路口走去。王虎先自到达，却看见这小子贴紧墙边，躲躲闪闪地摸过来，他吃惊地问：

"你这是咋的啦,像条挨打的狗似的!"

这小子立即压低了嗓音说:"嘘——有人派我到一个远地方去——若你老婆看到我就糟了,她精明得很,说不准她派了谁监视我,她不止一次地警告我,如果我说出来,她就杀了我!"

王虎惊得一下子都说不出话来了,他一把提起那小子,腾空拖到一条胡同的黑暗处,命令他道出实情。那小子凑近王虎耳边悄悄地说:

"你老婆叫我把一封信交给人家,我没拆开看过,不知道这信究竟是写给谁的。她问我识不识字,我说我是乡下人,怎么会识字。她给了我一块大洋,叫我今晚把这信送到北城外一家茶馆,有人会在那里接头取信。"

他伸手从怀里抽出一封信交给王虎。王虎一声不吭地接过信,快步穿过胡同,走进一条小街。小街上有一个老头儿开了一家孤零零的老虎灶卖开水。王虎在那里借着挂在墙上的小油灯的微弱光线,撕开信封,抽出信来看看。信里很明显暴露出她——竟是他自己的老婆——的阴谋,她已经把枪支到站的事告诉了人家。对了,他现在明白她写信之前已见过某人,并告知了枪支的消息,而在这封信上,她只是发出一个正式的命令。她在信中还写道:

你们取到枪支后即集合人马,待我到达。

王虎读到这儿,仿佛觉得天旋地转。他是那么真心诚意地爱着她,爱得如此热切以至做梦也没想到过她会背叛他,心腹"豁嘴"

的多次警告他都忘得干干净净,甚至这些天来他大意得连"豁嘴"脸上忧愁的神色都视而不见。他爱她爱到了这种程度,似乎她已经是完美无缺的一个女人,只要她给他生个儿子,他就别无他求了。他曾经一次又一次地深情地问她是否怀孕了。他色迷心窍,甚至想也没想过她内心是否也爱他。即使在看信之前那一刻,他还在心急难熬地等待着夜晚,等待着与她销魂的时刻。

现在他才明白她从来没有爱过他。在他等待战局变化、等待发迹的关键时刻,她却耍弄这种阴谋诡计。而且她竟然若无其事地每夜与他同床,每当他问起怀孕生儿子的事,她竟然还装模作样地显出很难受的样子。他一想到这些,就气愤得觉得非要出这口气不可。以前有过的那种杀机又上来了,而且此刻的杀机比以往任何时候都强烈。他的心剧烈地跳着,两耳嗡嗡直响,双眼变得模糊起来,眉毛拧成一团,拧得直到发痛为止。

他侄子跟在他身后,站在门背后的阴影里,王虎狠狠地把他推到一边,一句话也不说。他侄子从来没见过他发脾气时力气那么大。他把那小子猛力一推,使他重重地摔倒在路边的尖石上。

王虎怒气冲冲,满脸杀气,大步走回家去,边走边伸手抽出宝剑,顺手把剑在大腿上擦了擦,这把剑就是"豹子"那把纯钢利剑。

他径直走到那个女人的卧室。由于天热,她还没把床帘放下,她赤条条一丝不挂地躺在床上,两只手臂张开着,一只手臂微微弯曲,搭在床沿。那晚的圆月已经升起,高高挂在院子的围墙上,月光倾泻,沐浴着她裸露的身体。

虽然王虎看到这个女人是那么美丽,她那沐浴在月光中的裸体美得就像一尊石膏像一样，但是他没有犹豫。盛怒之下，他体验到了一种比死还难受的痛苦，因此他绝不会手软的。此时他有意回想她如何欺骗他、如何背叛他，在这种力量的支撑下，他举起利剑，干净利索地刺进了她的喉咙。她的头枕在枕头上，他就把刺入喉咙的剑往上挑去，仿佛这还不够发泄心头的怒气，他又狠命用剑捣了捣才拔出，然后顺手把剑在缎子被面上擦拭干净。

她嘴里只吐出一个字来就被血堵住了，他没听清她说的是什么字。她只是在剑插进喉咙的一瞬间动了一下身子，然后四肢突然伸开，两眼圆睁，死了。

干完之后，他并没有停下来思考自己做的事情，而是大步走进院子，大声呼唤手下人马集合，厉声向他们下达命令。现在他一刻也不能耽搁，必须立即尾随"老鹰"赶到取枪支的地点，要弄清楚他究竟是否在强盗动手之前拿到了那批枪支。他留下二百人留守，让"豁嘴"指挥，其余的人都由他亲自带领出发。

一行人经过大门时，看门的老头儿刚从床上起来，打着哈欠，睡眼蒙眬地看着这突然的行动。王虎骑在马上朝老头儿大声吩咐：

"我睡房里有件东西，去把它抬出来扔到河里或池塘里，在我回来前把事情办好！"

王虎骑在高头大马上，威风凛凛，他的怒气渐渐消退，但是他的内心痛苦得似乎在淌血，一滴滴地滴在他旺盛的生命根基上。无论他如何努力驱散心头的愤怒，内心的血都在不停地暗暗流淌。突然，他抑制不住地长叹一声，可马蹄在尘土飞扬的道路上的嗒嗒声淹没了他的叹息声，因此别人没有听到他的叹声，而且王虎自己也

第十九章 · 251 ·

没有意识到自己一路上一次又一次地发出痛苦的呻吟。

当天夜里和第二天整个白天,王虎带着人马行走在乡间的道路上,寻找着"老鹰"。白天没有风,烈日烧烤着他们的脊背,但是王虎不许大家休息,他心里的那件事不允许他有片刻的停留。近黄昏时,在一条南北大道上,他们看到"老鹰"带着一伙人走了过来。起初王虎还不敢肯定这伙人就是他派去的队伍,因为"老鹰"和那伙人的打扮就像王虎当初吩咐的那样,他们穿着破烂的内衣,头上缚一条毛巾。所以一直等他们走近了才认出那是自己人。

王虎从枣红马上下来,坐到路旁的一棵枣树下,他已经筋疲力尽,只能坐等着"老鹰"走过来。他越等越担心自己的怒气会很快消失,他怀着极度的痛苦强迫自己记住他是如何被骗的,以此维持怒气。但他内心的痛苦和愤怒是极其复杂的,虽然那个女人被他杀了,他却依然爱着她;他庆幸自己杀她时没有犹豫,却又仍旧满怀激情渴望着她。

这种交织在一起的愤怒和痛苦使他变得十分暴戾。"老鹰"走到他跟前时,王虎冲着他咆哮起来,他的眼睛深深陷在眉毛下面,抬也不抬:

"啊,你准是没有拿到枪!"

"老鹰"削尖的脸上一股傲气,他也是暴躁性子,又长了一条口若悬河的舌头。他毫无惧色,火辣辣地回答王虎,没有半点谦恭:

"我怎么会知道有人向强盗通风报信?有内奸向强盗告密,他们跑到我们前头去了。你告诉我时已经晚了,他们的消息早,我有什么办法呢?"他说话时,解下佩着的枪放到地上,双臂交叉在胸前,两眼挑衅似的盯着他的将军,以示他不甘无辜受责。

王虎想想觉得也有道理,他疲倦不堪地立起身来,身子倚着枣树粗糙的树干站着,将身上的皮带紧了一紧,最后有气无力地开始说话,言语中听得出他内心的极大痛苦:

"一批好枪落空了,我得去和这班强盗算账,把枪夺回来,事情逼得我们动手,那就动手吧!"他心烦意乱地摇晃着身子,吐了口唾沫,振作一下精神继续说:"我们一定要找到这班强盗,给他们点苦头吃吃。如果打起来之后你们倒下一半,我也没办法。我的枪应该归我,如果一杆枪要拿十来个人的生命去换,哼,那我也干了,就算每杆枪死十来个人也值得!"

说完这番话,他翻身上马,勒紧缰绳,可是那匹枣红马刚才正津津有味地吃树下的草,这时还舍不得离开,马蹄子蹬前蹬后的,显得烦躁不安。"老鹰"站在原地死样怪气地看着,然后说:

"我完全知道这些强盗在哪里。他们都集中在他们的老巢里,我敢保证枪也在那里。谁是他们的头儿我不清楚,这些天来乡下太平了些,因为他们都集中在一起忙活着什么,好像准备选个为首的。"

王虎心里当然很清楚谁会是这伙强盗的首领,但他没有说,只是下令向匪巢进军。他说:

"我们就要去和强盗开仗了,打完仗,我要扩充人马,凡是有枪的都可以收进我的队伍。你们看到枪就要拿来,凡带回一杆枪都赏给一块大洋。"

王虎带着人马又在山脚下蜿蜒的谷道上行进,最后来到一座双峰大山前。他的士兵衣衫褴褛，在田里干活的农民仰起头来好奇地打量着这伙人。士兵们冲他们喊道：

"我们是去打强盗的！"

对这样的消息，一路上的农民有不同的反应。有时候农民们会高兴地回答："那太好了！"但是更多的情况是农民们一言不发，只是愠怒地瞧着士兵们踩过他们的粮田、瓜田和菜地，他们不相信当兵的会干出什么好事来，已经对他们讨厌极了。

王虎又一次率队开始登山。在山麓的两道悬崖间有一条细长弯曲的小道，他们沿小道绕山而上。他下了马，牵着马缰绳，其他骑马的人也下了马。他并没有注意别人，只是弯腰往前走着，似乎他是独自一人走在山路上，因为他心里还在想那个女人。他自己也觉得奇怪，怎么会爱上这女人，而且至今还恋着她。他心里在哭泣，几乎毫不留意小路上的青苔。但是他并不后悔杀了她，不，他不后悔，因为像这么一个女人，一面可以与他言欢亲热，一面又可以骗得他天衣无缝，怎么也捉摸不透，只有死了，她才无法继续骗人。他自言自语地咕噜着：

"毕竟是个狐狸精。"

王虎率领部下步步紧逼山上，最后接近一个关口。他命令"老鹰"带五十个人到前面去探一下虚实，他自己则走到一片松林的树荫下等候消息。那时太阳当头，酷热难忍，在树荫下好凉快一些。不到半个时辰，"老鹰"回来报告说，他已绕强盗寨子一周探了个明白，他说："他们毫无准备，正忙着整建山寨呢。"

"你看到他们有带头的吗？"王虎问。

"没有,""老鹰"答道,"我爬到离他们很近的地方,甚至可以听到他们的说话声。他们是一帮散兵游勇,可不是什么经过训练的强盗,对打仗一窍不通,关口竟也没有派人把守。现在他们正在为争夺稍微好一些的房子吵闹呢。"

这是个极好的消息。王虎大声命令冲进去,他自己跑在最前面,一面跑一面继续命令大家冲进匪寨,每人至少杀一个匪,接着他就可以停火谈判,要他们投诚。

他们冲了进去,王虎站在一边压阵,其余的人向强盗密集处扫了一梭子,顿时哭喊声响成一片,到处是强盗的尸体,还有一些中了弹,倒在地上,扭动着,痛苦地作垂死前的挣扎。这帮强盗确实毫无准备,只想着他们的房子,想着如何扎营建寨。整个寨子集结了三五千人,就像土丘上的蚂蚁一样,刚才还在忙着垒土墙、搬木料、运盖屋顶用的稻草,现在突如其来的攻击使得他们大惊失色,他们立即扔下手中的活,四散逃命去了。王虎发现没有人指挥这帮人,开始隐隐约约感到一种慰藉,因为他心中清楚本来会由谁来指挥这帮人,那样的话,他迟早得和自己所爱的女人斗一场,那倒还不如像现在已经把她杀了好。

一想到这些,他头脑中固有的宿命观念就又一次涌上心头。他摆足架势呼喝着手下,命令他们停止射击,然后向那些活着的强盗喊话:

"我是王虎,是管辖本地区的长官。我决不会容忍强盗!本人杀人不眨眼,自己也不怕死。你们当中有谁胆敢和我作对,我就立即叫他死。我也讲慈悲,对你们当中悔过自新的人,我会给他出路的。

现在我要回城去了。三天之内,无论谁带枪投诚,我都欢迎。谁多带一条枪,我会赏他银子。"

说完,他厉声下令自己手下集合下山。离寨下山时,他十分小心,让一部分士兵持枪面对着关口慢慢地后退着走,以防一些胆大的强盗趁机放冷枪。而事实上,这帮强盗都是些无知的乌合之众,他们全都中了那个女人的圈套,她以前是"豹子"的手下,强盗受她的唆使,急着去夺那批枪,可是其中大部分人连枪怎么用都不知道,只有极少数原来在军队中干过的逃兵会使枪,这些人不敢向王虎的人放枪,因为那样做等于摸老虎屁股,惹怒了老虎,他转过身来会把他们全部收拾掉的。

山上现在是一片寂静,寨子里毫无动静。一路上只有风吹松涛的呼呼声,偶尔传来一两声鸟鸣。他领着队伍回到山下农田时,士兵们兴高采烈地到处对庄户人说道:

"再过三天,强盗肯定就完了!"

有些庄户人听了很高兴,很感激,但大多数人的眼光里、言语中仍然流露出警惕和不信任,他们要等着看看王虎究竟要向他们索取什么报酬,因为还从来没有过一个军阀会无偿地为乡下老百姓做好事。

王虎回到营地,给每个士兵分发银圆以示奖赏,然后又命令备好酒好菜犒劳众人,但不许大家喝醉。安排停当,他就耐心地等待着看这三天的情况。

三天之内,那些强盗一个一个地或三五成群地陆陆续续来到城里投诚,各人都带了枪。但很少有人带两条枪的,因为谁要是有多余的枪,他就会拉上一个朋友或兄弟什么的一起来投奔,这些人中其实大多数都是吃不饱穿不暖的穷人,他们愿意在某个首领的指挥下找一个安身之处。

王虎下命令说,凡是身体健壮、年纪不太老的人都留下编入队伍,对那些不合格的人则收下枪支,赏他们钱物后打发走,凡留下来的人全部给吃给穿。

三天过后,他又宽限了三天,之后又每天有人来投奔,直到宅院和兵营都爆棚为止。王虎只得把一些士兵安排到城里的民房去住。有时房主来向他埋怨房子太挤了,挤得自己家里的人合住在一两间房间里。倘若来埋怨的人年纪尚轻,说话又不客气,那么王虎就会吓唬他几句:

"有什么法子?忍着点吧!难道你情愿让强盗出没糟蹋你们吗?"

但倘若是老人来诉苦,说话又谦恭有礼,他就以礼相待,送给来人一些钱物,并温和地安慰他们说:

"这只是短时间的事,我很快要带兵去打仗,叫我老守着这么个小县城为地盘,我是不甘心的。"

现在王虎自己没有女人了,想到别的男人有女人就有一种说不出来的怨恨,无论到哪儿,他都要声色俱厉地教训自己的部下:

"我的队伍中谁要是对女人不规矩,告诉我,我宰了他!"他把新兵安顿在离他住所最近的地方,而且常常一发现有谁色眯眯地瞧着良家妇女,他就要真心诚意地警告他一番。

王虎对所有的部下都是言出必行,尽管他手头拮据,因为新近投奔他的强盗有四千来人,而且他二哥帮他买的三千支枪他只拿回了两千零一些，但是他还是保证发饷给每一个士兵。他也知道此非长久之计，必须在税收上想出些新名堂来。目前他尚且可以依赖自己的秘密金库，不过，对一个军阀来说，干这种行当是要冒很大风险的，如果他一下子被打败了，就必须到别处退避一阵子，那就无法养活部下了。因此王虎开始动脑筋想征收某种新立的税项。

其时，夏天已快过去，王虎派出的密探又纷纷回来聚在一起，带回的消息雷同——南方军阀再一次被击败，北军获胜。他十分相信这个消息，因为近几个星期省里的军阀没有像前一阵子那般催逼他出兵助战。

王虎急忙派了他的侄子和"豁嘴"带着他的亲笔信和一份礼物前往省城拜见都督。信写得极其谦恭有礼，首先表示对未能早一些助战而感到遗憾，然后说明是因为自己一直忙于在辖区内剿匪，现今一切就绪，准备立即参战打击南方云云。

王虎的命也真好，那两人到达省城向都督呈上书信的那一天正是南北双方宣布休战的日子。暴动军南撤重整旗鼓，而北军因为打了胜仗，在南方诸地肆意劫掠了数天，夺得的财物就作为官兵们的战利品。当都督收到王虎的书信时，他客气地接受了迟到的效忠。他回信说，夏尽秋至，时日消逝很快，战争已结束，但预计明春还会有其他的战事，望王虎时刻备战。

派去的两人将回音带给王虎，他感到十分满意，因为他知道，他的名字将列入胜利者的名单，这真是唾手而得的声望，在整个战争期间，他未损一兵一卒、一枪一炮，而且队伍壮大，充实了力量。

第二十章

秋高气爽,一阵阵清风吹拂着金黄色的田野,到处可见农民忙着收割。夜晚皓月当空,老百姓欢欣鼓舞地准备庆祝中秋佳节。那一年,除一两种庄稼歉收,其他收成都不错,老百姓并无饥荒之虑,加上盗匪被除,四方太平,远方的战火幸而也未蔓及本地,这些全靠神明保佑,老百姓准备在中秋谢神。

王虎静观自己的处境,发现今年比去年大大改善。现在城里城外归他统辖的军队有两万多人,枪支差不多有一万二千支。此外,他现在出了名,大家都把他看作军阀之一。战后仍居其位的那个软弱昏庸的统治者在发布文告致谢众有功将领时,王虎的名字也被列入其中。王虎成了击败南方、保护中央政府统治的众多将领之一,而且这些将领全部被中央政府授予了官衔。他受封的官衔虽然不大,只是个有职无权的空衔,但毕竟是个官衔,他实际上又未曾参战,无功受封何乐而不为?

中秋节是个大节,每家每户都要大吃大喝一顿,但这一天讨债的要上门,欠债的要还账。王虎有一大难题,就是买枪的那笔钱王掌柜催着要取回,说是因为别人也逼着他还债。王虎发起火来,派人去与王掌柜谈判说,没有拿到枪支当然不能付钱。他还吩咐去谈判的人对他说:

"你应该早就警告你的代理人不要把枪支交给抢先去夺枪的人。"

王掌柜也有他的道理,他说:

"那些人拿着我给你的亲笔信,而且上面有你的签名,我怎么知道他们不是你的人呢?"

王虎对此无话可答,但他手里有军队做后盾,所以最后气势汹汹地回话说:

"我最多付一半的损失。你不同意,我就一分钱也不付。现在可不比以前了,我不愿意做的事情我可以不做。"

王掌柜是个小心谨慎且富有心计的人,如果事情要谈崩的话,那还是接受对方的条件为好。他也完全承担得起那一半的数目,因为他可以通过提高租金以及提高一两处地方的债息来弥补自己的损失,他对于在哪些地方改变利息而不至于遭到抵制是完全有把握的。

起初王虎对如何筹足这笔款项去还债简直是一筹莫展。他必须维持一支庞大的军队的开销。虽然银子每月甚至每天似长江之水流入他的腰包,但是为支付必要的开销,银子又似八月的潮水流了出去。于是,他传几名心腹到内室秘密商量。

"还有什么列得出名堂来的税收项目吗?"

心腹们搔首抓耳,绞尽脑汁,却只是面面相觑,毫无办法。这时"豁嘴"开口了:

"如果加重百姓粮食作物的税收,他们可能会造反的。"

这一点王虎是明白的。事情的确如此,如果把百姓逼到绝路上,不反抗就要饿肚皮,那么他们肯定会铤而走险。王虎在当地的地位虽说已经稳固，但并非牢固到可以无视百姓造反的地步。他必须想出些可行的新名堂来，最后终于想到了可以增设税项的一个主要行业。当地制作的老酒坛子远近闻名，每只坛子收税一两个铜钿是可以实行的。

酒坛子是用一种优质陶土制作并涂上蓝釉而成，老酒装坛后，用同样的陶土封口，在封口处打上印记。远近各地的人只要看到那种印记，就可确定是好坛装的是陈年佳酿。王虎忽然想出这个主意，高兴得一拍大腿叫道：

"做酒坛子的人一天比一天富，我们为什么不叫他们和别人一样纳税？"

大家一致认为这个主意很好，王虎当天即宣布征税。他把事情办得非常得体，特地派了个人传话给该行业的头头儿。他说，由于他的保护，地里酿酒用的高粱以及当地百姓才免遭匪祸，否则坛子里就无酒可装了。出力保护当然需要钱，他的士兵要吃饭、领饷，他要买枪发给士兵。当然人家十分明白王虎的好言好语后面是几千条枪的武装力量。所以，尽管这些制陶作坊的业主非常生气，密聚在一起商议了上百种对策，试图抵制乃至想到要造反，但最后还是不得不接受纳税条件，他们知道王虎这个人说得出就做得出，况且比他坏的军阀多得很呢。

既然无法违抗，那就只得从命。王虎派亲信对酒坛的产量作了估计，这样一来，每月又有了一笔可观的银子收入。约过三个月，他付清了欠王掌柜的那笔款子。打那以后，制坛作坊的业主习惯于每月上税，王虎乐得听其自然，每月收税，绝不吐露已经

第二十章 · 261 ·

还清债务的真情。说实在的，凡是能搜刮上来的他都要，为实现他的最后野心，还有好长一段路要走，他一直野心勃勃地忙于各种事务。

他意识到并看到自己在本地的收入已经到了极限，也越来越强烈地感到自己偌大的一支武装力量与现在这么个弹丸之地实在太不相称。明年春天，他非得扩大一下地盘不可，这个地方太小了，一旦发生饥荒可就完了。天有不测风云，荒年随时有可能出现，只是王虎运气好，自占了这个地方以后尚未遇到过大的灾荒，只有一两回小灾小难而已。

转眼冬天又近了。冬季一般不会有什么战事，于是王虎努力利用这个时间提高自己武装的战斗力。只要不是狂风暴雨或大雪纷飞的天气，他就每天操练士兵。他自己操练最精良的几个士兵，然后让他们去操练别的士兵。此外，他尤其注意枪支的数目，每个月他都要让人当着他的面把枪支点清，将数量、型号都一一列单入册。他甚至警告部下，无论何时，只要发现枪支被窃，少一支枪就枪毙一两个或两三个士兵以保持枪和人的原比例。没有人敢不服从他，大家越来越怕他。大家都知道，他杀机起来的时候连自己的老婆都会杀掉，对自己心爱的老婆尚且下得了手，更何况对别人呢。只要他发脾气，那两撇浓黑眉毛紧锁在一起，大伙就心惊肉跳的。

北方的严冬降临了，王虎自己无法出外活动，也无法逼着士兵外出，只得整天守在屋里，无所事事、孤孤单单地等待着天气好转，这种气氛与他向来忙忙碌碌的日子极不协调。

在那些沉闷的日子里，他多么希望自己也能像别人一样醉心于吃喝嫖赌，以此消磨时间，忘却各种烦恼，但他不是这样的人。他每天吃的仍是粗茶淡饭，他觉得这比吃大鱼大肉更好受。他对女人也毫无兴趣，相反却觉得讨厌。也有过一两次他试着赌博，但是他掷骰子反应不快，下赌注又看不准时机，输急了就发脾气，竟用手去摸腰里的剑把。那些和他一桌赌的人一看见他双眉拧成一团，咬紧牙齿，手摸剑把，吓得连忙有意输给他。到头来，王虎对这种玩意儿感到厌倦，他大声吼道：

"我早就说过，傻瓜才玩这东西！"说完就愤愤离去，这种玩意儿实在无法帮助他解脱烦恼。

比白天更难过的时刻莫过于夜晚了，他恨透了夜晚，孤单单的一个人度过夜晚实在使他难以入眠。这种日日夜夜的孤独对一个像王虎这样的人来说不是一件好事，心灵上的痛苦使他看不到别人可以看到的欢乐，实际上，有些人承受的痛苦比他更深，但他们仍能寻求欢乐。王虎有着强壮而又欲念旺炽的肉体，独自一人睡觉确实难熬，此外，他连一个可以交谈的朋友也找不到。

那位县老太爷和他的已是风烛残年的夫人就住在一个侧院里，他可以称得上一个老好人、一个有学问的人，但对像王虎这样的人来说，他又实在是太无用、太胆小怕事了。不管王虎对他说什么，他只会双手抱拳，急忙作答：

"是的，阁下，是的，将军！"

跟他说不上两句话，王虎就不耐烦了，他会双目圆睁，把那个老学究吓得面如土色，只得匆匆告退。在走出房间时，他那裹着瘦削身体的褪色旧长袍直拖地面。

但王虎毕竟还是正派的人,他知道县老太爷对他已是尽心尽力,所以每当他自己感到火气快要冒上来时,就竭力压住,赶快抬手示意送客,以免脾气发起来伤了这个老头儿。

他也确实有自己的心腹,三个都是能干的角色。"老鹰"是其中之一,就其聪明程度而论,他一人顶得上一千个普通士兵,但从另一方面看,他又只是个无知无识之辈。他只会谈论弄枪使拳的武经,如何与敌打斗呀,如何先踢右腿又出其不意地用左腿使个扫堂腿呀,又如何在战斗中声东击西呀,等等,他一遍又一遍地重复这些,重复得令人生厌,因此王虎对他既重用又讨厌。

"屠夫"也是其中之一。他的两只拳头大而敏捷,健壮的身体可以一下子撞破一块门板。然而他思想迟钝,说话口吃,绝不是一个可以在寒冬腊月的长夜交谈的伙伴。再就是"豁嘴"。他虽算不上了不起的勇士,却是一个最忠实可靠的部下,而且用他送信做说客也最合适不过了。可是,他说起话来发出的嘶嘶声加上唾沫飞溅的样子令人扫兴。王虎也不会屈尊去与辈分低一辈的侄子谈天,也不会降低身份去和那些当兵的一起痛饮作乐。他知道,如果一个指挥官混同于一个一般的士兵,让他们看到他喝醉后的丑态,那就使自己扮演了一个普通人的角色。如果那样,一旦打起仗来,士兵就不会再敬畏他,就不会听从他的指挥。的确,王虎从来不在普通士兵面前降低身份,他总是在全副武装并且腰佩利剑时才出现在他们面前。如今他对他的剑是既爱又恨。这把剑的刃是如此锋利,恐怕世上再也找不出可与其匹比的了。但是有时候,他独自一人会对着这把剑沉思冥想：如果持剑朝一片云彩劈下去，恐怕柔软的云彩也会被劈为两半，她的脖子就同那片云彩一般柔软，因此那天夜里，剑锋把她的脖子割断了。

即使白天可以找人交谈一下，但每日结束之际夜晚必将降临，王虎只得独自一个躺在床上，又如何度过冬天的漫漫长夜呢？

有时他点燃一支蜡烛，读《三国演义》《水浒传》及其他类似的故事书，这类书都是他年轻的时候爱读的，也正是这类书使得他后来倾心于戎马生涯。他想以此挨过长夜，但看书总非长久之计。有时蜡烛燃尽，寒意袭人，最终还得在床上挨过黑沉沉、冷冰冰的长夜。

每天夜晚他都努力克制自己不去想那个死了的女人，然而又怎么能克制得住呢？他深深地爱着她，为她叹息。他的叹息又并非渴望她复生，他知道并且常常告诫自己，即使她依然活着，也永远不可能成为自己所信赖的人，永远不可能成为自己敞开整个心扉去爱的人。这个女人死了才安宁，要是她还活着，要是他原谅了她并处处提防着她，那么他的心思就会被对她的惧怕所干扰，他的事业心也会受到妨碍，他也就永远成不了大人物。

到了夜晚，他便如此告诫自己；可他还会痛苦地想起这个问题："豹子"只不过是个无知无识的家伙，他当个小小的强盗头子，竟然就赢得了那个女人的爱，而她不是个寻常的女人。那个"豹子"死了还有魅力吸引她，那股力量大得使她宁可依恋死人也不要活着的爱。

王虎怎么也不相信那个女人从来未曾爱过他自己，不，他绝不相信。他不止一次地回想起一些就发生在自己现在躺着的这张床上的情景,那个女人当时是何等坦诚、热情,如果没有爱的激发,她绝不会显露出那样的热情。他开始感到非常沮丧、虚弱,尽管自己的傲气和地位都超过了"豹子",但他总又感到自己在某种方面比不上他。"豹子"死了还能在她的心目中占有地位,而自己活着却占有不了她的心。王虎对此百思不解,只能把这看作命该如此。

一旦他不再像以前那样把自己看得十分了不起,他便怀疑自己永远不会有什么大作为。就算有所作为,又是为了谁呢?没有儿子,日子变得那么漫长而毫无意义。所有的一切荣誉和家产都会随着自己生命的消亡而消亡,或者传给别人。对两位兄长和他们的儿子他并不喜欢,并不愿意为他们去卖命拼杀于疆场。在这寂静的漫漫长夜中,他喃喃地自言自语道:

"杀了她一人,等于杀两条生命,把本来可能会有的儿子也给杀了!"

王虎的脑海中近来常常浮现出她被戳死在床上,鲜血从她喉咙上的刀口直喷而出的情景,他觉得自己再也无法忍受这痛苦的回忆,再也不能躺在这张她被杀死的床上。虽然床已经被洗刷干净,重新上了漆,再也看不见任何血迹,枕头也换了新的,也没有人敢在他面前重提此事,他自己又不知道她的尸体被扔到了何方,但是,他已无法在这张床上入睡。他起身坐到椅子上,全身哆嗦,用棉被紧紧裹住身体,就这么痛苦地坐着,一直坐到东方泛白、晨曦渐露,一阵阵清晨的寒气透进纸糊的窗格。

冬天的夜晚就这么日复一日地熬过去。他内心似乎在大声地呼喊，不能再这样继续下去了，悲凉而孤独的夜晚折磨得他不像个正常人，它们吞噬了他的雄心。他开始为自己感到害怕，因为他再也看不到世上美好的东西，而且对所有来人都感到讨厌，对自己的侄子尤其不耐烦，他痛苦地寻思：

"这个麻脸猴，商人的儿子，竟是顶好的了，竟算是我身边最接近于儿子的人了！"

最后，当他感到自己似乎必疯无疑时，才突然醒悟过来。一天晚上，他在幻想中似乎感觉到，那个女人的鬼魂像在她活着的时候一样阴谋与他作对。他突然醒悟了，变得冷酷无情，对她的鬼魂嗤之以鼻，心里默默地说道：

"不是所有的女人都会生儿子吗？我不是比女人更想要儿子吗？我会有儿子的。娶一个女人不生儿子，就娶两个、三个，直到生下儿子为止。我真他妈的笨！竟把心思用在一个女人身上！开始迷上的那个女人是父亲屋里的女仆，我根本不了解她，只是与她说过一两句话，但后来竟为她伤心了将近十年。迷上的第二个女人被我杀了，难道也要为她伤心十年吗？到那时再另找女人去生儿子岂不是太老了吗？不，我要和别的男人一样，我要看看自己是否也能像别的男人一样随心所欲，高兴娶哪个女人就娶哪个，不行就再换一个。"

当天，他把"豁嘴"叫进房来，对他说：

"我现在要重新娶个老婆，只要像样的就行。你去跟我那两个哥哥说一声，我原先的老婆死了，叫他们帮我再物色一个。我自己正忙着打仗的事，春天一到肯定又要打仗，我不想因为去张罗这种事而误了打仗的大事。"

"豁嘴"高高兴兴地去跑这趟差。他那双善于察言观色的眼睛早就看出了苗头,他知道自己的主子痛苦的原因,也知道另找女人对他来说是一剂良药。

王虎一面等着结果,一面加紧备战,策划如何扩大势力范围。而且,他希望把自己搞得劳累一些,以便夜里能够入睡。

第二十一章

"豁嘴"一路绕道而行,生怕被别人认出来,对他的频频到来生疑。他来到城里就直接走进王氏兄弟居住的大宅。他问清楚,得知当天中午王掌柜正在账房里算账,于是立即赶到账房去拜见。王掌柜正坐在自己的账桌旁打算盘,核计一船小麦的利润。他的账房间狭小,光线暗淡,却支配着城里的主要市场。他抬起头来,听"豁嘴"说着王虎的事,听完不觉大吃一惊,两只小眼呆呆地瞪着"豁嘴",薄薄的嘴唇朝上噘着说:

"现在弄点钱倒比弄个女人容易些,我怎么知道上哪儿去弄个女人给他?他死了老婆真是倒霉事。"

"豁嘴"知趣地坐在角落里的一条矮凳上,卑恭地答道:

"我的二爷,您只要找一个安分守己的女人给他就行了。让他有个女人转转他的心。他这人感情太深太怪了,干什么事都用全副心思扑上去,就像着了迷似的。那个女人死了他还想着她。几个月都过去了,他还念着丢不开,这样长期下去对他身体没好处。"

"她是怎么死的?"王掌柜好奇地问。

"豁嘴"是个忠心耿耿的人,处事小心谨慎。他刚想答话,却又把话缩了回去。他忽然想到,那些没有打过仗的人对杀人之类的事情肯定会大惊小怪的,他们听不得杀人的可怕事。可当兵的就要杀人，如果不能用计谋保住自己，就会死在别人手里，死人的事是不足为奇的。一想到此，他只简单地回答说：

"她是突然失血而死的。"王掌柜听过也就算了。

然后他吩咐伙计送"豁嘴"住进一家小客栈，好菜好饭招待了一顿，他自己坐在账房间暗暗思忖：

"这种事得去问老大，只要与女人有关的事他知道的可多着呢，我自己除了老婆，还认识谁？"

他站起身走出去找老大，随手从墙上的钉头上取下挂在那里的灰色绸袍。他出门穿着它，一回到账房间就又脱下来挂在墙上，这样可以省着点穿。来到老大家门口，他问门房他哥哥是否在家。门房请他进屋，可是他宁可在门口等。门房便进去问了一个下人，下人回话说主人去了一家赌馆。王掌柜听说后，在鹅卵石铺的街上缓缓向赌馆走去。昨夜刚下过雪，天很冷，满街积雪，只有路中央才露出一长条一字形的路面，那是过往小贩、不得不出外谋生的人或像王地主那种出外作乐的人踏出来的。

到了赌馆刚要问伙计，他便听到老大从一间小房间里传出来的声音。他走进那间小房间，看见老大和一帮赌友围着牌桌正赌着呢，小房间里生了一只炭盆，暖烘烘的。

王地主看到老二进来，不觉暗暗高兴，此时他正希望有人找他，他就可以离开牌桌了。他赌钱的本事不大。由于王龙对儿子管教很严，从来不许他们赌钱，所以王地主到了很大年纪才学着赌钱，而他的儿子却是从小就精于此道，就连他的第二个儿子也是赌到哪儿赢到哪儿。

当王地主一看到老二的脑袋从半开的门探进房里时，他马上立起身对他的赌友说：

"今天到此为止，我家老二找我有事呢。"他一边说一边拿起搁在一边的皮袍，走到王掌柜等着的地方。但是，王地主并没有说自己很高兴老二来了，因为让他知道自己赌输了钱可太丢面子了，精明的人是不该输钱的。他见了老二，只是问道：

"有什么事要对我说？"

王掌柜只简略地答道："我们找个地方谈谈吧，不知此地有没有清静些的房间？"

王地主把老二带到一间饮茶的房间，选了一张离别人较远的桌子坐下。他吩咐茶房送茶，然后又要了酒、一碟肉、几碟小菜。王地主点菜时，王掌柜在一旁等着。待茶房离开后，王掌柜才开始直截了当地说：

"老三的老婆死了，他派了个人来说要我们给他再找一个。我想，对这种事你比我精明。"

王掌柜一边说，一边心里暗暗好笑。王地主听了得意地哈哈大笑，笑得脸上的两块肥肉一抖一抖的。他说：

"要说我精明，就精明在这种事情上，但是可不能在我老婆面前这么讲喽！"

他边笑边扫视了一下左右，生怕别人听到，男人一讲起女人就这么副鬼头鬼脑的样子。王掌柜也无心和他打趣，只等着他说下去。王地主略加思索后接着说：

"这事倒也赶巧，这阵子为了我儿子的婚事，把城里人家的闺女都打听过了，哪几个合适我心中都有数。我打算让我大儿子娶县老爷的兄弟的女儿，那个闺女十九岁，门第好，人品也很好。我老婆看到过那个闺女的手工和绣品。她长得不漂亮，但出身门第好呀。可讨厌的是我那儿子太糊涂了，他竟然说要自己找媳妇，这种新潮思想他是从南方听来的。我对他说，这儿的人不时兴那么干，再说娶了媳妇以后他还可以找女人嘛。很快我还得为二儿子作打算。①我那个可怜的驼背儿子呢，他妈许愿家里有个儿子出家做和尚，总不能把不驼背的儿子白白送去当和尚——"

王掌柜对老大家里的事丝毫没有兴趣，哪家的儿子不结婚呀？他自己的儿子也要成家的，但他才不想去费那个心思，这些都是女人管的事，交给自己的老婆去一手操办就得了，他只要求进门的媳妇三从四德，身体壮实，做事勤快。他听老大说个没完，就不耐烦地打断他的话说：

"你知道的闺女当中有哪些配得上我们老三？她们的父亲愿意让自己的女儿当继室吗？"

王地主认为这件事马虎不得，便把他所了解的闺女一个一个仔细地在脑子里作了一番比较，然后才说：

"有一个挺不错的，年纪不轻了，她父亲是个读书人，没有儿子，又想把自己的学问传下去，就教自己的女儿念书。这个闺女有学问，不缠小脚，用现在的话来说是个新潮女子。因为她与众不同，婚事也就耽搁下来了，没有人敢娶这样的女人，谁愿意招惹麻烦

---

① 原著此处或有误，王地主的二儿子已上吊自杀。——本版注

呢？听说在南方这样的女人不少，我们这里小地方守旧，男人不会要她的。她甚至常常上街，我有一次在街上看到过她。她走起路来目不斜视，仪态大方。其实，她知书识礼的，也不像别人说的那么可怕。年纪虽说不轻了，但是最多不超过二十五六岁。你说老三会喜欢这么个不同一般的女人吗？"

王掌柜留有余地地回答说："你说她会持家吗？对老三会有用吗？老三自己也能看会写，就算他不识字，也可以雇一个读书人替他办事。我想，他不会对老婆有能看会写这种要求的。"

王地主一面和老二说话，一面不停地吃菜，茶房已经来回添了几次菜。听了老二的回答，他停住手，手里那只舀满汤的瓷勺不放在碗里也不往嘴里送，他大声嚷道：

"那么他也可以雇个仆人，或者随便找个女人好了。并不是能做家务的女人就是好老婆，关键是看她能不能讨男人喜欢，尤其是像老三那种不寻花问柳的男人。有时候我想，要是一个老婆能够坐下来给丈夫念念诗词呀、传奇故事呀，做丈夫的躺在床上听着，那倒是很舒服的。"

但这不对王掌柜的胃口。这时，他那双筷子正在他手里灵巧地拨动着，从一碟乳鸽炖板栗中挑拣他喜欢吃的东西。他说：

"我喜欢勤俭持家的女人，会养孩子又会省钱才好。"

王地主从小就任性，这会儿就突然冒起火来，一张大圆脸涨得绯红。王掌柜知道自己无法与老大在这件事上取得一致意见，又不愿意为这种事白白费掉时间，反正女人终归是女人，管她是哪一类的，她总得为男人服务吧，于是他赶忙说：

"好了，好了，咱们的老三也不算穷，给他娶两个媳妇吧。你先把你找的那个给他去成亲，过段时间我再给他挑一个。他要是对后一个也喜欢，就娶两个吧。像他那样地位的男人娶两房也不算多。"

经过妥协，兄弟俩达成一致意见。王地主很高兴，因为毕竟是他说的那一个去给老三为妻。老二虽也会去替老三物色一个，但总不能让老三同一天娶两个女人吧。再说，他自己是家里的长子，是个当家的，凡事得由他做主。谈妥分手后，王地主即着手去办这件事，而王掌柜也回家去向老婆叙说一番。

王掌柜的老婆正站在满是积雪的街旁，靠在自家门边，两手插在围裙里取暖。一个小贩挑着一担活鸡停在街边兜卖。一场大雪使活鸡价格下跌，因为养着的鸡在雪地里寻不到吃食，只得廉价卖掉。王掌柜的老婆正想在自家的鸡棚内添一两只母鸡，所以她不时地把手伸出去摸摸那小贩挑担里的鸡。王掌柜走近家门时，她正低着头挑选，头也没抬起来。他走过她身边时对她说：

"买好了快进屋。"

她赶紧选中了两只，小贩将鸡脚缚在一起过了秤，两人斤斤计较地讨价还价一番，最后说定了价钱。她进屋将鸡放在椅子底下，在椅子上弯身坐下等候丈夫说话。他干咳了一声，简单地说道：

"老三要娶个媳妇，原先娶的那个不知怎的突然死了。我不认得什么女人，这一两年你一直在给儿子找媳妇，不知有没有合适的给老三？"

她平时就最喜欢管生孩子啦、办丧事啦、办喜事啦等的闲事。现在丈夫提起老三的婚事，她马上接口滔滔不绝地说：

"有个闺女很不错,就住在我娘家的隔壁。人十分贤慧,我想,她要是再年轻点就可以配给我们的老大。她没有脾气,又懂得节俭,长得也没啥缺陷,只是从小牙齿就发黑,听说是蛀虫蛀黑的,掉了好几颗牙。不过她自己觉得难为情,平时总闭着嘴唇不让人家看见她的牙齿,而且说话很少、轻声细语。她家境不错,家里有地。她年纪一年比一年大起来,要是她能嫁得这么好,她爹会很高兴的。"

王掌柜把刚才与王地主商量的决定告诉了老婆,接着又干巴巴地说:"她说话不多倒是个好女人,你张罗着办吧,等他娶了第一个就把这个送过门去。"他老婆一听大声嚷起来:

"哎呀,老三要娶老大说的那一个可是倒了霉了!老大知道个什么呀,就会找那些轻浮的女人。他老婆也不行,要是让她给找一个,她准会找一个念经信佛的女人。听说这阵子她就信尼姑和尚的,她甚至会让全家都烧香拜佛。依我看,要是有个病有个灾的,要是女人生不出儿子,那么到庙里去烧一次香求佛也就够了。神仙和我们凡人一样,要是谁总来要这要那的,那真讨厌死了。"

说完,她吐了口痰在地上,用脚底擦了擦。她说话说得忘了椅子底下有两只鸡,两脚一缩,碰到了椅子底下的鸡,鸡一受惊,咯咯地大声叫起来。王掌柜站起来,不耐烦地嚷道:

"怎么搞的,鸡也养到房间里来了!"

她着急忙慌地把两只鸡拖出来,一边向丈夫解释怎么买了便宜货,他打断她的话说:

"算了,算了,我得回店里去。你去把这件事办了,过两个月就叫她出来。记牢,不要乱花钱,我们用不着再为老三的婚事花什么钱,一切费用以后跟他算账。"

不久,两门亲都定了,并写了婚约。同时王掌柜把账目也都记清了,定好一个月后成亲。

转眼到了农历年底,王虎得知一切就绪,就准备动身回老家去完婚。他虽然并不迫切要成个家,但既然已下了决心要办,也就干脆把别的事务暂搁一边,一门心思地去做了。他指定了三个亲信代理执掌军务,留下侄子在大营,以防自己不在时有什么不测,也有个可报信的人。

军务安排停当之后,他装模作样地去请示县太爷是否准自己离开五六天时间,县太爷连忙说行。王虎还弦外有音地对县太爷说,他的军队和亲信都留在驻地不动,因此不怕有人趁机轻举妄动造他的反。然后,他穿上很好的衣服,把自己打扮得整整齐齐,还把最好的衣服打成一包放在马鞍上,随身带了一小队卫兵,五十来人,个个荷枪实弹,往老家出发。他胆大,因此并不像其他军阀那样一动身就里里外外围上几百个卫兵。

一路上寒风凛凛,泥路冻得坚硬,两边田野灰蒙蒙的一片,偶有农户的房子,也都是泥灰墙、草屋顶,看上去和田野的颜色差不多,甚至于人的肤色也由于北方的寒风和尘土而看上去灰蒙蒙的。这单调的颜色使王虎的心情在途中的三天一点也好不起来。他们日行夜宿,三天后回到了老家。

王虎先到大哥的家里,婚礼要在那儿举行。和家里人寒暄几句之后,他突然提出在完婚之前想到父亲的坟上去看看,尽尽孝心。

大家都表示同意，王地主的老婆尤其支持，因为她认为王虎长期出门在外，不比家里人可以定期去上坟，现在趁回家成婚之机，先上坟祭扫一下是很应该的。

王虎自己也完全知道为人之子有此责任，在条件许可时是应该这么做的，但是他现在决定去上坟并不完全是出于一种责任心，而还想排遣一下连日来的郁闷。他自己也不知道这是怎么回事，总之，他无法闲坐在哥哥的家里，他受不了他哥哥那种对办婚事所表示的虚假的殷勤，他感到压抑，感到必须找点什么借口出去一下，离开他们那些人，因为这屋子似乎不是他自己的老家。

他派了个士兵去买纸钱、香烛及上坟所需要的其他东西。然后，他带着这些东西出了城，士兵们扛着枪跟在他的坐骑后面走着。看到街上行人盯着他看，他模模糊糊地感到一些安慰，虽然他紧绷着脸，昂首挺胸目不斜视，好像什么也没看见或听见，可他听到士兵们的吆喝：

"让路，让路！给将军让路，给我们老爷让路！"他看到老百姓敬畏地退到墙脚边，缩在门口，心里感到自己确实了不起。对那些平民百姓来说，他显然是高高在上的。于是他摆出一副更加耀武扬威的样子来。

王龙的坟旁有一棵枣树，王龙当时选上这块坟地时，这棵枣树还是一棵枝干光洁的小树，而现在它已长得盘根错节，并且旁边又长出了一些小枣树。王虎离坟还很远就下了马，缓步前行，以示他对父亲的尊敬。一个士兵站在远处替他看着马。王虎在他父亲坟前鞠了三个躬，另有几个士兵跟他走到坟前，替他摆好了纸钱、香烛。

他们在王龙的坟前摆得最多,其次是王龙父亲的坟前和王龙兄弟的坟前,摆得最少的是阿兰的坟前,王虎只依稀记得阿兰是他生母。

然后,王虎又庄严地缓步上前,在各个坟头前点燃了香烛和纸钱,并且在各个坟前下跪磕头,磕头的次数都是按照传统的规矩来的。磕完头,他一动不动地站着沉思了一会儿,坟地上的纸钱已燃尽,变成了灰,香火还在燃着,在冬日的空气中散发出一阵阵香味。那天没有太阳也不刮风,是个灰蒙蒙的阴冷天,好像要下雪。士兵们默默地守候在一旁,耐心地等待着他们的将军悼念他父亲的亡灵。最后王虎转身离开了坟地,骑上马沿原路返回家里。

其实,他在坟前静思之时,并非在想念他的父亲王龙,而是在想他自己。他想到,如果自己死了,躺在那片坟地里,就没有儿子来悼念他的亡灵,一想到这一层,他就觉得这次结婚是件值得庆幸的事,原来忧郁的心情似乎也有所好转,因为他的心灵深处正怀着生儿子的希望。

他返回的路正好经过他家土屋前的打谷场,梨花和"驼背"就住在这儿。王虎的随行士兵的喧闹声传进了土屋,"驼背"以最快的速度跌跌撞撞地跑出来看热闹。他压根儿就不知道骑在马上的那个人就是他的叔叔王虎,只是睁大了眼睛看王虎和他身后的一大帮子人。"驼背"差不多有十六岁,很快就是成年人了,但是他的个头还像六七岁的小孩,隆起的脊背就像挂在身后的一顶笠帽。王虎看到这么个人觉得新奇,便拉住缰绳问道:

"你是谁?怎么住在我的土屋里?"

那小子听说过有一个叔叔是当将军的,他常常梦想着有朝一日

能当面看看当将军的叔叔长什么样子,现在他知道自己面前就是这个人了,因此兴奋得直叫起来:

"你就是我叔叔啊?"

王虎记起来了,他看着那小子仰起的脸,慢吞吞地说:

"是了,我听说哥哥有个像你这样的小子。但是太奇怪了,我们王家人都很健康,身板挺直,爹生前也一样,到很老了身板还是笔直的,身体健壮得很,怎么会出了像你这模样的?"

那小子对这类问题似乎早已习以为常,他两眼只顾贪婪地盯住那些扛枪的士兵和那匹高大的枣红马,心不在焉地答道:

"可我摔地上了呀。"说完,他把手伸向王虎的枪,那张怪异而显出成年相的脸上长着一对下陷的神色忧郁的小眼睛,此时这对小眼睛盯牢了那支枪,嘴里恳求说:

"我从来没有摸到过洋枪,给我摸一会儿好吗?"

王虎看到他伸出的手干瘪得像个老头儿的手一样,顿时对这个丑小子动了恻隐之心。他解下自己的枪递给他,让他随便摸摸看看。他等着丑小子摸个够,这时有个人来到门口,那是梨花。王虎立即认出了她,她没怎么变样,只是比以前更瘦了,一向苍白的鹅蛋脸上布满了细细的皱纹,但一头秀发依然又黑又亮。王虎在马上拘谨地朝她深深鞠了一躬,梨花也略略屈身回礼,要不是王虎开口问她,她早就转身回屋去了:

"那傻子还活着吗?"

梨花轻声细气地答道:

"还活着。"

王虎又问：

"你的那份钱每月都拿得到吗？"

她还是轻声细气地回答："谢谢，每月都能拿到。"她说话时垂着头，眼睛瞅着打谷场结实的地面，这次她一答完话就赶紧转身走了，只剩下王虎呆望着空荡荡的门庭。

他突然对丑小子说：

"她为啥穿尼姑一样的袍子？"他刚才看到梨花身上那件灰长袍的领口像尼姑袍一样叉叠着，觉得好生纳闷。

丑小子心不在焉，完全被那支枪迷住了，他一面轻轻抚弄枪把子一面答道：

"傻子死了以后她就要到离这儿不远的庵堂里当尼姑，现在她已经背熟了很多佛经，一直吃素，早已是半个尼姑了。因为爷爷把傻子留给了她，所以傻子死了以后她才能把头剃光，真的去当尼姑。"

王虎默默地听他说完，心里隐隐感到一阵难过，然后他带着怜悯的神情对丑小子说：

"那时你怎么办，你这可怜的驼背猴儿？"

丑小子答道："她一进尼姑庵，我就到庙里去做和尚。我年轻，有好多年要活，她等我死可等不及。做了和尚就有饭吃，要是病了，我背上的那团东西常使我生病，她可以来照料我，因为我们是亲戚嘛。"他说这些话时毫不动情，但接下来他的声音变了，带着哭腔，情绪颇为激动，两眼朝上看着王虎大声说道："我是要去做和尚了——但是，啊，我的背要是直的就好了，那我就可以当兵了——你收我就好了，叔叔！"

少年深陷的黑眼睛中好像有一团火，王虎心地仁慈，他感伤地说：

"我很愿意收你，但像你这样子怎么能当兵呢？就当和尚吧！"

少年耷拉着怪难看的脑袋，声音微弱地应了一声：

"我知道。"

他再没多说什么，把枪还给王虎，转身一颠一跛地穿过打谷场，走了。王虎继续上路，回去举行结婚大礼。

对王虎来说，这是一桩奇怪的婚姻。这一次他一点也不着急，白天黑夜都没什么两样。他默默地经历着一切，就像履行公事一样；他彬彬有礼地做所有的事情，不发脾气时他总是那么彬彬有礼的。现在，爱情和坏脾气似乎都离他那麻木的灵魂很远。穿大红婚服的新娘像远处模糊不清的一个人影，与他自己毫无瓜葛。非但如此，他甚至觉得所有的宾客、两位兄长、嫂子和他们的孩子们，还有那个胖得异乎寻常、由杜鹃搀扶着的荷花在他眼里都是这样。然而，他看了荷花一眼，因为她的身子太肥胖了，呼吸起来气喘吁吁，声音大极了。出于礼仪，他站着向这些人以及其他所有非得施礼的宾客一一鞠躬。

喜宴开始后，王虎几乎没去碰鱼肉之类的菜肴。王地主说开了笑话，因为即使是在二婚喜宴上，也应该是热热闹闹、高高兴兴的。有一位客人听了笑话大声笑了出来，可是一看到王虎那严肃铁板的面孔，一下子又把笑声缩了回去。王虎在自己的婚宴上沉默寡言，只是当别人替他斟上酒时，他才捧起酒碗呷上一口，然后放下酒碗粗声粗气地说：

"早知道这酒比不上我那儿的，我就带一坛来了。"

婚礼结束后，他骑上枣红马，让新娘和女仆乘坐一辆骡拉的车，车窗挂着帘子。他对新娘连看一眼的兴趣都没有，只管骑着马往回赶路，就好像跟来时一样是独自一个人。士兵们跟在后面，骡车在队伍后面颠簸着。王虎就这样把新娘带到了自己的地方。一两个月以后，第二个女人由她父亲领着来到了王虎的家，他也留下了她。一个还是两个老婆对他来说都无所谓。

新的一年又来到了，元旦和春节也很快地过去了，虽然树上仍是光秃秃的，但春天已在土壤中开始萌动。阴冷的下雪天再也留不住积雪，因为雪很快就被南方突然吹来的暖风融化了。田里的麦子还没长高，却呈现出一片新绿。农民结束了冬天里那种闲散的日子，又开始忙着整理锄头、犁耙，并且把牛喂得好一点，准备下田干活。路边的野草钻出了路面，孩子们拿着镰刀或削尖的木片和铁片四处寻找新长出来的野菜，挖起来充当粮食填饱肚子。

整个冬天屯扎在营地的军阀们也兴奋起来了。士兵们在冬天里个个养得壮壮实实，现在开始蠢蠢欲动，他们对赌牌、吵闹、进城闲逛那一套玩意儿已经腻烦了，现在脑子里想的是自己在春天里新的战争中命运如何，每个人或多或少抱有一丝希望，最好自己的顶头上司在战斗中丧命，那么自己就可以往上爬那么一级了。

王虎也有他自己的梦想，他已经设想了一个很好的计划，现在是实现这个计划的时候了。现在的王虎已经不是被情欲困扰和折磨的王虎了，那种情欲已不复存在，即使还在，也是被深深地埋藏着。

每当这种欲念起来的时候，他就随便到两个女人中的一个那儿去发泄一阵，如果觉得身体没劲儿，他就靠拼命喝酒来提神。

王虎是办事公道的男子汉，他对两个女人一视同仁，没有偏爱之心。其实，这两个女人极不相同。一个有学问、爱整洁、朴素、温存、安静；另一个则有些笨拙、粗野，但也不失为一个好心肠、贞淑的女人，她最大的缺点就是那一口黑牙，一走近她就会闻到一股口臭。好在这两人从不吵闹，在这一点上王虎是相当幸运的；当然，他的公正态度也是两个女人不吵闹的原因之一。在这件事上，他是很审慎的，他轮流到她们的房间去，她们俩虽然完全不同，但对他来说一样是女人。

他再也不用孤身独眠了，然而，尽管两个女人轮流陪他睡，他却始终不与她们亲密。他进她们的房间的目的就是睡觉，他始终摆出一副当家人的架子，从不多说一句话。他和以前死去的那个女人之间的那种坦率、无拘无束的关系，永远不会在他与这两个女人之间出现。

有时候，他默默地思考着一个男人对女人的不同态度，他痛苦地认识到，以前的那个女人其实从来没有对他坦诚过，即使是当她像妓女那样放肆时也没有真正地对他坦诚过，因为她内心深处无时无刻不在谋划着对他的反叛。每当想起这些情况，他总是有意关闭自己的心扉，而通过在这两个女人身上发泄肉欲来安慰自己。这样做的另一个动机是他抱有一丝希望，希望两个女人中的一个会给他生个儿子。这种希望也进一步鞭策他实现取得辉煌胜利的梦想，他发誓要在这一年的春天打一场大仗去赢得权力和地盘，而且他自认为此仗必胜无疑。

第二十二章

春暖花开的时节,那白色的樱花和粉红色的桃花就像一团团淡淡的云雾轻轻地飘浮在绿色的原野上。这时,王虎和他的心腹们正在商讨开战大计。他们在等待两件事情的结果:一件是要看南北军阀如何重新开战,因为他们年前的休战理由单薄,他们之所以在冬季休战是因为在风雪泥泞中不便打仗而已。此外,南北军阀的本性各异,一方是体大气粗、行动迟缓、凶狠残暴,另一方是灵巧精悍、足智多谋、善打埋伏。这种脾性上的甚至可以说是种性和语言上的差异,也在某种程度上决定了双方无法长久休战下去。第二件事是要看年初派出去打听消息的探子回来如何报告。他们边等待边商讨着向哪个方向以及如何扩张自己的地盘。

他们聚在王虎的大房间里议论,每个人坐在自己军衔所规定的座位上,"老鹰"照例有话先说:

"我们不能去打北方,我们已经效忠北方了。"

"屠夫"不管"老鹰"说什么总要拙劣地重复一遍,因为他不愿让别人认为他不及"老鹰"聪明,再说他自己确实也想不出什么新花招,所以就附和着"老鹰"的观点大声说道:

"是不能打北方,即使占了北方的地盘,那也是长不出好东西的地,那里的猪真他妈的瘦,宰了也没有肉。我见过那种猪,不吹牛,那猪背脊尖尖的就像弯弯的大镰刀，母猪还没下崽就能数出肚里有几只，谁愿意上那儿去打仗，什么便宜也捞不到。"

王虎慢条斯理地说：

"然而也不能往南方打哟，那样的话岂不是打了我自己的乡亲，打了我父母的乡亲？再说打赢了也不能无所顾忌地对自己的乡亲征收税金呀。"

"豁嘴"总要等别人都说过了才开口。这回该轮到他了：

"有一个地方，以前算是我的家乡，可现在那里早已无亲无故了。在我们的东南面，一边靠海，整个县沿江延伸到入海处。那个地方到处是耕地，也有些小山，很富裕，是个鱼米之乡。县城是那里唯一的一个大镇，但小镇集市不少，百姓的日子过得挺富足。"

王虎听完后发问：

"那个地方是不错，但那么好的地方不可能没人霸占，不知是谁霸占着？"

"豁嘴"说出了那人的姓名。他原来是个强盗头子，一年前刚投奔南方的军阀。听到那个姓名，王虎立即决定去打那个强盗头子。他十分憎恨那些南方人，憎恨南方人煮的烂饭、撒上胡椒粉的猪肉，一个人即使有一口好牙齿，也无法嚼着吃那些东西。他至今记得他年轻时那可恨的岁月，于是他大声嚷了起来：

"好，就打那个地方，打那个人！既扩大了我的地盘，也算参了战。"

一旦决定这件大事，王虎就马上吩咐仆人拿酒来，他与心腹们一起喝酒，同时下达命令，让所有的士兵做好行动的准备，等第一批探子回来报告南北方开战的确切时间,他们就立即开赴新战区作战。除了"老鹰",几个心腹都起身告辞传达命令去了。"老鹰"故意留下,把嘴凑到王虎耳边,呼出的热气直冲王虎的脸,他用又轻又沙哑的声音说:

"打完仗后得给大伙几天时间抢一把乐他一乐。当兵的都在底下抱怨你管他们管得太严,没个自由,别的军阀都给下面自由,如果不让他们抢上几天,他们是不愿意去打仗的。"

王虎咬一咬嘴唇边又黑又硬的胡子,这些天他连胡子都没心思刮,随它长着。他心里极不情愿,却又知道"老鹰"说得有道理,只得答应说:

"好吧,跟他们说,打了胜仗后给三天时间,只给三天!"

"老鹰"高高兴兴地走了。王虎坐在原处,心中有点闷闷不乐。他憎恶抢劫,但又无法阻止。对那伙当兵的如不给一点好处,他们中谁也不愿冒生命危险去打仗。他虽同意了这件事,却又放心不下,脑子里尽想着老百姓受苦的情景。他自己选定了带兵这一行当,却又硬不起心肠来,他只恨自己太软弱了。在这种情况下,他强迫自己硬起心肠并自我安慰地想,不管怎样,穷人并没什么值钱的东西被抢,总是富人被抢的多,而且富人也承受得了。他知道自己有软弱的一面,害怕见到别人痛苦,但他绝不让别人了解到他的软弱,以防别人看不起他。

派出的探子陆续返回驻地,一个接一个地向将军报告消息。他们都说,虽然尚未正式开战,但实际上南北军阀都忙于向国外购买武器,到处是扩军备战的气氛,肯定马上就会打起仗来的。王虎不敢耽搁，决定开始征战，当天就命令全军人马到城门外集合，他手下的人马为数众多，城里已无法容纳大队人马集中。他骑着那匹高大的枣红马，身后紧跟一队侍卫，右边是他的麻脸侄子，这回他可不是骑毛驴，而是骑一匹高头大马，因为王虎已经给了他一个官职。骑在马背上的王虎昂首挺胸，傲气十足。全体官兵肃静地望着他，他那目空一切的神态、两道凶狠倒竖的浓眉以及嘴唇上长长的胡子，使他显得不止四十岁。像他这样威武的将军现在确实少见。他骑在马背上一动不动，有意让大家望了一会儿，然后猛地提高嗓子开始训话：

"士兵们、好汉们，六天以后我们就要向东南方进军，去开辟新的地盘，那是个沿江临海的鱼米之乡，我和你们将同享胜利的果实。我们兵分两路，一路由'老鹰'带领从东进攻，另一路由'屠夫'带领从西进攻，我亲自带五千精锐部队等在北路。待东西两路夹攻当地的中心县城，控制住局面时，我带五千人马从北面切入，形成包围圈猛打，直至消灭最后的抵抗。那里的军阀只不过是个强盗，弟兄们，你们早已向我证明你们是如何英勇地消灭强盗的。"

接着他极不情愿地补充说："如果打了胜仗，在攻占的县城里放你们三天自由，第四天一早就归队，到时我叫人吹号收兵，谁要是不归队我就毙了他。告诉你们，本人不怕死，也不怕杀人。好，命令完毕！"

士兵们一阵欢呼雀跃。解散以后，大家都盼着出征，每个人都急着去检查自己的武器弹药，除了把刀枪磨快擦亮，还看看究竟剩多少子弹——那时候时兴用弹药换东西，那些平时迷恋酒色的士兵早已偷偷地用子弹换了酒色。

第六天一清早,王虎率领队伍浩浩荡荡出了城。尽管这是一次重大的军事行动,他还是留下了一小半部队守护驻地。他也照例到县太爷府上告辞。那老头儿自从身体变得很虚弱以后就一直卧床不起。王虎告诉他,他留了部队保护他和他的宅院,老头儿声音微弱而彬彬有礼地表示感谢,心里却十分清楚王虎留下部队是防着他的。留守队伍由"豁嘴"率领,这是个苦差事,因为士兵们都不愿意留下来。王虎无奈,只好答应他们,如果干得好,恪尽职守,每人多得一份银洋,而且下次打仗一定轮到他们去,这样才让那些留守的士兵稍感满意。

出发前,王虎派人散布消息说,南面敌军要入侵他们的县城,因此他发兵抵抗。这样他的百姓听了都感到害怕,赶紧设法讨好他,当地商会捐款表示支持。队伍出发那天,城里很多人赶到大军出发地点,等着观看升旗、宰猪、焚香等以求旗开得胜的仪式。

祭旗仪式完毕,王虎开始率大军南下。他这次行动还带了大笔银钱,因为他善于谋略,在正式开战之前将设法用钱来和谈,哪怕钱一开始不管用,最后至少也可买通敌方的一些人为他打开城门。

时值阳春三月,辽阔的田野上是一片一望无际的绿油油的小麦,麦已有一尺多高,正待灌浆抽穗。王虎骑在马上放眼望去,见田地美而丰沃,心中扬扬得意,因为这是他管辖的土地,他爱这片土地就像一个君王爱自己的疆土一样。他心里也十分明白,为了维持他那庞大的军队,为了不断充实自己的私囊,就得不断开辟新的地盘向百姓征税。

部队往南走了好久,来到了一片石榴林,其时别的树早已长满了绿叶,但石榴的新叶才从多节的枝杈冒出。他知道他们已走过自己的辖地,已经到别人的地盘了。他东张西望,只见到处是肥沃的土地、肥壮的牲畜、胖胖的孩子,这一派景象令他不禁大喜。但是,当他的大队人马踏上这片土地时,田里的农民皱起了眉头,聚在一起说说笑笑的女人们顿时闭口,吓得脸色苍白,许多做母亲的慌忙用手捂住了孩子的眼。在走过有些地方时,队伍像往常行军时那样大声唱起战歌,田里的百姓听到了就会大声咒骂,他们不愿看到大队当兵的打破农家田园平静的气氛。村子里的狗狂吠着朝这伙陌生人奔来,但奔到队伍跟前看到是这么一大帮人,就又惶恐地夹着尾巴退缩了。不时还可以看到因受惊而在田里四处乱逃的耕牛,有的牛身上套着犁具,农夫就跟在牛的后面追赶。士兵们见到这种情景便发出阵阵哄笑,而王虎见状则停止行军以示恭敬,等农夫逮回他的牲畜。

大队人马走过村庄集市时,老百姓看到这些士兵拥挤在店铺的门口要茶要酒、要馒头要肉的,又是喧闹又是狂笑,感到非常厌恶,但他们默默无言地忍受着。店铺老板站在柜台边横眉怒视这帮士兵,生怕他们拿了东西不付钱,有的店铺干脆装作打烊的样子上起了门板。王虎在这之前已经发给每人一些零花钱,供他们吃喝花用,而且下过拿东西必须付钱这道命令,但是他心里明白良将难带饿兵,更何况那成千上万无法无天惯了的乱世之兵,更是难以控制。他也嘱咐过各队队长要对自己统领的队负责,但他们又怎么能担保人人都循规蹈矩?在这种场面下,他唯一能做的就是对乱哄哄的士兵大

第二十二章

声嚷道："谁要让我知道他干了坏事我就毙了他！"他相信这么一嚷嚷以后，大伙总会有所收敛，只能如此而已，事实上他对小事也只能做到睁一眼闭一眼。

但王虎想出了一个办法，在一定程度上控制住了他手下的人马。那是他们又行进到一座市镇时，王虎命令大队人马暂时停留在镇外，他自己则带了几百人先进镇里，找到一家看上去是当地最富的店铺。他命令这家店铺的老板召集镇上所有的店铺老板，聚集在他的铺子里议事。他们见到王虎时诚惶诚恐、毕恭毕敬，王虎对他们则以礼相待，他发话说：

"别害怕，我不会敲诈勒索，要求不会过分。我有上万人马等在镇外，只要你们给一笔相当数目的款子支持我的这次军事行动，我就让我的队伍在这里只宿一夜，第二天一早即开路南下。"

这些老板个个吓得脸孔发白，推选了一个代表上前结结巴巴地提了个数目。王虎一听就知道这个数目对他们来说太小了。他哼的一声冷笑，两道浓眉往下一吊说：

"我看你们的店铺殷实，油铺、粮店、绸缎行样样齐全，老百姓丰衣足食，街道热热闹闹。你们这么个市镇还小吗？还向我哭穷吗？这么一小笔数目亏你们有脸拿出手！"

他就是这样温文尔雅地逼他们拿出钱来，而不像别的军阀那样粗暴地威胁，说什么要是不给钱的话就把队伍拉进去抢劫等。王虎不会那样干，他运用巧妙的手段照样能达到目的。他常说百姓也要过日子，索取钱财要合理，数目必须在他们拿得出的范围内。王虎这样做的结果自然令双方满意，他不动肝火地拿到了钱，那些开店铺的老板也乐得爽快地摆脱了一支军队。

王虎的队伍继续朝东南方的海边行进,每经过一个市镇就停留一下,索取一笔钱财,第二天一早继续开路,老百姓都没什么太多的怨言。经过穷乡僻壤时,王虎只停下来要一些食物,并不多拿。

这样,经过七天七夜的行军,大伙儿吃饱喝足,军心稳定,王虎的钱囊也肥了许多,已远远不止出发前带着的数目了。他计算了一下路程,还有一天就可抵达将要攻打的中心市镇,他策马朝一座小山坡骑去,从山坡上可以望见那座市镇。那是一座不大的有城墙围住的城,背衬着湛蓝的天空,就像一块宝石嵌在连绵起伏的绿野中。如此前王虎所闻,城南濒临一条江,江水像一条银链,城便像穿在链上的珍珠。面对这样一幅美景,王虎不禁心潮澎湃。他当即派出一名信使去给这座有千把人守卫的小城送口信,宣告驻守在北方的王虎已兵临城下,要将当地百姓从强盗手中解救出来,为了不动干戈,强盗应乖乖地退出,他们可以拿到一笔款子作为退出的条件,倘若他们不肯退出,王虎手下上万个荷枪实弹的勇士动起手来,那就怪不得谁了。

管辖那城的军阀是个剽悍的老强盗,长得又黑又丑,老百姓见他长得像庙堂里守门的神像,背地里给他取了个诨号叫"黑面门神"。他姓刘,故又称作"刘门神"。"刘门神"听了王虎派人送来的口信,那大胆狂妄的口气气得他怒吼了半晌,过了一会儿他才回答说:

"回去告诉你们头儿,要想打,就来吧!谁会怕他?我还没有听说过什么叫王虎的狗崽子呢!"

信使回来对王虎如实作了汇报。这回轮到王虎大发雷霆了,他的自尊心受到了伤害，那个军阀竟然说没有听到过他的名字。他心里暗忖，是不是平时对自己的估计过高了，但他表面上还是气愤得把牙齿咬得咯咯直响，并立即下令大队人马当天进军到城边扎营，把一座小城围得严严实实。城门紧闭，一时无法入城，王虎便布置士兵们在护城河边扎一排营帐，大家静待天明。护城河边扎营的士兵负责监视敌方的行动并随时向他报告。

　　第二天天一亮，王虎就起身叫醒了侍卫，随后下令鸣号击鼓召集全体人马训话。他命令全体官兵严阵以待，哪怕要围攻一两个月也不可松懈。训话完毕，他带着卫队登上城东的一座小山，山上有一座塔，他留下卫队在塔下警卫并吓唬那儿一座庙里的几个老和尚，自己只身登上塔顶观察城内的情况。从塔上向城内望去，只见这座不大的城内约莫住着不到五万的居民，居民房屋盖得很好，一色黑瓦房顶，瓦片层层相叠，远远望去就像鱼背上的鳞片。他回到扎营处又将队伍召集起来，下令渡过护城河开始进攻，可是，一阵弹雨从城墙上射下，士兵们只得赶忙退回到护城河外面。

　　王虎无奈，只得待机行事。他与各队队长商议如何攻城，大家建议围城封锁。围城久了，城里人无法解决粮食问题，到时自然容易攻取。王虎认为这个主意不错，如果硬攻的话就要损兵折将，而且城门很坚固，顶门柱和门梁都是用铁皮包裹起来的，要攻破有一定难度。再说，只要封锁住城门出口，外面的粮食无法运入城内，一两个月以后敌方就会军心涣散，被迫投降。眼下敌方兵强马壮，还说不准哪方会赢，他们只能拖延时间，等到有必胜的把握时再攻打也不迟。

他们便开始围城封锁，在城墙下射程范围外扎营。他们在城外，吃喝全部依赖附近田里出产的东西，家禽、蔬菜、水果、粮食都取自当地农民。由于他们吃啥都给钱，城外的老百姓也就不反对他们。这个地方今年风调雨顺，夏天快要到了，地里的庄稼长势很好，准又是一个丰收年。有人传说西面山区久未降雨，有可能闹饥荒，而王虎和他的部队在此，日子却过得挺舒服。他不禁暗暗庆幸命运之神再次赐福与他，帮助他在此大大作为一番。

一个多月过去了，王虎在营帐内日日等待转机，可是从没有一个人出得城门来。他又等了二十多天，渐渐有点不耐烦了，士兵们也开始急躁起来，但敌方仍然很顽固，要是有人敢冲过护城河去，就立即会被城墙上射出的子弹逼回原地。王虎百思不得其解，气冲冲地说：

"他们还有什么东西可吃的？怎么还有力气拿得动枪？"

站在他身边的"老鹰"对敌人的顽固勇猛也不得不感到钦佩，他吐了口痰，用手擦干嘴边的唾沫，说道：

"到了这种时候，他们肯定把狗呀、猫呀、各种牲畜甚至屋子里能抓到的耗子都吃得精光了。"

时间一天天过去，城内依然毫无动静，转眼已是盛夏。一天早上，王虎像往常一样走出营帐视察一番，看看有无蛛丝马迹的变化。突然，他发现北城门上飘起一面白旗，他兴奋得立即吩咐士兵也从营地上升起一面白旗。他心中暗暗庆幸，胜利的一天终于来到了。

北门开了一道小缝，小到只容得一人通过，门里走出一人后，城门随即关上,站在护城河外也可以听见城门关闭时铁闩的铿锵声。王虎焦急地盯住护城河的那一边看,只见一个年轻人手拿竹竿挑起的白旗慢慢地朝这边走来。王虎赶紧召唤部下列队成行,自己则在队列尽头站定等候来人。那人走近一些,大声喊道:

"我是来谈和的,我们答应赔偿你们一笔款子,只要你们撤兵,要我们给什么都可以商量。"

王虎轻蔑地冷笑一声说:

"我们大老远地跑来难道就为你们几个钱?在自己的地方照样可以搞到钱,我要的是这座城,这个地盘必须归我管辖,你们非投降不可!"

年轻人撑着竹竿,眼睛像死人一般盯住王虎恳求说:

"发发慈悲撤兵吧!"他一面说一面跪倒在王虎面前。

王虎不由得怒火中烧,遇到有人有意同他作对时,他就会怒不可遏,于是他对那人吆喝道:

"我不夺此城决不收兵!"

年轻人见王虎这么蛮横,就干脆站起身来,头朝后一仰,傲慢地说:

"那你们就待着吧,只要待得住,我们奉陪到底!"说完便朝城门走去。

王虎感觉到自己的杀机又冒上来了,同时又感到万分奇怪,这么火烧眉毛的事,对方竟然派这么个冒失鬼前来谈和,连起码的礼仪规矩也不懂。他越想越气,猛然命令身边的一个士兵:

"给我瞄准那个家伙毙了他!"

那个士兵枪法很准,年轻人应声倒在架越护城河的窄桥上,旗杆掉入河水中,漂浮着,白旗浸泡在泥水里。王虎随即命令手下士兵跑上前把尸体拖过来,执行命令的士兵们跑得飞快,生怕城墙上放冷枪,可是城上一枪未放。王虎心中好生纳闷,更令他吃惊的是,那具尸体被拖过来剥下衣服后,他们发现此人身体虽不算胖,但结实强壮,毫无挨饿的样子,显然城里还是有东西吃的。

这事实使得王虎十分沮丧泄气,他嚷了起来:

"这家伙真他妈壮实,城里究竟吃什么能维持这么久?真见鬼!"接着又赌咒道:"好吧,他们能这么待着我也就这么待下去,看谁厉害!"

这天他实在是气坏了,此后他便让手下士兵们自寻快乐,不再严加控制。若看到士兵们拿老百姓的东西白吃白用,也不再阻止。逢上老百姓向他告状或别人报告说亲眼看到士兵闯入民房为非作歹,他也只是紧绷着脸说:

"你们这些该死的,肯定暗地里把粮食运进城里了,要不这么长时间里边靠什么吃?"

但这些农民赌咒说绝对没那回事,有的农民可怜巴巴地说:

"谁在上头发号施令我们都无所谓,您以为我们拥护那个逼我们交税让我们挨饿的老强盗?老爷,如果您对我们慈悲,不让您手下人作恶,那我们是宁愿让您来管辖这块地方的。"

夏日炎炎,污浊的护城河水中孳生出无数蚊子,那么多士兵每日的粪便又成了苍蝇产卵繁殖的温床。王虎的心情变得越来越坏。他在心烦意乱时不禁思念起他自己的小城,那里有他自己的宅院、两房妻室。这种心情使他变得与以前判若两人,他的部下也变得越来越无法无天,眼看着部下为非作歹,他却听之任之。

一天夜里,明月高悬,天气异常闷热,王虎无法入眠。他走出营帐,散步纳凉,随身只带了几名侍卫。侍卫哈欠连连,瞌睡蒙眬地跟在他后面。王虎边散步边盯着城墙那边。月光下,城墙又高又黑,一副不可征服的样子。看着看着,王虎不觉又来了气,说实在的,这些天来,他的怒气一刻也未曾平息过。他暗暗赌咒说,有朝一日他要让全城的男女老少都尝尝这场战争的厉害。就在这时候,他忽然看到城墙上有一个黑影移动。一开始他还以为自己看花了眼,但再仔细看了一会儿,终于看清楚那是个人,正如螃蟹那般附着伸展到城墙上的藤蔓和树枝慢慢往下爬,快到墙脚时,朝地上一跳,便现身在淡淡的月色之中,紧接着王虎看见他摇晃着一块白布。

王虎叫一名侍卫也扯开一块白布走上前去把那个人带过来,自己在原处等着,准备问个究竟。那人过来后伏地跪下,磕头求饶。王虎一声怒吼:

"把他拎起来让我好好看看!"

两名侍卫上前把那人架起让王虎看清楚,他发现那人虽然看上去有些憔悴相,长得又黑又瘦,但并没有挨饿的样子,因此他越看越气,仿佛喉咙口有什么东西噎着,过了一会儿他才又喝问道:

"是来献城的吗?"

那人回答说:"不是的,我们的头儿不投降,现在他还有吃的,我们这些在他手下当官的也有吃的,只是饿了老百姓,不过现在也顾不上他们了。城里还能支撑一阵子,现在正等着南路来救兵,早些时候已派人偷偷越城去讨救兵了。"

王虎听了，顿时不安起来，他强按住心头之火，疑惑地问：

"你不是投降来的，那来干什么呢？"

那人愤愤答道："我逃出来完全是为了我自己。我们的司令是个令人憎恶的粗人，十分野蛮，一点教养也没有，他待我很不好。我出身书香门第，一向知书识礼，而他却常在我的士兵面前羞辱我。一个人对有些事情可以宽恕，但侮辱怎么受得了呢！他不仅当众侮辱我本人，而且侮辱我的祖宗，也正是为了祖宗，我才多次忍受下来。他也是有祖宗的，从祖辈上说来，也许他的祖上还是我家的佃农呢。"

"他是怎样羞辱你的？"王虎问道，同时心中暗暗庆幸事态有了转机。

"譬如说我练得一手好枪法，百发百中，他却当众耻笑我持枪的姿势。"说着说着他显得激动起来。

王虎看到了一丝希望，因为他清楚嘲笑和轻视最能激发起痛苦和仇恨，即便是朋友之间也是如此，一个人蒙受耻辱，就会千方百计寻求报复。恃才傲物的人更是如此，现在面前的这个人的神态就说明他属于这一类型。王虎直截了当地问：

"要什么代价，你说吧。"

他看看王虎身旁的一队侍卫，他们都听得入了神，连嘴巴张开着都不知道。他凑近王虎的耳朵说："让我到您营帐里去，以便直说。"

王虎转身回到帐内，只留下五六个贴身侍卫以防不测，但其实

第二十二章 · 297 ·

他看得出来这个人不是奸细,只是图报复而已。那人被带入帐内后说:

"我恨透了他,因此我愿意爬回城内作为内应为您打开城门。但有一事请您答应,收留我和几个同伴在您手下,万一那个老强盗不死,还求您保护我们,他是个杀人不眨眼的强盗,不死的话肯定会派人暗算我的。"

王虎不是那种白白接受别人的厚礼而无所表示的人,因此他死盯着被两名侍卫架着站在他面前的那人说:

"你是个循规蹈矩的人,当然受不了那种侮辱,没有一个好汉能够忍受侮辱。你勇敢、有教养,能投奔我,我很高兴。回去告诉你的朋友和其他士兵,凡投降者我一概收留,同你一样带了枪来的,各赏五块大洋,对你我另赏二百大洋,还封你当我手下的队长。"

那人一听,原来一直惴惴不安的脸容才舒展开来,他兴奋地说:

"我一辈子都在寻找像您这样的将领,现在终于找到了。天快破晓,待到太阳照顶时,我一定大开城门恭候大军!"

话毕,他即告辞回城。王虎起身走出军营,目送他沿原路回去。他像猴子一样敏捷娴熟地攀附着藤蔓和树枝,一下子越过了城墙,在夜色中消失了。

待到太阳如一面铜锣冉冉升起在地平线上,王虎命令叫醒全体士兵,并吩咐大家轻手轻脚起床,准备出发,不准弄出任何声响,以免敌军察觉到这边的行动而产生疑虑。其实半夜里已有不少士兵知道城里有人偷越出来联络,都已纷纷起床。是夜风清月明,用不着点燃蜡烛,大家都穿戴停当,枪械就绪,静待命令。王虎见大家准备完毕，就又吩咐全体官兵饱吃一餐，大块的肉、大碗的酒，足以鼓起官兵的斗志。吃饱喝足之后，只等擂鼓出发了。

等了一会儿，太阳已升得老高，阳光照着大地，热得人们喘不过气来。王虎一声令下，队伍排成六条长蛇阵。队列随着司令发出的一阵阵呐喊也高呼起来，声音如回响般荡在他们中间。他们大吼着，都举起手中的枪和刀向城门冲去。一些人踏桥而过，大部分人跳进护城河涉水而过，不顾湿身攀上对岸，围聚在北城门四周。这时，众队长劝王虎不要站得离城太近。在这最后关头，他们仍怀疑那人有诈，但王虎胸有成竹，他相信一个人的复仇心是最可靠的。

起初的一刻，城里似乎没有反应，也未听得有枪声，王虎仍坚持让大家等着。不一会儿，太阳当头照下时，城门突然微微启开，一人从门里探出身子，王虎即刻大吼一声，领着大军拥进城门，冲上街道。冲锋的士兵犹如洪水决堤，迅速攻下了这座城。

王虎片刻不停，率队直奔老强盗的宅院，一路上冲着手下左右喊道，先要逮住老强盗才能放大家自由活动。贪婪之心驱使士兵们快步冲往前去寻找老强盗的住宅，他们边冲边抓住一两个受惊者问路。待到冲进老强盗宅院时，只见地上乱丢着军号战鼓，宅内空无一人，老强盗早已逃之夭夭。也不知道他是如何获悉自己手下的人变节的，反正当王虎的大队人马冲进北门时，他已带着心腹部队从南门落荒而逃。王虎从留下的士兵嘴里得知他逃跑的消息，于是立即赶到南面城墙上，远远望去，但见往南的路上飞起一团尘土。是否要去追赶杀绝，王虎犹豫不定；转念一想，他所需要的乃是这座城池，这一区域的钥匙已得，何必再去穷追一个强盗和他的一小伙人呢？

　　回到那幢空宅后，他稳坐在厅堂上，扬扬得意地看着留在城内的敌兵成群结队走进厅来向自己举手下跪以示投降。这些人面黄肌瘦，只有在灾荒年月才能看到这般模样的人。他们把枪缴了，王虎将他们一概收编，并吩咐拿出食物让他们放开肚子大吃一顿，还发给每人五块大洋的赏钱。他也没忘了前一天夜里出城投降的那个人，当那人带着同伙走进厅堂时，他履行诺言，亲手赏给他二百大洋，并叫人送上队长的制服，将他收入麾下。

　　一切处理停当之后，王虎意识到该是对手下官兵履行诺言的时候了。对他们的控制已到了极限，非放松一下不可了，尽管他心里不情愿，但也无法不兑现自己许下的诺言。说来也奇怪，攻城之前，他恨透了城里的百姓，可是一旦夺得了城，他的怒气就立刻消失得无影无踪，剩下的只是对百姓的恻隐之心。他下达让全体官兵自由三天的命令之后就躲在宅内，闭门不出，只让卫队与自己在一起。然而，连这一百来个卫队士兵在宅院内也按捺不住，于是王虎只得让外面已经自由过了的士兵代替他们执勤，把他们也放出去自由一番。前来替换的士兵进来时，眼睛里欲火未尽，面色兴奋得黑里透红，野性毕露。王虎抑制着自己不去看他们，他不忍心去想象城里此刻的情景。他的侄子一向被他看管在身边，这时好奇心被激发起来，也想出去看个究竟，但王虎一阵严词呵斥，一肚子的怒火尽出在这小子身上：

"我王家的人难道也要学这帮粗坯去掠夺百姓？"

他将侄子看管得很严，不许他离开半步。为了不让他分心，王虎一天到晚使唤他拿这拿那，不是拿吃的，就是拿喝的，或是拿穿的用的，忙得他团团转。有时宅院外传进百姓受欺凌的哭叫声，他就迁怒于侄子，对他更加专横暴戾，吓得那小子大汗淋漓，一言不敢发。

其实，王虎只有在生气时才变得无情，发了火才会杀人，他做不到杀人不见血，这种气质对以杀戮为荣的军阀来说显然是一大弱点，他也知道，自己无法冷酷无情地、毫无顾忌地杀人，也不能为了某项事业杀人。他还懂得对普通老百姓恨不起来也是一大弱点。他想强迫自己恨那些老百姓，因为他们对他攻城无动于衷、袖手旁观，迟迟不来帮忙打开城门。可是，当他的士兵回来战战兢兢地向他要求发放粮食时，他的怒气又发泄到他们头上：

"什么？你们去抢东西，还要我供吃的？"

他们回答说："整个城里找不出一把粮食，总不能拿金子、银子、绸缎当饭吃。都找遍了，就是没有粮食。农民现在仍不敢把粮食送进城里来。"

王虎绷紧了脸，心里闷闷不乐，他知道他们说的是实话，所以尽管他呵斥了他们一通，还是派饭给他们吃。但有次他听见某个家伙粗声粗气地说着下流话：

"唉，这些个女人瘦得像脱毛鸡，在她们身上一点劲儿也没有！"

王虎听到这话突然觉得无法忍受，便独自走进一间房间，坐下来呻吟了片刻，才又慢慢恢复过来。他让自己想到那一大片无边的土地，想到他是如何扩充了自己的力量，又如何在这场战争中扩大了一倍多的地盘，他告诉自己这就是他的事业，这就是他的伟大之所在。最后，他欣慰地想到他的两房妻室中肯定有一个会给他生儿子。他心里暗暗喊道：

"为了这一切，让别人在短短的三天内吃点苦，我都忍不下这个心吗？"

在这三天中他克制着自己，没有收回诺言。

第四天一清早，辗转不眠的他就从床上爬起，下令向四处发信号吹号角，通知所有的官兵归队。由于王虎清早一起身就沉着脸，神情比往日更加严肃，两道剑眉不停地在眼窝上方跳动着，因此没有人敢违抗命令。

但有一人除外。王虎一走出那关紧三天的大门，就听到附近巷口传来微弱的哭声。憋了三天，他对这类哭声特别敏感，赶忙甩开大步朝那哭声处走去，想看个究竟。原来是一名士兵在归队时碰见了一个老妇，发现她手指上戴了一只细细的金戒指。这本来是一件并不怎么值钱的东西，因为这老妇只不过是个干粗活的人，不可能有什么了不起的昂贵物品，但是想占有这最后一点金饰的欲望使得这个士兵不顾一切地猛拉老妇的手指，痛得老妇恸哭起来：

"这戒指戴在我手上快三十年了，怎么还拿得下来哟？"

此时归队号已经吹响，士兵一着急，拔出刀子将老妇的手指砍了下来，尽管手指瘦如细柴枝，却也血流如注。那名士兵不顾一切地抢戒指，竟然没注意到王虎到来。这一幕发生在王虎的眼皮子底下，亲眼目睹的惨状使他顿时怒不可遏，尽管此人是自己的部下，他的杀心却再也按捺不住。他向士兵猛喝一声，抽剑跳将上去，朝那家伙身上一剑刺去。这名士兵没吭一声便倒下了，殷红的鲜血泉涌出来，淌了一地。眼见此情景，老妇简直吓破了胆，也不管这是不是为了救她，她匆匆将受伤的手裹在破旧的围裙里便逃开了，不知躲到了何处。王虎再也没有看到她。

他在这名士兵的军服上将剑上的血迹擦净，命令侍卫卸下死了的士兵的枪，然后就转身离开，以免过后对自己的一时火起感到后悔，但人已被杀死，即使后悔也没有用。

他继续在城里巡视，看到一些可怜巴巴的人慢腾腾地几乎是爬着回到自己的家门口，无力地坐到跨在门槛上的条凳上，他们精疲力竭，没有一点儿生气，就像死尸一般坐着。王虎在秋日灿烂的阳光下走着，卫队神气活现地尾随其后，那些坐在家门口的人连抬头望一眼的气力都没有，这使得他惊诧不已，而且感到一种莫名的羞耻。他不好意思停下来与任何人谈话，只是昂着头走路，装出不见有人而只见沿街商店的样子。店铺里的商品很多，不少东西他从来没有见到过。因为这是南方沿江的城镇，江与海相通，货物可从水路运入，所以有许多商品是外国货。但是那些商品放得乱七八糟，积满灰尘，像是店里久未有人光顾。

城里少了两样东西：一是不见有食品卖，二是不像常见的城镇那般热闹，沿街竟没有叫卖的小贩和固定摊贩，街市空寂无人，而且也不见小孩。起初，他还没有意识到街上的寂静气氛，后来一经意识到那种可怕的寂静，便想知道个中原因，还禁不住怀念起通常家家户户屋里传出的各种嘈杂声和孩子们的欢笑声，怀念起孩子们在街上嬉戏的情景。忽然,他感到无法再看着那些幸免一死的男男女女的阴沉脸色。他的所作所为并未超出别的军阀,再说他也是为了壮大力量而迫不得已这样做的,因此这也不能算是自己的一条罪行。

不过,干他这一行的,王虎确实是过于心慈手软了。他再也不忍目睹这座已归属自己的城里的一情一景,转身返回自己的宅院。他神情沮丧,心态不佳,诅咒着部下,冲他们大声吼着,叫他们滚开、让路。他实在无法忍受士兵们如痴似醉的狂笑、心满意足后闪烁的目光,一看到这伙人手指上戴的金戒、衣扣上挂的进口表,还有别的掠夺之物,他就有一肚子气。甚至他两个心腹的手指上也戴上了不义之物,"老鹰"硬邦邦的手上戴着一只大金戒,"屠夫"的拇指又粗又大,竟然也套着一只翡翠戒指,尽管套不过指关节,他也得意地那么戴着。这一切使得王虎感到自己距离他们是那么遥远,他喃喃自语道,他们不过是些丧失了人性的下贱的畜生。他独自坐在自己的房间里发闷气,谁要是走近他,哪怕为一点小事,也会惹起他的无名之火,他痛苦地觉得,自己已孤零零地沉入了无底的深渊。

这么闷坐一两天后,士兵们见司令气成这样,开始害怕起来,行动上自然有所收敛。同时,王虎也一再硬起心肠,并聊以自慰地想,战争就是这么回事,既然已经走上了这条路,就得一干到底,也许自己命中注定如此。想到这儿,他终于又振作起来。他已经三天未洗脸和刮过胡子,这时,他漱洗了一番,穿戴整齐,然后派一名信使到县老爷府上去请他屈尊来一趟,自己则走进厅堂坐等。

大约过了两个小时,县老爷由两名当差的搀扶着,匆匆忙忙地赶来，他的脸色死人般的煞白。他恭敬地朝王虎鞠躬请安，等候问话。王虎见他是个读书人打扮，看上去颇有教养，就起身回了一礼，并示意他坐下。此人的脸和双手的颜色与模样真是怪极了，且不说他瘦得皮包骨头，那颜色就像风干了一两天的猪肝。

打量了他一会儿，王虎惊叫起来：

"怎么，你也挨饿了？"

县老爷简单地回答说："是呀，百姓都在挨饿呀，这也不是头一回了。"

"但是最初派出来谈和的那人吃得可不坏呀。"王虎说。

"是的，那人一开始就是个重点照顾对象，"县老爷回答，"那样会给你们一种印象，如果不同意停战，他们还有粮食吃，还可以挺那么一阵子。"

对于这种策略，王虎不得不表示佩服和赞赏，可是他又有些疑惑地说：

"那个偷跑出城的队长也没有挨饿呀！"

县老爷回答："他们给当兵打仗的吃最好的，把最后的粮食都留给他们吃，而老百姓只得饿肚子，饿死了好几百人，老幼病弱的都饿死了。"

王虎叹了口气："怪不得襁褓中的婴儿一个都看不到。"他盯住县老爷看了一会儿，终于开口谈到正题："你现在该归顺我了，原先那个军阀逃跑了，这个地区统统由我接管。这里同我北部管辖的地区合并，从现在起由我征税，我替你定个征税额，税收的一部分按比例每月上缴给我。"

对此王虎还补了几句客套话,他并非不识礼之人。县老爷哆嗦着干瘪的嘴唇,露出一口大得不相称的白牙,用微弱的声音说道:

"我们愿受你管辖,但是请宽限一两个月的时间,好让我们恢复生计。"稍停一会儿,他又沉痛地说:"不管谁来统治都一样,只要能够让我们安居乐业、生儿育女就行。有一点可以保证,只要你有能力抵御别的军阀,保护百姓不受掳掠,那么我和百姓们就向你缴税,这是没二话可说的。"

这些话正中王虎的下怀。他看到县老爷饿得说话轻微、连连喘息的样子,不觉大发善心,立即大声吩咐手下:

"备酒菜请他和随从用饭!"酒饭端上桌后,他又吩咐心腹:"马上带兵出城,叫农民把粮食运进城来,好让城里百姓买到吃的东西。战事已经结束,百姓的生计得好好恢复。"

这样一来,王虎在百姓眼中显然成了一个体察民情的统治者,县老爷为此也大受感动,立即向他表示感谢。王虎也觉得这位县老爷彬彬有礼,不失教养。虽然人已饿得发慌,见到菜肴端到桌上,眼睛里放出了光彩,但他仍然控制住自己,努力把抖动着的双手紧紧捏在一起,慢慢吞吞地行宾主之礼,让主人先坐,然后自己落座。而且即使在用饭时,他也是彬彬有礼。最后,王虎实在不忍心再陪他吃,就找了个借口离席,留下他一人用餐。他的随从在另一桌上吃,因此他可以爽爽快快地饱吃一顿。饭后,王虎听到部下大惊小怪地议论说,那些人吃过的菜盘饭碗真是干净极了,简直就不用洗,他们显然把盘碗都舔过了。

过了不久,市面逐渐恢复了生机,沿街小贩的篮筐里、店铺的柜台里又摆满了食品。看到这种情景,王虎甚感欣慰。他想,照此下去,老百姓的身体一定会逐渐复原,脸上的青灰色也会褪去,红润健康的脸面将会重新出现。整个冬天,他留在城里制定治理大计,安排税收。经过几个月的努力,除了市面的复兴,另一个明显的可喜现象是城里又看到了新生的婴孩和敞怀哺乳的妇女。他心里感到高兴,同时也产生了一些莫名其妙的激情。他平生第一次思念起家里的两房妻室,他渴望着回到自己家中,于是决定年底回去团聚。

话说攻城得胜之后,王虎先前派往外地探听军情的探子陆续回来了。他们报告说,南北之仗打得非常激烈,最后还是北方获胜。王虎立即派专使备了银洋、绸缎等礼物,还带上书信一封,去见省里的都督。信是王虎亲笔书写的,他想趁机炫耀一下学问,军阀中有几个会动笔头的呢?除了亲笔写信,他还在信上盖了他新添置的朱红大印,以此显示他已有了相当大的势力。信中当然是叙述一番他是如何与南方军阀作战,如何击败敌方,如何为北方赢得了一大片沿江的土地的。

专使很快带回了佳音。都督充分赞扬王虎的胜利,并封了他一个名正言顺的新头衔,唯一的条件是要求他每年上缴一笔款项作为省军的开支。王虎知道自己现有的力量尚未强大到可以抵抗的程度,于是欣然接受了条件,就这样,他在省里站稳了脚跟。

年末将至,王虎对自己的处境作了一番评估。现在,在扩大了一倍多的地盘里,除了山区土地比较贫瘠,其余都是稻麦兼种的肥田。这些地方还出产海盐、花生油、豆油和芝麻油。王虎十分得意,而且尤其令他高兴的是他现今掌握了内外互通的水路,今后若再需要从外国买枪,他就不必求助于二哥王掌柜了。

他确实渴望获得一大批洋枪,尤其是在这场攻城战所得的战利品中看到了两门大炮之后,他的这种渴望变得更强烈了。这两门炮的体积之大、质量之好,前所未见。炮身由高级铁材制造,光洁无比,找不到任何气泡或小孔之类的疵点,肯定出自技艺高超的匠人之手。而且这种炮出奇地重,非得二十多人同时铆足了劲儿方能抬起。

他对这两门大炮甚为好奇,很想弄明白如何发射,但军中无人知道,也找不到供发射用的炮弹。后来有人在一间破旧的贮藏室里找到了两颗大铁球,王虎估计那必是炮弹了。他极其兴奋,叫人将一门炮抬到一座破庙前的开阔地上,庙的后面是一片荒田。起初,没有人敢站出来试炮,他就出重金悬赏。毕竟重赏之下必有勇夫,那个新投诚的队长自告奋勇来试放一炮。以前他曾经见别人发射过这种大炮,很快做好了发射前的准备。一切就绪之后,他很巧妙地将一支火炬缚在一根长杆顶头,人站得远远的给炮点火。大家也在远处等着看好戏。只见一团烟雾腾起,一声巨响,惊天动地,火光闪处顿时烟雾弥漫。王虎看得傻了眼,紧张得似乎心跳都停止了。待到烟雾散去后,大家发现原先的破庙已变成废墟。王虎面露喜色,心想打起仗来这玩意儿可派得上大用场,嘴里脱口叫了起来:

"要是早有了这玩意儿,也用不着围城,只要用大炮一轰就把城门轰开了!"他想了一会儿,问那个队长:"你们的头儿先前为什么不用这两门大炮对付我们?"

队长回答:"当时根本没想到这两门大炮,这两门炮是从我以前跟过的一个头儿那里缴获的，弄到这里后从来没使用过，也不知那间破屋里有两颗大铁球，没想过这两门大炮可用作武器。这两门炮放在前院里，已很久没人管了。"

王虎十分珍爱这两门大炮，把它们安置在经常可以看到的地方，另外，他还打算买几发炮弹回来备用。

现在是万事如意，就看如何安排凯旋的事宜了。他留下大批人马驻守城内，由自己原来的士兵执掌，新收编的队伍及那位新任队长都被带回原驻地。留下驻城的两位最高指挥官是他的两名亲信"老鹰"和麻脸侄子。他侄子已长得挺像样了，个头虽不高，但身体健壮，美中不足的是一脸麻点恐怕到老死也褪不掉了。王虎认为，侄子太年轻，独当一面恐有难处，"老鹰"老谋深算，不可过于信任，故而将这两人搭配在一起是再好不过了。任命宣布后，王虎秘密嘱咐侄子：

"如果你发觉'老鹰'谋反，立即派人日夜兼程向我报信。"

侄子对于自己的高升和独立感到喜悦兴奋，连声作出保证请叔叔放心。王虎确实放心，人总相信自己家里的亲戚。一切安排妥帖后，大队人马随王虎凯旋，回到北方。

至于城里的百姓，他们早已淡忘了战争的创伤，正毫无怨言地忙于重整家业。他们再次为铺里添货，操作织布机制作丝绸和棉布，做起买卖。除了这样的新气象，别的他们都闭口不谈，因为过去的已经成为过去，一切都是天意。

第二十三章

王虎急匆匆往家赶路,说是不放心家里的一支队伍,要看看是否太平无事,这确实是他急于回家的一个原因。离家已足足十个月,在这期间他也曾收到读过书的妻子写来的两封信,但是信上都是些谦恭的套话,仅仅一两句言及家中平安,欲知究竟,只有回家亲眼看了。其实,他主要是想回家看看两个妻子替他生下了儿子没有。

一踏进自家的宅院,他即刻意识到福星高照,必有好运。院内风静日暖,两个妻子一人怀里抱一个婴孩,正在迎接自己。两个婴孩从头到脚裹着大红缎袄,小脑袋上各戴一顶小圆帽,唯一不同之处是没有读过书的妻子怀里的婴儿戴着一顶绣着金菩萨的帽子,而读过书的妻子怀里的婴儿戴着一顶绣了花的帽子,因她不信菩萨保佑之类的那一套。王虎眨巴着眼睛看呆了,他没料到一下子就有了两个,不觉张口结舌,不知说什么是好:

"怎么——怎么——"

读过书的妻子一向说话机灵流利、文雅优美,话间还常常插进一句古诗或什么深奥的词汇,而且一开口就露出一排洁白晶亮的牙齿。此时,她站起身来笑着说:

"你离家在外时我们各生了一个,孩子都长得结结实实的。"一面说着一面将自己怀里的孩子抱过去给王虎看。

另一个妻子平时很少说话，怕别人看到自己的一口有缺损的大黑牙，此刻却不甘示弱，因为她生了个儿子。而读过书的妻子生的是女儿。她忙不迭也站起身来，微微张开嘴唇说：

"老爷，我生了个儿子，她生的是女儿。"

王虎听了没说什么，他确实不知说什么才好，只是默默地站在那里凝视着这两个小生命。小家伙似乎根本就没有看见他，好像他只不过是竖在那里的一棵树或一堵墙什么的，一点也没有引起他们的好奇。他们的小眼睛在温暖的阳光下眨巴着，一闪一闪的。那个男孩虽小，打起喷嚏来声音可不小，想不到小小的躯体里竟喷得出偌大的一股气，王虎着实大吃一惊。那个女孩呢，像只小猫似的张开嘴巴打着哈欠，王虎呆呆地看着她打哈欠。他刚开始做父亲，以前从未抱过小孩，因此对眼前的两个孩子也不碰不抱。在这种时刻，他当然不便谈打仗之类的事，但除了打仗，他说不出别的话来，于是只得一个劲儿地冲着两个妻子笑。他的部下看到司令得贵子，大家一起拥上前来向他道喜，他心中着实乐滋滋的，可嘴里好不容易才挤出一句话来：

"嗬，我看女人真会生孩子！"说完就一头走进自己房里，这件事使他太高兴了，他要独自一人好好享受一下突如其来的喜悦。

他在房里洗了脸，吃过饭，然后脱下全副武装的军服，换上一件藏青色软缎袍子。其时天色已黑，降了霜的夜晚安静又寒冷，他坐在炭盆边一边取暖一边回想着所发生的一切。

他自觉得命运一直偏袒他，这种偏袒使他得到了自己渴望得到的东西。现在既然有了儿子，一生的抱负就有了实际意义，凡事也都有了明确的目的。想到这些时，他情绪高涨，忘却了以往经历过的全部痛苦与孤独，突然情不自禁大声地自言自语起来。他的声音划破了寒夜的寂静：

"我一定要把儿子培养成真正的勇士！"说罢，他高兴地站起身来，用手在大腿上重重地拍了一下。

他在房内来回踱步，满脸挂笑，心里美美地想着这桩喜事。有了儿子，自己就能传宗接代，继承并开拓领土，今后也不必指望侄子了。又想到还有一个女儿——该让她成为什么样的人呢？他站在花格窗边，手指捋着胡子，默默思索了一会儿，一时竟想不出女儿该成为何等人物，最后犹豫不决地自言自语道：

"到时候或许替她找个带兵打仗的丈夫，一个女儿家还有什么更好的指望呢？"

从此以后，王虎在两个妻子身上有了新的目标。他需要更多的儿子，只有儿子才真正忠实于他，永远不会背叛，若不是亲骨肉，则很难做到完全忠诚。他再也不需要利用两个妻子的身体来满足肉欲，排解内心的烦恼。他的烦恼已经在看到儿子的一刹那抛到九霄云外去了。至于肉欲，他转化为对儿子们的期望，盼他们成为自己身边忠心的士兵，在将来他年老不中用时服侍左右。自从有了儿子，他对两房妻子公正不偏，次数相等地轮流到两房过夜；尽管两房妻子用尽了手段来设法多得一些他的欢心，他却摆出不偏不倚的态度，因为他的目的只是一个，并不想从其中一个那里获得比另一个那里更多的东西。如今，他没有爱上女人这件事也不再使他烦恼，因为他已经有儿子了。

冬天过得轻松愉快，很快又到了农历年底。因为流年吉利，王虎对手下官兵慷慨解囊，除了用酒肉慰劳、分赏银圆，还发给大家一些日用必需品，如烟草、毛巾、袜子之类的东西。对两房妻子也不例外，他各赏一些礼物。过年时，整个宅院里里外外喜气洋洋，只有一件事发生得有点不合时宜。那个县太爷在一天夜里死掉了，不知他是因为抽鸦片抽得过量而一觉不醒呢，还是因一场重伤风送了命。幸亏这事发生在节后，并没有影响大家过节的兴致。王虎得知这一消息后，立即叫人定做了一口上等棺材，并操办一切后事。县太爷不是当地人，所以办完丧事的第二天，他们就准备把棺柩送回他的老家去安葬。不料这时又有人来报告说，县太爷的老伴吞了丈夫留下的鸦片也死去了。她本来就是风烛残年，老弱多病，从不出门，王虎甚至从来没有看到过她本人，所以她的死没有引起什么人的悲伤。于是王虎又叫人定做了一口棺材把她入了殓，并专门派了三个仆人将两口棺柩护送至老两口在邻省的老家。另外，他备了书信，派"豁嘴"带上几名兵丁把书信送到省里有关上司那里去报丧。"豁嘴"临出发前，王虎私下嘱咐他：

"有些话不便写在信上，你到了省里见机行事，陈述我的意思，让上面明白应该由我来决定谁接替此地行政长官的位置。"

"豁嘴"点头称是，王虎对他感到满意。其实，在这种乱世他并不担心上面匆匆委派个什么人下来充当地方行政长官，因为他自己完全可以管理好这个地方。派人去报丧后，他很快把事情抛到了脑后，甚至似乎忘记了县太爷老两口死去前住在何处，他安排自己的两房妻子住进了县太爷的内院，似乎这儿本来就是他王虎和两个妻子居住的地方。

时光如流水，冬去春至。新地盘不断传来好消息，各项税收源源流入王虎的腰包，士兵们由于军饷充足，对王虎赞声不绝。清明节前，王虎决定回乡祭扫祖坟，与兄弟共度节日。这么做对大户人家来说是相宜的，尤其是在这么一个时节，儿子们理应修一下父亲的坟。此外，王虎想顺便与二哥王掌柜结算一下欠款，现在他希望并准备好从债务中脱身了。于是他派人先去向两位兄长送信通报，信上非常有礼貌地说他将携带家眷仆役在清明前回乡省亲。对此，王地主和王掌柜都十分客气地表示欢迎。

回乡路上，王虎骑着枣红马缓缓而行，身后跟着妻子儿女的骡车以及一队侍卫和仆役。他祖祖辈辈都未曾有过这种威风，所以他怀着一种自豪感，有意格外缓慢地前行。在这清明时节，杨柳吐绿，桃花盛开，远远望去，青山绿水沐浴在和煦的阳光中，春色美景令人心旷神怡。他忽然回忆起童年时的春天，父亲总是喜欢折一枝嫩柳或一枝桃花，放在儿子的手中或插在土屋的门上。想到父亲，又想到自己的儿子，他再也不觉得孤独，而是在漫长的人生中找到了自己的位置，以前与家人的那种隔阂感消失了。他生平第一次从内心完全原谅了父亲，消除了自己年轻时对父亲的一种深深的怨恨。这完全是一种不知不觉的原谅，实际上他并没有明确意识到，他只感到少年时代的气恼和痛苦似乎被一阵春风吹得无影无踪，他终于又取得了心灵的平衡。

王虎回到了家乡，与其说他是以王家最小的儿子和最小的弟弟的身份回乡，还不如说他此番是成家立业后衣锦荣归。两位哥哥待他敬如上宾，两位嫂嫂也争先恐后地向他显示热情的欢迎。

事实上，在王虎到达之前，王地主的大老婆和王掌柜的老婆为了争得招待王虎一家的权利还闹了一番。王地主的大老婆认为王虎住在她家是理所当然的。王虎已经有了名声和地位，她觉得让他住在她家是一件荣耀的事。她对丈夫说：

"住我们家合适，他大老婆还是我们做的媒，又有学问又有涵养，能跟老二家那个女人合得来吗？那个女人无知无识的，要是她愿意，就让她把那个小老婆接到家里好了。我们一定要老三和他大老婆住这儿，说不定我们的儿子会讨他喜欢的，有好处在后头呢，至少别让老三被老二女人要这要那地纠缠不休。"

王掌柜的老婆对丈夫也叨咕个没完：

"那女人做得了那么多人的饭吗？她只会给和尚尼姑做饭，烧不出荤菜来的。"

这两个女人还面对面地争论不休，你来我往的，嗓门越来越大。一天天临近清明，兄弟俩见什么也确定不下来，两个女人毫无让步的意思，只得约个时间到他们议事的老地方——茶馆去，对抗起老婆来他们比什么时候都团结。两人在那儿合计一番，王掌柜说出了他早已考虑好的方案："不管你怎么想，我看还是把老三一家子安置在父亲的老屋住好了，你说呢？当然，那屋子归荷花使用，但是她年纪这么大，自从停了赌，就没有使用过。如果老三住那儿，一切费用由我们俩平摊。我们就说是为了平摊费用才这么办的，女人也就不会再争了。"

王地主本来也想出个主意,但随着年龄的增长,他的肚子越来越肥胖,已变成一个庞然大物,人也懒得出奇,大白天差不多每时每刻昏昏欲睡,只想求个太平,避免争执。所以,尽管他很想特别讨好有权有势的小兄弟,却也懒得去计较老二是否比他更能得老三欢心,而这个方案在他看来相当不错。如今越发懒散的他不比从前,不再热衷于见客,毕竟款待宾客不是轻松容易的事,必须随时注意礼仪,还不如没有客人住在家里来得自在。现在,根据老二的安排,大家得失平均——虽然各人都暗暗决定要表现得自己才是负责让老三一家子待得舒坦的那个人,但也乐于分摊酒水宴席、奴仆赏钱的大笔费用。于是王地主欣然同意,两兄弟各自回家把妥协方案告诉了老婆,两个女人听了也都没有意见。

王龙晚年住过的老屋经过打扫和修饰,又变得干净整洁了。荷花从不踏进去,难得有几个女仆进去坐一会儿。荷花本来块头就大,现在年事渐高,人越发显得又高又肥,而眼睛却渐渐变得模糊不清,最后连骰子上的数字都分辨不清。那些经常陪她赌钱的老太婆一个接一个地离开了人间,剩的几个也都卧床不起,只有贴身丫头杜鹃还陪着她。

荷花对奴仆刻薄异常,随着双眼视力的衰退,一根舌头变得更加尖刻。王家兄弟俩只得高薪雇用仆人,因为谁也不愿忍受她那张利嘴。至于几个卖身丫头,因无钱赎身,只得受尽虐待,其中有两个被逼得自寻短见,一个吞了玻璃耳坠丧生,另一个在厨房里悬梁自尽了。荷花对仆人出口伤人,还要用指尖掐肉。虽然年轻时的俏丽容貌早已荡然无存,但她那肥胖的手指仍然滑净雪白,而且会把女仆的胳膊掐出一块块乌青来。有时掐人尚不解心头之火，她就干脆从烟斗里取出火块去烫女仆的细嫩皮肉。除了杜鹃，她对谁都是虐待成性。她害怕杜鹃，因为衣食起居等一切事情离不开她。

杜鹃也很老了，样子变得越来越干瘪，但一把老骨头倒还是和年轻时一样有劲儿，脸上虽布满皱纹，却仍是红光满面。她跟过去一样，眼尖嘴凶，且贪婪阴险，名义上为女主人监视手下仆役有无偷窃行为，实际上自己就贼胆包天。她喜欢什么，就从荷花那里拿什么，不断充实她的私人金库。反正荷花老眼昏花，哪里还管得了自己的珠宝绸缎。偶尔，荷花想起什么来，突然间大喊大叫，杜鹃便先想方设法转移她的注意力，到万不得已时，就把已经入了自己箱子的赃物取出来应付她一下，等到她忘记了，再偷回自己的房里。

杜鹃可以说是院里真正的女主人，奴婢仆役没一个敢有怨言，即便是王家兄弟俩，对她也是另眼相待，不敢得罪。他们心里很明白，荷花已老得快不能动弹了，能贴身服侍她的只有杜鹃一人。荷花确实走动不便，昔日她的两只笋尖般的小脚曾受到王龙百般钟爱，而今她年迈力衰，那双小脚再也支撑不住她那巨大的身躯。她每天的活动不外乎从床边走到雕花的红木椅旁，在午饭后，她照例要在那把椅子上坐一会儿再回床上。即使走这几步路，她也少不得要四五个奴婢搀扶。这么一个风烛残年的老太婆对杜鹃自然言听计从，任她摆布。有时仆役们明明看到杜鹃拿了主人的东西，也是敢怒而不敢言，她们知道要是自己流露出什么情绪来，杜鹃是不会放过她们的。这个女人毒如蛇蝎，什么坑人的事都干得出来，大家都十分惧怕她。

一天，荷花听到隔壁院里有嘈杂声，打发人去一问，才得知王虎将携妻小回乡过清明节，还要会同两个哥哥一起去祭扫王龙的墓。荷花问明情况，立刻暴躁地大叫起来：

"我讨厌小鬼，不准小鬼住在这儿！"

她从未生育，对小孩抱有一种莫名其妙的厌恶感，尤其是到了现在这个生育年龄已过的阶段。听到她大叫大闹，王地主和王掌柜匆忙赶来劝慰她：

"别急，我们让他们从边门进出，绝对不到你院里。"

荷花仍是闹个不停：

"他是我那死老头儿第几个儿子呀？记得那小子以前总是盯住我的一个丫头，像个馋猫，后来死老头儿让这丫头做了偏房，却气走了自己的儿子！"

兄弟俩面面相觑，不知所措，他们以前从来没有听说过这种事。荷花真是老糊涂了，年轻时候那些丢脸的事情都会一件件讲出来。他们平时不敢让自己的儿子走近她，就怕她把家丑张扬出来。现在她又在肆无忌惮地出王虎的丑，王掌柜慌忙接口说：

"我们一点也不知道这种事。我可要告诉你，老三现在是有权有势的将军，如果听到有人毁他的名誉，他是不会罢休的。"

荷花大笑，轻蔑地朝砖地上吐了一口唾沫：

"什么名誉不名誉！你们男人当它一回事，我们女人却最清楚你们的名誉是什么货色！"杜鹃在一旁听了，也尖声尖气地跟着荷花大笑起来，她故意站在那里，看着那两个一本正经的中年男人一副窘相。两个男人在两个老太婆的一阵狂笑声中狼狈不堪地退出，继续去督促仆役们把房间整理完毕。

王虎一家大小返抵家乡,住进了他父亲的老屋。现在,这里的一切终已扫空,除了他和他儿子,他不会想起有谁曾在此住过。

清明节到来之际,每个人都暂时把私人恩怨抛到一边;王大、王二的老婆们聚在一起时,彼此间都客气有礼。一切都按应有的规矩和方式进行,而王龙的儿子们在这个时候对父亲有些职责要尽。

清明节前两天正巧是王龙的生日,要是还活着的话,他该九十岁了。既然三个儿子聚到了一起,大家决定向在地府的父亲尽一下孝心。王虎对此也很乐意,因他有了自己的儿子,他对父亲的愤恨自动消失了,心中只盼能在父父子子的行列中占有他的一席之地。

那一天,王家大宴宾客,为王龙做九十寿诞,宾客满座,纷纷向王家三兄弟道贺,热闹得很,一桌桌酒菜也按寿宴规格备齐,就像王龙仍然在世一般。兄弟三人当着众宾客的面,一起敬立在父亲王龙的牌位前深深鞠躬,表示对他的悼念。

王地主还特别显得阔气地雇了几名和尚来念经,超度王龙的灵魂,但实际上这份钱事后是由兄弟三人共同负担的。王龙牌位前摆满了祭奠用品,有大半天时间,厅堂里不时传出阵阵抑扬顿挫的和尚念经声和单调的木鱼敲击声。

这一切都是三个儿子为纪念父亲王龙而做的。除此之外,王家三兄弟各自带着家小来到郊外的祖宗坟地。他们扫净每座坟上的杂土落叶,在坟顶上添上新土。每座坟顶上放一块土块,土块下压一条白纸,一条条白纸在轻轻的春风中飘拂着。然后,他们各自领着自己的儿子在王龙坟前点燃香火,依次在坟前鞠躬敬拜。在三兄弟中，王虎显得最得意了，他抱着自己漂亮的儿子向父亲王龙肃穆地行礼，同时用手轻轻按着儿子的小脑袋，表示让他也向祖父行礼。通过这个小孩——他的儿子，王虎感到自己与父辈们和两个兄长紧密地结合到了一起。

在回家的路上，到处能看到别的人家也在祭扫祖坟，王地主不无感慨地说：

"前几年我们很少有机会合家出来扫墓，今后应该年年来一趟。再过十年，父亲满一百岁，就要重新投胎做人，获得新生，不再是我们所识之人，到那时就不能为他做寿了。"

王虎想到自己已做了父亲，很有感触："是呀，想到我们自己也要儿辈孝顺，那更应该对父亲尽孝。"

接着一行人默默地往回家路上走着，心里也都十分感慨，他们都觉得在这样的气氛中，亲属关系比平时更显得密切。

该做的事完成后，王家便投入节日的欢庆中。清明节当天晚上，天气温暖，当空一轮皓月，清朗皎洁，大家都聚集在荷花的院内，因为那晚荷花忽然变得伤感起来，她说：

"我这个孤苦伶仃的老太婆，谁也不来亲近我，谁也不把我当作家里的人。"

她一面说一面呜咽着，眼泪从她那双差不多失明的眼睛里流淌出来。杜鹃将这一情况告诉了王地主三兄弟。大家一听都有点动情，因为这天他们一想到王龙和关于他的一切，亲属之间的温情便萦回在心头。现在，既然荷花感到孤独，大家便取消了王地主大老婆原定在王地主家里的晚宴，而将宴会改在荷花的院内举行。荷花的院子宽敞美丽，院子一角种了几株南方移植过来的石榴树，中央有一个八角形的小水池，一轮春月正倒映在池中。一家老老小小围坐在一起把酒畅饮，桌上摆满了精美的糕点。孩子们趁大人们叙谈之际，四处奔跑，在树丛中窜进窜出，一会儿到桌边顺手抓一块糕，一会儿又啜一口酒，玩得心花怒放。众人都开怀畅吃应节佳肴和糕点——有的糕点填了剁得细腻的猪肉馅，有的加了红糖，非常精致。连仆役奴婢也无拘无束，或偷拿食物躲在门后吃，或找个借口斟饮更多的酒。没人注意到他们拿了什么，就算眼尖的女主人们发现了，至少这次她们不会说什么，也就不会有责备破坏这晚的气氛了。

王地主的大儿子和三儿子平时喜欢丝竹，席间为了助大家酒兴，他们一个吹笛，一个弹古琴，合奏了一曲《春江花月夜》。他们俩的演奏确实动听，这使得王地主的大老婆喜形于色，一曲刚完，她就高声喝彩：

"孩子们，再来一个，在月光下演奏真是太好听了！"做母亲的既欣赏儿子的演出，又为儿子的一表人才感到骄傲。

王掌柜的儿子没读什么书，更谈不上弹琴弄曲的，因此王掌柜的老婆这会儿哈欠连连，而且故意拉响嗓门跟左右邻座说东道西。不过，在座的人当中，她的主要谈话对象是王虎的小老婆。她很明显地与自己做媒的那个热络而冷淡王地主家做媒的那个，她甚至对王虎的千金小姐不屑一顾，而对小公子却没完没了地亲呀吻呀，使别人看了会以为王虎中年得子的功劳全在于她。

王虎的大老婆尽管心怀妒意，眼光中露出不满的神色，但并没有说什么，别人似无察觉。唯有王掌柜的老婆一人心里明白，并且暗暗得意。其时，王地主起身吩咐仆人上菜摆席，正式开始清明节晚宴。宴席由王地主一手操办，菜肴之丰盛、精美令众人惊讶不已，可见王地主在筹备时下了不少功夫。不少菜都是王掌柜和王虎闻所未闻的，如五香鸭舌、炖掌蹼之类的菜，色香味俱佳，众人吃得赞不绝口。

吃得最开怀的要数荷花，她坐在一张雕花高背椅上，身旁站一名婢女，专门为她夹菜送入嘴里。有时她要自己取食，便在婢女的引导下，用瓷匙把菜舀起，哆哆嗦嗦地放到嘴里，津津有味地吃得啧啧作响。她人虽老，牙齿仍很好，因此菜呀肉呀什么都能吃。

荷花越吃越开心，不时停下给大家讲粗俗下流的故事，引得后生小辈笑出声来。他们在长辈面前不敢太放肆，想笑又不敢开怀大笑，越是这样，荷花讲得越来劲，后来就连王地主也难摆出一副一本正经的长辈面孔。王地主的大老婆坐在一边闷声不响，做丈夫的见状也恢复了严肃；他的小老婆见大老婆不笑，只好咬紧嘴唇，用袖子掩脸暗笑。王掌柜的老婆喝酒喝得脸膛发红，旁若无人地大笑着，见大嫂子一本正经的样子，就笑得更凶了。

荷花一开了口就不知什么叫作羞耻，听到男人们的笑声，她越说越离谱。王家老大、老二生怕荷花说出什么惹王虎生气的肮脏话，又很怕王虎发怒，便想让她住嘴，劝她多饮几杯，让她喝醉后去睡觉就万事太平了。由于怕荷花那张利嘴，他们那天不敢坚持请梨花参加合家欢晚宴，事先他们曾派人给梨花捎过口信，梨花推说家里走不开，他们也就随她，不再去催。她不来参加也可少一些麻烦，免得荷花勾起那段不愉快的往事。

愉快的夜晚悄悄流逝，很快已是中夜，此时明月当空，穿行于柔云之间。每家最年幼的早早地就要寻亲娘的乳房，婴儿们已经在各自母亲的怀里安睡。王地主大老婆最小的女儿除外，她已芳龄十三，亭亭玉立，早些时候订了婚，举止庄重。王地主的小老婆怀抱一对婴孩，一个一岁多，另一个才满月不几天，可见王地主还很喜欢她。王虎的两个老婆各抱一个，那儿子将小脑袋枕在他母亲的胳膊上甜甜地睡着，洁白的月光泻在他的小脸蛋上，引得王虎不时地看他一眼。

到了后半夜，热闹的气氛消失了。王地主的儿子一个个地溜走了，到别的地方去寻欢作乐，长时间地和这些上了年纪的长辈待在一起使他们感到乏味。王掌柜的二儿子虽然也想溜走，但是惧于他父亲的威严，不敢擅自离开，只好眼巴巴地看着兄弟们离去。忙了一天的仆役奴婢们感到十分倦乏，只想早一点收拾完了休息，他们无精打采地靠在几扇门上，大口大口地打着哈欠，嘴里嘟囔着：

"他们的孩子到天亮睡醒了要我们侍候，这帮老的吃到半夜还不散，也要我们侍候，还让不让我们睡觉了？"

最后，宴席终于散了。王地主喝醉了，他大老婆差仆人扶他回房上床。王虎向来海量，这回也醉了八九分，但是他还能走回自己的房间。只有王掌柜面无醉色，一张皱脸依然没多少变化，他是属于酒喝多了脸色转白、言语不多的那类人。

荷花吃得最多，喝得也最多。她真的老了，快七十八岁了，如此高龄的人暴饮暴食显然是受不了的。三更天时，她只觉得肚中的酒后劲儿发作，热火上冲，荤腥肉食在胃中屯积如石，想吐却吐不出来，她在床上辗转反侧，呻吟不休，一会儿要这，一会儿要那，但一切都无济于事。忽然，她声嘶力竭地呼喊杜鹃，杜鹃急忙跑到床前。她听到杜鹃的呼喊声，含糊不清地说了些什么，两只眼睛直勾勾地盯着杜鹃，手脚舞动了一阵子以后就直挺挺地躺着不动了，脸色也逐渐发黑变紫。然后，她开始急促地喘粗气，呼呼的喘气声大得可以传到隔壁院内。王虎要不是有八九分醉，睡得很熟的话，就准能听到这边的动静。

王虎的大老婆向来很惊醒，她从睡梦中听到了隔壁的呼叫声，立刻翻身起床，来到荷花的房间。她的父亲是个郎中，因此她也略懂医道。她拉开窗帘，在凌晨的光线下看清了荷花的脸色，禁不住惊叫起来：

"老太太的积食要是吐不出，恐怕就难熬过今天了！"

她叫人弄好热开水和生姜，又找出家里备着的常用药一一试用。但这都没有用，荷花已经失去知觉，怎么叫她也听不到。她们把她发黑的嘴唇用力扒开，可是她牙关紧闭，怎么也撬不开。说来奇怪，七十八岁的老太婆一副牙齿竟仍然雪白，而且完整无缺。现在，正是这副好牙齿让她送了老命，要是有个蛀洞或缺掉一颗牙齿，那么也就多少可以灌点汤药进她嘴里，至少可以让杜鹃口含汤药嘴对嘴地硬灌进去，但是现在一点空隙都找不到。

第二天整个上午，荷花就这么躺着一动不动地喘气，到了中午，她突然之间断了气，一张脸孔变得蜡黄。王家的清明节最后以丧事告终。

王地主和王掌柜负责派人购买棺材。荷花的身躯实在太肥胖了，整个城里买不到那么大的现成棺材，只得定做，而最快的速度要一两天，于是只得让她的尸体躺在床上等棺材。

在等着收殓的一两天内，杜鹃哭得着实伤心，毕竟这么多年来她一直服侍荷花，少不得与她有主仆之情。但是，在伤心哭丧的同时，她翻箱倒柜地把荷花所有值钱的细软统统收罗起来了，偷偷地从一扇不引人注目的后门运了出去。荷花入殓的那天，侍候她的奴仆简直难以相信，荷花的衣柜里竟然找不出一件像样的衣服做寿衣，由此大家怀疑王龙留给荷花的一大笔钱也不翼而飞了，按理，荷花近几年来早已罢赌，那一大笔钱款到这种时候应该有个交代的。杜鹃偷得起劲，却也没有忘了为荷花流几滴眼泪，她这个人是从来不为别人掉眼泪的，这次也算难得。因荷花的尸体很快就发臭，封棺前，棺材里撒满了石灰。在出丧的时候，杜鹃紧紧地跟在棺柩后面，直到棺柩停放在祠堂的一间空房内——要选定吉日才能下葬。杜鹃把荷花送到祠堂后就离开了王家，她在别的地方买了一块地，并搬到那里，安下了自己的家。

王虎原定十天后回驻地，但是没过几天，他就对两个哥哥和他们的儿子感到厌烦，清明节家人团聚时所体验到的天伦之乐已经烟消云散。他百无聊赖地消磨时日，有时到这家走走，那家看看，感到他两个哥哥的儿子们都是些没出息的无用之辈。王掌柜的两个小儿子似乎只晓得趁老子不在时伏在柜台上嬉笑闲聊，不务正业，最小的那个才十二岁就已经在店里学生意，整日与街头一帮穷小子赌铜板，赌输了就向店里的账房先生要一把铜板，他既然是店里的小开，账房当然不敢不给他；伙计们还都睁大了双眼往外探，好让小少爷能在王掌柜到来时跑回他该待的地方。看起来这两个小子最大的出息就是站站柜台了。王虎清楚，他们的老子心里只有赚钱的事，哪里顾得上管教儿子。殊不知，老子辛辛苦苦赚钱，而将来儿子一日之间就可败尽家产，老子在世之日儿子还能忍耐着站柜台，老子一闭上眼，儿子哪里还肯干活呢？

　　王虎眼见这些小辈娇生惯养，变成了十足的纨绔子弟，心中十分气恼。他们夏穿凉绸冬裹皮袄，起居用品体面考究，一日三餐挑精嫌肥，甜酸咸辣差一点也不行，一不称心就把饭碗一推。为了这几个难侍候的少爷，奴仆们直忙得团团转。

　　一天晚上，王虎一人在以前他父亲住的院子里踱步，忽然听到了女人的咯咯笑声，然后看见一个姑娘，也许是哪个仆人的女儿，跑着穿过院子的月亮门。她看到王虎在，吓得弯腰低头，一溜烟地逃窜而过，但是王虎一把抓住她的手臂，对她喝道：

　　"你这个女人笑什么？"

　　看到王虎瞪得滚圆的眼睛，这个女孩吓得缩头缩脑的，拼命想挣脱，可是王虎紧紧抓住她不放，她只得垂下眼睛吞吞吐吐地说：

　　"少爷把我姐姐拉去了。"

　　王虎厉声问：

　　"拉到哪儿？"

　　女孩指了指邻院后部的一间空房，那里是以前荷花用来堆米的房间。王虎松手放了女孩，她像一只野兔那样即刻慌慌张张地逃走了。他大步走到那间空房前，发现房门用搭链锁住，锁链很松，两扇门板可以启开一尺左右，瘦一些的人甚至能进出。他站在门口听着。里外漆黑的一片,他听到里边一个女人的浪笑和一个男人气喘吁吁的声音,男人在说些什么外面却听不清,但从语调中能感觉到是些热辣辣的情话。王虎对情爱之事的旧恨再起,正欲一脚踢开门板时,他又转念一想:

"这老家里的肮脏勾当关我什么事?"

他带着鄙夷和厌烦回到了自己的院子,可一种奇怪的力量令他坐立不安。此时月亮刚起,他又在院子里踱起步来,等着空房里的一对男女出来亮相。不一会儿,一个年轻的婢女潜出门来。王虎在月光下看得分明,她面带微笑地站在门外,机灵地朝四处张望了一下,若无其事地用手拢齐头发,然后脚步轻捷地穿过院子,在石榴树下略略停了一会儿,紧了紧裤腰带。

王虎站在一边冷眼旁观,有好一阵子一动不动,他的心怦怦跳着,怀有半分厌恶、半分痛快。又过了一会儿才见那个男的出来,他装作在夜里出来溜达溜达的样子。王虎对他突然大喝一声:

"谁?"

一个漫不经心、轻松愉快的嗓音回答道:

"叔叔,是我!"

王虎一看,果然是自己的大侄子,只觉得一阵恶心。他平生最恨淫荡行为,尤其痛恨自己王家的人搞那种下流勾当,此刻他恨不得一下子扑上去宰了那小子。但是他还算理智,总不至于亲手宰了自己的侄子,再说他十分了解自己的脾气,若不加以控制就会无法收拾,于是他硬压住火气,不让自己动手。他对侄子气呼呼地哼了一声,然后转身径直回到自己的房内,自言自语道:

"两个哥哥一个爱钱如命,另一个放荡不羁,这种地方如何熬得下去,赶快回去吧。自由自在地在沙场闯荡惯了,看到院子里这种同女人鬼混的事情,真教人憋得透不过气来。"他一肚子的无名之火无处发泄,简直想寻点事情杀个人,好像只有动刀动枪见了血才能罢休。

然而,为了冷静下来,他强迫自己的思想转移到宝贝儿子身上。他蹑手蹑脚走进儿子睡的房间,儿子正在床上和他母亲一起安静地睡着。他母亲跟乡下女人一样睡得很死,她的嘴张开,口吐浊气,奇臭无比,王虎在俯身看儿子时不得不用手捂着鼻子。儿子的睡相却十分安恬。看着自己的儿子,王虎心里想,儿子长大了绝不会像这个老家里的任何一个不肖子孙,绝不会的。他的儿子从小就要受到严格的教育,学各种知识,带兵打仗,成为一个真正的男子汉。

第二天,王虎率全家大小和原班随从向老家众亲戚告辞,临行前,老家里的人自然设宴饯行,热闹了一番。但是,尽管在饯行席上三兄弟同坐一桌,王虎还是感觉到自己和两位哥哥无法从感情上接近,这次返乡之行并没有消除相互之间由于多年来不同的生活方式形成的感情隔阂。大哥那副臃肿疲倦的样子同行尸走肉无异,他那双昏沉沉的眼睛只在碰上下流事时才会有光彩;二哥那副瘦削尖刁的脸相,一看就知道他在酝酿什么鬼点子。在王虎的心目中,他的两个哥哥是不自知又不为子孙将来着想的又瞎又聋又哑的老糊涂。

当然,在众人面前他并不公开评论两个哥哥。他正襟危坐,一言不发,大部分时间都在考虑儿子将来的发展,一想到儿子的将来,他的心中就有一种说不出的得意。

告别时，表面上大家礼仪周到，互相躬身言别，好话说尽，大哥、二哥、大嫂、二嫂以及家丁女仆全部走出大门，送至街上，真是一片盛情。可是王虎心中想，在今后相当长的一段时间内，他再也不会回这个老家来了。

王虎回到驻地时，百姓燃放鞭炮夹道迎接。到了家门前，他跃身下马，随处可见欢迎的笑脸，院子里十来个士兵见是司令回府，赶忙出门，拥向前去接住了王虎随手一甩的笼头。他的百姓和士兵的一举一动和热诚的态度使他感到分外亲切，这里才是自己的家、自己的土地，这里的土地是最好的土地，这里的老百姓最坚强。回到家中，他有一种心旷神怡的感觉。

春天渐渐逝去，处处呈现出初夏的景象。王虎又开始日复一日地操练军队，同时，一方面派出探子打听军情，另一方面派人到新吞并的地盘去视察。他的一些亲信也被派出去四处收税，但现在收税的气派非同往日，以前收税的独自一人就能把收得的钱款装在麻袋里背回司令部，而现在却需要一队全副武装的卫兵才能把钱款安全带回。

白天他忙于军务，一到晚上他一个人坐在院子里时就想亲近儿子。春末夏初的夜晚很暖和，这种时刻人容易变得温情脉脉，爱心满怀。王虎常常吩咐奶妈把他的儿子抱到他身边，其实他一点也不懂如何逗孩子玩，不知道如何亲近孩子，即使对自己的儿子也有点不知所措。他只是叫奶妈抱着儿子坐着让他看个够，他盯着儿子的每一个动作，看着他小脸上每一个一闪而过的表情。儿子学走路时，他喜不自禁，尤其喜欢在晚上没人看到时亲自教儿子学走路。奶妈给孩子腰上围了条布带,他在儿子的背后拉住这条布带的结头,让他摇摇摆摆地走来走去。

如果有人问王虎他在盯着儿子看时心里是怎么想的,他一定会支支吾吾地说不出个所以然。他只觉得心中涌动着关于权力和荣耀的伟大梦想。有时候他会从自己现有的地位权势想开去,认为眼下是没有皇帝和王朝的时代,时势造英雄,每个有足够能力的人都有可能飞黄腾达,有可能取得地位、权势。想到这一层,王虎自言自语道:

"我就是这样的人!"

王虎爱子之心还引出了一段插曲。那位知书识礼的妻子听说,丈夫每天晚上要叫人把儿子抱到他身边,可是对女儿却从来没有这么做过。一天,她把女儿打扮得漂漂亮亮的,让她穿一身鲜艳的新衣服,小手腕上套了一副银镯,一根粉红色头绳扎起乌黑的头发。然后她把女孩抱到她父亲跟前,希望孩子能引起王虎的注意。王虎很窘,他低下了头,一时不知说什么才好。妻子以悦耳的嗓音对丈夫说:

"我们的小女儿你也要多加关心,同你的儿子比较起来,她哪一点及不上?"

王虎和妻子还相当陌生,除了在轮到和她过夜时在黑暗中有身体的接触之外,他对她毫无了解,现在看到她如此落落大方地说话,倒有些吃惊。他彬彬有礼地对妻子说:

"作为一个女孩子,她确实够漂亮的了。"

孩子的母亲对这样的回答并不满意,再说,作为孩子的父亲,他竟看也不看自己的女儿一眼，便接着说：

"夫君，至少看她一眼吧，要知道，这个孩子非同一般。她比你儿子早三个月学会走路，现在她两岁还不到，但说起话来就像一个四岁的孩子。我特意来请求你答应将来培养她读书，而且你要像对待你的儿子那样对待她。"

王虎惊讶地说：

"我可没办法让一个女孩子家当兵呀！"

孩子的母亲用和蔼而又坚定的语气说：

"当不了兵，总可以进学校学得一技之长嘛。夫君，你要知道，当今社会女子进学校的多得是。"

王虎确实感到窘迫，这个妻子不像别的女人那样称丈夫为"老爷"，却用了一个与众不同的称呼。由于茫然失措，他转眼看着女儿，发现这个孩子果然逗人喜爱。她长得圆圆胖胖，朱唇小嘴，秀眉明眸，小手丰润，十指尖尖。她的指甲被母亲染成了红色，像女人家有时会对受宠的孩子所做那般；脚上穿一双粉红色的软缎鞋。她母亲一手托住她的腰，一手托住双脚，她就在母亲的手掌上一蹦一蹦地嬉闹着。看到丈夫在注意女儿，她温柔地说：

"我不给她缠小脚，我们送她上学念书，将来让她做个适应时代的女子。"

"但是那样的话还嫁得出去吗？"王虎惊叫道。

她母亲胸有成竹地回答："我相信那样的女子会嫁个称心郎君的。"

王虎想了一会儿，然后抬头朝妻子打量着。他以前可从来没有仔细看过妻子,因为他认为妻子只是侍候他的一个女人而已,而女人都一样。现在他第一次看清楚她长着一张漂亮聪慧的脸,言谈举止泰然自若而又充满自信。他朝她看的时候,她也大胆地看着他,但是一点也没有另一个妻子咯咯痴笑或收起下巴的样子。王虎心中暗忖:

"这个女人比我想象中的要聪明得多,我以前对她太不了解了。"于是,他站起身有礼貌地说:"到时候看着办吧,如果你说得有理,我不会反对的。"

说来也奇怪,这个女人向来是冷静镇定、从容不迫的,但王虎这句温文尔雅的话语竟然使她激动起来。她的脸色生辉,眼露深情,默默无言而又满腔热忱地看着丈夫。王虎见到这种感情的显露,觉得内心固有的对女人的反感又冒头了,于是他的舌头像锁住了似的,不再说话。他不喜欢女人那样动情地望着他,在这种情况下,他只会感到肉麻,于是他扭过头去,嘴里含含糊糊地说,他突然想起一件需要即刻就去做的事,便转身快步离去。

这次谈话的收获甚大。有时,女孩的母亲知道王虎把儿子叫到他房里去了,于是赶紧唤丫头把女孩也抱过去,让兄妹俩同时出现在父亲跟前,王虎也就把女儿留下了。起初他害怕女儿的母亲会因此来到他房里,养成同他谈话的习惯,后来他发觉她自己并不来,所以他也就很放心地留女儿在他房里玩一会儿。尽管女儿只是刚刚开始学走路的小女孩,但毕竟是女性,王虎不好意思盯着女儿看。女儿长得实在可爱,非常讨人喜欢,王虎常常忍不住要看看她,尤其当她撒娇或咿呀学语时,他会忍不住暗暗好笑。儿子长得又大又壮，但总是不大肯笑，而女儿却娇小玲珑，脸上一直笑眯眯的。她的一双眼睛不停地朝父亲看，如果父亲不朝她看，她就立即迁怒于哥哥，并且夺走哥哥手中的东西，动作敏捷得很。王虎不知不觉地越来越喜欢女儿。有时候，仆人抱着她在大门口看街上的热闹，周围有很多别人抱着的孩子，王虎可以一下子认出自己的女儿，他甚至会走上前去摸摸女儿的小手，看她对他眨眼微笑。

王虎望着女儿甜甜的笑脸回到家中，现在，他再也不感到孤独，他有妻子有儿女，在这样的家庭中，他感到心满意足了。

第二十四章

现在王虎心里总是想,为了儿子,他必须扩充地盘,提高地位。他常常琢磨并着手计划该在何处偷偷下手,如何取得最后的胜利;该怎样将河岸向南推移,趁着旱涝荒年侵吞毗邻的地域。可是偏巧几年中没有大规模的战事,一个接一个的无能平庸之辈占据了政府要职,没有稳定的和平,但没有大战的爆发,也就没有军阀大显身手的时机。

王虎的第二件心事是他似乎不能像过去那样用他的全部精力来实现自己的野心,扩大自己的势力,因为他有这么个儿子要操心、照料,他的兵和他辖区里的许多事情也需要费神,至今还没有人来接替那位老县太爷的职位呢。也有人向王虎推荐过人选,但他总是很快就否决了,他更愿独断专行。现在,他的儿子已渐渐长大,不再是毛头小儿了。王虎有时想,如果他能将自己的地位再巩固几年,待他老了不适宜再过戎马生活时去做个地方官,让儿子接替他指挥军队,这倒是个很好的主意。他私自这样盘算着,现在就把这些想法提上议事日程尚为时过早。说实在的,那个孩子才六岁,但王虎急切地盼他长大成人。有时光阴过得飞快,可有时他又觉得日子简直慢得难熬。望着儿子,他不把他当小男孩,而视他为年轻人、年轻的武士,就像他所期望的那样。他在不知不觉中已开始多方面地强制儿子。

孩子才六岁，王虎就把他从他母亲身边、女人圈子里拉出来，带去与自己同住。他这样做一方面是为了避免孩子受女人的爱抚、女人的谈吐和行为的影响而心肠太软，另一方面也是因为他急需孩子的长期陪伴。起初这个孩子十分羞怯，在父亲面前无所适从，他到处窜，眼里流露出恐惧的神色。当父亲伸手想把他拉近时，他站着不动，沉默不语，几乎受不了父亲的亲近。王虎感觉到了孩子的惊恐，爱怜地凑过去，却无话可说。他不知道该说什么，只好又放开他。王虎的本意是想把孩子的生活同他母亲及其他一切女人的生活隔离开，由当兵的侍奉左右。但他很快就发现，如此断然的分隔使这么小的孩子承受不了。这个孩子一声不吭，安稳沉静，默默地忍受着，从不快乐。父亲命他坐在旁边，他就坐下；父亲一进屋，他就立即站起来，像在执行任务。他跟随每天来教他的老先生读书，从不多说一句话。

一天吃晚饭时，王虎望着他。那个孩子感觉到父亲的目光，将头低了下去，他像是在吃饭，可无法下咽。王虎很生气，他真是为这个孩子尽了一切努力，当天还带他去检阅了部队。他骑马将孩子放在他前面，坐在马鞍上。士兵们向小将军欢呼时他心里着实得意，这个孩子淡淡地笑笑，头扭向一边。王虎喝道：

"抬起头来，他们是你的部下、你的兵，儿子！终有一天你要率领他们去打仗。"

这个孩子被迫抬起了头，满面通红。王虎俯下身来，发现儿子根本没注意那些当兵的，他的目光远离了操场，盯着远处的田野。

王虎问他看到了什么,他指着旁边田里一个正骑在牛背上看操练的晒得黝黑的光屁股男孩说:

"我想当那个男孩,躺在水牛背上。"

王虎对这种平庸低微的愿望感到不快,他严厉地说:

"哦,我想,我儿子该有比当牧童更高的志向。"

然后他厉声命令儿子注视着队伍,看他们如何走步、如何转身、如何举枪射击。孩子顺从父亲的旨意做了,再也没有看那个小牧童一眼。

王虎为他儿子的心愿烦恼了一整天。此时他望着他,看他把头垂得低低的,无法咽东西——他在低声啜泣。王虎吃了一惊,担心儿子有什么病痛。他站起身走近孩子,拉起他的手喊道:

"你是发烧了还是怎么了?"

小手又冷又湿,孩子连连摇头,好久都不肯回答问话,即便他父亲强迫也不行。王虎无奈,只好叫"豁嘴"来帮忙。王虎焦虑不安,又有些气恼、急躁,孩子太犟了。他冲来人喊着:

"把这个小傻瓜拉出去,看看他到底怎么回事。"

孩子哭开了,他把头埋在臂弯里,把脸藏起来哭。王虎气呼呼地坐在那儿,自己也快哭出来了。他的脸抽搐着,手揪着胡子。"豁嘴"把孩子抱走了。王虎等了一会儿,心里烦躁,眼睛盯着儿子碰都没碰的那碗饭。"豁嘴"只身返回来了,王虎吼道:

"说,都说给我听!"

那名亲信吞吞吐吐地回道:

"什么病也没有,他吃不下饭是因为太孤单。以前他有别的孩子做伴，他想他娘，想他的妹妹们。"

"可他这个年纪不能再玩、再白耗光阴了，况且是和女人在一处。"王虎有点儿激动，一手捻着胡子，在椅子上扭动着。

"不对，""豁嘴"平静地说，他知道主子的脾气，并不怕他，"孩子有时也该去看看他娘，他妹妹也可以来玩玩，他们毕竟都还是孩子。这样他才能顺心点，要不他真要病了。"

王虎沉思了片刻，一股妒火涌了上来，以前他也有过这样的痛苦。他又想起了他杀掉的那个女人，心里一阵恼怒，她爱那个死去的强盗头子胜过爱他。现在他感到嫉恨，是因为儿子并不全心全意地爱他，还在想着别人。他为儿子感到高兴和骄傲，儿子对这种厚爱竟不知足、不珍重，在父爱的怀抱里竟然还依恋女人的温情。王虎在心里暗暗地说，他憎恨一切女人，他一边想一边激动地站了起来，冲"豁嘴"嚷开了：

"他要是这么软蛋，就让他滚！要是他也长成像我哥哥们的儿子那样，他干什么我都不管了。"

"豁嘴"轻声道：

"司令，你忘了他还是个孩子啊。"

王虎又坐下，嘟囔了两句，说："行了，我没告诉你叫他走吗？"

此后每隔五天左右，那个孩子就到他妈那里去一次，每次去时，他父亲就坐在那里啃他的胡子，等着他回来。孩子回来后，王虎就盘问他看到和听到了什么：

"她们在那儿干什么呢？"

孩子一看见父亲的神色就害怕，常常说："没什么，父亲。"

王虎坚持要问个明白,并提高了嗓门:"她们在玩呢,做针线呢还是干什么呢?女人除了嚼舌,根本就不会在那儿干坐着,翻闲话也是活!"

那个孩子绞尽脑汁,皱着眉,很费劲儿地、慢吞吞地回答说:"我娘用一块红花布给我小妹裁衣裳,我大妈家的妹妹坐在那儿看书,显示她能看书识字。姐妹里我最喜欢这个妹妹,她懂我说的话,不像那几个那么爱傻笑。她长着一双大眼睛,辫子梳下来都过腰了。她看书的时间不很长,因为她坐不住,好说话。"

这下王虎高兴了,得意了:"女人都这样,她们天生就会说废话。"

王虎的忌妒心很怪,他与家里人越来越疏远。哪个老婆那儿也不去了,看起来王虎就这么一个亲生儿子了。他那位念过书的老婆只有一个女儿,而那位不识字的老婆有两个女儿。年复一年,不论王虎是血脉欠热还是对女人没有兴趣,或是对儿子的爱使他心满意足,反正他再不去老婆那儿了。也许是儿子与他同住后他产生了一种怪癖,不好意思夜晚到女人那里去。他不像其他军阀那样,有钱有势后就日日饮宴、搞女人。他把钱花在枪上,枪和兵多多益善。他只留些钱防老,逐步积攒,以备灾祸。他过得节俭、克己,只有儿子相伴。

有时,王虎唤大女儿前来与兄弟玩耍,她是到他住所来的唯一的女子。头两次她母亲带她过来,也坐了一会儿。有她母亲在,王虎很不自在,他觉得她在责备他,或有求于他什么,因此总被一种莫名的困扰折磨着,只好找一些冠冕堂皇的借口躲开。终于,她似乎不再期待什么,他也再见不到她了,女儿仅来的几次也改由仆人陪着来了。

　　一两年后女儿也不再来了，她母亲带话来说，她带女儿去学堂读书了。王虎很高兴，因为女儿到他简朴的住所来扰乱了他。她穿着鲜艳，发际戴着一朵红红的石榴花或白色的芳香扑鼻的素馨花。况且她最爱在头上插一枝桂花，而王虎最忌桂花香，那香太甜太浓，他受不了。女儿十分快活、任性、专横霸道，他恨女人有这些品性。使他最恨的是，每次女儿来，儿子眼中就闪现出光芒、笑意，嘴角也会荡漾着笑容。她一个人就能引得儿子开心，惹他撒欢，在院中跑来跑去。

　　王虎感到，有了儿子，他的心扉就关闭了，对女儿关闭了。在她小的时候，他曾对她有过一丝温情，而现在消失了。她已长成了一个苗条的姑娘，并终将成为一个女人。她母亲准备把她送走，他为此高兴，痛痛快快地拿出银子，毫不吝啬。现在，儿子只属于他自己了。

　　他想尽快地充实儿子的生活，免得他感到孤寂。他对儿子说：

　　"孩子，你和我都是男人，除了必要的请安，别再去你妈那儿了。在女人身上花费时间就是浪费，跟你妈和你妹妹在一起也同样。她们是女人，既无知又愚蠢。我要你学会战士的种种本领，老的、新的都学。我的心腹们能教你老的那套，'屠夫'懂得使拳脚，'豁嘴'会舞剑舞棒。至于新玩意儿，我只听说过，也没见过。我已派人去沿海为你请新的老师去了，他是在外国学的军事知识，了解各种各样的外国兵器和战术。他首先教你，剩下的时间再教我的兵。"

　　他儿子什么也没说，像往常父亲跟他说话时一样，静静地站着听训。王虎温和地看着儿子的脸,但看不出什么反应,等了一会儿,儿子仍不说什么,只是问:"我可以走了吗?"王虎点点头,叹了口气,全然不知自己为什么这样做,甚至为什么叹气。

王虎教导和训诫着儿子,一切都由他亲自安排,除了吃饭和睡觉,儿子的全部时间都用在学习上。他督促儿子早起,和他的心腹们操演格斗攻击,早饭后读书,午饭后的整整一个下午则由年轻的新教员教他各种本领。

新教员是个年轻人,属于王虎从未见过的一种类型。他穿西式军装,鼻子上架着眼镜,身材挺直、手脚灵巧。他能跑善跳会防守,还会使用各式洋武器。有的他拿在手里,扔出去便爆炸起火,有的他手扣扳机就能像枪一样发射,还有其他很多武器。儿子学时王虎总坐在一旁,虽然嘴上不说,自己也学会了许多见所未见、闻所未闻的玩意儿,他感到以前自己那么引以自豪的仅有的两门旧式洋炮实在不值一提。他认识到他对战争了解甚少,要学的东西比想象中多很多。现在他常与儿子的老师长谈至深夜,得知了多种巧妙的杀戮手段,空中的、海上的、远程的,都能致敌于死命。王虎惊奇地听着,说:

"我发现外国人的杀人手段十分高明,这我以前可不知道。"

他开始认真考虑。一天,他对新教员说:

"我有一片富庶的领地,十年八年也遭不了一次灾,我还有些银子。可现在我明白,我太满足于我手下士兵的现状了,如果我儿子把所有这些新式战术学到手,他还必须有一支具备这种种本领的军队,我想买一些外国现代武器,由你来教我的部队,这样,等我的儿子带兵时，他就有了一支训练有素的队伍。"

年轻教员的脸上很快闪过一丝微笑，欣然说道：

"我已尝试过教育你的队伍，但糟糕的是他们极其散漫，好吃好喝。你若想购买新式武器，得先给他们每天规定出操练和学习的时间，看看他们能不能造就。"

王虎听罢，心中暗暗有点不快，他这一生为了培训自己的士兵毕竟耗费了大量的时间。他固执地说：

"你一定得先教我的儿子。"

"我把他教到十五岁，"教员说，"打这以后，假若你允许我向你这样的大人物进一言的话，我得说，你该送他去南方的一所军事学校学习。"

"什么？还能在学校学打仗？"王虎吃惊地问。

"有这种学校，"年轻教员答道，"那里出来的人马上就是国家正规军的连长。"

王虎对此嗤之以鼻，说："我儿子才不稀罕到国家军里去弄个什么小连长当呢，好像他自己没队伍似的。"过了一会儿，他又说："另外，我也怀疑南方出不了什么好东西，我年轻时在一位南方将军手下干过，那是个游手好闲、贪欲好色的家伙，他的兵就像一群小猴子。"

见王虎有点不高兴，教员笑了笑就告辞了。王虎坐在那里，又想起了儿子。无疑，他已为儿子做了他能做的一切。他不无痛苦地回想起自己年轻的时候，他记得，他曾经渴望有一匹属于自己的马。第二天，他给儿子买了一匹小黑马——蒙古草原上的一匹强壮的好马,那是他从认识的一个马贩子那儿买来的。

在把马交给儿子时,王虎叫儿子出来看看给他买了什么。小黑马就站在院子里,一副新的红皮马鞍架在马背上,一副红笼头上装着铜的饰件。一个专门侍弄它的马夫牵着它,手里拿着红皮编成的马鞭。王虎自己得意地想着,这就是自己年轻时梦寐以求的马啊,他热切地望着儿子,盼望看到儿子眼中必定会闪现的兴奋与微笑。

可是儿子却无动于衷。他看了那匹马一眼,照旧静静地说道:

"谢谢,父亲。"

王虎等待着,但儿子眼中依然毫无兴奋的光彩,也不跳过来抓笼头或试鞍子,他好像在等着获准离去。

王虎极度失望地走开了。他回到自己屋里,把门关上,然后坐下来用手撑住头,再一次想起儿子来。他生气、痛苦,他对儿子的爱得不到回报。伤心了一会儿,他又像以往一样坚定了,他顽固地想:

"他还能要什么呢?我像他这么大时梦想过的东西他都有了,甚至更多。我给他找了一个这么好的老师,给了他一把这么出色的外国枪、一匹这么闪光溜滑的小黑马,外加马鞍、笼头和一条带银把的红鞭子,他还能要什么呢?"

他自我安慰了一番,指示老师不能放松儿子的学习,不要在意孩子是否疲倦,因为这对于长身体的孩子来说是常有的事,不必加以理会。

夜里,王虎在醒来时总感到不安,他听得到房内儿子静静的呼吸声,这时,他的胸中就会涌起一种难以自制的温存,他一再想着："我一定得为他做得更多些——我一定得再想出一些能为他做的事。"

王虎就这样在儿子身上耗费着时光，他做得那样专注，如果不是发生了一件事，动摇了他那种博大的慈爱，使他再投入战事与命运中去，他可能就这样不知不觉地老去。

春天里的一日，王虎掐算着日子，儿子快满十岁了。他和儿子坐在一棵正抽芽的石榴树下，孩子在火一般的新叶子前看得入了神，突然喊叫起来：

"我敢说，这些红红的叶子比什么花都美。"

王虎全神贯注地注视着那些树叶，想看看他是否能与儿子想得一样。正在这时，大门口一阵骚动，一个仆人跑来报告有人来了，话还未说出口，王虎已看见他的麻脸侄子一瘸一拐地进来了。他是因为骑马骑得太快跌瘸的，由于昼夜骑马，"麻子"疲惫不堪，满面灰尘，十分憔悴，看上去怪模怪样的。王虎不生气时开口得很慢，只盯着侄子看。侄子气喘吁吁地说：

"我骑了一匹飞快的马，连日连夜赶到这儿，来报告'老鹰'正在阴谋搞分裂，他已经把你的部队拉出去另立了山头，把你攻下的城做了他的大本营，他还和这几年一直想报仇的那个老强盗头子结成了一伙儿。我知道他扣下了这几个月的税款，早担心会有这种后果，可我忍着，为的是把事情弄清楚，免得虚惊一场，'老鹰'被惹恼了会把我暗杀的。"

小伙子一口气说完了这些话，王虎两眼直视，双眉紧锁，眼睛

深陷。他感到怒不可遏,喝道:

"这条该死的恶狗、强盗,是我把他从一个无名鼠辈一手提拔起来的!他的一切都是我给的,这狗杂种竟敢反叛我!"

王虎满腔怒火,把儿子丢到了脑后。他大步跨进了那些军官、亲信及士兵住的外院,狂叫着要在午前集合五千人马,并命人给他牵马,取来他那柄细长的利剑。宁静、平和、充满春天气息的院落中顿时一片骚动,孩子和仆人们也都从女眷住的后院里往外探头,他们满脸惊恐,被这种战争的喧嚣吓呆了。那些马匹显得躁动不安,蹄子踏着院内的砖地嗒嗒作响。

王虎见所有人都已奉命行动,便对这个困惫不堪的报信人说:

"去吃点、喝点,歇一歇。你干得好,为了这,我得提拔你。我知道,很多黄毛小子都会跟着叛变,他们从心里就有股反劲儿。可你还没忘了我们是至亲骨肉,仍站在我这边,我一定亏不了你。"

那小伙子东张西望了一阵,悄声问:

"是,叔叔。可你会杀'老鹰'吗?他看见你去会疑心的,我跟他说我病了,到我妈那儿去些天。"

王虎怒声道:

"你用不着求我,我会用剑刺穿他的。"

小伙子满意地走了。

王虎率领部队急行军三天,来到了新地界。他只带了那些老部下和亲信,把那些倒戈的兵及背叛强盗头子的那些军官都留下了,以防在关键时刻他们也背叛他。他向士兵们许愿说,只要他们为他英勇作战,他们就可以进城劫掠,此外,他还要多发一个月的军饷,且是银圆。那些兵立时振作起来，脚下也利索了。

他们行动极为迅捷，当"老鹰"听说王虎领兵到来时，还不知道大难就要临头。事实上他没有想到王虎的侄儿竟那样狡猾并计谋多端，那小子一贯乐呵呵、油嘴滑舌的，长满麻子的脸显得愚蠢无知，他不过偶尔在一伙士兵中打个哈哈、搞个恶作剧而已，所以他一直认为自己的所作所为是神不知鬼不觉的。那小子说他肝有病，要回家去，"老鹰"还很高兴。随即他决定宣布叛乱，考验一下哪些人是忠于他的，那些不忠分子得处死。他答应追随他叛变的人可在城中任意抢夺战利品。

近来"老鹰"加固了工事，加紧往城中运粮。他对王虎的脾气了如指掌，不敢稍有懈怠，可怜的百姓们则惊慌地准备再次遭受浩劫。王虎兵临城下的当天，目睹一队队农民用扁担挑着柴火，骡子和驴驮着粮食，筐里装着嘎嘎叫的鸡鸭，赶着牛，担着猪——捆在扁担上的猪拼命地尖叫着。看着这一切，王虎恨得咬牙切齿，若不是及时识破这一阴谋，城里将粮食充足，严阵以待，攻城将会困难重重。"老鹰"比那个没头脑的老强盗头子厉害多了，他机敏、凶残，还有两门洋炮，可以架在城墙上向攻城的人开火。王虎想到他差点栽了个大跟头，不禁怒气冲天，两眼发红，拼命咬着自己的胡子。他听任自己的火气上升，策马向前，命令士兵直驱"老鹰"的驻地。

已有人向"老鹰"报告，说他大祸临头了，王虎已经到了。"老鹰"感到大事不妙，犹豫了一下，算计着他能否耍手腕应付过去，或干脆偷偷逃掉。他根本无法指望他的人现在能站在他一边，王虎毕竟带来了大批人马。他明白自己是孤立无援的。就在他正在犹豫的一刹那,王虎策马进了大门,下令要不惜一切代价抓住"老鹰",由他亲手杀死。他自己下了马鞍喊着,士兵们一窝蜂拥进了院子。

见末日已到,"老鹰"跑去藏了起来。纵然他是个勇敢的人,他还是跑去藏到了一间厨房的草堆里。他有什么希望能阻止那群急于得到奖赏的兵勇来抓他呢?他也不敢指望自己手下的人看见他藏的地方而不告密。他在草堆里等着,虽是躲藏,却并不发抖,因为他毕竟是个勇敢的人。

他是逃脱不了的,士兵们搜索着每个地方,都希望能获取赏金。前后大门及所有能逃跑的小门都有人把守着,而院子四周的墙都很高。一小拨士兵发现了"老鹰",他们看见他蓝上衣的一角在草堆中露了出来。他们跑出去,拍着门叫人。约有五十人跑来了,他们十分小心翼翼,因为不知道"老鹰"有什么武器。其实他是吃早饭时慌慌张张跑出来的,除了一把小匕首,手无寸铁,根本对付不了这么多人。他们一下子都扑到他身上,将他绑了,带去见司令。"老鹰"脸色阴沉,眼中凶光毕露,头发上、衣服上还沾着草屑。他被带到大厅里,王虎正坐在那儿等候,他的佩剑早已拔出,像一条银蛇一样闪闪发光地横放在他的膝上。他的双眼从那对浓眉下凶狠地盯着"老鹰",他厉声说:

"你竟反叛我,是谁把你从无名小卒提拔到现在的地位的?"

"老鹰"的眼睛一直不离王虎膝上那个闪光的东西,他沉着脸答道:

"是你教我怎么背叛长官的,你是什么东西?不过是个叛逃的家伙,你难道不是老将军栽培的?"

听到这么放肆的对答，王虎怒发冲冠，向站在旁边看的士兵嚷道：

"我本想用剑刺穿他，可那么死太便宜了他！把他拉出去，一片片地割他的肉，就像对罪犯、对十恶不赦的人、对不孝之子和叛国贼一样！"

眼见死期已到，"老鹰"出其不意地从胸前拔出匕首，刺进自己的肚子，用力搅了一下，匕首就插在他肚子上。他站着摇晃了一下，死瞪着王虎，艰难地、满不在乎地说：

"我不怕死，二十年后我又是一条好汉！"他倒了下去，匕首还插在身上。

这一切来得那么突然，王虎连气也没来得及喘一下，"老鹰"已倒在地上。他的怒气渐渐地消了。他是被复仇之心攫住了，在盛怒之后，他也后悔，他损失了一个勇敢无比的人。他沉默了一会儿，低声对左右说：

"把他的尸体抬走，随便埋在哪儿，他是个光棍儿。我不知道他有没有父亲、儿子或家。"过了一会儿，他又说："我知道他有胆识，不料他的性子竟这么烈。给他弄一口好棺材。"

王虎继续坐了一会儿，有点难过，心肠都变软了，甚至让士兵暂时别去干他允诺的抢掠之事。他正伤心时，城中的商人们来了，恳求见他。他唤他们进去，问他们有何要求。他们毕恭毕敬地走进来，献上银子，恳求他不要让士兵们在城里为非作歹，因为人们胆子都吓破了。王虎一时怜悯心大发，他收了银子，答应分发给他的兵，让他们不再去哄抢。商人们千恩万谢地走了，边走边赞叹着这个军阀大慈大悲。

王虎费了九牛二虎之力来安抚他的士兵,他给他们每人发了一大笔钱,并吩咐备酒饭犒劳他们,士兵们这才不再拉长着脸。他又提醒他们,一定得对他忠心耿耿,并说打仗的机会以后还有的是,这样,士兵们就不再怨气冲天了。实际上,在商人们走后,王虎又两次派人去找他们要钱,在使他的那些士兵心满意足之后,这件事才算了结。

随后王虎准备回家,他急切地想见到儿子。他走得匆忙,没顾得上替儿子把这些天安排好。现在王虎将心腹"豁嘴"留下,同那些士兵一起守城,等他侄子回来。他自己则带着"老鹰"留下的人回去。留在此城的都是他带来的经过考验的兵,为小心起见,王虎带上了那两门洋炮。他发现"老鹰"已让城里的铁匠为大炮做了铁球,另外还有火药,他现在把炮带走,就不用再担心他们会反他了。

王虎穿过街道班师返回时,人们向他们投来充满敌意的目光。每户人家都被摊派了税款,用来支付王虎犒赏士兵的巨额款项和这次远征的费用。王虎无视这些眼神,他横下心来我行我素,他还能自找理由。这里的人应自愿为和平付出代价,要是他不来拯救他们,在"老鹰"和他的部下手里,他们可就得吃大苦头了。"老鹰"是很残暴的,这些男女对他来说一文不值,他从小就习惯于打仗。王虎觉得,人们对他实在不公平,这些天他们如此艰苦地行军,而百姓们却这么不懂好歹。他垂头丧气地想着:

"他们不知感恩,我的心肠太善了。"

想着想着，他又硬下了心肠，他对普通百姓再也不那么宽容了。他的心胸更窄了，没有另找个人来取代"老鹰"做他的亲信，因他伤心地寻思，与他无血缘关系的人都不值得信任。他越来越感到要依仗他亲爱的儿子，聊以自慰地说：

"我还有儿子，只有他才不会背叛我。"

他快马加鞭，加紧行军，渴望早日见到儿子。

王虎的侄子听说"老鹰"已死，才松了一口气，于是他回家去待了一些天。他见人就炫耀自己勇敢、机智，自夸尽管"老鹰"是个足智多谋的勇士，又长自己一辈，但自己还是胜过他一筹。他到处自吹，他的兄弟姐妹们都兴致勃勃地围着听他讲。他母亲喊道：

"这孩子吃奶的时候我就知道他不寻常，他那么使劲儿，拼命拽我的奶。"

王掌柜坐在那儿听着，脸上带着干巴巴的笑容。他为儿子感到骄傲时是不夸他的，只说：

"得记住，三十六计，走为上计。"又说："好计谋胜过好武器呢。"

儿子的谋略才是最使他感到得意的。

他的麻脸儿子去伯伯院里拜见王大和他老婆，又讲起自己大智大勇的那段经历，王大莫名其妙地忌妒开了，他为自己死去的儿子忌妒，为另外两个儿子忌妒。他欣赏他们的外表和气派，但又隐隐有些担忧，他们似乎并不完美。侄子讲话时他像耐心听着，其实不过是带了只耳朵罢了。那位少爷讲得津津有味，王大却一个劲儿地叫茶、要烟。太阳下山了，他觉得凉，又要一件薄的皮袍。他太太勉强朝侄子歪歪头，给点最起码的面子。她拿起件衣服绣着，装作很忙的样子，又拿块绸子比着式样，一面大声打着哈欠，一面不断地向丈夫打听这样那样的家务事或佃户的事。那位少爷终于看出她厌烦了，便住了口，急忙走了。还没走远，就听见那老太太说：

"幸亏我们没有儿子当兵！过那种日子，把个好端端的年轻人弄得又粗又俗。"

王大懒懒地答道："噢，我可要到茶馆去坐会儿了。"

"麻子"可不知道这两位在想着他们死去的儿子，只觉得心里不是滋味。到了门口，他见王大的小老婆站在那儿，手里抱着最小的孩子。她一直在听他讲，不过比他先走了两步。她若有所思地对他说：

"我觉得这是个非常动听、了不起的故事。"

于是小伙子欣慰地回到了他母亲那儿。

王虎的这位麻脸侄子在家待了三十天，他妈利用他那未过门的媳妇把他拴住了，那是她几年前替儿子挑的。这个姑娘是邻居的女儿，父亲是织丝的，但不是替人做工的穷工人。他自己有机器，有二十个学徒，织成匹的彩缎和花绸。因为城里做这项生意的人不多，他赚钱不少。这个女孩也长于此道，若春天天寒，她就把蚕卵贴在身上直至孵出幼蚕。学徒去采桑叶，她管喂养，她还会缫丝，样样来得，这在这个城里是很稀罕的。她家是在上一代由外地迁来的。自然，她将嫁的男人并不在乎她的手艺，但王掌柜的老婆认为姑娘有这方面的能耐总是好的，因为这些活计会使她勤快、节俭。

对那位少爷来说,她有什么才干是无关紧要的,但他结婚总是喜事一桩。他差不多快二十四岁了,常常想入非非。这个姑娘干净、整齐,长相还过得去,似乎也没什么脾气,他知足了。

婚礼既体面又不铺张,完后他按王虎的吩咐,带着新娘回他要驻守的城去了。

第二十五章

　　每当冬去春来，王虎就会蠢蠢欲动，渴望打仗，伺机扩大地盘。他派出探子去打听那年的战争动态，以便部署自己较小规模的战争，融入更大规模的战争。他等待着，等待探子返回，等待天气转暖，等待命运召唤。然而王虎已不年轻了，况且他有儿子，这使他感到充实和满足，他那份出征打仗之心也日渐趋淡。年年春天，他都鼓动自己，要为自己的儿子去实现他这一辈子既定的目标，但每一次他似乎又都能找到理由将行动延宕到下一年。他儿子的少年时代没什么大的战争，但全国有众多小军阀，每人占据一块地盘，谁也统治不了他们，因此王虎认为观望等待更为保险，他深信终有一天他能取得预想的胜利。

　　有一年春天，他儿子快十三岁了，王虎的两个哥哥派人带来个坏消息：王大的大儿子被关进了监狱，快不行了。两个哥哥恳求他在省府帮忙，放出侄子。王虎问明了经过，认为这是检验他在省府的力量及在全省的影响的一个好机会，于是他暂时放下打仗的念头，决定帮助他们。他很得意，哥哥们毕竟来求他这个老幺了；他也看不起他们，他们的儿子中竟有一个被下了狱，这种事绝轮不到他自己的儿子头上。

　　事情已经发生，可王大的大儿子是怎么被关进监牢的呢？

他二十八岁了，尚未婚配。年轻时，他进了城里的一个学堂，在一两年里学到了不少东西。其一是大讲年轻人受父母之命与某女子结婚是对旧风俗的卑劣屈从，年轻人应选择自己见过面、谈过话并且心中爱慕的姑娘。因此当王大挑遍待嫁的女子，为儿子选中一个时，儿子极力反对，暴跳如雷，大发脾气，扬言要自找老婆。

开始王大和太太对大儿子的做法很生气，夫妻俩头一回在同一件事上达成了共识。母亲对大儿子发脾气说：

"你怎么去接近一个良家女子，跟她交谈，并知道你喜不喜欢她？谁还能像你爹妈这样给你挑？我们养大了你，摸得着你的脾气和秉性。"

可是她大儿子振振有词，脾气又大，他卷起绸衣袖子，把白皙前额上的黑发往后一甩，跟着嚷道：

"你和我爸除了该死的老一套，什么都不懂。你们哪知道南方有知识的富人家都让儿子自己挑媳妇！"见父母对视着，父亲用袖子擦眉毛，母亲噘起了嘴，他又嚷："好吧，给我定亲吧，我马上离家出走，再也不见你们！"

这一招着实把他父母吓住了，王大忙说：

"那你告诉我们你看上了谁，我们想想办法。"

其实他儿子心目中并没有相准的姑娘，他所见过的女人都是能轻易搞到手的。可他不愿承认他没有意中人，他只是不高兴地翘着嘴，垂着头，看着自己整齐的手指甲。他固执、蛮横，像以往一样，每谈到这个话题，他父母最后只能一遍一遍地安慰他："好了，好了，先这样吧。"王大有两次都不得不退掉他与某个姑娘家已开始谈的婚约。他儿子只要听到这种事，就发誓要像弟弟一样在房梁上吊死，这使他父母害怕，只好一次次地作罢。

日子一天天过去，王大和太太越来越心急，盼着大儿子快娶亲。这大儿子是主要的继承人，他的儿子又将是孙子辈中最重要的。王大也了解，大儿子每天不是去这家茶馆就是去那家茶馆，在那些地方消磨光阴。他知道，凡是家里有钱、不用为衣食操劳的公子哥儿都如此，可当他自己年老图清静了，大儿子的情况使他越来越不安。老两口都担心，大儿子如果不尽快娶亲，难免有一天从茶馆那种地方弄个游手好闲的女人来，这种女人只能做小老婆，做正室可太丢人了。他们若跟大儿子谈心事，大儿子就会冷冷地说，如今青年男女已不受父母管束，男女自由、平等，还有许多诸如此类的傻话。这两个当爹娘的束手无策，只好不再吭声。大儿子伶牙俐齿，没人说得过他。他们早学会了不吭声，大儿子一有不满，目光就在二老身上扫来扫去，不时甩他的长发，然后又用那双又白又软的手去理平。他待不住，说完就扬长而去。他一走，老太太就埋怨丈夫：

"都是你老不正经给他做的好样子，他都是跟你学的，不交正经女人，偏去跟那些下流坏子混，还高兴呢。"

她边说边用袖子擦眼睛，委屈得要命。王大慌了，一场风暴是免不了的了。这老太太越老越计较，脾气也越大。他急忙起身离去，和气地说：

"你知道我现在上年纪了，不像从前了，那些地方也不去了。我听你的，你要是有办法整这烂摊子，叫我干什么都行。"

问题是老太太对这个混账儿子也无计可施，她得自己想法排解。

王大一见她要发火,就赶紧跑出去了。他穿过院子时,看见小老婆正在太阳下照看孩子,急忙对她说:

"进屋给太太拿点什么,她正生气呢,给她端杯茶或拿她的经文什么的,拍拍马屁,就说那些和尚又夸她呢,反正说一些这类的话吧。"

这个女人顺从地站了起来,手里抱着孩子去了。王大来到街上,考虑着在哪儿拐弯。他庆幸正好碰上了他的小老婆,否则他一人陪大老婆在那儿可够他受的。小老婆这些年来比以前更温顺、沉静,这是王大的福气。一般来说,一个财主的大小老婆肯定常吵架,尤其是当她们中的一个或双方爱着丈夫时,那更是家无宁日了。

王大的小老婆在诸多小事上都体贴他,甚至肯做那些仆人都不做的事。仆人们对谁当家一清二楚,要是王大传唤丫头、仆人,他们只答应着:"噢,来啦!"可就是磨蹭着不来。一旦他火了,他们就推说:"太太叫我干活呢。"老爷也就无可奈何了。

他的小老婆总是暗中照顾他,只有她才能宽慰他。他从田地回来要是又累又烦,她会给他备好热茶,夏天则在井里冰上西瓜,他吃的时候,她还在一边给他打扇,给他打洗脚水,拿干净鞋袜。他也对她吐真情,说烦恼,那主要是关于佃户的一些事:

"今天西边那块地的佃户,那个龅牙的老婆子往管家过秤的粮食里倒水,管家是个笨蛋,要不就是无赖,被他们买通了,我都看见那秤是如何打起来的。"

她则安慰他:"他们不会那样骗你的,你多精明,我还不知道有比你更精明的人。"

他也对她讲那个逆子给他带来的苦恼,她照样抚慰他。现在,在街上，他边走边琢磨着怎么对她讲大老婆的苛责，他想象着她的温柔细语，她一定会像往常一样说：

"依我看，你是最好的人，再好也没有了，太太不知道外边的男人都是什么样子，不知道你比他们好多少倍！"抛却眼前的那些烦恼，什么大儿子、大老婆，还有那些不敢一下子卖掉的地，王大就依恋这个小老婆。在与他有过瓜葛的所有女人中，数这个最称他的心了。他琢磨着其中的道理，自言自语地说：

"在靠我养活的人当中，她是最了解我和最看重我的。"

那天，他因为大儿子的事，心里特别烦闷，只怪那个宝贝儿子老给他添麻烦。

正当王大沿着大街默默地走着时，他大儿子在一位朋友家偶然碰上了一个姑娘，并立刻看中了她。那位朋友是城里警察局局长的儿子，跟他最能玩到一块儿。他们在一起赌博，那是犯法的，但万一有了事，局长儿子能躲过，做朋友的也能幸免。局长可是城里举足轻重的人物。那天，王大这位大公子正想去玩一会儿，消消心中的火，散散在爹妈那儿惹的烦气，于是他去了这位朋友的家里。

门开时他通报了姓名，然后坐在厅里等着，有点焦躁不安。突然里屋门开了，走进一个年轻貌美的女子。一般姑娘看见一个年轻男人独自坐在那儿，就会用袖子挡住脸赶紧进去了，可这位却不是，她不慌不忙地把小伙子上下打量了一番，没有媚态，也不害羞。看到这样的目光，那位大少爷倒是先垂下了眼。可以说，她虽然落落大方，但仍不失为一个规规矩矩的姑娘，一个新潮时髦的女性。她留着齐耳短发，不缠足，穿着新式女子穿的长袍，时值春天，袍子是绸的，淡鹅黄色。

尽管王大的大公子总爱夸夸其谈，其实他很少见得到他理想中的姑娘。平时如果不去赌，不赴宴或不出去玩，他总是以看恋爱小说来消磨时间。他不喜欢老套的故事，他热衷的是新编的男女自由恋爱的故事。他梦想着出身名门的大家闺秀，而绝不是妓女，这种大家闺秀在男人面前应当不羞不怯，虽为女子，但同男子能够自由交往。他要寻求的是这样的女子，可这种女子他一个也不认识，那样的自由都是书里写的，现实生活中却绝无仅有。现在，他面前正站着一位这样的女性。她的平静、大胆的目光使他的心燃烧起来，他的心如一触即发的火种，一经引燃即蔓延成熊熊大火。

一瞬间，他就爱上了这位姑娘，他自己也为之感到迷茫，虽然他一个字也没说，她也走了过去，可是他坐在那儿，已不知身在何处。他朋友进来时，他正喘着气，口干舌燥，心跳得胸口都要裂开了。

"刚才过去的小姐是谁？"

他朋友漫不经心地说："那是我妹妹，她在一个沿海城市的教会学校上学，回来过春假的。"

这位痴公子无法控制自己，他结结巴巴地问：

"她结婚了吗？"

当哥哥的笑了："没有。她最任性，总为这个和我爹妈争吵，她决不嫁给他们替她选定的男人。"

听了这话，王公子犹如久旱逢甘露，再没说什么就去赌了。玩的时候他依然心神不定，感到心里就像有一团火在燃烧，于是他连忙找了个借口回家了。进了自己的房间，他关上门独自胡思乱想，感到自己已和那个姑娘拴在一起了。他自言自语地说,她真不该和他一样受父母的窝囊气。他决心像现时男女自由交往那样与她往来,要不就不再见她。他不要媒人,不论是他的父母还是她的哥哥,他都不要。然后,他热切地取出他看过的那些书,仔细琢磨着书中主人公给情人写情书的模式,他也要照样写一封。

于是他给那个姑娘写了一封信,签上了名。信中满是种种甜言蜜语,他宣称自己是追求自由的,相信她也是,因此她对于他来说是阳光,是艳丽的牡丹、美妙的乐曲,她在眨眼间就征服了他的心。写完信,他派专人送去,自己则在家中心焦地等待着,他父母简直不知道他是怎么回事。仆人回来说,得过一段时间才能有回音。于是他只好继续等待下去。他极不耐烦,看着什么都不顺眼,弟妹们一靠近他就打,还责骂仆人。甚至连他父亲那温和的小老婆也抗议了:"你简直像条疯狗!"她边说边把自己的孩子带开了。

三天后,一个人送来了信。这位公子几天里一直在大门口转悠,这时抢过信来直奔房内。他飞快地打开信,抽出两张信纸,她的字体豪放、秀美,先是一番客气的言辞和解释,然后她写道:"我也是自由不羁的,我不在任何事上屈从于父母。"

随后她巧妙地表达了对他的倾慕,这使那位少爷乐得晕头转向了。

他们虽不断通信,但总觉得无论如何得见见面,于是他们在女家的边门见了一两次。他们都害怕,又竭力不表现出来。匆匆忙忙地约会,频繁地信件往来,他们之间的爱越来越热烈。他们贿赂仆人,信中隐瞒姓名。无论是男方还是女方,从不能缺少他们迫切需要的东西，这回他们也办不到。第三次见面时，小伙子热烈地说：

"我不能再等了，我要娶你，我要禀告我爹。"

姑娘也斩钉截铁地说："我也要跟我爹说，我要是不能嫁你，我就服毒自杀。"

他们回去禀告了各自的父亲。王大欣喜异常，他儿子竟选中了这么一个好人家的女孩，他立刻准备去定亲了。可女方的父亲很固执，不肯把女儿嫁给此人。他是警察局局长，到处都有他的密探，他了解这位年轻公子的种种劣迹，别人不见得知道。他对女儿吼道：

"什么？那个游手好闲的花花公子？他整天就泡在那些不三不四的游乐场里。"

他命令仆人把女儿锁在她的院子里，到开学时再放出来。她气冲冲地来跟他评理，进而哀求他，他都不加理睬。他很冷静，她如吵闹，他就哼小调、看书，她气得把姑娘家不该说的话都嚷了出来。他转脸对她说：

"我早该把你关在家里不让你上学，现时学堂把女孩家都教坏了。要是咱们从头来，我就把你管教得像你妈一样规规矩矩、一字不识，早早给你找个好男人嫁出去。对！我就得这么做！"他这样突如其来的大吼使她吓得发抖。

一对小情人互相之间写了不少哀艳的信件，仆人们在中间跑腿，得了不少好处。大少爷闭门不出，人越来越憔悴，父母见状忧虑重重。王大设法给警察局局长送礼，尽管这位局长非常贪贿，这次却拒绝了。全家人都绝望了，大公子开始绝食，并扬言要上吊，王大可给吓昏了。

一天傍晚，这位年轻公子来到心上人家的后门，看见旁门开着，给小姐传信的丫头从里面钻了出来，招手叫他进去。他心里一动，便战战兢兢地去了，他的情人站在小院里。她很坚定、执拗，蛮有主意。两人一旦相对，反倒说不出话来，不像写信时那么容易表达了。少爷斗胆跨入禁地，满心惊慌，就怕有人发现。小姐从容镇定，身为有知识的人，她要实现自己的愿望。她对他说：

"我可不管这些老顽固，我们一起逃走吧。等到生米煮成熟饭了，他们就会同意我们结婚的。我知道我爹爱我，我是他的独生女儿，我妈又死了，而你又是你父亲的长子。"

这位公子还没来得及对这一番热情的表白作出反应，警察局局长突然出现在面朝院子的一间屋子门口。原来事先已有跟小姐的丫头作对的仆人去通风报信了。局长冲仆人们喊道：

"把他捆起来送监狱，他毁了我女儿的名声！"

王大的大儿子真是不幸，情人的父亲偏巧是警察局局长，想送谁进监狱易如反掌，要是换个人就没这么大权力，想送人入监狱还得花钱呢。仆人们把那个小伙子拉走了，姑娘尖叫着，拖住他的胳膊，宣称她不会再嫁给其他任何人，并要吞食戒指。

可是她父亲镇定沉着，对女仆们说：

"看住她，要是她离了人，寻了短见，我就要你们抵命。"

说完，他走了，似乎这样就听不见她的哭喊了。丫头们寸步不离小姐，她们害怕失职。小姐无法寻死，只好活下去。

警察局局长派人通知王大，他的儿子已因企图败坏他独生女儿的名誉而入了狱，然后他就在家里的厅堂里坐等。王大家里可是慌作一团，老爷完全昏了头，失去了主张。他立即拿出手头所有的银子去贿赂，并套上了最讲究的袍子，亲自去找警察局局长道歉。可局长心绪不佳，不理事，传话说病了，谁也不见。送去的钱被退了回来，人家说他误解了局长，局长不是那种受贿的人。

王大颓丧地回了家，心知钱数太少。正值麦收前，他缺钱，他得向弟弟求援。儿子在牢里，他为此受折磨，可还得给儿子送饭、送铺盖，免得儿子再受苦。这里安排好，又差了人去叫王掌柜，王大便坐在房中等着，太太也忘了往日的规矩，愁眉苦脸地进来了。丈夫手撑着头坐着，她则叩拜诸神，请它们明察她家中遭受的苦难。

尽管她哭诉着、责骂着，可王大这回却坐着不为所动。他从心底里感到害怕，因为儿子竟落到了警察局局长的手里。王掌柜泰然自若地走了进来，面容平静，像是不知道有什么事发生了。其实此事早已传开，人人皆知，这种丑闻连仆人们都知道。他老婆闻听后告诉了他，还添油加醋地一再说：

"我就知道那个女人的儿子好不了，当爸爸的也不是正经货。"

王掌柜坐在那儿听这两个当爹妈的讲述，他们把儿子的罪名轻描淡写地说了一遍，王掌柜俨然是个法官，好像他当然认为侄子无辜，而且有锦囊妙计搭救他。他得知哥哥想借一大笔钱时，就在思忖如何推却。王大老婆话一说完就哭开了。老二说：

"不错，跟各级官吏打交道，钱确实重要，可更有效的是武力。趁咱们还没倾家荡产，去求求兄弟。他现在是个大将军，咱们求他出个头，用他在省府的影响，从上边给这儿的县长下个命令，县长就会叫警察局局长放了你儿子，然后咱们再少花些银子各

第二十五章 · 361 ·

处去打点。"

这可是个绝妙的高招儿，王大奇怪自己怎么就想不到这一点。他们当天就给王虎写了信，王虎便得知了此事。

除了应对哥哥们尽点责任，王虎还认为这是检验他的权势及影响的好机会。因此他写了一封措辞恰当、态度谦恭的信给省督，还备了礼品，派他的亲信前往并责成一名卫兵护送，免遭抢劫。那位长官收了礼，读了信，沉思了片刻。如果他行这个方便，就可以笼络王虎，以防不测。王虎会感恩，而这代价却很低，只要将一青年放出狱就行了。他毫无顾忌，一个小城的警察局局长微不足道。他给了王虎一个回话，跟省长谈了，省长发了个命令给那个地区的长官，后者又给王家所在县的县长下了命令。

王掌柜比以前更机灵了，他在每个环节都使钱，使人人都觉得受了益，但他又不给太多，使那些贪官还想尝尝类似的甜头。这时警察局局长也接到了命令，王大、王二兄弟办事十分小心，他们深知人都怕当众出丑，所以马上带了厚礼去见局长，说了许多好话求他，好像完全出自本意，装作根本不知道上面的事。他们打躬作揖地求他开恩，他终于随随便便、大大方方地收了礼，像给了面子，然后传令释放那小伙子。他将小伙子训斥了一通，便放他回了家。

王家两兄弟设盛宴款待了局长，此事才算了结。小伙子又自由了，他的热情也因监禁而降了温。

那位小姐可比以前更拗了，整天同父亲吵闹不休。这回做父亲的可有点动心了，他看出了王家是有势力的——王老三那么强大，王掌柜又那么富有。他派了个媒人去王大家，说：

"让这两个孩子成亲吧，我们两家也交个朋友。"

一切都张罗着办起来，行了订婚礼，又定下一个黄道吉日为成亲的日子。王大和太太都兴高采烈，新郎虽为这种突变感到莫名其妙，但又感到他原有的热情已恢复了，他心满意足，那位小姐则春风得意。

对王虎来说，整个事件不足挂齿，可他明白自己是省里一个举足轻重的人物，省督把他当作自己的宠儿，他心里为此很得意。时已入夏，王虎自思，他一直这么忙，春天又已过去，他只好再把扩张计划推延到下一年。这无须犹豫，现在他已明白了自己的地位，而且密探们回来报告，传闻南方正在打仗，但不清楚是什么战争，以谁为首。王虎听后完全明了他的部队对省督的价值及他受宠的原因。他拭目以待，看下一个春天将会如何。

像以往一样，王虎又守着儿子度光阴了。那小子来去时神色极严肃，王虎欣赏儿子的沉静，常盯着儿子细看。他喜欢儿子庄严的面孔，那张年轻又带孩子气的面孔。他研究着儿子的容貌，在儿子低头看书或干活时，他常觉得儿子的高颧骨和嘴部的坚定表情十分眼熟。嘴长得不漂亮，但对这么大一个孩子来说却显得很坚毅、很果断。

一天晚上，王虎突然判定儿子长得像祖母——王虎的亲生母亲。对，就是像她。虽然他只清楚地记得她临死时躺在那里的模样，这个孩子红扑扑的脸与她苍白的面容当然不同；但他内心深深地感到，儿子像祖母一样沉稳，他的嘴唇、眼睛秉承了祖母的庄严。王虎在儿子身上发现了这种遗传后心里更感温暖，更加爱怜儿子，无形中与儿子也联结得更紧了。

第二十六章

王虎的儿子是这样一个孩子：该尽的责任他都会尽到，叫他做什么他就做什么。他学习操演战场佯攻，模仿老师示范的姿势，骑马骑得虽不像王虎那么自如，可也挺好。但他做什么都没有乐趣，他做这一切，似乎全是为了完成任务。王虎向老师了解儿子的情况，老师犹豫不决地说：

"我不能说他表现得不好，他做什么都达到了一定标准，并完全按要求去做，可是他从来不多做，好像心里有疙瘩。"

这可使王虎犯愁了，以前他就觉得儿子脾气随和，轻易不生气，什么也不恨，什么欲望也没有，只是严肃、耐心地照章办事。王虎知道勇士不是这样的，勇士一定要有血气、有脾气、有雄心，同时又有激情。他很发愁，不知如何才能改造儿子。

一天，儿子在教员指导下练瞄准射击，王虎坐在一旁看着。教员下达口令后，那个孩子站稳，迅速举枪，果断地扣动了扳机。王虎看到儿子的脸上似乎显出一种勉强应付差事的神色，而实际上他也许憎恶这一切。王虎叫住了他，说：

"儿子，要是你想让我高兴，就用心些。"

孩子飞快地看了父亲一眼，手里的枪还在冒烟，他的眼神难以捉摸，嘴张了张像要说什么。王虎坐在那儿，神色严峻，眉毛又黑又浓，又黑又硬的胡须竖起，嘴巴不自主地紧闭着。那个孩子移开了目光，轻轻叹了口气，缓缓答道：

"是，爹。"

王虎看了看儿子，有点伤心。他虽然外表严厉，心却很软，也不知道如何表达他的心迹。停了一会儿，他叹了口气，静静地观看到下课。儿子迟疑地看了看他，问：

"爹，我可以走了吗？"

王虎留意到儿子常常独自离去，不知躲到哪儿去了，他只知他指派的跟随他儿子的士兵的确尽职了。这天他看着儿子，心里起了疑团，不知儿子是否去了他不该去的地方，他不是小孩子了。王虎心里突然起了一阵忌妒，于是他尽力放轻声音问道：

"我的儿，你到哪儿去呢？"

孩子犹豫了一下，低着头，终于胆怯地说：

"哪儿也不去，爹。但我喜欢到城外的田里走走。"

儿子若说是去什么淫秽场所，王虎倒不会这么吃惊，他诧异地问：

"一个当兵的到那儿有什么可看的？"

他儿子眼光朝下，手指玩弄着皮带，用他惯常的那种不紧不慢的腔调低声说：

"没什么，只是那儿安静，果树都开花了，很好看。我有时爱和农夫谈谈，听他们讲讲怎么种田。"

王虎惊呆了，简直不知如何是好。他自言自语道，一个军阀竟有这么一个怪儿子，他自己从年轻时起就一直恨当农民种田这种事。

他因为大失所望而愤怒地叫喊起来，但不知道何以喊声会这么响：

"随你的便吧，这跟我有什么相干？"他坐了一会儿，儿子已溜走了，他敏捷得像只放了生的小鸟，早逃离了父亲。

王虎坐在那儿，痛苦地沉思着，不知心中为何那么酸楚。最后，他变得不耐烦了，横了横心，想着自己应该满意这个儿子，他毕竟不放荡，还是听话的。于是，王虎又一次把烦恼抛诸脑后了。

近年又有传闻，时局动荡不安，战争又将爆发。王虎的密探又带回消息，说南方学校里的男女学生正在准备打仗，老百姓也在备战。这可是前所未闻的，战争本是军阀的事，与老百姓有什么关系？王虎大吃一惊，问为什么这些人要打仗、起因何在，他的密探们也无可奉告。王虎认为，这一定是校方或老师做了什么错事，若是普通百姓闹事则必定是地方官太恶劣，人们忍无可忍，所以起来杀了他，免遭祸害。

王虎始终没参战，他要弄清新的战事如何兴起，怎样才能适应。他储备了资金，按自己的意愿买了武器。现在他不用向哥哥王掌柜求援了，他自己在河口有了通商港，可以轻而易举地雇船从外国走私武器。上级即便知道了也不会干涉，因为他们知道，他是他们自己那一派的，他的每条枪有朝一日都将为他们的战争服务，和平不可能持久。

王虎如此武装了自己，等待着时机，同时儿子也已长大，快十四岁了。

这十五年多以来，作为一个大军阀，王虎在多方面都是幸运的，尤为主要的是，他的地盘内一直没发生过大灾荒。小灾荒这里或那里时有发生，那是老天不作美，但他的地盘没有遭受过全局性的灾荒。一个地方闹灾，他用不着再去榨它，可以少征点税，缺额则从其他无灾区弥补。他乐于这样做，因为他秉性公允，不像有些军阀那样穷凶极恶，从垂死的人身上夺其所有。因此人们感激他、赞扬他，并这样议论着他：

"我们见过许多比王虎坏的军阀，反正到处有军阀，我们摊上这么一个还算运气，他不过收税养兵罢了，不像那些人大吃大喝、搞女人。"

王虎确实尽量体恤百姓。至今还没有新县长来接任，上面曾指派过一个人来，但那人一听说王虎是个凶狠的人就迟迟未来。他推说父亲已年迈，在给老父养老送终后他才能来。这样他来以前王虎就自己办案。他亲自审理，庇护了许多穷人，跟富人和高利贷者作对。他用不着怕有钱人，他们若不按他的指令缴税，他就把他们打入大牢。所以该城的地主、放债的这帮人都从心里恨他，竭力避免犯案，以免被他惩治。王虎可没把他们的憎恶放在心上，他有权势，没什么可怕的。他定期给士兵发饷，他虽然有时对太放肆的兵很粗暴，但仍按月给他们发钱。比起其他军阀来，他慷慨多了，那些军阀都是靠抢掠来笼络士兵的。但王虎不会为了他的兵而参战，他可以随意推延参战的时间。目前，他在该地区民众及自己部队中的威望不坏，地位也很稳固。

但是，一个人不管脚跟站得有多稳，总要面对任性的老天爷，王虎也不例外。那年他儿子十四岁，他正计划来年送他儿子进军事学校去学习,这时,他的地盘上遭受了全面的严重饥荒,饥荒像瘟疫一样蔓延。

春季适时下了雨,可不要雨时它仍不停地下,日复一日,直至夏天还在下。地里长的麦子都烂在地里,泡在了水中,好好的农田都成了烂泥水洼。那条小河本是一股平静的水流,现在汹涌地咆哮着,把两岸的泥土冲塌、卷走,接着又摧毁了内堤,然后一泻而下,连同泥沙一起涌入大海,沿途数十里清澈碧绿的水全被污染了。人们开始还住在家里,在从水里冒出的木板上搭桌子搭床。待到水淹没了房顶,土墙坍塌下去,他们就挤身于船里或木盆里,或是爬到依然露在水面之上的堤坝和土丘上,他们还爬到树上,待在那儿。不光是人,连野兽和蛇都如此。那些蛇成群地爬上树,攀在树枝上,也不再怕人,在人群中乱爬,人们简直不知洪水和蛇哪样更可怕了。日子一天天过去,洪水却丝毫不退,然而,真正可怕的还是饥饿。

王虎面临着从未经历过的难题,他比任何人都困难。别人只需要养活自家人,而他则有一大群人靠着他呢。他们愚蠢无知,动不动就发牢骚,只有吃得好、钱拿得多才能满足,只有得了报酬才尽忠心。王虎统辖区各处的收入都不能全数交来了,洪水害了整整一个夏天,秋天颗粒无收,等冬天来时,一点税收也得不到了。只有从外面走私进来的鸦片赚了些钱,但这种钱也少多了,因为人们买不起,走私贩们便把货运往别处去了。洪水冲垮了盐井,盐务收入也已泡汤。陶匠再也不做酒坛,因为该年没有新酒可酿。

王虎陷入了极大的困境,这是他做了军阀及一方首领以来未曾有过的局面。年终时,他山穷水尽,没钱给士兵发饷了。面对这种现实，他只能苛刻些。他不敢施怜悯，不然他们会认为他软弱可欺。他召集军官们，冲他们乱吼，好像是他们做了坏事，他在向他们发火：

"这些日子别人在挨饿，我的人可都有吃的，还有薪水。往后伙食就是薪水，我没钱了，得挨过这段时候才能有钱进来。再过个把月，我连养活你们的钱都没有了，若要让你们饿不着，若要我和我的儿子不同你们一块儿挨饿，我就得去借一大笔钱。"

说话间他脸色阴沉，眉毛下那双眼瞪视着他们，手捋着胡子，偷眼看那些军官有什么反应。有些人面露不满的表情，他们一声不响地走了。这时他的密探们折回来说：

"他们说没有报酬就不打仗。"

听到这种话，王虎闷闷不乐地在大厅里坐着，他感到那些人真没良心，这几个月遭灾，老百姓都在挨饿、丧命，他们却仍然吃得很好，可是他们并不感激他。有两次他甚至动了心，想动用他的私库，那是他留着自己用，以防战败撤退的，可他决计不能为这些人牺牲自己和儿子。

饥荒仍在蔓延，到处都是水，人们在忍饥挨饿。既然死后也无干地葬尸，人们便把死尸扔在水中。水面上漂着许多小孩的尸体。那些大人让孩子们无穷无尽的哭声搅得要疯了，因为孩子们完全不理解他们为什么没吃的。趁着黑夜，一些人绝望地把孩子扔到水里。有的不忍看着孩子受罪，所以采用这种更快、更容易的致死法。有的人这样做则是因为剩下的食物太少，不愿意多一张嘴来瓜分。一家若剩下两人，这两人就会相互暗算，强者生存。

新年到了,没人记得起过节。王虎只给他的兵供应半数粮食,他家也不吃肉,只吃粥一类的简单饭食。一天,他正坐在屋里思量着他已到了何种田地,是否气数已尽了,这时进来了一个卫兵,他是昼夜在门口站岗的,他报告说:

"有六个人代表全体士兵,有话要说。"

王虎阴沉而锐利地扫了他一眼,问道:

"他们带枪了吗?"

卫兵答道:"我没有见枪,可是人心难测啊。"

王虎的儿子此时在他的小桌旁坐着,正用心看着书。王虎看了看他,想打发他离开,儿子这时站了起来,像是要走。王虎见此突然下了决心,他要让儿子学学怎么对付叛逆者和粗野人,便叫道:

"别走。"儿子慢慢坐下来,满怀疑虑。

王虎吩咐卫兵:

"叫卫队都来站在我旁边,荷枪实弹,准备开火。叫那六个人进来。"

王虎坐在一把旧的大扶手椅上,那原是县长的椅子,椅背上搭着一张老虎皮以保暖。卫兵们进来站在了他的左右,王虎坐定后,用手摸着胡子。

六个士兵来了,一色的小伙子,壮实、容易激动、冒失,年轻人个个如此。他们看到长官坐着,周围站着卫兵,枪口在他头上闪闪发光,都恭恭敬敬地进了房间。他们的代表鞠了一躬,说道:

"司令慈悲,我们代表伙伴们来再要点粮食,我们没得吃。现在世道艰难,我们不提饷银,也不要欠的饷了。我们没东西吃,身子一天不如一天，我们是当兵的，身子是本钱，我们一天才一个馒头，我们就为这来找您评理。"

王虎摸透了这些大老粗的脾气，非得吓唬住他们，不然他们不服。他狠狠地捋了下胡子，压压心中的怒气。自己待下属真够宽厚的，打仗时爱惜他们，攻占了城还违心地放他们去抢，给他们发钱，给好衣服穿。他自己也不像多数军阀那样荒淫、那样奢华无度，还是够廉洁的。一想到这些，他顿时火冒三丈。这些人不能和他共艰苦，何况这是天灾，又不是他的过错。他越想越火，趁着这股怒气喝问道：

"你们是不是来拔老虎胡子的？我愿意让你们挨饿？我什么时候饿着过你们？我筹划好了，从外地调来的粮食随时可到，可是你们这些逆种，你们不信任我！"他大怒，对卫兵吆喝着："给我把这六个叛贼杀了！"

那六个人慌忙趴在地上求饶，可王虎不敢放了他们。不行，为了儿子和他自己，为了全家和全体百姓，他不能放过他们。倘若他控制不了他的部队，他们就会去抢老百姓，现在他不能发善心，他喊道：

"开枪，左右开火！"

卫兵开枪了，枪声、硝烟充斥着整个大厅，烟散处，横陈着六具尸体。

王虎立即起身，命令卫兵："把死尸抬走，交给派他们来的人，告诉他们这就是我的回话。"

卫兵们还未来得及弯腰抬走那些尸体，王虎的儿子，平时那么沉默，好像对周围的一切漠不关心的儿子，这时却出人意料发疯似的跑过来，他父亲从未见过他这副模样。他弯下身去细看其中一具尸首，注视着，又一一看过去，摸摸这儿摸摸那儿的，睁大眼睛望着他们瘫软的四肢，然后冲着父亲大哭：

"你杀了他们，他们都死了！我认识这个人，他是我的朋友！"

他绝望地瞪着父亲。看着儿子那双眼，王虎突然觉得毛骨悚然，他朝下看着，找词儿辩解：

"我是被逼的，要不他们会领头造反，把我们杀光。"

那个孩子哽咽着，低声说："他就要点馒头……"随后大哭着跑了出去，他父亲茫然地看着他的背影。

卫兵们各自散去，只剩下王虎一个人，他把平日昼夜守卫在身边的两个兵也遣了出去，手抱着头，独自坐了一两个小时。他沉吟着，后悔不该杀了那六个人。他按捺不住，派人叫儿子来。不一会儿，儿子慢慢蹭进来了，脸朝下，眼睛也不看父亲。王虎叫他走近点，他拉起儿子细长有力的手握了一会儿，以前他可从未这样做过。他低声说道：

"我这都是为了你。"

那个孩子沉默不语，横下了心，不自然地承受着父亲的爱抚。王虎叹了口气，放他去了。他不知该跟儿子说些什么，怎么让儿子理解他的爱心。王虎心中甚觉凄凉，感到整个世界上唯他最孤独。难过了一两天后他也横下心，不再去想它了，他这么做也实在是出于无奈。为了帮助儿子忘却这件事，他要给儿子买块外国表或一支新枪之类的东西，以挽回儿子的心。王虎主意已定，也感到心安了。

这个六人事件也确实说明了王虎所处的困境。他明白，要使部队效忠他，他得设法去弄粮食。他说已从外地调粮，那是假的，现在他必须出去筹措了。他又想起了哥哥王掌柜，自认此时同胞弟兄应可共患难的。他要去察看他老家那儿的情况怎样，他能得到些什么帮助。

他跟部下们说，他这次是去为他们搞粮食和钱，还许了很多愿。他们都很兴奋，立刻振作起来，对他充满了希望，并表示忠贞不贰。他挑选了一队卫兵，派他们守卫着他的家，然后命令自己的卫兵做上路的准备。定好日期，叫了船，他和儿子及一些士兵牵着马上了船，准备渡过水面，到达堤坝岸边的路上，然后骑马往哥哥们住的小城去。

在狭窄的堤坝上，马慢腾腾地走着，两边都是水，坝上挤满了人。大老鼠、蟒蛇等都在跟人争地方，不怕人，尽它们微弱的力量与人竞争，人们的生活中积聚着愤懑。毒蛇、野兽越来越多，无情地残害着人们。有的时候，人已无心去争斗，听任毒蛇到处爬行，他们只是麻木地呆坐着。

王虎穿越这片地带全靠卫兵和枪保护着，不然人们会袭击他的。时常有人站起来挣扎着拽他的马的腿，且一言不发。王虎从心里怜悯他们，他拉住马，免得踩着他们。卫兵上来把人拉开，放倒在地，他才头也不回地朝前走去。有时被拉开的人就势躺在了地上，有的惨叫一声，投了水，了结了一生，也结束了他的灾难。

儿子一路上都骑马走在父亲身边，寡言少语。王虎也不跟儿子说话，六人事件仍在他们之间留有阴影。王虎不敢问儿子，儿子脸朝下，偶尔偷偷朝路边饥饿的人群看上一眼，满脸惊恐。王虎受不住了，终于说道：

"他们都是普通乡民，每过几年就经历这么一次，他们已经习惯了，成千上万的人都是如此。对于死去的人，人们慢慢就淡忘了，很快又会生出一批人来。"

儿子突然开了口，声音变得像只小鸟的叫声，尖尖的，他情绪激动，又不敢在父亲面前哭出来：

"他们要像我们一样是当官的，就不会死了。"说话时他尽量抿住嘴。这景象确实太惨了，他的嘴唇不断地哆嗦着。

王虎想说几句安慰他的话，儿子的话使他感到震惊。他从没想过这些百姓所受的罪他也可能受，人天生就不一样，谁也代替不了谁。他不爱听儿子那一套，对一个军阀来说那太心软了，他不能因为有人受苦就停止步伐，就动情，但他想不出什么话来安慰儿子。没东西吃的这些日子里只有吃死人肉的乌鸦在水面上来回盘旋着。王虎只说了句：

"老天爷对我们都一样狠心。"

从此王虎不再干涉儿子。他既然了解了他的思想，也就无需再盘问了。

第二十七章

王虎在旅途中常想，要是他把儿子留在家里该多好，实际上他又不敢，万一有人为死去的六个人闹事呢！他不仅怕儿子死掉，也怕带儿子去哥哥们那里，那儿的年轻人太娇嫩了，生意人又没命地爱钱。他叮嘱儿子的老师和亲信"豁嘴"，叫他们寸步不离小主人，又派出十名老兵日夜守护着儿子。他还吩咐儿子要像在家里时一样每天读书。可他不敢对儿子说："儿子，你不能去有女人的地方。"他不知道儿子转过这种念头没有。这么多年来，他把儿子带在身边，住在一起，这儿是没有女人的，没有女仆、女奴，也没有妓女。这孩子除了母亲及姐妹外，不认识别的女人。近年来他根本不许儿子单独出门，连儿子偶尔去看望母亲他也派卫兵跟着。他就这样管束着儿子，他对儿子的忌妒甚于其他人对所爱女人的忌妒。

尽管有这么多顾虑，王虎与儿子并肩骑马来到哥哥家时心里还是甜滋滋的。他很高兴，他的裁缝给儿子做的衣物跟他自己的一模一样。儿子穿着洋布做的衣服，佩着镀金的纽扣和肩饰，戴着和父亲一样的有标记的帽子。儿子十四岁生日时，王虎甚至派了人去蒙古买回两匹马，其中一匹稍小些。两匹马同样强壮，又都呈黑红色，它们的眼睛是白的，不时滴溜溜地转动着。因此父子俩连坐骑都是一样的。当街上的人们停住脚看过往的队伍时，他们的赞叹声使王虎心花怒放：

"看老帅和小帅像得就似同一个人的两颗门牙一般。"

他们来到王大的院子门口，儿子像父亲一样跳下了马背，手按剑柄，静静地走在父亲身边，完全没有意识到自己的动作与父亲的一样。王虎被迎进了哥哥家，哥哥和侄子们听说他到了都前来问候。见他们用羡慕的眼光赞赏着他儿子，王虎心里就像饥渴的人喝了美酒一样舒适。在他逗留的那段日子里，他不由自主热切地观察着侄子们，迫不及待地想证实自己的儿子比他们优秀。他为有这样的儿子感到欣慰。

王虎可以感到欣慰的地方很多。王大的长子现在已美满地成了亲，尚未生子，夫妻俩与父母住在一起。大侄子已长得颇像父亲，肚子圆了起来，优美的身段开始发胖，脸上也带着疲倦的神色。不过他的确有烦难事，他媳妇与婆婆相处不睦。媳妇是新派的，没规矩，和丈夫单独在一起时，他试图劝说她，但她会大喊大叫：

"什么？我难道是那个傲慢的老女人的奴隶？她难道不知道现在我们年轻女子是自由的？我们不再侍候婆婆了。"

这媳妇一点也不怕婆婆，婆婆架子十足地说："我年轻时伺候婆婆是分内事，早上端茶得毕恭毕敬，那是家教。"媳妇一甩头发，没缠过的脚一跺地，回说道：

"可今天女子翻身了，再也不向人弯腰了！"

由于这类争吵，这位大少爷常感心烦，可他又不能像以前那样去消遣解闷。媳妇盯着他，会打听到他的玩乐场所。她胆子大，不怕跟他上街，会闹着要一起去。她会说，现在的女人不能被关在家里，男女平等，招惹街上的人纷纷围观。因为怕丢人，丈夫只好放弃老嗜好。他毫不怀疑她的胆量，这女人忌妒心强，她要改掉丈夫的毛病，限制他的欲望，敢于跟着他到处去。他不能对漂亮的丫头多看两眼。要是他跟朋友们沾了妓院的边儿，待他回来，她就大哭大闹一场，闹得家里天翻地覆。一次他跟一个朋友发牢骚，那人出主意说：

"吓唬她说你要娶小老婆。这对女人来说是最没脸的事。"

当他这么尝试时，他媳妇毫不服帖，她喊着，圆瞪着的眼里直冒火：

"在如今这个时代，我们妇女决不会忍受这种屈辱！"

在他毫无防备的情况下，她冲了上来，伸出两手像猫一样抓他的脸，顿时脸上出现了四道红的指甲痕，谁看了都心中有数。他五天出不了门，更觉丢脸。他也不敢让她公开丢丑，因为她哥哥是他的朋友，父亲又是警察局局长，在城中有权有势。

但到了晚上他仍恋着她，她也会温柔地缠住他，用好话哄他，好像真的十分懊悔，于是他就立即不计前嫌，热切地爱着她，温顺地听她说话。

每逢此时她就会喋喋不休，要他向父亲要一笔钱，他们小两口好搬出去，到一个沿海城市，和同类人为伍，过一种新的生活。她会伸出美丽的臂膀钩住他，甜言蜜语一番，或发脾气、哭闹，或躺在床上不起来、不进食，逼他答应。她使用了千条妙计来纠缠丈夫，他终于答应了。去跟父亲一说，父亲抬眼看看他，说：

"我到哪儿去弄你要的这笔钱？办不到。"过了一会儿，他又有点稀里糊涂、瞌睡懵懂了,近来他差不多总是在这种状态中打发光阴。他又补充说:"男人总得让着女人,她们差不多都爱吵闹,有没有教养都一样。受过教育的更糟,什么都不怕。我总说,让女人当家吧,我乐得图个清静,我劝你也这样做。"

那个媳妇可不肯轻易罢休,她逼着丈夫一次次去找她公公。为了图安宁,王大最后让步了,答应动动脑筋看。他清楚唯一的办法就是卖掉他的一大半地产。哪怕八字还只有一撇,那个媳妇就嚷得满城风雨,说她要走了,而且盘算开了,唠唠叨叨地说在沿海城市玩的路子多的是,那儿的女人打扮得漂亮,她也要买件新外衣和皮大衣,还说她现在的衣服像破烂儿,只能在这种乡下地方穿穿。她这番话把丈夫的心煽活了,他也急着要走,急于去见识一下她描绘的那些新鲜事物。

王大的小儿子也成人了,他步哥哥的后尘,只关心一件事:哥哥有什么他也得有什么。他暗地里对漂亮的嫂子起了意,下定决心,只要哥哥一离家,他马上就紧跟去,到有嫂子那样漂亮新派的女人的城市去。他机灵,什么都不透露,哥哥走后他整天在家里和城里闲逛,伺机行动。耳闻了海滨城市的美妙——那里到处是稀奇事和洋派的新潮人物,他看什么都不顺眼。他甚至暗暗小看王虎的儿子,王虎察觉到了,从而很恨他。

王掌柜家的小辈外表更谦和些,晚上从店里回家后,他们坐在椅子边上看着叔叔和堂弟。这些小商人看着他儿子的神情让王虎心中暗喜,他注意到他们盯着他儿子和他佩带的镀金小宝剑看。他儿子有时解下来递给他们,让他们摩挲把玩。

在这种时候，王虎就会为儿子感到自豪，忘记了儿子曾对他那么冷冰冰的。儿子站起的动作干净利落，完全同老师教的一样；每次进门他都向父亲及伯伯敬礼，长辈就座后，他才有礼貌地坐下。看到这些，王虎捋着胡子，他加倍爱儿子，比以前任何时候都开心。以儿子的年龄来说，他长得高大，而当伙计的侄子们则不然；他儿子肌肉结实、身材挺拔，不像堂哥们那么萎缩、苍白。

在哥哥家的这些日子里，王虎派人谨慎地护卫着儿子。在宴席上，儿子就坐在他旁边，他亲自照料儿子喝酒。酒过三巡，他就不让人再给他儿子斟了。堂兄弟们约他儿子上各处去玩，王虎就让儿子的教员、"豁嘴"及那十名老兵跟随着。每天晚上他都找借口亲自去儿子房间看儿子上床睡觉，不然他不安心的。儿子单独睡，门口有卫兵站岗。

他的两个哥哥仍舒适地住在父亲的老房子里，好像没有天灾，没有洪水，没有过饥荒似的，其实王地主和王掌柜对外面的情形了如指掌。王虎向他们叹了苦经，说明了来意，最后他说："救我一把对你们也有益，我的权势也能保证你们的安全。"他们深知这是实话。

该城城外也有饥民，许多人对这兄弟俩深恶痛绝。王地主有地，他不干活，而他们无论寒暑，风里雨里弯着腰在田里干活，好不容易种得的粮食还得和王地主分，田地和粮食应该归他们自己才对。世事太不合理，秋收时他们得把一大半送给住在城里坐享其成的人，遇上灾荒还得照样分。

王大确实是地主,可他也卖地,地主也不好当啊。他这么个软弱的人也会骂人、吵架。他恨他的土地,就拿给他种地的人出气。他不光为土地恨他们,还因他得为家计发愁,负担太重。他感到更苦恼的是,他的佃户们故意拖欠地租,那可是他应得的、父亲传下来的收入呀。眼下双方已变得相当敌对,他的佃户们一见他来了就仰脸看天,并说:

"鬼出来了,一定有雨!"

他们还常辱骂他:

"你可算不上你爸爸的好儿子,他有钱,可是心好。他没忘了他也和我们一样受过苦,他从来不逼租,灾年还不收粮。你从来没受过苦,因此不会有好心肠!"

人们的这种仇恨情绪在这种艰难的日子里更显突出。晚上大门关了以后会有人来敲门,躺在台阶上呻吟:

"我们饿着肚子,你们还有大米吃,还有米做酒。"有的人路过时会大叫,甚至白天也喊:"我们要杀了这些阔佬,夺回他们从我们这儿抢去的东西!"

起初兄弟俩还不在意,后来就雇了城里的兵站岗,把闲人都赶开。当时城里和乡下的许多有钱人都被抢了,无数强盗蜂拥而起,他们穷凶极恶,所到之处一抢而光。王龙的这两个儿子还算安全,本城的警察局局长兼部队司令把女儿嫁到这家了,军阀王虎又离得近,因此在王家大院前人们还不敢放肆,不过哼几句,骂一骂罢了。

人们憎恨他们,但也没抢他们的土坯房子。那房子立在从渐渐退去的水中冒头的小山上,梨花和她那两个伴儿在那儿安全地过了冬。人们知道她善良,也知道她从王家要了粮食,于是很多人都划着小船撑着盆到她那儿去,她给他们吃的。一次,王掌柜去她那儿说:

"现在时局不安全,你得搬进城去住在大院里。"

梨花平静地答道:

"我不能走,我不怕,还有人靠我过活呢。"

冬天越来越冷,她偶尔也怕了。有些人走投无路,饥寒交迫,住在船里在结了冰的水面上停着,或窝在树顶。梨花还养着那个傻子和"驼背",他们感到气愤。他们手拿着她给的东西,当着她的面嘴里叨咕着:

"壮汉子和活着的健全孩子都饿着呢,还给那两个吃?"

这类话越来越多,梨花也开始犹豫是否该把那两个送到城里去,不然说不定哪天他们会给人杀了,因为他们还要吃啊,她保护不了他们。那可怜的傻子,虽然五十二岁了,可还像个小孩。一天,她突然死了。那天她像往常一样吃了饭,又拿块布玩,她在门外遛着,一下子掉到水里去了。她不懂那不是干地,她经常在那儿坐。梨花赶过去时,她身上已经湿透了,冷得发抖,回来就冻病了。尽管梨花细心地照料她,几小时后她还是死了,跟她活着时一样,死时也一无所求。

梨花给城里捎了信儿,向王大要一口棺材。既然王虎也在,弟兄三个就一起来了,王虎还带着儿子。他们看着傻子入了殓,她躺在棺材里,这辈子头一回显得严肃、聪慧,死神给了她一副庄重的面容。梨花虽然悲痛,但看见她的神情,又多少感到一些安慰。她平静地自语道：

"死神治了她的病，使她变聪明了，她现在跟我们一样了。"

三兄弟没给她举行葬礼，她不过是个傻子。王虎把儿子留在土屋里，自己坐着船和哥哥们、梨花、一个佃户的老婆和一个工人到另一块高地上的祖坟去了。他们把傻子埋在一块低地上，但还是在土围墙的里面。

一切完毕，他们回到了土屋前，准备回城。王虎看着梨花，头一次跟她说了话。他沉静地、冷冷地说：

"现在你打算怎么办，夫人？"

梨花抬起了脸，一生中头一次有这么大的勇气，她的头发灰白了，脸也不再年轻、细嫩。她说：

"我早说过，这孩子一死我就到附近的尼姑庵去，那儿的尼姑都准备好了，这些年我跟她们住得近，我已经许了好多愿，那些尼姑认得我，我在那儿会过得很好。"她又转脸对王大说："你和你太太已经把你们这个儿子安排好了，他的庙跟我的很近，我还得照看他。我已经老了，老得能当他妈了，他总是生病发烧，我会去照顾他的。和尚和尼姑早晚都一起念经，我一天总能见他两次，哪怕不说话。"

兄弟三个又看了看围在梨花身边转的那个"驼背"，他曾和梨花一起照顾那个傻子，现在她死了，他有点呆呆的。如今他已是个成年男子，他们看着他，他勉强笑了笑。王虎有些感触，他自己的儿子那么高大，正站在一旁惊异地看着这陌生的一幕。见儿子对着"驼背"微笑，王虎和蔼地说：

"我愿你如意，可怜的孩子，要是你行，我会像带走你堂哥一样带你走,也会像对他一样对待你。但事已至此,我会给你在寺庙里的花费加点钱,夫人,我也会给你加点儿,钱是万灵的,我敢说,在庙里也一样。"

梨花打定主意,慢条斯理地答道:

"我自己什么都不需要,也不索要什么。尼姑们了解我,我也了解她们,我的也是她们的,我和她们同甘共苦。可我得给这孩子要些东西,他用得着。"

她言外之意有点责怪王大,他和"驼背"的娘商定的给儿子的费用少得可怜。王大没作声,坐下等着弟弟们,身子显得笨重,好像再起来都有困难。王虎仍盯着"驼背"看,又对他说:

"你还是决意去庙里,而不愿去别的地方?"

那小子先前贪婪地望着他那高大魁梧的堂弟,这时才把眼睛移开,垂下头,看着自己短小弯曲的身体,慢悠悠地说:

"是,看我这个样儿。"过了一会儿又费劲儿地说:"和尚的袍子也许能遮住驼背。"

他又转脸去看堂弟,蓦地,他好像受了刺激,连那镀金宝剑也不能再看了。他低下眼睛,转身一瘸一拐地去了。

那天晚上王虎回到哥哥家,去照看儿子睡觉,发现他没睡着。他问父亲:

"爹,那儿也是我爷爷的房子吗?"

王虎奇怪地答道:"当然,我小时候就住在那儿,后来这房子盖了才都搬过来的。"

那孩子眼朝上看,头枕在手上,急切地看着父亲,热切地说:

"我喜欢那房子，我愿意住盖在田里的房子，就像那间土坯房一样，那么安静，有树，还有牛。"

王虎不耐烦地答着，自己也觉得有点莫名其妙，儿子毕竟没说什么不甚得体的话：

"你都说了些什么呀！我小时候就在那儿，每天那么无聊，我时刻都想着离开那儿。"

可儿子很固执，又说：

"我喜欢那样——我就是喜欢那样！"

儿子说这些话带着强烈的感情，王虎有点生气，便站起来走了。他儿子那晚真的梦到那土坯房子就是他的家，他就住在田野里。

梨花去了尼姑庵，王大的儿子到了庙里，三个人住了多年的土坯房现在空了。王龙的田里已没有王家的人住了，只剩老佃户两口子守在那儿。有时那老妇会拿出她藏在土里的干白菜，或她省下的一点食物，包起来送到尼姑庵给梨花。她在侍候他们的那些年里学会了爱护这个文静温和的女人。日子这么艰难，她还拿出仅有的一点东西给她，她愿意在门口等着穿灰尼姑袍的梨花出来，她会上去悄悄地说：

"这儿有个新鲜鸡蛋，是我留下的那只鸡下的，给你。"

然后她把手伸进前襟里去掏出一个小鸡蛋，攥在手里，塞到梨花的手上，轻声劝着：

"吃了吧，太太，我敢说尼姑都这样，别听她们许愿。我看见过和尚吃肉喝酒。站在这儿吃，没人看见，趁着新鲜。你脸色多难看！"

可梨花不肯，她真心许过愿。她摇摇灰帽子下剃了发的头，轻轻推开老妇的手说：

"你吃，你比我更需要补养，我已经吃得够好了。即便我没得吃，也不能吃，因为我许过愿了。"

那老妇人可不死心，她把蛋硬往梨花怀里塞，梨花袍子的前襟是从领口搭过来的。随即她赶紧坐到盆里，从门边推开到了水里，梨花就够不着了。她满意了，笑着离开了那里。不一会儿，梨花就把鸡蛋给了一个可怜的女人，她刚从庙门前的水里爬出来。她是个母亲，抱着个营养不良的孩子，贴着她干瘪的乳房。梨花听见她微弱的声音，走了过去，她哀求着：

"看看我这两个奶吧，原来可是胀鼓鼓的，孩子也胖得像个佛爷。"她凝视着怀里那垂死的小东西，他的嘴还紧贴着那干瘪的奶。梨花从怀里掏出了鸡蛋，给了那个女人，庆幸自己有这么好的东西可以给别人。

自那以后，梨花一直平静地度着光阴，王虎再也没见过她。

王掌柜是完全可以帮助王虎渡过难关的，他有大批存粮。灾荒使别人穷困，却让他和像他那样的人发了财。他看清了形势，赶紧囤积了大量的粮食，不时以高价卖给有钱人，他还从外地买进面粉和大米，甚至派人去邻近的国家买这类货物。他的仓库里已堆满了粮食。

他现在是空前地富有，他的粮食运往富户和市场，换回了银钱，这年王掌柜钱多得都发愁搁在哪儿、怎么样才安全。他是个商人，不想买地，可这年头又没别的抵押物，一旦借钱给别人，就只有指望靠他们淹在水里的地来还。他冒险，要高利，他把注押在将来的收成上。一旦田里的水排干了，那片地区的所有收成都会流入王掌柜的粮仓。没有人确切知道他到底有多少钱，他对儿子花钱都加以限制，在儿子们面前装穷，逼着他们在店里或市场上干活。除了送到王虎那儿的大儿子，其他的儿子都盼着父亲死，到时他们便不必待在店铺里或市场上，可以花钱去玩乐或买好衣服，而现在王掌柜是不许他们这样干的。

不光他的儿子们对如此干活感到痛恨，乡下还有许多农民也恨。其中一个大龅牙，在王龙死后买了他的大部分地，现在他的地几乎都让水淹了。他省吃俭用、挨饿，眼看孩子们也要挨饿了，除非他向王掌柜借贷。他等着田里的水退下去。这期间他带着孩子到南方去了，不情愿让王掌柜把他的地弄到手。

王掌柜自认为公道，他对所有来借贷的人说，谁也别指望在荒年以平价买粮或借钱，不然商人还赚什么钱？在他看来，这是天经地义的事，他做得并不过分。

他是个聪明人，明白人们在非常时期不讲公道，知道大家都恨他。他情知王虎对自己有用，因此他尽自己的力，答应借给王虎大批粮食及一大笔钱，利息也不高，大约百分之二十。一天他们在茶馆签借据，王大在一旁深深叹息：

"小兄弟，我要是像咱这商人兄弟就好了，可我越来越穷，不像他生意兴隆，我只有一点放出去的钱和爹留下的一点地，不过我们三人中有一个人有钱，这对我们来说还是好事。"

听见这话，王掌柜不禁尴尬地笑了笑，他不善言辞，又不懂客套，直截了当地说道：

"就算我有点钱，那都是因为我干活，也支使儿子们在铺子里干，他们从不穿绫罗绸缎，我呢，也只娶一个老婆。"

王大尽管这些年来脾气已磨得随和多了，但还是不愿这么直来直去地谈，他知道弟弟这番责备是因为他卖了大部分地产，以便两个儿子如他们所愿去沿海城市。他坐在那里气鼓鼓的，最后提了提神，大声说：

"好了，当父亲的总得供养儿子，我有点太宠儿子了，不舍得让他们年轻轻的在柜台旁耗费年华。我要是还看重咱爹的名誉，能让他的孙子挨饿吗？养活他们是我的责任，也许我不该把他们当成公子哥儿供着。"他讲不下去了，几年来他一直咳嗽得厉害，这阵儿又咳开了，使他憋得难受。没话说，他坐在那儿生闷气，眼睛下陷，脖子都红了。王掌柜干瘦的脸上露着微笑，他哥哥理解了他的含意，无须多言了。

借据该签字盖章了，王掌柜要求当场画押。王虎惊讶地说：

"什么？难道我们不是亲弟兄吗？"

王掌柜抱歉似的说："这是防备我记不住，现在我记性坏极了。"

他把毛笔递给王虎，后者不得不接过来写了名字。王二仍笑着问：

"你的图章也带来了吗？"

王虎只好从腰带里取出石刻图章，在那张纸上盖了印，然后王掌柜将借据折好，收到自己腰间的小口袋里。尽管借到了钱，王虎却越看越气，他发誓要扩展地盘。这些年要不是白白错过了机会，他就不至于再靠哥哥了。

王虎的部下有救了，他叫儿子准备好，叫卫兵集合，准备动身回家。春天，地很快就干了，人们都急需新种子种田。他们忘了冬天，忘了死去的那些人，对春天又重新充满了希望。

王虎也盼着新的转机，他向哥哥们告辞。他们为他举行了告别宴会。宴会结束后，王虎来到祖先的牌位前，点燃了香，儿子就站在一旁。香烟缭绕，他先向祖先鞠躬，然后叫儿子也照做。看着儿子鞠躬时那英武挺拔的身姿，王虎深感骄傲，他似乎觉得先人的灵魂都聚在那里，正欣赏着他们后代的精英，心想自己为家族争了光。

礼仪完毕，香烧成了灰烬，王虎上了马，儿子也跃上了自己的小马，他们与卫兵们一道，沿着晒干的大路回自己的领地。

第二十八章

那年春天，王虎的儿子满十五岁了。一天，王虎儿子的老师独自来到王虎的住处说：

"司令，我已尽力教了小将军，他该进军事学校，和同伴们一起行军、打仗，进行战争实践。"

王虎也知道早晚会有这一天，可他仍觉得岁月过得太快了。他派人去叫儿子来，自己则坐在一棵杜松树下的石凳上等着儿子，骤然间，他感到了衰老和疲惫。儿子穿过圆洞门走了过来，步履矫健，王虎以一种新奇的目光打量着他。儿子确实够高，像个大人，脸上出现了粗硬的线条，嘴唇紧闭着，俨然一副成人的面相。王虎看着他唯一的儿子，觉着不可思议，记得他曾那么殷切地盼着儿子长大成人，好像儿子老长不大似的，现在他突然从一个孩子变成了大人。王虎长叹了一声，暗自思量：

"学校要是不在南方就好了，我不愿他跟那些南方人一块儿学习！"他大声问站在旁边捋着上唇小胡子的老师："他非去那种学校不可吗？"

老师肯定地点了点头。王虎恋恋不舍地看看儿子，终于开口问："我的儿，你自己愿意去吗？"

王虎极少征询儿子的好恶，一贯自作主张，替儿子决定。这时

他抱着一丝希望,儿子若拒绝去,他就可以有借口了。儿子一直看着树下的白色百合,这时迅速抬起头说:

"如果能够进另一种学校,那么我十分乐意。"

王虎并不期望听到这种回答,他皱着眉,捻着胡子,气恼地说:

"除了军事学校,你还能进什么学校?你要做军阀,书本有什么用?"

儿子胆怯地小声回答:"近来我听说有的学校里可以学种田或跟种田有关的事。"

这种蠢话使王虎感到震惊,他从来没听说过这种学校,于是他猛然大吼起来:

"要是有这种学校,那真可笑透了。好啊,如今个个种地的都得学怎么耕、怎么播种、怎么收!我记得我爹说过,种地用不着学,看别人怎么干就怎么干!"他又冷冷地说:"可这跟你我有什么关系?我们是军人,你要么去军事学校,要么什么学校也不进,就在这儿跟着我带兵。"

王虎发怒时,他儿子嘘了口气,退后一步,平静且又极耐心地说:

"那我愿意去军事学校。"

他的态度仍使王虎不满,他瞪着儿子,捻着胡子,他希望儿子直言不讳,但知道儿子说出心里话来他又得生气。他喊道:

"你准备一下,明天就去!"

孩子向他躬身告退,一句话也没说就走了。

晚上只剩王虎一个人时,他想到儿子将要远离他,一种恐惧感攫住了他。在那种地方，人那么狡猾奸诈，儿子会遭遇什么？他吩咐卫兵传他的亲信"豁嘴"来见他。"豁嘴"来后，王虎望着那张丑陋但忠诚的面孔，半恳求地对他说，全然不像个主子：

"我的独生儿子明天要去军事学校了，虽然他老师也去，可人心难测，况且此人又在国外待了那么多年。他的眼睛藏在眼镜后面，嘴又埋在胡子里。一想到我得把儿子完全托付给他，我就觉得他有点不可捉摸。你跟我儿子去吧，我了解你，再没有比你更令我放心的人了。我贫穷孤单时你就跟着我，现在我有钱有势了你还是这样。我的儿子是我生命中最珍爱的宝贝，你替我尽心照看着他吧。"

王虎说完这番话，"豁嘴"一反常态，坚决又严肃地嘶嘶说道：

"司令，恕不能从命，我得留在你身边。小将军去，我会挑五十名好样儿的亲兵，不太年轻的，我会给他们交代任务。我得跟着你，你不知你多需要一个靠得住的人跟随左右。在一个这样规模的军队里，难免有不满和牢骚，不是这人发脾气就是那人对长官不满，现在又盛传南方在准备开仗。"

听到这儿，王虎固执地说：

"你把自己看得太重了，不是还有'屠夫'吗？"

"豁嘴"露出轻蔑的表情，激动地扭了一下他那张吓人的脸，说：

"就那个……那个笨蛋！他打打苍蝇还凑合。我叫他打谁、什么时候打，他能挥大拳头，可他自己什么也看不出来，除非有人告诉他往哪儿看！"

他坚持己见，王虎只好命令他服从，并宽恕了他的不驯行为。

换个人这么不服命令,他是绝不轻饶的。最后"豁嘴"一再说:

"好吧,我自刎算了,我的剑和头都在这儿。"

王虎实在无奈,只好让步。虽然刚刚还在悲哀地讲死,一见王虎让步了,"豁嘴"的情绪马上高涨起来,他当晚便跑去挑了五十名好汉,把他们从梦中叫醒。这些人迷迷糊糊地站在那儿,打着哈欠,在院子里冻得发抖。他豁着嘴呵斥着他们:

"小将军要是有个小病小灾的,就是你们的过失,你们就该死。你们的任务就是跟着他,在他身边保护他!晚上睡在他床铺周围,别轻易相信外人,谁的话也不要听,也别光听他的。他要是任性不要你们,说你们累赘,你们就说,'我们是你父亲老司令的兵,他养活我们,我们只服从他'。你们得保护他。"他将他们臭骂一顿,吓唬了一番,使他们认识到任务的重要性。最后他说:"你们要是干得好,有赏。没人比老司令更大方了,我会替你们请功的。"

他们都应承了。他们知道,除了司令的儿子,"豁嘴"就是司令最亲近的人了,再说,他们也愿意出去见见世面。

早晨王虎起身了,他一夜未曾合眼。他催儿子启程,并送了一段,实在不忍心与儿子分别。其实这只不过是个暂缓之举,迟早会有分手这一步。与儿子并排骑了一阵,他勒住了马缰,突然说:

"儿啊,古人言,送君千里,终有一别。你我得分手了,再见!"

他直挺挺地坐在马上,儿子向他鞠躬。他眼看着儿子又跳上了马背,和那五十个兵士及老师一道离去了。王虎掉转了马头,向家中骑去,再也没有回头看儿子一眼。

整整三天,王虎难过得什么也干不下去,什么也想不出来,直到他派去跟着儿子的人带回口信来。他们每隔几小时就从路上不同的地方回来报告。有一个说：

"他很好，比平常还开心。他下了两次马，走到田里和种田的说话。"

"他和这种人有什么话好说？"王虎诧异地问。

那人一五一十地答道："他问那人下的是什么种；看了种子，问牛是怎么拴到犁上的。那些兵都笑他，可他不介意，仍盯着看。"

王虎迷惑不解，喃喃自语："我不明白为什么一个军阀要去注意牛是怎么拴的、种子是什么样的。"不一会儿，他又不耐烦地问："除了这个，你还有什么说的没有？"

那人想了想，答道："晚上他住了店，高兴地吃馒头吃肉，还有饭和鱼，只喝了一小杯酒，完后我就离开了。"

一个个陆续回来的人向他报告他儿子都做了什么、吃了什么、喝了什么等等，一直到他儿子搭上驶往海里的轮船。此后王虎就只能等信了，去的人无法再跟着走了。

王虎也无法预计儿子不在身边时他能不能忍受那种不安的情绪。但有两件事使他排遣了一些愁绪。第一件是密探们从南方带回消息，他们说：

"我们听说南方闹起了一场古怪的战争，是什么造反、革命的，而不是军阀之间的那种战争。"

王虎近来脾气暴躁，不屑地答道：

"一点也不新鲜，我年轻时就听说过革命，我也参加过，自以为很了不起,其实不过是打仗而已。军阀们在反对当朝政府时联合一致,可是在推翻了当局,获得成功后,他们又分道扬镳、各自为政了。"

可密探们回来时都异口同声地说:

"这是一种新的战争,叫作人民战争,是为黎民百姓打的。"

"百姓怎么打仗?"王虎大声问道,冲这些蠢货扬了扬眉毛,"他们有枪吗?难道他们用棍子、板子、耙子和镰刀去打不成?"他盯着探子们看,看得他们发毛,咳嗽一下,互相望望。其中一人赔着小心开了口:

"我们说的都是我们打听来的。"

王虎大度地不再追究,说道:

"是啊,那是你们的差事,可你们尽听些废话。"他打发他们走了,可他毕竟得思考一下他们的话,他得密切注视战争动态,弄清来龙去脉。

他还没来得及多考虑这事,他的地盘上就出了另一档子事,使他顾不上别的了。

夏天将到,老天的变化真快,天气格外好,时雨时晴。洪水退了,露出了肥沃的土地,人们把凡是能找到的种子都播到了阳光照耀下的温湿的土地里,大地又有了生机,丰收在望。

在等待收获期间,仍有许多人在挨饿。那年王虎的辖区内强盗再次盛行,事态严重,匪徒甚至出没于他屯军的地方。他们成帮结伙,公然不把他放在眼里。他派兵去追又找不见人影,那伙人真有点神出鬼没。探子们回来报告:

"昨天强盗在北边,烧毁了荆家庄子。"又说:"三天前一伙强盗劫了商人,杀了他们,抢走了鸦片和绸缎。"

王虎勃然大怒,竟会发生这样无法无天的事。他最气愤的是自己的税收竟这样被从商人们那里掠去,他还指望靠税收来摆脱王掌柜呢。他怒不可遏,顿起杀机。他站在院中传唤下属带兵分头去地界上搜,砍一个强盗人头赏一块银洋。

一听有赏,他的兵就都争先恐后地奔了出去,可连一个强盗也捉不着。很多所谓的强盗其实就是普通庄稼人。他们在没人追时才出来作案,若看见有兵追,他们就在地里挖坑,大讲他们怎么遭一伙伙强盗的祸害,可从不暴露自己的团伙。听到有人谈起他们就环顾左右,说从来没听说过这么一伙人或其名号。王虎既已悬了赏,他那些贪心的兵士就尽杀人割头,谎报那是强盗,又没人能证明被杀死的不是,这样赏钱就到手了。很多无辜的人就这么丧了命,谁也不敢抱怨,王虎派兵出来是有道理的。再说,抱怨多了让当兵的听见,他自己的头也保不住。

盛夏,高粱长得比人高,强盗四起,像火一样蔓延开来。王虎愤怒到了极点,决定亲自出马剿灭强盗,他已好久没有露面了。他听说某村有一小股盗匪,探子们曾发现他们白天是农民,夜晚做强盗。那个村地势低洼,当时还无法耕种,不像别的村子。所以他们没东西充饥,已饿了一冬一春。

王虎了解到这些人铤而走险,晚上跑到别处去抢粮食,谁反抗就杀谁。他火了,亲自带了人去那个村子。他命令将那个村子围了个水泄不通,随后带了些人闯进了村,把人都抓了起来,连大带小

第二十八章 · 395 ·

共一百七十三个男人。他们被抓住后用绳子捆了起来,王虎命令把他们都带到村长家对面的大打谷场上,他坐在马上恶狠狠地盯着这些家伙。其中有的哭着、抖着,有的脸色灰白,还有的阴沉着脸站在那儿,毫无惧色,他们知道在劫难逃。老人们十分平静,听天由命,反正他们已老了,早晚都得死。

见人都被抓住了,王虎的杀机又平息了些,他不能像上次那样冒失杀人了。从他杀了那六个人,见到儿子的表情后,他心里就怯了些。为掩盖自己的怯意,他皱起了眉,噘了噘嘴,冲他们喊道:

"你们都该被处死!这么多年了你们还不了解我?我最容不得强盗!可我心慈手软,念及你们上有老、下有小,姑且饶了你们。下次你们再违反我的规矩,再抢,那就活不成了。"他命令围村的士兵:"拿刀把他们的耳朵都割下来,让他们记住我今天的话!"

那些兵站了出来,在鞋底上磨了磨刀,割下了强盗们的耳朵,扔到王虎跟前。王虎看到每个强盗的脸颊上有两道血痕流了下来。他说:

"这些耳朵能帮助你们记牢!"

他掉转马头走了,心中又有些疑惑,也许他该杀了这些人,以绝后患,杀一儆百。也许他年纪大了,变得过于软弱和慈悲了。可他又自我安慰地自言自语道:

"我是看在儿子的分上才饶了他们的命的,总有一天我要告诉他,为了他,我赦免了一百七十三个人,他会高兴的。"

第二十九章

王虎就这样消磨着儿子走后的寂寞光阴。他镇压了强盗后，秋收时节又到了，这可帮了他的忙，人们又有吃的了。正是秋高气爽的时候，没有风吹，也没有日晒。他带上一小股武装去领地巡视。他要在儿子回来时把一切都为他准备妥帖，他计划，等儿子一回来，他就把这片地区的统领权移交给他，把庞大的军队交给他，自己只留几个卫兵。他已将近五十五岁，儿子也快二十岁了，已经是一个男子汉了。王虎骑在马上这样梦想着，好似已看见了孙子，他还观察着路边的人们和田野，估计着他的税收和田里的好收成。一旦洪水过去，土地就又复苏了。尽管人和地本身还留有那两年灾害的痕迹：庄稼还未熟，人们的脸还是瘪瘪的，老人和孩子很少见到。然而，毕竟到处是一片生机盎然的景象，王虎欣喜地看到，女人们又挺起了大肚子。他默默地对自己说：

"兴许是老天爷用天灾来给我算命，前些年我太舒服、太满足了。许是老天爷用这场灾来激励我。有这么一个儿子继承我的事业和财产，我该更发奋才是。"

王虎比父亲当年聪明多了，他不信土地爷，可他信命、信老天爷。他信他的命运不是巧合，生和死是注定的，都是老天安排的。

那年九月，他带着人马到处察看，人们都向他致意，脸上洋溢着笑容，他们都知道他有势力，长期统治着他们，而且他执法明断。他若是在某处停留，城里或村里的长辈们就会给他摆宴。那些土庄稼人不懂礼貌，很多人一见当兵的就转身走开或埋头干活，当兵的走过去，他们就会不停地吐口水以发泄愤恨。如果当兵的厉声责问，他们就会装没事人儿，手捂着脸说：

"马蹄翻起来那么多土，都飞到我嘴里了。"

不论是在城里还是在乡下，王虎都用不着顾忌谁。

途中，他来到了他攻占的那座城，这些年由他的麻脸侄子在这里驻扎。王虎一面派人去通知他到了，一面环顾左右，想看看该城在他侄子管辖下有没有什么起色。

小伙子已不年轻了，长大成人，娶了织丝人的女儿为妻后已生了两个儿子。听说叔叔莅临且已到了城门口，他大吃一惊。这些年不打仗，他一直过着太平日子，几乎都忘了自己是军人。他总是悠闲自在，怡然自得，总是寻求快活和新奇，他享受这种生活。他有权威，人们尊敬他；他没什么活干，只是收收税，他开始发福了。近些年他甚至脱下了军装，换上了宽松的袍子，看上去像个富有的商人。他也确实与这座城中的一些买卖人成了好朋友，每当他们把上交王虎的税送到他手里时，他总是抽些头儿，跟做生意一样。有时他也以叔叔的名义派点新名目的轻税，商人们即便知道了也不怪他，换作他们自己，也会如法炮制。他们喜欢这个麻子，不断给他送礼，他们明白他可随意向他叔叔报告，让他们倒霉。

王虎的这个侄子就这样过着舒心日子，他老婆也令他满意。他不是那种精力过盛的人，不易受其他女人的引诱，只是偶尔有朋友请吃饭时规模较大,或特别招待,雇几个漂亮的姑娘陪他至半夜。每逢这种宴席,他们总会请他到场,一为他在该城的地位,二也为他本人,因为他诙谐有趣,他的三寸不烂之舌能使人捧腹大笑,这在他们微醉的时候尤其妙。

听说叔叔来了,他着急了,赶紧吩咐妻子翻箱倒柜,找出他的军装,又立刻下令召集士兵。士兵们已懒散惯了,一贯是做他的仆人而不像士兵。他把两条肥腿伸进裤子里,纳闷他过去怎么能穿这么紧的衣服。他现在不比年轻时,肚子已滚圆了,竟把衣服撑出口子来,还得用一条宽腰带扎住,好把肚皮藏起来。好歹穿上军服了,士兵们也总算集合好了,正列队迎接王虎到来。

通过几天的观察,王虎心里已明白商人们盛宴招待他和地方官的用意,也看清了侄子把自己塞进那套军装里是何等费劲儿。一日晴朗无风,太阳火辣辣的,他侄子脱去了外套,他太热了。他的腰带胡乱系着,里头的衣服在底下敞开着。王虎冷笑着暗想:

"我庆幸自己有个威风凛凛的儿子,不像我哥哥的这个小子,他不过是块商人的料罢了!"

他不大理睬侄子,也没怎么夸奖他,只冷冷地说:

"你替我掌管的兵都忘了怎么使枪了,毫无疑问,他们得打仗了,你何不在明春带他们去适应适应?"

听到这话,他侄子结结巴巴的,直冒汗。他算不上胆小鬼,要是让他当个兵他会成个好兵的,但他不是带兵的料,士兵们不怕他。他最喜欢现在这种生活。王虎见他那么不安,暗自笑了,突然手拍佩剑高声说道:

"好了,侄儿,既然你们过得这么好,这座城这么富,我们该加税了!我儿子在南方花费很多,趁他不在时,我想多挣些。那你就俭省些吧,给我多交一倍来。"

他侄儿私下早与商人们商议过了,如果王虎要加税,他就哭穷,叹苦经。他若能说服叔叔,他自己就能得一大笔报酬。这时他理不直气不壮地诉说开了,可这种哀叹一点也打动不了王虎,王虎终于大吼道:

"我看得出来这儿怎么样,你即便拿出比'老鹰'还多的办法跟我作对也是白搭。"

外快赚不到了,他侄儿垂头丧气地向商人们讲了实情,他们送来了申诉,说:

"我们不只交您这一份税,还得交市税、国税。您的税已经是最高的了,这样下去,我们做生意的还赚什么钱呢?"

王虎看准这是他使威风的时候,于是先说了几句客套话,然后粗鲁地说:"是啊,可是我有权,如果好言好语不管用的话,休怪我先礼后兵了。"

王虎如此责罚了侄子后仍叫他任这座城的领军之职,这样,他就保证了自己对该城及所有属地的控制。

一切安排妥当后,他又回到了家里,等待冬天过去。他忙着派出侦探、制订计划,梦想着春天进行大规模的征战,以他的年纪或许他仍能为儿子征服全省。

整个冬天王虎都怀着这种梦想。那个冬天最长,由于太寂寞,他竟时常到家里女人们的住处去,这似乎有点反常了。但那里没有他的位置，他那没文化的老婆与两个女儿同住，而王虎与她们无话可谈。他只不过在那儿闷闷地独坐一会儿，心里只是感到她们是他的家眷而已。有时他想知道有文化的老婆的消息，这些年来她不在家中，而是住在女儿念书的学校附近。有一次，她寄了一张她与女儿合影的照片给王虎，王虎凝视了一会儿。女儿很漂亮，有一张活泼的小脸，大胆地从照片里望着他，她剪着短发，眼睛乌黑。他无法感觉到她是属于他的，他知道她跟现在那些快快活活、叽叽喳喳的姑娘一样。在她们面前，他是没话的。他又看看老婆，他竟一点也不了解她，即便在他晚上去她那儿住的那个阶段也不了解。他长久地注视着她，她也在照片上望着他。他又像以往一样在她面前感到不自在，好像她有话说而他不想听，她有所求而他不曾答应一样。他把照片拿开，自言自语道：

"一个男人一生中没时间应付这些事，我很忙，没工夫陪女人。"

他又硬起了心肠，认为自己到妻子们那儿去总共也没有几年时间，这是一种高尚品德，他也从来没有爱过她们。

夜晚独自一人坐在火盆边时是他最孤独的时刻。白天他总可忙一阵，但到了晚上，长夜如过去那样，又黑又凄凉地悬于他头上。每逢此时他会怀疑自己，感到自己老了，他甚至怀疑自己能否在春天再去征战。面对此情此景，他会对着炭火凄惨地笑笑，咬着胡子，悲哀地想：

"也许从来没有人能随心所欲。"过一会儿他又会想起什么并说："一个人有了儿子，他一辈子就会替三代人着想。"

"豁嘴"观察着老主人，见他夜晚对着炭火沉思，白天对士兵漠不关心，任他们无所事事、为所欲为，于是不声不响地抱来了一罐好酒、一些咸肉，让他喝一盅。他能巧妙地做些小事使主人平静下来。过了一会儿，王虎果然清醒了些，他喝了些酒，振奋了一下，便能入睡了。睡前他想：

"我有儿子，我这辈子做不了的，他还可以干。"

那年冬天，王虎不知不觉地喝了比以往任何时候都多的酒，这对他那个老亲信是一种安慰，他爱这位主人。如果王虎将酒坛推开，这位老人就会真心实意地劝慰他：

"司令，喝吧！人老了都有个嗜好，图一点小小的乐趣，你对自己太苛刻了。"

为了表示自己看重他，使他高兴，王虎就会喝点。于是，即使在这种孤寂的冬天，他也可以安然入睡。酒后他会对儿子充满信心，忘了他们之间有过分歧，他等待着春天。

冬末的一个晚上，王虎坐在房中半睡着，浑身暖烘烘的。酒在他手边一张小桌上放凉了，那把解下的剑放在酒坛的一边。

突然，在冬天夜晚的一片寂静中，他听到了院中马的骚动声，士兵们一拥而进，脚步声在院中停住了。他半站了起来，双手按着椅子扶手，弄不清那是谁的兵，不知自己是否在做梦。他还没来得及再动一动，有人跑了进来，高兴地喊道：

"是小将军，你儿子来了！"

那晚因为天寒，王虎喝得很多，一时还没清醒过来，他把手放在嘴边，喃喃地说：

"我梦中还以为是敌人来了。"

他尽力克服自己的睡意,站起身,走到靠近大门的院里,院子被许多人举着的火把照得通明,他在亮光中看见了儿子。他已下了马,正站在那儿等着,看见父亲时他鞠了一躬,并露出陌生、半带敌意的眼神。王虎冷得一哆嗦,裹紧衣服,迟疑了一下,惊异地问儿子:

"你的老师呢?你怎么来了,儿子?"

那个青年答着,嘴角几乎一动不动:

"我们分手了,我离开了他。"

这时王虎从迷茫中清醒过来了,他明白出了些岔子,不能当着这些士兵的面说,他们黑压压地站了满院,想听争吵。他转过身去叫儿子跟他走。到了房内,王虎命来人都出去,他与儿子单独留下了。他没有落座,儿子也站着,他从头到脚打量着儿子,好像从未见过儿子似的。终于,他慢吞吞地问:

"你穿的是什么怪军装?"

儿子抬起头,静静地、坚决地回答:

"这是新的革命军的军装。"他用舌头舔舔嘴唇,站在父亲面前等着。

王虎立刻明白了儿子在干什么、是什么人了。他明白这就是谣传的那场新战斗中的南方军队的军装,他喊道:

"这军队是我的敌人!"

他突然坐了下来,一口气堵在嗓子眼,憋得慌。一股怒火从心中生起,自从杀了那六个人,他还没这么怒过呢。他握住那柄剑,

像以往一样狂吼着:

"你是我的敌人,我应该杀了你——我的儿子!"

说着,他喘开了。这一次,他的怒火来得突然、来得奇,使他感到非常难受,他不由自主地一个劲儿吞咽。

他儿子此时倒不像小时候那样缩头缩脑了,他沉静坚定地站着,双手解开了外衣,在父亲面前敞开胸怀,带着深深的痛苦说道:

"我知道你想杀掉我,那是你的老一套。"他眼盯着父亲,麻木地说道:"那就杀吧。"他站在那里等着,在烛光下,他的面容清晰、坚毅。

王虎不能杀儿子,尽管他有这个权利,尽管他认为谁都会杀掉自己叛逆的儿子,对他来说,那样做是公正的,但他仍不能那样做。他感到怒不可遏,立刻会发泄出来。他把剑掷到了花砖地上,用手遮住嘴,嘟囔着:

"我太软弱了,我一贯软弱,不配做军阀。"

看着父亲坐在那里,手捂着嘴,剑扔到地上,儿子拉上了外衣,平静、理智地说着,像是在跟一个老人讲着道理:

"父亲,你不明白,你们老人都不懂,你们看不到我们整个民族是多么弱小,被人看不起——"

可是王虎笑起来了,笑出了声音,他大声说,手仍然捂着嘴:

"你以为以前就没这种说法?我年轻时——别以为只有你们是年轻人——"

王虎又大笑起来,这笑声奇特、不寻常,他儿子从未听到过他的这种笑声,这像一种怪诞的武器一样刺伤了他,激起了他的火气,父亲从未见过他这么发火。他突然喊道：

"我和你不一样，知道我们怎么称呼你吗？你是个叛逆者、一个强盗头子，如果我的同志们知道你，他们会称你为叛徒，但他们连你的名字也不知道，你不过是个小城镇上的小军阀而已！"

王虎的儿子一贯忍耐，这次爆发了。他看着父亲，瞬间又感到羞愧，于是沉静下来，脖子都红了。他眼向下望，慢慢解开了皮带，任它落到地上，子弹落地时噼啪作响。他再没开口。

王虎也一声不吭，他呆坐在椅子上，手遮着嘴。儿子的话入了他的脑子，某种力量开始从他身上消退，并且一去不返。他感到儿子的话在他心中回荡着，没错，他只是个小小军阀，一个小城的小小军阀。他手捂着嘴无力地轻声说着，像是习惯成自然了：

"我可从没做过强盗头子。"

儿子现在真的感到惭愧了，他立即答道：

"对，对，对。"像是为了掩饰自己的愧意，他又说："爹，我得告诉你，我们部队北上去打胜仗，我得藏起来。这些年，老师把我训练得挺好，他信任我，他曾是我的长官。他不会轻易原谅我的，因为我选择了你，我的父亲——"声音弱了下去，他飞快地看了父亲一眼，眼神里含有一股亲切。

王虎一言不发，呆坐在那里，似乎什么也没听见。儿子继续说着，不时地看看父亲，似在恳求：

"我可以藏在那栋土坯房子里，我可以到那儿去，他们若是在那儿发现了我，不会认为我是军阀的儿子，不过是个普通庄稼人罢了！"说完，他轻轻一笑，仿佛希望用这种无力的俏皮话来哄父亲。

王虎仍不说话,他不懂儿子说的"我选择了你,我的父亲"是什么意思,他仍旧坐在那儿,回想着自己一生的困苦。突然,他从梦想中惊醒,恰似一个人从长久的混沌中清醒过来一样,他看着儿子,就像他是一个陌生人。王虎曾牵肠挂肚地想念儿子,并在梦想中勾画过儿子的形象,可眼前这个儿子他不认识了。一个普通的农夫!看着儿子,他感到往日那种失望的情绪又复燃了,这和他年轻时被困在土屋时怀有的无可奈何的心境一样。看来,他的父亲,那长眠地下的老人,又一次伸出他那只满是泥巴的手,搭在他的儿子肩上。王虎瞟了自己的儿子一眼,手还是捂着嘴,喃喃道,像是自言自语:

"不是军阀的儿子!"

王虎骤然感到自己的手已抑制不住发抖的嘴唇了,他想哭。正在这时,"豁嘴"开门进来,带来了一罐酒。酒刚刚烫过,还散发着热气和酒香气。

这个忠心耿耿的老人进门时照旧望着主人,快步走上前来,往桌上一只空碗里斟了酒。

王虎终于把手从嘴边挪开,伸向酒碗,把酒送到嘴边喝了一大口。酒是好的——又热又醇。他举着碗轻声说道:

"再来一点。"

——不管怎么说,他不会哭出来了。

附 录

授奖词

瑞典学院常务秘书　佩尔·哈尔斯特龙
吴裕康　译

赛珍珠曾经讲过,她如何发现了她向西方介绍中国的本质与存在这一使命。她根本没有把这当作一种文学专业去从事,这使命是自然而然地落到她身上的。

"是人民始终给予我最大的欢乐与兴趣,"她说,"当我生活在中国人当中时,是中国人民给了我这些。人家问我,他们是什么样的人,我答不出来。他们既非这样也非那样,他们就是人。我叙述他们跟我叙述自己的亲人一样。我跟他们太亲近,跟他们在一起生活得太密切了。"

她曾经生活在中国人当中,与他们共度所有的兴衰变迁,共度丰收年景和饥荒年头,共度革命的流血动乱,共睹乌托邦的谵妄。她结交知识阶层,和民风古朴的农民交往,而这些农民在看见她之前几乎没有见过一个西方人的面孔。她经常是处在极度的危险之中,是一个从来不认为自己是外国人的外国人;一般说来,她的观点保持着深沉与亲切的人性。她以纯粹的客观性使生活充实了她的知识,给我们提供了使她名扬世界的农民史诗《大地》(1931)。

她选择了一个男人做主人公,这个人过着像他的先辈若干世纪以来同样的生活,具有同样纯朴的心灵。他的品德来源于一个唯一的根：与土地的密切联系，土地生产出粮食来报答人的劳动。

王龙是用跟田里的黄褐色泥土同样的材料塑造成的，他怀着一种虔诚的快乐，把他的全部精力都花费在土地上。他和土地原本是互不可分的，两者将随着他平静地迎来死亡而重新合为一体。他的工作也是一项已尽的义务，这样他的良心便得到了安宁。由于欺诈丝毫无益于他的追求，他变得诚实正直。这就是他的道德观念的总和。他的宗教观念同样也很少，几乎完全包含在供奉祖先的崇拜之中。

他知道，人生是两度黑暗之间的一线光明；从他身后的黑暗中延续出先辈的链条，从父到子，这链条一定不能被他中断，如果他不想失去在一个猜度、未知的领域里生存的朦胧希望的话。因为那样就会熄灭种族的生命之火的一颗火星，每一个个人都应该关心这点。

于是，故事以王龙的结婚和他渴望家中儿女满堂开始。至于他的妻子阿兰，他并不去多想，因为按照规矩和体统，他还从来没有见过她。她是邻镇大宅里的一名婢女，据说长得丑，买来很便宜。由于这个原因，她大概也没有受到过宅中少爷们的骚扰，新郎很看重这一点。

他们的共同生活是幸福的，因为妻子表明是个极好的伴侣，孩子们不久也出世了。她完成向她提出的所有要求，却从来不提自己的要求。在她默默无言的眼睛后面藏着一颗默默无言的心。她总是顺从，但是有见识，行动敏捷；一个少言寡语的女人，沉默是源于一种在严峻的生活课堂里学到的人生哲学。

成功伴随着这对夫妇。他们有能力积攒一点钱了，而王龙的巨大热情，仅次于当父亲的心愿，是渴望耕种更多的土地，现在从潜意识中奔涌而出。他能够置买更多的田地,一切都预示着幸福和增益。

接着,命运之手给予他一个打击;一场旱灾降临该地。良田变成了飞旋的黄尘。他们靠卖地可以避免饿死,但是那将关死未来的大门。他们都不希望那么做,于是他们上路逃荒,伴着日益壮大的乞丐大军来到南方的一个城市,靠富人餐桌上掉下来的渣屑过活。

阿兰在童年时曾经逃过荒,结果为了救活她的父母兄弟而被卖给人家。

多亏她的经验,他们适应了新的生活。王龙像牲口一样苦干操劳,其他人则凭着学来的本领讨乞。秋天和冬天过去了。春天到了,他们对自己的田地以及耕种田地的思念变得难以忍受,但是他们没有钱回家。

然后,命运又一次干预了——命运在中国就像旱涝瘟疫一样自然。战争在这个大国里时时都有,战争的情形犹如风云变幻一样不可思议。战争席卷了该城,引起法律和秩序的混乱。穷人纷纷抄富人的家。

王龙并无任何明确动机地随着人群走,因为他的农民良心反对暴力行为,但是纯属偶然的机遇,一把金子几乎是硬塞到了他的手中。现在他可以返回家园,在他那被雨水滋润的土壤上开始春播了。而且还不止此,他可以置买新田;他富了,很幸福。

由于阿兰得了一笔意外之财,他更富了,尽管并不更幸福。阿兰从前当婢女的时候,就了解一些大户人家收藏珠宝的情况。她从墙缝里发现了一捧珠宝。就像一只鹊鸟窃取闪光的东西那样,她顺手拿了它们,并且本能地收藏起来。当她丈夫在她怀里发现这些珠宝时，王龙的整个世界改观了。他买了一块又一块田。他成了当地的头面人物，不再是农民而是地主了，他的性情也变了。纯朴以及与土地的和谐不见了，逐渐而确切地代之以一种造成遗弃的诅咒。

王龙在气派十足的悠闲安逸中不再有真正的平和，他在家中娶了一房小妾，把阿兰冷落在一个黑暗的角落，让她精力慢慢耗尽而死去。

儿子们都不是好东西。老大沉湎于空虚的放荡生活；老二当了商人和高利贷者，被金钱的贪欲淹没了；老三成了"军阀"，祸害不幸的国家。中国这个"中央帝国"在新的动乱中被弄得四分五裂，这种动乱在我们这个时代变得令人痛苦不堪。

然而，三部曲并没有带我们走到这么远；它以第三代与大地之间的一种和解结束。王龙的一个孙子在西方受了教育，回到祖居的田庄上，应用他学到的知识，以改善农民们的劳动与生活条件。

家族的其余成员则在新与旧的冲突中无根无基地生活着，赛珍珠在别的作品中描写了这些——大多是悲剧的基调。

在这部长篇小说提出的众多问题中，一个最严肃最忧郁的问题是中国妇女的地位问题。从一开始，作家的感人力量就强烈地体现在这一点上，在这部史诗性作品的平静中经常可以感觉到。作品前部的一个插曲最深刻地表现了自古以来一个中国女人的价值。这个插曲给人以难忘的印象，并且带有一丝幽默，这自然在这本书中是少见的。王龙在一个幸福的时刻，抱着年幼的、穿着漂亮衣裳的头生儿子，展望前途光明，踌躇满志，正要夸口，却又在突然的惶悚之中克制了自己。那儿，在广阔的天空下，他险些激怒那些看不见的鬼怪，把他们的不祥目光吸引到自己身上。他竭力把儿子藏到衣服底下，以避开鬼怪的威胁，并大声说道："我们的孩子是个没人要的女孩，脸上还长着小麻子，多可怜呀！还不如死了好呢。"阿兰也参与了这幕喜剧，默认了——大概她什么都没有思索。

实际上，鬼怪无须费神去注意一个女婴。她的命运无论如何都是相当艰难的。赛珍珠的女性形象给人留下最强烈的印象。阿兰少言寡语，这就更有分量。她的一生就是用不多几笔但却是有力的线条勾画出来的。

另一个颇为不同的人物形象是长篇小说《母亲》（1934）的主人公。作品中提到母亲时从来不用别的称呼，仿佛要表明，她的整个命运都体现在"母亲"这个词中。然而，她是有生动个性的，是一个强壮、勇敢、精力充沛的人物，大概属于比阿兰更现代的类型，没有阿兰的奴婢性格。丈夫不久就弃家出走了，但是她为孩子努力撑持着这个家。整个故事以悲伤结束，但不是失败。母亲不可能被压垮，即使当她的小儿子被当作革命者砍头时也不，她不得不跑到一个生人的坟头上去哭，因为她的儿子没有坟。正好这时候一个孙子出世了，她再一次有了爱和献身的对象。

母亲在赛珍珠的中国女性形象中是最完美的，这本书也是她最好的一部，但是在人物刻画和写作技巧方面，却以写她父母的两部传记《离乡背井》（1936）和《奋斗的天使》（1936）成就最佳。这两本书应当说是名副其实的经典作品；它们将流传后世，因为它们充满了生活。在这方面，画像所依据的人物原型具有重要的意义。

读者很少对当代小说所提供的人物群像满怀感激之情，并且很容易忘记他们。这些人物没有什么好品德,作家竭力去贬低他们,往往借助于坚持不懈的分析得出不可避免的结果。

然而在这里,读者却遇到两个完美的人物,他们过着忘我无私的生活,摆脱了忧思与动摇。他们彼此很不相同,在一个严酷而冷漠的世界里,他们被共同的斗争结合到一起,这一事实往往导致巨大的悲剧——但不是导致失败:他们甚至昂然挺立到最后。这两个故事中都有一种英雄主义精神。

母亲凯丽勇敢热情,有天分,有诚恳的天性,在各种力量当中善于协调。她在悲愁和危险之中经受了严峻的考验;由于生活条件的困苦,她失去了好几个孩子,在那动乱的岁月里,不时有可怕的死神威胁她。对于她来说,目睹她身边永无休止的苦难几乎是难以忍受的。她竭尽全力去减轻痛苦,那可不是一点点,没有什么力量足以担当这样一项任务。

她甚至在内心经历了一场艰苦和连续的斗争。在她的内心倾向中,凭着她的天性,她需要比坚定的宗教信仰更多的东西。对她来说献身上帝是不够的,她还必须感到这种献身得到承认。但是,她恳求和祈祷这一点,而这一点的迹象却始终没有出现。她被迫坚持不懈地努力以找到上帝,以满足于没有神的帮助而努力保持虔诚。

然而,她保持着精神上的健康,保持着对生活的热爱,尽管生活给她展示了那么多的可怖之处。她懂得鉴赏人世所呈现的美;她甚至保留着她的快乐和她的幽默。她就像发源于生命心脏的一股清泉。

女儿以可贵和生动的清晰讲述着母亲的故事。传记在有关事件的过程方面是准确的,但是创造性的想象在各种插曲和描述人物的内心生活方面也发挥着作用。没有杜撰歪曲,因为这种想象是直觉的、真实的。

语言具有生动的自发性;它清晰流畅,洋溢着亲切和深情的幽默。不过,故事里有一个缺陷。女儿对母亲的挚爱使她不能公正地对待父亲。在父亲的家庭生活中,他的局限性是明显的,尖锐的,有时是痛苦的。作为一名传教士和基督的信士,他没有瑕疵,在许多方面甚至是一个伟大的人物;但他本应独自生活一辈子,不受家庭义务的牵累——他几乎没有时间去注意这些义务,无论如何,它们比起他专心致志的职业来毕竟分量较轻。他对妻子帮助很少,在她传记里不能得到充分的谅解。

然而这一点在另一本书中达到了,书名便是他一生的钥匙,即《奋斗的天使》。安德烈没有他妻子的丰富多样的性格;他狭窄而深沉,像一把闪光的宝剑那样明亮。他把每一个想法都献给了他的目标:为异教徒开拓通往拯救之路。与此相比,任何事情都是无关紧要的。凯丽所徒然祈求的东西——与上帝交流沟通,他却完全拥有,并且在信仰《圣经》的坚定信念方面毫不动摇。他怀着这一信念像个征服者一样东奔西走,在那个广阔的异教国家里走得比别人更远,他忍受一切艰难困苦,并不在意这些,同时还遇到威胁和危险。对于贫穷、愚昧、陌生的褐色皮肤的人们,他感到温柔与爱。在他们当中,他的严厉天性开花结果了。当他赢得了他们的心,使他们作出信仰声明时,他并不怀疑这声明的真诚;怀着一个孩子的天真,他认为这是好事。通向上帝的大门先前总是拒绝他们的,现在向他们敞开了。现在,权衡他们和评判他们,已掌握在上帝手里,上帝对此是最精通的。他们已经获得了解脱的可能性,对于安德烈来说,当务之急是把这种可能性给予所有他在那个大国里接触到的人,那儿每时每刻都有成千上万的人死去。他的热情在燃烧,他的工作在其广度与深度上有着某种天赋。

他在永不休止的行动中竭尽全力,鞠躬尽瘁。异教徒在热忱的祈祷者当中皈依上帝之时,才是他准许自己休息的时候。他的一生是一支高高擎举的火炬,不顾一切风雨;不能用普通的观念来评判它。女儿的描述并不掩饰他那些令人反感的特点,但是女儿面对他整体的高尚保持着纯真的崇敬。读者对这两幅精心描绘的图画都深怀感激——每一幅都非常珍贵。

今年的奖金授给赛珍珠是由于她的著名作品为人类的同情铺路,这种同情跨越了远远分开的种族边界;还由于她对人类理想的研究,这些研究体现了伟大和生动的写作技巧;瑞典学院感到这是与艾尔弗雷德·诺贝尔憧憬未来的目标和谐一致的。

赛珍珠女士,我刚才试图对你的作品作出简短的概述,其实这几乎不必要,因为这里的听众都非常熟悉你的卓越的作品。

尽管如此,我还是希望,我能够就它们的倾向发表一些见解,在我们西方人的范围内,它们朝着开拓一个通向更深入的人类洞察力与同情的遥远而陌生的世界前进——这是一项崇高而艰巨的任务,需要以全部理想主义和豪爽无畏去完成,就像你已经做过的那样。

现在,我请你从国王陛下手中接受瑞典学院授给你的诺贝尔文学奖奖金。

受奖演说

赛珍珠

吴裕康　译

我无法表达出我对刚才所说的话和给予我奖金所感受到的全部感激之情。我代表我个人领奖，确信自己是接受了远远超过我在我的书中所能给予的的东西。我只能希望，我今后要写的几本书将在某种程度上比我今晚的感谢更有价值。确实，我只能按照我认为是颁发这一奖励本来所遵循的精神来领奖——比起已经做过的事来，这项奖励更看重未来。我想，今后我不论写什么，只要想起今天，总会获益匪浅，深受鼓舞。

我也是在为我的国家美利坚合众国领奖。我们是依然年轻的人民，我们知道，我们还没有充分发挥我们的力量。这一奖赏授予一名美国人，这不只是鼓励了一个人，而是鼓舞了全体美国作家，他们深为如此慷慨的赞誉而振奋、鼓舞。我还应该高兴地说，这一奖赏授予一名妇女在我的国家是很重要的。你们已经表彰过你们自己的塞尔玛·拉格洛夫，早就表彰过其他领域里的妇女，或许不能完全理解，一名妇女此刻站在这里，在许多国家里意味着什么。但是我不仅仅是代表作家和妇女发言，而是代表所有美国人，因为我们大家都分享着这一荣誉。

假如我不按自己完全非正式的方式也提到中国人民，我就不是真正的我了。中国人民的生活多年来也就是我的生活,确实,他们的生活始终是我的生活的一部分。我自己的国家和中国这个养育我的国家,在许多方面有相同的见解,首先是在共同热爱自由这方面相同。今天比以往更是如此,这是真的,现在全体中国人民正在从事最伟大的斗争——争取自由的斗争。当我看到中国空前地团结起来反对威胁其自由的敌人时,我感到从没有像现在这样钦佩中国。就凭着这种争取自由的决心——在深刻的意义上是天性的基本美德,我知道中国是不可征服的。自由——这在今天比以往更是最宝贵的人类财富。我们——瑞典和美国——我们有自由。我的国家很年轻——但是它怀着一种特殊的情谊向你们致敬,向国土古老而自由的瑞典人民致敬。

在赛珍珠发表受奖演说之前,伯蒂尔·林布莱德,位于萨尔特舍巴登的斯德哥尔摩天文台台长,曾作了如下评论:

"赛珍珠女士,你在你的具有高超艺术质量的文学作品中,促进了西方世界对于人类的一个伟大而重要的组成部分——中国人民的了解和重视。你通过你的作品使我们看到了人民大众中的个人。你给我们展示了家族的兴衰以及作为这些家族基础的土地。在这方面你教会我们认识那些思想感情的品性,正是它们把我们芸芸众生在这个地球上联系到一起,你给了我们西方人某种中国心。随着技术发明的发展,地球上的各国人民相互吸引得更加接近,地球表面缩小了,以致东方和西方不再被几乎难以逾越的距离分隔开来;另一方面,部分地由于这一现象的自然结果,民族特性的差异以及雄心互相冲突,形成了危险的间断,这时地球上的各国人民作为跨越地域和边界的个体,学会相互了解是极为重要的。当文学作品在这个方面取得成功时,它们必定是理性主义的,正像艾尔弗雷德·诺贝尔所指出的那样。"

中国小说

——1938年12月12日在瑞典学院诺贝尔奖授奖仪式上的演说

赛珍珠

王逢振 译

我在考虑今天要讲些什么时,觉得不讲中国就是错误。这完全是真实的,因为虽然我生来是美国人,我的祖先在美国,我现在住在自己的国家并仍将住在那里,我属于美国,但是恰恰是中国小说而不是美国小说决定了我在写作上的成就。我最早的小说知识,关于怎样叙述故事和怎样写故事,都是在中国学到的。今天不承认这点,在我来说就是忘恩负义。不过,完全为了个人的原因在诸位面前说中国小说这个题目倒是有些冒昧。还有另一个原因我觉得完全可以这样做。这就是我认为中国小说对西方小说和西方小说家具有启发意义。

我说中国小说时指的是地道的中国小说,不是指那种杂牌产品,即现代中国作家所写的那些小说,这些作家过多地受了外国的影响,而对他们自己国家的文化财富却相当无知。

小说在中国从来不是一种艺术,也不被这样看待,而且任何中国小说家也不认为自己是艺术家。中国小说,它的历史,它的范围,它在人们生活中的地位——它占有非常重要的地位——必须按照这样一种事实来看待。对你们这些今天慷慨地承认小说的现代西方学者，这无疑是个奇怪的事实。

但在中国，艺术和小说一向是截然分开的。在那里，作为艺术的文学为文人们所独有，他们按照自己的规则创造艺术，互相应和，根本没有小说的地位。那些中国文人占据强有力的地位。哲学、宗教、文字和文学，按照专横的经典规则，他们拥有所有的一切，因为只有他们拥有学习的手段，只有他们能读会写。他们的强大力量甚至使皇帝也有些畏惧，因此皇帝设想出一种用他们自己的知识来控制他们的方法，使官方考试成为在政界晋升的唯一途径；那些极其困难的考试，使人们为了准备考试而耗尽整个生命和思想，使他们忙于记忆和抄写过去的死的经典而无法顾及现时和现时的错误。在那些过去的经典当中，文人们找到他们关于艺术的规则。那里不是没有小说，但是，他们的眼睛看不到小说被创作出来，因为人民创造了小说，而活着的人们做些什么并不会引起那些认为文字是艺术的文人们的兴趣。

但是，如果说文人们无视人民，反过来人民也嘲笑文人。他们想出了无数关于文人们的笑话，其中有这样一个很好的例子：一天，一群野兽为了猎食在山坡上聚在一起。它们互相商定，外出猎食一整天，天黑时再聚在一起分享捕到的食物。白天过去了，只有老虎归来一无所获。别的动物问它为啥什么都没有捕到时，它非常不高兴地答道："早晨我碰到一个学生，但我怕他太小不合你们的口味。中午我遇到一位先生，但我放他走了，因为知道他除了有口气瘦得什么都没有。一天过去了，我再没碰到一个人，觉得非常失望。然而天黑的时候，我碰到了一位秀才。可是我知道把他带回来也没用，因为他又干又硬,如果吃他会硌坏我们的牙齿。"

文人作为一个阶级,长期以来都是中国人取笑的对象。文人常常在小说里出现,而且总是像实际生活中那样,全都长期读死的经典作品,因此小说把文人们写得都非常相像,人们也确实觉得他们相像。我们西方没有一个和中国文人相似的阶级——也许有些个人和他们相似。但在中国他们是一个阶级。就像人们看到的那样,他们是一个合成的形象:身材瘦小,脑门突出,两腮无肉,鼻子又扁又尖,双目黯然无神,戴着眼镜,一口卖弄学问的腔调,说些除了他们自己与别人毫不相干的规则,而且无限自负,既轻视普通人也轻视其他文人;他们穿着破旧的长衫,走路摇摇摆摆,一副傲慢神态。除了文人相聚之时,别人看不到他们,因为他们大部分时间都在读那些死的文学作品,试图能写成那个样子。他们憎恶任何新生事物,因为他们无法把这些东西归入任何他们已知的类别。如果他们不能归类,他们就肯定那无关重要,而且深信自己绝对正确。如果他们说"这是艺术",那他们就确信在别的地方不会见到,因为他们不承认的东西就不会存在。由于他们未能把小说归类于他们所说的文学,所以他们认为小说就不算文学。

姚鼐是中国最伟大的文学批评家之一,他在 1776 年列举了构成整个文学的各种著作。这些著作是散文、官府文件、传记、墓志铭、警句、悼词以及历史文章。你们看得出,其中不包括小说,尽管那时中国小说经过几个世纪在平民中间的发展,已经达到了光辉的顶点。1772 年由乾隆皇帝下令编纂的卷帙浩繁的《四库全书》,在集部中也没有包括小说。

文人不认为小说是文学,这是中国小说的幸运。也是小说家的幸运!人和书都摆脱了那些学者的批评,用不着受他们对艺术要求的束缚,无需考虑他们讲的表现技巧和他们谈论的文学意义,也不用去听那种什么是艺术、什么不是艺术的争论,因为那种争论认为艺术仿佛是绝对不变的东西,而不是像实际情况那样,甚至几十年内就会起伏变化!中国小说是自由的。它随意在自己的土地上成长,这土地就是普通人民;它受到最充沛的阳光的抚育,这阳光就是民众的赞同;它没有受到文人艺术那种冰霜寒风的侵袭。美国诗人艾米莉·狄更生曾经写道:"自然是难忘之家,而艺术是力图不被忘记的地方。"她说,自然——

> 是我们看见的,
> 自然是我们知道的,
> 但没有任何艺术去说——
> 对于她的天真朴实,
> 我们的智慧如此急躁。

不,如果中国文人知道小说的发展,他们只能更傲慢地对它蔑视。不幸的是,有时他们要被迫予以注意,因为一些年轻的皇帝觉得小说读来令人愉快。因此这些可怜的文人也没有别的办法。但他们找到了"社会意义"这个词,于是他们写出长篇文学论文来证明小说并不是小说,而是一种具有社会意义的文献。在美国,一些最现代的文学青年最近才发现"社会意义"这个词,但在中国,那些旧的文人一千年以前就已经知道,当时他们就主张小说必须有社会意义才能被承认是一种艺术。

不过,大部分旧中国的文人对小说是这样推论的:

> 文学是艺术。
> 一切艺术都有社会意义。
> 这种书没有社会意义。
> 因此它不是文学。

所以,小说在中国不算文学。

我就是在这样一种学校里接受教育的,我长大了还相信小说与纯文学毫不相干,文人们就是这样教给我的。他们教我文学艺术是由有知识的人发明的。从文人的智慧中产生出支配灵感的规则,而源自生活深处的灵感是放荡不羁的野泉。天资不论高低都是泉水,而艺术不论古今都是塑定的形式,必须把水注入这种形式才能为文人和批评家利用。但普通的中国人并不这样利用。故事的天才之水随意奔流,任凭天然的岩石阻拦,林木劝阻;而且,只有普通的人才来饮用,从中得到休息和乐趣。

小说在中国是普通人的奇特产品。小说是他们独有的财富。真正的小说语言是他们自己的语言,而不是经典的"文理","文理"是文学和文人的语言。"文理"与人民语言的关系,颇像乔叟的古英语对今天的英国人那样,虽然相当具有讽刺意味的是,"文理"也曾经是一种白话。但文人总是跟不上活的、变化的、人民的语言。他们固守一种古老的白话，乃至把它变成经典，而人民的活的语言不断发展，把他们远远抛在后边。中国的小说是用"白话"写的，或者说是用人们平常说的话写的，这本身就是对旧文人的一种冒犯，因为其结果是一种非常流畅可读的文体，而文人说这其中没有任何表现技巧。

我应该停下来谈一种例外的情况。有些文人从印度来到中国，作为礼物他们带来一种新的宗教——佛教。在西方，清教徒曾经长期是小说的敌人。但在东方，佛教徒却是智者。他们到中国以后，发现文学已经远远脱离人民，在历史上所谓六朝时期的形式主义的影响下濒临死亡。文学家甚至不关心他们要说的内容，而一味追求文章和诗歌中的文字对仗，而且他们对所有不符合他们这种规则的写作都不屑一顾。佛教翻译家来到这种封闭的文学气氛当中，随同他们带来了极其可贵的自由精神。他们当中有些是印度人，但有些是中国人。他们直说他们的目的决不会符合那些文学家的文体概念，而是要向普通人讲明白他们要传授的东西。他们把宗教教义变成普通的语言，变成小说用的那种语言，而且因为人们喜欢故事，他们还把讲故事用作传教的手段。最著名的佛教著作《法句经》的序言写道："其传经者，当令易晓。"这话可以看作中国小说家的唯一文学信条，实际上，对中国小说家来说，神即是人，人即是神。

中国小说主要是为了让平民高兴而写的。我用"高兴"一词并不只是指让他们发笑，虽然那也是中国小说的目的之一。我指的是吸引和占有整个思想注意力。我指的是通过生活的画面和那种生活的意义来启发人们的思想。我指的是鼓舞人们的志气，但不是凭经验谈论艺术，而是通过关于每个时代的人的故事，使人们觉得是在谈他们自己。甚至谈神的佛教徒也发现，如果人们看到神通过像他们自己那样的普通人发生作用，他们就会对神有更好的理解。

但中国小说用白话写作的真正理由，是因为普通人既不会读也不会写，小说只有用白话写成，读的时候才能被那些只能用口头语言交流的人听懂。在一个有二百人的村子里，也许只有一个人会读。逢年过节或者干完活以后的晚上，他就向人们大声朗读某个故事。中国小说的兴起就是以这种简单的形式开始的。他读过一阵之后，人们就往某人的帽子里或者农家用的碗里凑一些零钱，因为朗读的人需要用茶润润嗓子，或者需要补偿他本来可以织布或编席子的时间。如果凑的钱较多，他就放弃他的一些日常工作，专门说书上的故事。他读的故事就是最初的一些小说。这种故事写下来的并不多，几乎还不够维持一年，因为中国人生性喜爱富于戏剧性的故事。于是说书人便开始增加他的内容。他查阅文人所写的历史记载，利用长期与平民接触而发展起来的丰富的想象，为早已死去的人物赋予新的血肉，使他们栩栩如生；他找到了一些关于宫廷生活和阴谋诡计以及一些曾经导致某些王朝覆灭的皇帝宠臣的故事；随着他走村串乡，他还找到了一些他那个时代的奇怪的故事——每当听到这些故事时他就把它们写下来。人们把他们的一些经历告诉他，他就写下来去讲给另外一些人。他把这些经历添枝加叶地修饰一番，但不用文学的措辞，因为人们并不喜欢这样的词语。他总是想着他的听众，他发现他们最喜欢的是一种流畅通俗、清晰易懂的风格，也就是运用他们日常使用的简短语言，除了一些描写之外不用任何技巧，而且这些描写也只是为了使地点或人物逼真生动,而决不能多到使故事情节拖沓延宕。一定不能有任何东西拖延故事。故事是他们的需要。

我所说的故事并不是只指无意义的活动,不是单指赤裸裸的情节。中国人早就超过了那个阶段。他们对小说的要求一向是人物高于一切。《水浒传》被认为是他们最伟大的三部小说之一,并不是因为它充满了刀光剑影的情节,而是因为它生动地描绘了一百零八个人物,这些人物各不相同,每个都有其独特的地方。我曾常常听到人们对那部小说津津乐道:"在一百零八人当中,不论是谁说话,不用告诉我们他的名字,只凭他说话的方式我们就知道他是谁。"因此,人物描绘的生动逼真,是中国人对小说质量的第一要求,但这种描绘是由人物自身的行为和语言来实现的,而不是靠作者进行解释。

相当奇怪的是,当小说这样默默地通过在茶馆、乡村和城市贫贱的街道上,由一个未受教育的普通人对平民讲故事的方式开始出现时,它在皇宫里也开始出现,而且以同样缺少文学修养的方式出现。旧时的皇帝——特别是外族王朝的皇帝——一般都豢养一批称作"皇帝的耳目"的人,他们的唯一职责是打扮成普通人的模样,在城乡的街道上走来走去,或者在茶馆里坐在普通人中间,听他们讲些什么。当然,最初这样做的目的是为了知道皇帝的臣民有什么不满,特别是发现这些不满是不是会上升到那些导致前朝灭亡的反抗形式。

不过皇帝毕竟也是人,而且他们常常不是有知识的文人。实际上，他们更多的是被惯坏了的刚愎自用的人。"皇帝的耳目"有机会听到各种各样奇异有趣的故事，而且他们发现他们的皇帝主子常常对这些故事比对政治更感兴趣。因此当他们回来报告时，为了奉承皇帝并赢得他的欢心，他们就对他讲些他喜欢听的东西，反正他幽居紫禁城与外面的生活隔绝。他们对他讲一些平民所做的奇异有趣的事情——平民是自由的——后来为了记忆他们就把听到的事情写了下来。我毫不怀疑，既然皇帝和平民间的使者把一方的故事传给另一方，他们也会把另一方的故事传过来，他们告诉平民百姓关于皇帝的故事，他说些什么、做些什么，他怎样与不生儿子的皇后吵架，皇后怎样与太监头子密谋毒死最受宠的妃子，等等，所有这些都使中国人发生兴趣。因为它向最普通的平民证实了皇帝像他们自己一样，毕竟只是个普普通通的人，他虽然贵为"天子"，但也有自己的难处。于是就出现了另一种重要的小说来源，而且这种小说必然因这样的形式和力量而得到发展，虽然职业文人仍然不断地否定它存在的权利。

此后，从这种平凡的、分散的开始阶段，中国小说逐步发展起来，它总是以白话写成，描述各种使人们感兴趣的事物，描述传说和神话、爱情和阴谋、强盗和战争，实际上凡是构成人们生活的无所不写，不论是上层人的生活还是下层人的生活。

中国小说不像在西方那样受一些伟大作家左右。在中国，小说本身一向比作者重要。中国没有笛福、菲尔丁、斯摩莱特这样的作家，也没有自己的奥斯丁、勃朗特、狄更斯、萨克雷、梅瑞狄斯或哈代，同样也没有巴尔扎克或福楼拜。但是中国有可以和世界上任何一个国家相媲美的伟大的小说，有可以和任何伟大作家所能写出的作品相媲美的伟大作品。那么中国这些小说是谁写的呢？

这正是几世纪后的今天中国现代文学界人士努力解决的问题。最近二十五年，在西方大学受过教育的文学批评家已经开始发现本国被忽视的小说。但他们不能发现写出这些小说的作家。《水浒传》是由一个人写的，还是在不同时期由许多人补充、修改、深化和扩展而逐渐变成现在这个样子？现在谁能确定呢？他们都已经死去。他们生活在自己的时代，写出了在自己时代看到和听到的东西，但关于他们自己却什么都没说。在晚得多的后来，《红楼梦》的作者在书的前言中写道："不必假借汉唐——只取其事体情理罢了。"

他们讲述了自己的时代，而他们自己却乐于湮没无闻。他们读不到关于自己小说的评论，也没有论文根据学术规则说他们所写的是好是坏。他们不曾想过他们一定要达到文人那种孤高自赏的地位，他们也不考虑按照文人的标准他们的作品是不是伟大。他们写作是因为写作使他们愉快，而且他们有能力去写。他们有时不知不觉地写得很好，有时又不知不觉地写得不那么好。他们都乐于默默无闻地死去，而现在已完全消失；中国学者觉醒得太晚，无法给他们荣誉，也无法提高他们的地位。他们早就失去了事后对他们进行文学研究的可能。但他们所写的作品在他们死后却保存下来，因为普通的中国人使伟大的小说长存不灭，这些无文化的人常常靠口头流传而不是靠书本把小说传续下来。

在《水浒传》后来一种版本的序言里，与这部小说的形成有密切关系的施耐庵写道："心闲试弄，舒卷自恣，二；无贤无愚，无不能读，三；文章得失，小不足悔，四也。呜呼哀哉！吾生有涯，吾乌乎知后人之读吾书者谓何？但取今日以示吾友，吾友读之而乐，斯亦足耳。且未知吾之后身读之谓何，亦未知吾之后身得读此书者乎？吾又安所用其眷念哉！"

相当奇怪的是，有些文人竟羡慕这种无名者的自由，他们或者满怀不敢告人的个人痛苦，或者只是想从他们自己创造的那种艺术的折磨中得到一点休息，他们也以假的、谦卑的名字写些小说。他们这样做时就抛开了迂腐的架子，像任何普通小说家那样写得简朴自然。因为小说家相信，他不应该故意去运用技巧。他应该根据素材要求去写。如果一个小说家因某种特殊的风格或技巧而著名，那么在那种程度上他就不再是一个优秀的小说家，而变成了一个文学的工匠。

一个优秀的小说家——或者说在中国，人们是这样教给我的——最重要的应该是"自然"，就是说丝毫不矫揉造作，非常灵活多变，完全听凭流过他头脑的素材的支配。他的全部责任只是把他想到的生活加以整理，在时间、空间和事件的片断中，找出本质的和内在的顺序、节奏和形式。我们永远不能只凭读几页书就知道是谁写的，因为当一个小说家的风格固定以后，那种风格就变成了他的牢房。中国小说家使他们的写作像音乐那样随着所选的主题而发生变化。

按照西方的标准，这些中国小说并不完美。它们一般都没有自始至终的计划，也不够严密，就像生活本身缺少计划性和严密性那样。它们常常太长，枝节过多，人物也过于拥挤，在素材方面事实和虚构杂乱不分，在方法上夸张的描述和现实主义交混在一起，因此一种不可能出现的魔幻或梦想的事件可以被描写得活龙活现，迫使人们不顾一切理性去对它相信。最早的小说充满了民间传说，因为那时的人们按照民间传说的方式进行思考和想象。任何没有读过这些小说的人今天都不可能理解中国人的思想精神，因为当代人的思想同样也受到这些小说的影响，那些民间传说仍然存在，尽管中国的外交官和受过西方教育的学者使我们认为情况并不是那样。中国的本质精神与乔治·拉塞尔所说的爱尔兰精神奇怪地相似，拉塞尔写道："……那种精神就是以其民间传说式的想象认为什么事都有可能。它创造出金的船，银的桅杆，海边的白色城市，金钱的奖赏，美丽的仙境；而当那种广泛的民俗精神转向政治时，它随时都会相信出现的一切。"

毫不夸大地说，中国小说就是从这种变成故事并充满几千年生活的民俗精神中发展起来的。这些小说不断发展变化。正如我说过的，如果说没有任何单个的名字毫无疑义地属于伟大的中国小说，那是因为它们不是由一个人的手写的。开始只是一个传说，然后经过连续不同的版本，一个故事发展成由许多人组合的结构。我可以用《白蛇传》这个非常有名的故事来做例子。这个故事最初是唐朝一个不知名的作者写的，那时是一个简单神奇的传说，其主人公是一条巨大的白蛇。在下个世纪的另一个版本里，蛇变成了一个勾引男子的放荡女人，是一种邪恶的力量。但第三个版本却包含着一种更温柔更富人性的色彩。蛇妖变成了一位忠实的妻子，她帮助丈夫，并给他生了个儿子。这样，这个故事不仅增加了新的人物，而且改变了它的性质，结果它不再是一个神奇的传说，而成了一部关于人的小说。

所以，在中国历史上的早期，许多书都不能叫小说，而是小说的原始资料，这类书如果让莎士比亚去读，他很可能会全力把里面的卵石取出让它们变成珠宝。这些书当中许多都已经散失，因为它们被认为没有什么价值。但并非全都如此——汉朝早期的故事写得非常有力，今天还说它们像骏马奔驰；随后有五代的传说——它们也并没有全部散失。有一些保存了下来。它们当中许多都以这样或那样的方式在伟大的文集《太平广记》里得到再现，其中包括各种各样的故事，有的写迷信和宗教，有的写乐善好施和善恶有报，有的写梦幻和奇人异事，有的写龙写神，写仙子和尚，写老虎狐狸，写轮回转世和死而复生，等等。这些早期的故事大部分都与超自然的事件相关，例如神由处女所生，人走路像神等，这是因为佛教的影响越来越大。也有一些奇人异事和寓言，譬如穷秀才的笔突然开花，梦把男人和女人引到格利佛那样的奇异怪诞的地方，或者魔棒让铁制的祭坛在水上漂动。但这些故事反映了每一个时代。汉朝的故事刚强有力，常常写国家大事，集中在一些伟人和英雄身上。在汉朝盛世还流行幽默，一种生动、粗犷、活泼有力的幽默，这种幽默在许多故事书里都可以发现，有些可以说是收集起来的，有些则是在那个时期写的。后来随着汉朝盛世的消亡，情况发生了变化，但决不会被人们忘却，因此今天中国人还喜欢称自己是汉的后代。由于接下来的几个世纪软弱腐败，所以故事的写法也变得软绵绵的，题材狭小，或者像中国人说的那样："六朝时期，他们写的是些琐事，一个女人,一条瀑布,或者一只小鸟。"

如果汉朝是黄金时代,那么唐朝就是白银时代,白银指爱情故事,唐代以爱情故事而著名。那是个写爱情的时期,当时关于美丽的杨贵妃和差不多与她一样漂亮但在她之前受皇帝宠爱的梅妃有上千个故事。这些唐代的爱情故事在统一性和复杂性方面有时接近于达到西方小说的标准。它们有不断发展的情节,有危机也有谴责,即使不明确也会含蓄地表现出来。中国人说:"我们一定要读唐代的故事,虽然它们写的是小事,但它们写得非常生动,感人落泪。"

这些爱情故事大部分不是写以婚姻为结局或包含在婚姻中的爱情,而是写婚姻关系之外的爱情。这并不令人惊奇。实际上,值得注意的是,每当以婚姻为主题时,故事几乎总是悲剧的结局。两个著名的故事《北里志》和《教坊记》,写的完全是超出婚姻的爱情,显然是为了说明名妓更好。她们读书识字,能写会唱,聪明漂亮,超出了通常的妻子。对于通常的妻子,甚至今天的中国人还说她们是"黄脸婆",而且一般都是文盲。

这种倾向变得非常强烈,以致官府对此类故事在民间广为流传感到惊恐,于是它们遭到谴责,说它们惑乱民心,非常危险,因为它们被认为是在攻击中国文明的基础——家庭体制。当然也不乏与此相反的倾向,这可以在《会真记》里看到。《会真记》是后来一部名著的早期形式之一,故事讲的是年轻的秀才张生爱上了漂亮的莺莺,后来又把她抛弃,他离弃她时审慎地说道:"大凡天之所命尤物也,不妖其身,必妖于人……昔殷之辛,周之幽,据百万之国,其势甚厚;然而一女子败之,溃其众,屠其身,至今为天下僇笑。予之德不足以胜妖孽,是用忍情。"——他这样做了,"时人多许张为善补过者"。而羞怯的莺莺则对他答曰:"始乱之,终弃之,固其宜矣,愚不敢恨。"但是五百年以后,中国平民心里的伤感又涌现出来,将这个受到阻挠的爱情故事恢复正常。在这个故事的最后一个版本里,作者让张生和莺莺成为夫妻,并在结尾时写道:"愿普天下有情人终成眷属。"在中国,随着时间的推移,等到一个幸福的结局,五百年并不太长。

顺便说一下,这个故事是中国最著名的一个。宋朝时它曾由赵令畤以诗的形式重写,题名《商调蝶恋花》,后在元朝时董解元又写成可唱的戏剧,题名《西厢记诸宫调》。明朝时将两个版本合并在一起,出现了李日华的《南西厢记》,以南词的形式写成。最后,也是最著名的,就是《西厢记》。在中国,甚至孩童们也知道张生的名字。

如果说我强调了唐代的爱情传奇,那是因为男女间的传奇故事是唐代对小说的主要贡献,而不是因为当时没有其他故事。当时有许多充满幽默和讽刺的小说,有一种奇怪的故事描写斗鸡——当时一种重要的娱乐活动,在宫廷里尤其流行。这些故事中最好的之一是陈鸿所写的《东城老父传》,它讲的是有名的斗鸡手贾昌怎样名噪一时,博得皇帝和其他斗鸡者的宠爱。

但时间如水,不断推移。到了宋代,小说的形式真正开始明确起来,而到了元朝,它便成熟繁荣,达到了顶点,此后再没有超越,实际上只有一部小说可以与之相提并论,这就是清朝时的《红楼梦》。仿佛长达好几个世纪,小说一直都在发展却未被注意,它扎根于平民当中,逐渐长成参天大树,在元朝开放出鲜花。元朝时,年轻的蒙古人把他们旺盛、饥渴、粗犷单纯的思想带到了这个被他们征服了的古老国家，要求得到精神上的营养。这种思想不可能接受旧的古典文学的躯壳，因此他们就更急切地转向了戏剧和小说，在这种新的生活当中，在皇帝也赞同的有利形势之下，虽然仍得不到文人的赞许，却出现了中国三部伟大小说中的两部——《水浒传》和《三国》，第三部是后来的《红楼梦》。

我希望我能向你们说明这三部小说过去和现在对中国人的意义。但我想不出西方文学中有任何作品可以与它们相媲美。在我们的小说史上，我们找不出一个明确的时期，说"小说在那个时期达到了顶点"。这三部小说是那种平民文学——中国小说的明证。它们可以说是大众文学完美的纪念碑——即使不能说是整个文学的纪念碑。它们也曾受到文人们的轻视，遭到监察官的禁止，而且连续几个朝代被指责是危险的、惑乱的、腐朽的。但它们生存了下来，因为人民大众阅读它们，把它们编成故事讲，编成歌谣来唱，还编成戏上演，最后甚至那些文人也被迫勉强对它们注意，开始说它们不是小说而是寓言，因为如果它们是寓言，最终就可能被作为文学对待。然而人民大众对这种理论毫不在意，而且根本不去读文人们写的那些证实这种理论的长篇文章。他们对自己作为小说而创作的小说感到高兴，不为任何目的，只为在故事中得到快乐，而且通过故事他们还可以表现自己。

确实是人民大众创造了这些小说。《水浒传》的现代版本虽然把施耐庵的名字作为作者，但它并不是由一个人写的。这部结构严密的伟大小说是由宋代许多写一群强盗的故事发展而成的。它的起源在历史上也有记载。这些强盗原来占据的水泊仍在山东,或者说一直到最近都还存在。按照我们公历十三世纪的时候,中国处在一个很不正常的悲惨时代。徽宗王朝日益腐败混乱,富的越来越富,穷的越来越穷,当没有人出来扭转局势时,便出现了这些正义的强盗。

这里我不可能详述这部小说漫长的发展过程,也不可能讲它在许多不同作者手上的变化。据说施耐庵在一家旧书店发现了这部书的粗劣的版本,便把它带回家去重写出来。在他之后这个故事还是讲来讲去。今天有五六种重要的版本,一种一百回,题名《忠义水浒》,另一种一百二十七回,还有一种也是一百回。最初认为是施耐庵所写的版本有一百二十回,但现在最常用的一种版本只有七十回。这个版本是在明朝由著名的金圣叹修改的,他说禁止他儿子读这本书是没有用的,因此便给他的孩子提供了一个由他自己修改过的本子,他知道没有一个孩子能抑制自己不去读它。还有一个版本是秉承官方的意志写的,因为当时官方发现什么都无法阻止人们去阅读《水浒》。这个官定的版本题名《荡寇志》,讲的是这些强盗最后被官军打败,彻底瓦解。但是,中国老百姓若没有独立性就无足轻重了。他们从未接受官定的版本,他们自己的小说形式依然存在。他们完全知道这是一种斗争,是平民反对腐败官府的斗争。

另外,这部小说已经有一部分译成了法文,题名《中国骑士》,我自己已经将七十回的版本全部译成了英文,书名用的是《四海之内皆兄弟》。原来的名字《水浒传》在英文中毫无意义,只是指著名的沼泽湖水泊是那些强盗的老窝。对中国人这些字立刻会引起几百年的回忆,但对我们却不会如此。

这部小说经历了各种事件一直延续了下来，而且在中国今天这个新的时期增加了新的意义。中国共产党已经印刷了自己的版本，由一位著名的共产主义者写了前言，作为第一批中国共产主义文学重新发行。这种不受时间限制的永恒性证明了这部小说的伟大。这在今天和过去的王朝时期同样真实。中国人仍然都在读这部小说，和尚和妓女，商人和学者，好女人和坏女人，老年人和青年人，甚至顽皮的儿童，无一不读这部小说。唯一不读的人是在西方受过教育手持博士文凭的现代学者。但可以肯定，如果他最后把手中的笔放在那本书上时活在中国，他也会对自己的新知识无限伤感和不安，因为它们常常是那样无用和不适用，就像在一件旧的长袍上补上一块过小的补丁。

中国人说"少不看《水浒》，老不看《三国》"。这是因为少年可能受诱惑变成强盗，老年人可能被引导做些不符合他们年龄的过火行为。如果《水浒传》是中国生活伟大的社会文献，那么《三国》就是关于战争和政治家治国的记录，而《红楼梦》则是关于家庭生活和人类爱情的真实写照。

《三国》形成的历史表明了它在总体结构和无确定作者方面和《水浒》完全一样。故事开始于汉朝，三个朋友发誓结拜为生死兄弟，而结束则是在九十七年以后接着出现的六朝时期。这部小说最后的形式是由一个名叫罗贯中的人写的，他被认为是施耐庵的学生，而且甚至有可能与施耐庵合写了《水浒传》。但这是一种中国的培根和莎士比亚的争论，不会有什么结果。

罗贯中生于元末，一直活到明代。他写了许多杂剧，但以小说更为著名,其中《三国》毫无疑问是最好的一部。现在这部小说在中国最常用的版本是康熙时期由毛宗岗修改过的一种,他不仅修改,而且还对这本书作了批评。他修改、补充并删去了一些素材,例如他补充了孙夫人的故事——孙夫人是其中一个主要人物的妻子。他甚至改变了作品的风格。如果说《水浒传》今天作为一部人民的小说在他们争取自由的斗争中具有重要意义,那么《三国》的重要性则因为它详细地描写了战争的科学和艺术;虽然这种看法与我们自己的看法大不相同,但中国人却这样认为。今天中国抗日最有效的战斗单位是游击队,游击队员都是些熟知《三国》的农民,如果说他们不是靠自己阅读知道的,至少冬闲或夏夜乘凉时听说书人讲过三国的武将怎样打仗。正是这些古老的战术得到了今天游击队的信赖。一个勇士必须是什么样子,为什么一定要既有进攻又有退却,如何敌进我退,如何敌退我进——这一切都源出这部小说,而这部小说在中国家喻户晓,妇孺皆知。

《红楼梦》是中国三部伟大小说中的最后一部,也是最现代的一部,它原是曹雪芹写的一部自传性的小说。曹雪芹是清朝颇为受宠的官员,实际上被满人认为是自己人。那时满人军队中有八旗,而曹雪芹属于八旗的成员。他未写完他的小说,后四十回是另一个人补的,这人很可能名叫高鹗。关于曹雪芹是在讲自己生活的故事这种论点,在现代时期受到胡适的赞扬,而且在早期还受到袁枚的赞扬。这也许是对的,但这部书的原名却是《石头记》,它大约于公历 1765 年在北京出现,五六年之后——这在中国是个相当短的时间——便到处流传。它刚出现时印刷费仍然很贵,因此这部书的出名靠的是中国人所说的"你借我我借你"的方法。

虽然这个故事的主题简单,但它的内涵、它对人物的研究以及它对人的感情的描写却错综复杂。它几乎是一种感情心理学的研究。故事写一个大家庭,极其富有,倍受皇帝赏识,事实上其家庭成员之一就是皇帝的一个妃子。但小说开始时这个家庭的鼎盛时期已过,已经开始衰落。它的财富已经消散,最后一个也是唯一的一个儿子贾宝玉因为家庭内部腐败的影响也变得堕落,虽然他一生下来就因嘴里含着一块具有象征意义的玉石而确立了他的特殊地位。前言一开始写道:"却说那女娲氏炼石补天之时……那娲皇只用了三万六千五百块,单单剩下一块未用,弃在青埂峰下。"这就变成了贾宝玉那块著名的玉了。因此这种对超自然的神奇事物的兴趣仍然在中国人中间存在;甚至今天它还是中国生活的一个部分。

这部小说之所以吸引人,主要是因为它描写了人们家庭制度中的一些问题,女人在家里的绝对权力,母权制的过于强大的力量,不仅祖母和母亲,甚至贴身丫鬟都有很大的力量,这些丫鬟常常是年轻漂亮、根本不能自立的女子,她们经常变成家庭中儿子们的玩物,毁了他们也被他们毁掉。在中国人的家里,女人居支配地位,而且因为她们整天待在家里又常常未受过教育,所以她们的家庭统治使每个人都感到痛苦。她们把男人看成孩子,保护他们,不让他们受苦受累,但他们并不需要这种保护。贾宝玉就是这样,在《红楼梦》里我们可以看到他的悲剧的结局。

当文人们发现这部作品在民众中影响如此巨大,甚至皇帝也读它的时候,我无法说明他们为什么竭力把这部小说解释成寓言。我毫不怀疑他们自己很可能也偷偷地阅读。中国有许多流行的笑话都讲到文人们偷偷地阅读小说,而在公开场合却装作从未听说过它们。不管怎样,文人们都写文章证明《红楼梦》不是小说,而是一部政治寓言,描写中国在满洲外族的统治下走向衰落,书名中的"红"字表示满族,命中注定与宝玉结婚但却死了的年轻姑娘林黛玉指的是中国,而把玉弄到自己手上获得成功的竞争者宝钗象征着外族人,等等。他们还说"贾"这个姓氏本身就是"假"的意思。但这是牵强的解释,因为这是一部作为小说来写的作品,而且确实也是一部小说,它以把现实主义和浪漫主义混合在一起的典型中国方式,非常有力地描写了一个高贵有势的家庭的衰落。小说充满了按中国习惯住在一起的好几代的男女人物,这本身就是对那种生活的真实描写。

我如此强调这三部小说只不过是做了中国人自己做的事情。当你说"小说"时,一般中国人都会回答"《水浒》《三国》《红楼梦》";然而这并不是说那里就没有几百部其他的小说,因为实际上是有的。我一定要提《西游记》,它几乎和这三部小说一样流行。我可以提到《封神演义》,它写一个神化了的武士的故事,作者不详,但据说是一位明代作家写的。我还一定会提到《儒林外史》,它是一部讽刺清朝弊病,尤其是科举弊病的小说,充满了意义双关但并无恶意的对话,情节丰富,既楚楚动人又非常幽默。这部书嘲笑的是那些文人学士,他们不会做任何实际事情,对日常生活中的事物一无所能,完全拘泥于传统,没有任何独创性的见解。这部书虽然很长,但却没有中心人物。每一个人物都通过事件的线索与另一个人物相连,人物和事件一起发展变化，就像著名的现代中国作家鲁迅所说的那样：它们像缝在一起的一块块闪闪发光的锦缎。

另外还有《野叟曝言》，是由一位在官场失意的名人写的。再就是那本怪书《镜花缘》，写的是女人们的一种幻想，她们的统治者是个女皇，所有的文人也都是女的。这本书是想表明女人的智慧一点不亚于男人，但我必须说明，在这本书结尾所写的一场男人和女人的战争中，男人获得胜利，女皇被一位皇帝取而代之。

我只能列举普通中国人喜欢的几百部小说中的一小部分。但如果那些中国人知道我今天对你们讲些什么，他们总归会说："讲那最有名的三部，不论好歹要讲《水浒》《三国》《红楼梦》。"在这三部小说中，有中国人长期以来所过的生活，有他们唱的歌、笑的事，也有他们喜欢做的是什么。他们曾把几代的发展注入这些小说，而为了进一步发展他们一遍又一遍地回到这些小说，从这些小说中他们写出了新的歌、新的戏，而且也写出了新的小说。有些新作差不多变得和这些伟大的原作一样著名，例如那部写荒唐肉爱的名作《金瓶梅》，就取材于《水浒传》中的一个独特事件。

但我觉得今天重要的不是列举一些小说，我想强调的是，一个伟大民族的这种深远而确实令人崇敬的想象力的发展，在它自己的时代和它自己的国家竟然不被称作文学。"小说"这个名称本身指的是小的和没有价值的东西，而"长篇小说"仍然不过是篇幅长的小而无用的东西。这是错误的。中国人民在文人文学之外创造了他们自己的文学。今天，这种文学依然存在——且不说会有新的出现——而那种称作艺术的正规文学却已经死亡。这些小说的情节常常是不完整的，爱情关系常常得不到解决，女主人公常常长得漂亮，而男主人公又常常不够勇敢。而且，故事并不总是都有个结局；有时它仅仅像实际生活那样，在不该结束的时候突然中止。

我就是在这样一种小说传统中出生并被培养成作家的。因此，我受到的教育使我立志不去写那种漂亮的文字或高雅的艺术。我认为这是一个很好的教育，而且正如我说过的，它对西方小说也有启发意义。

这是中国小说家的基本态度——也许是那些自称艺术大师的人对他们歧视的结果。我这样讲是我自己的看法，因为他们当中并没人这样说过。

创造这种艺术的本能与生产艺术的本能是不一样的。用简单的话说，创造的本能归根到底是一种巨大的、额外的生命力，一种超级的能量，一种人莫名其妙地生来就有的能力，这种生命力超出了他自己生存的需要——一种个人生活无法用尽的力量。因此这种能力在创造更多的生活中消耗自己，或者以音乐、绘画和写作的形式，或者以任何一种最自然的表现媒介。同样个人也不能回避这个过程，因为只有通过这个过程充分发生作用，他才能解脱这种额外的、奇特的能量负担。这种能量既是肉体上的也是精神上的，因此他的一切感觉都比别人的更活跃更深刻，他的整个大脑更敏感更机灵，他的感觉对他的大脑所揭示的现实过于丰富，于是过剩的现实变成了想象。这是一个由内部开始的过程。这是他生命的每一个细胞加强了的活动，不仅他本人被卷进这种活动的范围之内，而且他周围所有人的生活，包括他想到的、梦到的，也都被卷进这种活动的范围。

从这种活动的结果当中，艺术被演绎出来——但不是由他本人做的。进行创造的过程不是演绎艺术形态的过程。因此对艺术的限定是一种次要的过程，而不是主要的过程。如果一个人生来是进行创造过程的，例如像小说家那样，那么他若去关心次要的过程，他的活动就毫无意义。当他开始确定形式、风格、技巧和新学派的时候，他就像一只触礁搁浅的船一样，尽管它会疯狂地转来转去，但它的推进器却无法使船继续前进。只有等到船回到适于自己的环境时，它才能恢复航程。

对于小说家来说，唯一的要素是他在自身之内或自身之外所发现的人类的生活。检验他工作的唯一标准就是看他的能量是不是创造出更多的那种生活。他创造的东西有没有生命力？这是最主要的问题。但谁来告诉他呢？只能是人民，是那些活着的人。这些人并不怎么关心什么是艺术或艺术怎样创造出来——实际上，他们对任何非常高深的东西都不关心，不管那些东西多好。真的，他们只关心自己，关心他们自己的饥饿、失望和欢乐，而最重要的也许是关心他们的理想。这些是真正能判断小说家作品的人，因为他们通过对现实的独特检验来进行判断。而且检验的标准并不靠艺术的方法来决定，而是靠把他们读到的现实与他们自己的现实进行简单的比较。

因此，我所受的教育是，虽然小说家可以把艺术看成冷酷而完美的形式，但他对艺术的赞赏却只能像赞赏一些矗立在寂静偏僻的画廊上的大理石雕像；因为他和它们所处的位置不同。他的位置在街上。他在街上会非常快乐。街上充满了喧闹，男人和女人表现自己的技巧也不像雕像那样完美。他们难看而有缺陷，甚至作为人也不够完美，而且他们从何处来到何处去也无从知道。但他们是人，因此远比那些站在艺术台座上的雕像更让人喜欢。

像中国小说家那样，我受的教育就是要为这些人写作。如果他们有一百万人读他们的杂志，我愿意我的小说在他们的杂志上发表，而不想在只有少数人读的杂志上发表。他们是比其他任何人都更清醒的法官，因为他们的感官未受破坏，他们的感情是自由的。不，一个小说家决不能把纯文学作为他的目的。他甚至不能对纯文学了解得太多，因为他的素材——人民——并不在那里。他是在村屋里说书的人，他要用他的故事把人们吸引到那里。文人经过时他无需抬高他的嗓子。但一群上山求神朝圣的穷人路过时，他一定要使劲把他的鼓敲响。他必须对他们大声说："喂，我也讲神的故事！"对农夫，他一定要讲到他们的土地；对老头儿，他一定要讲到和平；对老太太，他必须讲到她们的孩子；而对年轻的男男女女，他一定要讲他们之间的关系。只要这些平民高兴听他讲，他就会感到满意。至少我在中国学到的就是如此。

诺贝尔文学奖作家文集·福克纳卷·路易斯卷

寓言
[美] 威廉·福克纳 / 著
王国平 / 译
定价:50.00元

水泽女神之歌
——福克纳早期散文、诗歌与插图
[美] 威廉·福克纳 / 著
王冠 远洋 / 译
定价:30.00元

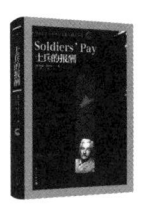

士兵的报酬
[美] 威廉·福克纳 / 著
一熙 / 译
定价:45.00元

押沙龙,押沙龙!
[美] 威廉·福克纳 / 著
李文俊 / 译

即将上市

喧哗与骚动
[美] 威廉·福克纳 / 著
李文俊 / 译
定价:46.00元

我弥留之际
[美] 威廉·福克纳 / 著
李文俊 / 译
定价:38.00元

漓江的书,买了再说!

大街
[美] 辛克莱·路易斯 / 著
顾奎 / 译
定价:55.00元

巴比特
[美] 辛克莱·路易斯 / 著
潘庆舲 姚祖培 / 译
定价:50.00元

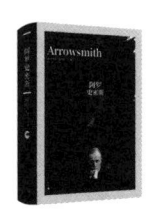

阿罗史密斯
[美] 辛克莱·路易斯 / 著
顾奎 / 译
定价:78.00元

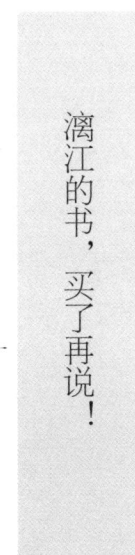

诺贝尔文学奖作家文集 ⊙ 加缪卷·泰戈尔卷

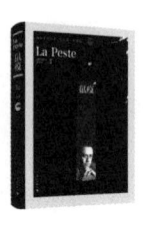

鼠疫
[法] 阿尔贝·加缪 / 著
李玉民 / 译
定价：48.00元

局外人
[法] 阿尔贝·加缪 / 著
李玉民 / 译
定价：45.00元

第一人
[法] 阿尔贝·加缪 / 著
李玉民 / 译
定价：48.00元

卡利古拉
[法] 阿尔贝·加缪 / 著
李玉民 / 译
定价：50.00元

西绪福斯神话——论荒诞
[法] 阿尔贝·加缪 / 著
李玉民 / 译
定价：35.00元

戈拉
[印] 泰戈尔 / 著
唐仁虎 / 译
定价：65.00元

纠缠
[印] 泰戈尔 / 著
倪培耕 / 译
定价：48.00元

沉船
[印] 泰戈尔 / 著
杉仁 / 译
定价：53.00元

泡影——泰戈尔短篇小说选
[印] 泰戈尔 / 著
倪培耕 / 译
定价：58.00元

漓江的书，买了再说！

枉然的柔情
[法]苏利·普吕多姆 / 著
胡小跃 / 译
定价：50.00元

邪恶之路
[意]格拉齐娅·黛莱达 / 著
黄文捷 / 译
定价：50.00元

常青藤
[意]格拉齐娅·黛莱达 / 著
沈萼梅 / 译
定价：56.00元

风中芦苇
[意]格拉齐娅·黛莱达 / 著
蔡蓉 / 译
定价：52.00元

柔情
[智]加布列拉·米斯特拉尔 / 著
赵振江 / 译
定价：50.00元

爱情书简
[智]加布列拉·米斯特拉尔 / 著
段若川 / 译
定价：30.00元

漓江的书，买了再说！

诺贝尔文学奖作家文集 ⊙ 普吕多姆卷·黛莱达卷·米斯特拉尔卷

诺贝尔文学奖作家文集 ⊙ 纪德卷·丘吉尔卷

漓江的书，买了再说！

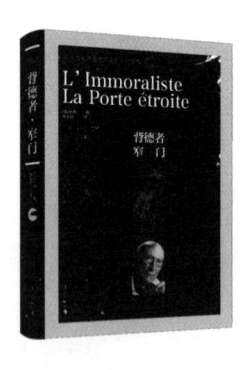

背德者·窄门
［法］纪德／著
李玉民／译
定价：46.00元

伊恩·汉密尔顿行军记
［英］温斯顿·丘吉尔／著
刘勇军／译
定价：48.00元

河战
［英］温斯顿·丘吉尔／著
王冬冬／译
定价：60.00元

从伦敦，经比勒陀利亚，到莱迪史密斯
［英］温斯顿·丘吉尔／著
张明林／译
定价：50.00元

我的非洲之旅
［英］温斯顿·丘吉尔／著
张明林／译
定价：42.00元

诺贝尔文学奖作家文集·保尔·海泽卷·塞弗尔特卷·吉勒鲁普卷

特雷庇姑娘
［德］保尔·海泽／著
杨武能／译
定价：55.00元

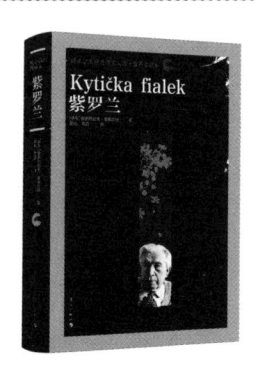

紫罗兰
［捷克］雅罗斯拉夫·塞弗尔特／著
星灿 劳白／译
定价：59.80元

磨坊
［丹麦］吉勒鲁普／著
吴裕康／译
定价：69.80元

明娜
［丹麦］吉勒鲁普／著
吴裕康／译
定价：50.00元

漓江的书，买了再说！

诺贝尔文学奖作家文集 ⊙ 叶芝卷 · 显克维奇卷 · 梅特林克卷

漓江的书，买了再说！

第二次来临
——叶芝诗选编
［爱尔兰］W.B.叶芝 / 著
裘小龙 / 译
定价：68.00元

第三个女人
［波兰］亨利克·显克维奇 / 著
林洪亮 / 译
定价：88.00元

你往何处去
［波兰］亨利克·显克维奇 / 著
林洪亮 / 译
定价：88.00元

花的智慧
［比］莫里斯·梅特林克 / 著
周国强　谭立德 / 译
定价：46.00元

诺贝尔文学奖作家文集 ⊙ 艾略特卷

漓江的书，买了再说！

大教堂凶杀案
［英］T.S.艾略特 / 著
李文俊 袁伟 / 译
定价：52.00元